AGATHA CHRISTIE COMPLETE COLLECTION

THEY CAME TO BAGHDAD

THEY CAME TO BAGHDAD
by Agatha Christie

Copyright © 1951 Agatha Christie Limited.
All rights reserved.

AGATHA CHRISTIE and the Agatha Christie Signature
are registered trademarks of
Agatha Christie Limited in the UK and elsewhere.
All rights reserved.
www.agathachristie.com

Korean Translation Copyright © Minumin 2008, 2013, 2023

Korean translation edition is published by arrangement with
Agatha Christie Limited through Shinwon Agency.

이 책의 한국어판 저작권은 신원 에이전시를 통해
Agatha Christie Limited와 독점 계약한 ㈜민음인에 있습니다.
저작권법에 의해 한국 내에서 보호를 받는 저작물이므로 무단 전재와 무단 복제를 금합니다.

정식 한국어 판 출간에 부쳐

나는 한국에서 우리 할머니의 작품을 정식으로 출간한다는 소식을 듣고 무척 기뻤다. 할머니가 1920년부터 1970년 무렵까지 오랜 세월에 걸쳐 집필한 작품들은 21세기인 지금 읽어도 신선하고 재미있다. 등장 인물들이 워낙 자연스러워서 요즘 사람들과 다를 바 없고 이들이 등장하는 상황과 장소가 전 세계 사람들의 애정과 향수를 자극하기 때문이다. 한국 독자들은 이번에 새로 나온 정식 한국어 판을 통해 그 동안 접하지 못했던 애거서 크리스티의 일부 작품들을 읽을 수 있을 것이다. 덕분에 한국에 새로운 세대의 애거서 크리스티 팬들이 탄생할지도 모르겠다는 생각을 하면 가슴이 벅차다.

애거서 크리스티는 대표적인 두 명의 주인공으로 기억되는 작가이다. 14권의 작품에 등장하는 마플 양은 영국의 작은 시골 마을에서 평온한 나날을 보내며 뜨개질과 수다로 소일하는 미혼의 할머니이지만, 놀라운 기억력과 날카로운 두뇌 회전으로 주변에서 벌어진 살인 사건을 해결한다.

그리고 마플 양과 상반되는 성격을 지닌 에르퀼 푸아로는 자신만만하고 콧수염을 포함한 자신의 외모와 벨기에라는 국적에 대한 자부심이 상당하다. 그는 이집트와 이라크를 비롯한 세계 각지에서 수수께끼를 해결하며 『오리엔트 특급 살인 Murder On The Orient Express』, 『나일 강의 죽음 Death On The Nile』, 『애크로이드 살인 사건 The Murder Of Roger Ackroyd』 등 애거서 크리스티의 여러 대표작에 모습을 드러낸다.

황금가지의 대담하고 참신한 표지와 전반적인 디자인 덕분에 작품의 성격이 잘 살아난 것 같아 기쁘다. 또한 한국 독자들이 할머니의 원작이 지닌 참된 묘미를 느낄 수 있도록 충실한 번역을 위해 애써 준 점도 높이 사고 싶다.

할머니의 작품이 20세기의 그 어떤 작가들보다 많이 팔리고 있는 이유는 나이와 국적에 상관없이 읽을 수 있는 재미와 감동을 갖추었기 때문이다. 모쪼록 한국 독자들도 황금가지에서 선보이는 애거서 크리스티 작품들을 즐겁게 감상하기를 바란다.

매튜 프리처드

애거서 크리스티의 손자

ACL 이사장

바그다드에 있는 내 모든 친구에게

차례

정식 한국어 판 출간에 부쳐 —————— 5

1장 —————— 11	14장 —————— 174
2장 —————— 24	15장 —————— 186
3장 —————— 40	16장 —————— 210
4장 —————— 49	17장 —————— 229
5장 —————— 63	18장 —————— 246
6장 —————— 75	19장 —————— 275
7장 —————— 90	20장 —————— 293
8장 —————— 105	21장 —————— 308
9장 —————— 109	22장 —————— 317
10장 —————— 119	23장 —————— 341
11장 —————— 134	24장 —————— 362
12장 —————— 150	25장 —————— 367
13장 —————— 163	

1장

I

크로스비 대위는 방금 수표를 현금으로 바꾸고 예금 잔고가 생각보다 많다는 사실을 발견하고는 즐거운 기분으로 은행 문을 나섰다.
크로스비 대위는 혼자 즐거워하는 일이 많은 사람이었다. 그는 얼굴이 붉고 군인다운 콧수염은 뻣뻣했으며 체구는 땅딸막했다. 걸을 때는 어깨를 약간 으쓱거리는 버릇이 있었다. 옷을 다소 화려하게 입긴 하지만 재미있는 이야기를 좋아해서 남자들에게 인기가 있었다. 그는 쾌활하고 평범하며 다정한 미혼남이지만 그다지 눈에 띄는 점은 없었다. 크로스비 같은 사람은 중동 어디에서든 흔히 볼 수 있었다.
크로스비 대위가 걸어 나온 거리는 시내 은행이 대부분 위치하고 있는 뱅크가(街)였다. 아까까지 있던 은행 안은 시원하긴 했지만 어둠침침하고 곰팡내가 약간 났으며 제일 크게 들렸던 소리라고 해 봐야 뒤쪽에서 딸깍거리는 여러 대의 타자기 소리가 전부였다.

반면 은행 밖은 쾌청했고 공기 중에는 먼지가 떠다녔으며 갖가지 소음이 크게 들렸다. 자동차 경적 소리와 온갖 잡동사니를 파는 행상인들의 외침이 끊이지 않았다. 몇몇 사람이 모여 서로 죽이기라도 할 것처럼 열띤 언쟁을 벌였는데, 알고 보니 사실 이들은 죽마고우였다. 어른 아이 할 것 없이 모두가 온갖 종류의 나무, 설탕에 절인 과일, 오렌지, 바나나, 목욕 수건, 빗, 면도날, 그 밖의 잡화를 좌판에 실어 거리 이곳저곳으로 끌고 다니며 팔고 있었다. 여기저기서 가래 뱉는 소리가 끊이지 않았고, 그 위에 더하여 자동차와 보행자의 물결 속에서 "발렉…… 발렉!"을 외치며 당나귀와 말을 모는 남자들의 침울하고 가냘픈 울부짖음이 들려왔다.

이것이 오전 11시 바그다드의 풍경이었다.

크로스비 대위는 한 팔 가득 신문을 들고 빠르게 달리고 있는 소년을 불러 세워 신문을 한 부 샀다. 그러고는 뱅크가 모퉁이를 돌아서 바그다드의 중심가인 라시드가(街)로 갔다. 이 거리는 약 6.5킬로미터에 걸쳐 티그리스 강과 나란히 나 있었다.

크로스비 대위는 신문 머리기사를 훑어보고는 겨드랑이 밑에 쑤셔 넣고 200여 미터를 걸어간 다음 좁은 골목을 내려가서 칸(대상들이 머무는 숙소—옮긴이)이나 법정으로 보이는 널찍한 건물로 갔다. 건물 끝 쪽에서 놋쇠 문패가 달려 있는 문을 밀고 들어가니 사무실이 나왔다.

단정하고 젊은 이라크인 사원이 타자를 치다 멈추고 활짝 웃으며 앞으로 나왔다.

"안녕하세요, 크로스비 대위님. 무슨 일로 오셨습니까?"

"데이킨 씨 계신가? 아냐, 내가 바로 그리로 가지."

문을 지나 가파른 계단을 오르자 약간 지저분한 복도가 나왔다. 복도 끝에 있는 문을 두드리자 "들어오세요."라는 목소리가 들려왔다.

방은 천장이 높고 꽤 간소했다. 석유난로 위에는 컵 받침접시가 놓여 있었고, 그 앞에는 작은 커피 테이블과 쿠션을 대어 놓은 등받이가 낮은 의자 하나, 다소 낡은 커다란 책상이 하나 있었다. 방 안은 햇빛을 꼼꼼히 차단해 전등을 켠 채였다. 낡은 책상 너머에는 지치고 우유부단한 얼굴의 초라해 보이는 사나이가 앉아 있었다. 그 얼굴에는 세상사에 관심도 없으며 더 이상 신경 쓰고 싶지도 않다고 씌어 있는 듯했다.

활기차고 자신만만해 보이는 크로스비와 침울하고 피로한 기색이 역력한 데이킨, 두 사나이는 서로를 쳐다보았다.

"안녕하세요, 크로스비 씨. 키르쿠크에서 방금 오셨습니까?"

데이킨이 묻자 크로스비는 고개를 끄덕여 대답하고는 조심스럽게 문을 닫았다. 문은 꽤 초라해 보이고 칠 상태도 나빴지만 뜻밖에 좋은 점이 있었다. 그것은 바로 문이 바닥에 조금의 틈도 없이 꼭 들어맞는다는 것이었다.

이 문은 사실 방음문이었다.

문이 닫히자마자 두 사나이의 됨됨이가 확연히 바뀌었다. 크로스비 대위의 활기와 자신감은 다소 줄어들고, 데이킨의 처진 어깨는 위로 약간 올라갔으며 주저하는 태도도 사라졌다. 지금 누가 이 방에 있어 둘 사이에 오가는 대화를 들었다면 데이킨이 더 높은 사람이었다는 사실을 깨닫고는 깜짝 놀랐을 것이다.

"어떤 소식이라도 있습니까?"

"그렇다네."

한숨을 쉬며 대답한 데이킨의 앞에는 막 암호 해독을 끝낸 문서가 한 장 놓여 있었다. 철자 두어 개를 더 적고 나서 데이킨이 말했다.

"바그다드에서 열릴 거라는군."

데이킨은 말을 끝내기 무섭게 성냥불로 문서에 불을 붙인 다음 타는 것을 지켜보았다. 문서가 다 타고 재만 남자 살짝 불어 재를 날렸다. 재는 위로 날아올랐다가 공중에서 흩어졌다.

"확실하네. 바그다드로 정해졌다는군. 다음 달 20일. 이 일이 외부로 새어 나가서는 절대로 안 되네."

"벌써 시장 바닥에 소문이 돌고 있습니다. 그것도 3일 전부터요."

크로스비가 무표정한 얼굴로 말했다.

장신의 데이킨이 쓴웃음을 지었다.

"일급 기밀이었네! 크로스비, 이놈의 나라에는 일급 기밀이란 것도 없단 말인가?"

"없습니다. 굳이 말씀드리자면 세계 어디에도 일급 기밀이란 없습니다. 제가 보니까 전쟁 중에도 런던에 있는 이발사가 수뇌부보다 더 많이 알고 있더군요."

"이번 일에는 어차피 상관없긴 하지. 회담이 바그다드에서 열릴 거라면 곧 공표해야 할 테니까. 그 이후부터가 진짜지. 특히 우리한테는."

"회담이 열리기는 할까요?"

크로스비가 회의적으로 물었다.

"우리 조 선생께서……(이런 식으로 크로스비 대위는 연합군의 수장을 무례하게 지칭했다.) 정말 이쪽에 오실 참이라던가요?"(제2차 세계대전 당시 중국, 버마, 인도에서 연합군을 지휘했던 미국인 장군 조지프 워런 스틸웰을 일컬음—옮긴이)

데이킨이 생각에 잠기며 대답했다.

"이번에는 그럴 것 같네. 내 생각은 그래. 회담이 성사된다면, 그러니까 무사하게 성사된다면 세상을 구할 수 있을 텐데 말이야. 모종의 이해에 도달할 수만 있다면……."

데이킨은 여기서 말을 멈추었다.

크로스비는 여전히 조금 회의적인 표정이었다.

"말씀드리기 뭣하지만 이해가 과연 가능하기나 할까요?"

"자네 생각처럼 아마도 이해란 있을 수 없겠지! 이번 회담이 정반대의 이데올로기를 대표하는 두 사람의 만남일 뿐이라면 모든 것이 정석대로 끝날 걸세. 의심과 오해만 불어난 채로 말이야. 하지만 제3의 요소가 있다네. 카마이클이 전해 온 이야기가 사실이라면……."

데이킨이 말을 멈추었다.

"사실일 리가 없습니다. 너무 터무니없잖습니까!"

잠깐 동안 데이킨은 아무 말도 하지 않았다. 지금 그에게는 진지하게 고민 중인 카마이클의 얼굴이 생생히 보이고, 터무니없고 믿기 어려운 이야기를 들려주는 단조롭고 차분한 목소리도 들리는 듯했다. 그는 혼잣말로 중얼거렸다.

"내 가장 믿을 만한 최고의 부하 하나가 미쳤거나, 그 이야기가 사실이거나 둘 중 하나겠지……."

그러고는 조금 전과 똑같이 침울하고 힘없는 목소리로 말을 이었다.

"카마이클은 그 이야기를 믿었다네. 발견한 것마다 모조리 이 가설을 확증해 주었다더군. 그곳에 가서 더 알아보고 싶다고, 증거를 입수하고 싶다고 했네. 허락한 게 잘한 짓인지는 나도 모르겠네. 카마이클이 돌아오지 않으면 카마이클이 들려준 이야기를 내가 전한 셈이 되겠지. 그것도 카마이클 자신도 직접 들은 게 아니고 누군가한테 들은 이야기를 말이야. 그게 다냐고? 난 그렇게 생각하지 않는다네. 자네 말대로 너무 터무니없는 이야기거든……. 그래도 카마이클이 20일에 여기 바그다드에 와서 직접 자기 이야기를, 목격자 증언을 들려주고 증거를 제시해 준다면……."

"증거라고요?"

크로스비가 날카롭게 묻자 데이킨이 고개를 끄덕였다.

"그렇다네. 카마이클은 증거를 입수했다고 했네."

"어떻게 아십니까?"

"사전에 약속한 암호가 있었지. 메시지는 살라 하산을 통해 전달되었네. 하산이 조심스럽게 전한 바에 따르면, '귀리를 신고 가는 흰

낙타가 파스 쪽으로 오고 있다.'였네."
 데이킨은 잠시 멈추었다가 다시 말을 이었다.
 "그렇게 해서 카마이클은 소기의 목적을 달성했지만 그만 의심을 받고 말았지. 그쪽에서 지금 그를 쫓고 있네. 카마이클이 어떤 경로를 선택하든 감시를 받을 것이고, 더더욱 위험한 것은 이곳에도 그를 기다리는 자들이 있다는 사실이지. 우선은 국경에 있을 테고, 카마이클이 국경을 무사히 통과한다고 해도 대사관과 영사관에 진을 치고 있을 걸세. 이것 좀 보게나."
 데이킨은 책상에 놓인 문서를 주섬주섬 집어 들어 읽기 시작했다.
 "'페르시아에서 이라크로 자동차 여행 중이던 영국인 1명이 총에 맞아 숨졌는데, 강도를 당한 것으로 추정된다. 구릉 지대에서 이동 중이던 쿠르드인 1명이 습격을 받고 살해당했다. 담배 밀수꾼 혐의를 받고 있던 또 다른 쿠르드인인 압둘 하산도 경찰의 총에 맞아 숨졌다. 로완두즈 거리에서도 남성의 시신 한 구가 발견되었는데 나중에 아르메니아인 마차꾼으로 밝혀졌다. 피해자의 인상착의가 카마이클과 들어맞는다. 키, 체중, 두발, 체격이 모두 일치한다. 그자들은 위험도 마다하지 않을 것이다. 카마이클을 잡으려고 사방에 도사리고 있다. 카마이클이 이라크에 들어오면 위험은 더욱 클 것이다. 대사관의 정원사, 영사관의 하인, 공항 관계자, 세관, 철도역⋯⋯. 뿐만 아니라 모든 호텔을 감시하고 있다⋯⋯. 경계망이 빈틈없이 뻗어 있다.'"
 크로스비는 이맛살을 찌푸렸다.

"정말 그렇게 도처에 깔려 있다고 보십니까?"

"그 점만은 확신하네. 심지어 우리 쪽에서도 정보가 새어 나갔네. 바로 이 점이 최악이지. 카마이클을 안전하게 바그다드로 데려오기 위한 우리 대책이 상대편에 이미 노출되지 않았을 거라고 어떻게 확신하겠나? 이 바닥이 어떻게 돌아가는지는 자네도 알잖나? 상대 진영에 사람 하나 심어 놓는 것쯤은 기본이지."

"혹시 의심 가는 자라도 있습니까?"

데이킨이 천천히 고개를 가로저었다.

크로스비가 한숨지으며 말했다.

"그나저나, 우리도 작전 개시해야죠?"

"그래야지."

"크로프턴 리 경은 뭐라던가요?"

"바그다드로 오겠다고 했네."

"너도나도 바그다드로 오는군요. 말씀대로라면 조 선생까지. 대통령께서 여기 계신 동안 만에 하나 무슨 일이라도 생긴다면 극단으로 치달을 텐데요."

"절대로 아무 일도 일어나서는 안 되네. 그렇게 안 되도록 하는 게 우리 임무이기도 하고."

크로스비가 가고 나자 데이킨은 책상에 몸을 숙이고 앉아 작은 목소리로 중얼거렸다.

"너도나도 바그다드로……."

그는 압지 위에 원을 하나 그리고 밑에 바그다드라고 쓴 다음 원을 중심으로 낙타, 비행기, 증기선, 연기를 내뿜는 작은 기차를 그렸다. 그러고 나서 압지 한편에 거미줄을 그리고 가운데 안나 셸레라고 썼다. 그 밑에는 커다란 물음표를 그려 넣었다.

잠시 후 그는 모자를 집어 들고 사무실을 나섰다. 라시드가를 따라 걷고 있을 때 누군가 저 사람이 누구냐고 묻는 소리가 들렸다.

"저 사람? 데이킨이란 사람이야. 어디 정유 회사에 있다지. 좋은 사람이긴 한데 성공은 못 할 거야. 너무 무기력해. 사람들이 그러는데 술도 마신다나 봐. 저 사람은 절대로 성공 못 할 거야. 이 나라에선 박력이 있어야 성공을 하거든."

II

"셸레 양, 크루겐호프 부동산에 관한 보고서는 준비됐소?"
"예, 모건딜 씨."
침착하고 능률적인 셸레 양이 서류를 고용주 앞에 내놓았다.
서류를 읽으면서 모건딜은 못마땅한 듯 투덜거렸다.
"이만하면 된 것 같소."
"저도 그렇게 생각합니다, 모건딜 씨."
"슈월츠는 와 있소?"
"사무실 밖에서 기다리고 계십니다."
"지금 당장 들여보내요."

셸레 양은 6개의 버저 중 하나를 눌렀다.

"더 시키실 일 있습니까?"

"아니, 됐소."

안나 셸레는 모건털의 방에서 조용히 나왔다.

그녀의 머리는 백금색이었지만 매력적인 금발은 아니었다. 창백하기까지 한 아마빛 머리는 이마에서부터 당겨져 목에서 단정하게 돌돌 말아 올려져 있었다. 담청색 눈은 강화 유리 너머로 보이는 바깥세상을 향해 있었는데, 이목구비는 오목조목했으나 무표정했다. 그녀는 외모가 아니라 순전히 능력으로 출세하였다. 아무리 복잡한 것이라도 암기하였고, 메모를 보지 않고도 이름, 날짜, 시간을 즉석에서 댔다. 그녀는 큰 사무실의 직원들을 능률적인 기계처럼 효과적으로 다루기도 했다. 그녀는 신중함 그 자체였고 강약 조절은 있을지언정 에너지가 사그라지는 법이 없었다.

국제 은행인 모건털, 브라운 앤드 쉬퍼케사의 대표인 오토 모건털은 돈으로 보상할 수 있는 이상으로 안나 셸레에게 자신이 신세를 지고 있다는 사실을 누구보다 잘 알았다. 모건털은 그녀를 전적으로 신뢰했다. 그녀의 기억력, 경력, 판단력, 침착함은 값을 헤아릴 수 없을 정도로 소중했다. 모건털은 그녀에게 거액의 급료를 지급했으며 그녀가 요구했다면 아마 그보다 더 많이 주었을 것이다.

그녀는 회사 일뿐만 아니라 모건털의 개인사도 낱낱이 알고 있었다. 두 번째 모건털 부인 일을 상의했을 때 이혼하라고 조언한 사람도, 정확한 별거 수당 액수를 제시한 사람도 그녀였다. 그녀는 동정

심도 호기심도 전혀 보이지 않았다. 셸레 양은 그럴 사람이 아니라고 그는 장담할 수 있다. 그는 셸레 양에게 감정이라는 것이 없다고 생각했고, 그녀가 무슨 생각을 할지 궁금하지도 않았다. 그녀에게 생각이 있다는 말을 듣기라도 했다면 그는 깜짝 놀랐을 것이다. 특히 그 생각이 모건덜, 브라운 앤드 쉬퍼케사와 무관한 생각이었다든가 오토 모건덜에 관한 문제가 아니었다면 더더욱 놀랐을 것이다.

그래서 셸레 양이 휴가를 가겠다고 말했을 때는 적잖이 놀랐다.
"모건덜 씨, 3주간 휴가를 냈으면 합니다. 다음 주 화요일부터요."
뚫어지게 그녀를 쳐다보던 모건덜이 얼떨떨해하며 말했다.
"곤란할 것 같소만, 그것도 아주 많이."
"그렇게 곤란할 것 같지는 않습니다. 와이게이트 양이 모든 일을 완벽하게 처리할 겁니다. 와이게이트 양에게 메모와 지시 사항을 남겨 놓고 가지요. 애서 합병 건은 콘월 씨가 처리하실 겁니다."
여전히 얼떨떨한 상태로 모건덜이 물었다.
"아프거나 그런 것은 아니지요?"
그는 아픈 셸레 양도 상상할 수 없었다. 세균조차 셸레 양을 어려워해서 얼씬대지 않을 것 같았다.
"아니에요. 런던에 있는 언니를 보고 오려고요."
"언니라고?"
그는 셸레 양에게 언니가 있는 줄도 몰랐다. 아니, 셸레 양에게 가족이나 친척이 있다고 생각해 본 적조차 없었다. 그녀가 가족에 관한 말을 꺼낸 적이 없었기 때문이다. 그런데 오늘 그녀는 격의 없이 언니 이야기를 꺼내고 있다. 작년 가을에도 함께 런던에 갔지만, 그때도 언니가 있다는 말은 한 적이 없었다.

약간의 모욕감이 든 모건덜이 말했다.

"내가 여태 셀레 양한테 영국에 사는 언니가 있는 줄도 몰랐다는 말이오?"

셀레 양이 아주 희미하게 미소를 지었다.

"예, 언니가 대영박물관에 적을 두고 있는 남자와 결혼했거든요. 이번에 아주 중요한 수술을 받아야 하는데 저더러 옆에 있어 달라네요. 가 봐야 할 것 같습니다."

다시 말해 오토 모건덜이 보기에 셀레 양은 이미 가기로 마음을 먹었던 것이다.

모건덜이 투덜거리며 말했다.

"좋아요, 좋아……. 되도록 빨리 돌아오도록 하시오. 지금처럼 시장이 급변하는 것을 본 적이 없소. 이게 다 망할 놈의 공산주의 때문이라니까. 언제고 전쟁이 일어날 수도 있소. 가끔 전쟁만이 해결책이 아닐까 하는 생각이 든다니까. 온 나라가 전쟁으로 술렁거리고 있으니. 게다가 대통령은 바그다드에서 열린다는 바보 같은 회의에 참석하기로 했다고 하고. 내 생각에는 함정이 틀림없어. 하필 그 많은 장소를 두고 바그다드라니!"

"대통령께서는 분명 물샐 틈 없는 경호를 받으실 겁니다."

셀레 양이 달래는 듯한 목소리로 말했다.

"작년에 페르시아 국왕이 당하지 않았나? 팔레스타인에서 베르

나도테(1948년 9월 유대 과격파에게 암살당한 스웨덴 출신 UN 조정관 — 옮긴이)도 당했고. 미쳤어, 미친 게 틀림없어."

모건딜은 이어서 재차 힘주어 말했다.

"하긴, 온 세상이 전부 미치고 있지."

2장

I

 빅토리아 존스는 피츠제임스 가든에 있는 의자에 시무룩하게 앉아 있었다. 그녀는 재능을 제때 발휘하지 못해 당할 수밖에 없는 불이익에 관한 생각(혹은 '설교'라고도 할 수 있을 것이다.)에 완전히 몰두해 있었다.
 빅토리아는 남들과 마찬가지로 장점과 단점이 있는 평범한 여성이었다. 그녀의 장점은 편견이 없고, 인정이 넘치며, 용감하다는 것이었다. 선천적으로 모험을 좋아하는 기질은 칭찬받을 만할 것일 수도 있고, 안전을 중요시하는 현대에서는 그 반대일 수도 있다. 반면 가장 큰 단점은 때를 가리지 않고 거짓말을 하는 경향이 있다는 것이다. 빅토리아는 사실에 비하여 월등히 매혹적인 허구를 도저히 거부할 수 없었다. 그녀는 능수능란하고 쉽게 예술적 열의를 띠고 거짓말을 했다. 만약 약속에 늦었다면(자주 있는 일이었다.) 시계가 멈추었다거나(실제로 자주 있는 일이었다.) 알 수 없는 이유로 버스가 연착되었다는 변명은 성에 차지 않았다. 빅토리아는 동물원에서 탈출한 코끼리가 버스 노선상에 드러누워 있었다거나 스릴 넘치는 강도 현장에서 경찰을 돕느라 늦었다는 거짓말이 훨씬 그럴싸하다고 여겼다. 빅토리아가 생각하는 살맛 나는 세상이란 호랑이가 스트랜드가(街)에 숨어서 기다리고 위험한 도둑이 투팅(런던 근교의 지명—옮긴이)에 창궐하는 세상이었다.

빅토리아는 날씬한 몸매에 최고의 각선미를 지녔지만 얼굴은 사실 보는 눈에 따라 평범하다고 하는 사람도 있었다. 이목구비는 오목조목했다. 흥미로운 점은 바로 그녀의 팬들이 붙여 준 '작은 고무 얼굴'이라는 별명이었다. 빅토리아는 잘 움직이지 않는 이목구비를 이리저리 비틀어서 거의 누구든 놀라울 정도로 똑같이 흉내를 냈다.

현재 그녀가 곤경에 처한 것도 바로 마지막으로 거론한 이러한 재능 때문이었다. 서중앙 2우편구 그레이스홈가(街)에 있는 그린홀츠, 시먼스 앤드 레더베터사의 그린홀츠 씨에게 타이피스트로 고용되었던 빅토리아는 남편 사무실에 들렀던 그린홀츠 부인을 생생하게 연기하여 나머지 세 타이피스트와 사환 1명을 즐겁게 해 주면서 지루한 아침 시간을 보내고 있었다. 빅토리아는 그린홀츠 씨가 사무 변호사를 보러 여러 군데 들러야 한다는 사실을 익히 알고 있던 터라 마음을 푹 놓고 있었다.

"여보, 어째서 우리는 놀(Knole) 소파를 사면 안 된다는 거죠?"

빅토리아는 새되고 징징거리는 목소리로 따지는 흉내를 냈다.

"디에프타키스 부인도 강청색 새틴 소파 하나를 가지고 있단 말이에요. 돈이 없다고요? 그 금발 계집애를 데리고 나가서 저녁 먹고 춤추러 다니는 건 뭐예요? 내가 모르는 줄 아나 본데 당신, 그 계집애를 데리고 나가기만 해 봐요. 나도 소파 사서 진보라색이랑 황금색 쿠션으로 꾸밀 테니까. 말이 나왔으니 말인데, 사업상 저녁 자리라고 해 놓고 셔츠에 립스틱 묻혀 오는 당신은 정말 바보예요. 그러니까 나는 소파도 사고 모자 달린 모피 망토도, 그것도 밍크는 아니지만 진짜 밍크처럼 보이는 아주 좋은 걸로 주문할 거예요. 나는 물건을 싸게 사니까 잘못하는 게 아니죠······."

처음에는 넋을 잃고 구경하다가 어느 순간 갑자기 다들 약속이라도 한 듯 다시 일을 시작한 청중의 태도 돌변에 빅토리아는 연기를 중단하고 주위를 두리번거렸다. 그런데 그린홀츠 씨가 문가에 서서 그녀를 지켜보고 있는 것이 아닌가.

빅토리아는 적절한 말이 떠오르지 않아 외마디 외침을 내뱉었다.

"어머나!"

그린홀츠가 앓는 소리를 냈다.

외투를 벗어 던진 그린홀츠는 개인 사무실로 들어가더니 문을 쾅 하고 닫았다. 그 즉시 버저가 두 번은 짧게, 한 번은 길게 울렸다. 빅토리아를 호출하는 소리였다.

"존시, 널 부르는데."

동료 하나가 하지 않아도 될 말을 굳이 했다. 동료의 눈빛은 타인의 불행을 목격할 때 느끼는 그런 쾌감으로 빛났다. 나머지 타이피스트들도 큰 소리로 재촉하며 이러한 쾌감에 동참했다.

"어서 가 봐, 존스."

"어쩌니, 존시."

기분 나쁜 사환 녀석은 손가락으로 목을 그으며 재수 없는 소리를 내고는 혼자 좋아라 했다.

빅토리아는 필기 도구를 집어 들고 최대한 당당하게 그린홀츠의 사무실로 향했다.

"찾으셨습니까, 그린홀츠 씨?"

빅토리아는 태연히 그린홀츠를 응시하며 낮은 목소리로 말했다.

그린홀츠는 3파운드짜리 지폐를 손에 쥐고 동전이 있는 쪽 주머니를 뒤지고 있었다.

"드디어 오셨군. 이만하면 됐다고 봅니다, 존스 양. 내가 해고 통보 기간 대신 일주일치 봉급을 주고 지금 당장 해고하면 안 될 이유가 하나라도 있다고 봅니까?"

(천애 고아인) 빅토리아는 지금 이 순간 위험한 수술을 받고 계신 어머니의 상태 때문에 너무 경황이 없어서 자신이 생각이 모자랐다고, 앞서 말씀드린 어머니가 자신의 얼마 안 되는 봉급에 의존하고 계시다고 설명하려고 했으나, 그 순간 그린홀츠의 비호의적인 표정을 보고는 입을 다물고 마음을 바꾸었다.

"물론 없습니다."

빅토리아는 기세 좋게 쾌활하게 대꾸했다.

"사장님 말씀이 백번 옳다고 생각합니다. 사장님도 아시다시피."

그린홀츠는 약간 놀란 듯했다. 해고했을 때 이런 식으로 흔쾌히 좋아하면서 받아들이는 경우를 거의 보지 못했기 때문이리라. 조금이라도 쩔쩔매는 모습을 보이기 싫은 그린홀츠는 책상에 놓인 동전 더미를 자세히 살폈다. 그런 다음 주머니도 한 번 더 뒤졌다.

"9펜스가 모자라는군."

그린홀츠가 낙담하며 중얼거리자, 빅토리아가 상냥하게 말했다.

"걱정 마세요. 그 돈으로 사진을 찍으시든가 사탕이라도 사 드시면 어때요."

"부쳐 줄 우표도 없는 것 같군요."

"상관없어요. 전 편지 따위는 쓰지 않거든요."

"나중에 누구 시켜서 보내도록 하지요."

그린홀츠 자신도 그렇게 말은 했지만 확신하지는 못하는 듯했다.

"그러실 필요 없어요. 그나저나 추천장은요?"

그 물음에 돌아온 것은 그린홀츠의 성마름이었다. 분노에 찬 그린홀츠가 따졌다.

"도대체 내가 왜 추천장을 써 줘야 합니까?"

"관례니까요."

그린홀츠는 자기 쪽으로 종이 1장을 당기더니 몇 줄을 휘갈겨 썼다. 그런 다음 그 종이를 빅토리아 쪽으로 떼밀었다.

"이만하면 됐습니까?"

존스 양은 2개월간 속기사로 본인과 함께 일했습니다. 속기는 부정확하며 철자도 제대로 못 씁니다. 존스 양은 근무 태만으로 퇴사합니다.

빅토리아가 얼굴을 찌푸렸다.
"추천이라고 보기 어려운데요."
"그야 추천할 생각이 없으니까."
"제가 정직하고, 분별력 있고, 행실이 바르다는 내용이 최소한 들어가야 한다고 생각하는데요. 사실이 그러니까요. 신중하다는 말도 추가해 주시면 더 좋고요."
"신중이라고?"
그린홀츠가 고함을 쳤다.
빅토리아는 순진무구한 표정으로 그린홀츠의 시선을 맞받으며 차분하게 말했다.
"네, 신중하다고요."
빅토리아가 쓰고 타이핑했던 온갖 편지들을 떠올리면서, 그린홀츠는 아무리 화가 났어도 신중하게 행동하는 편이 낫겠다고 판단했다. 그는 떼밀었던 종이를 다시 낚아채 갈가리 찢고 새 종이에 다시 썼다.

존스 양은 2개월간 속기사로 본인과 함께 일했습니다. 존스 양은 인원이 초과하여 퇴사합니다.

"이건 어떻소?"

"썩 마음에 들진 않지만, 이 정도면 봐줄 만하네요."

II

그래서 지금 빅토리아는 가방에 일주일치 봉급(그것도 9펜스가 모자라는)을 넣고 피츠제임스에 있는 벤치에 앉아 생각에 잠겨 있었다. 피츠제임스 가든은 다소 처연해 보이는 관목으로 이루어진 삼각형의 인공 숲으로 옆에는 교회가 있고 높다란 창고가 서 있었다.

빅토리아는 언제나 도착했을 때 비만 오지 않으면 밀크 바에서 치즈, 양상추, 토마토가 들어간 샌드위치를 사서 가짜 시골 환경에 둘러싸여 소박한 점심을 먹는 것이 습관이었다.

오늘도 빅토리아는 생각에 잠겨 샌드위치를 우적우적 씹으며 모든 일에는 때와 장소가 있는 법이고 사무실은 당연히 상사의 아내를 흉내 내기에는 적합한 장소가 아니었다고 혼잣말을 했다. 물론 이렇게 곱씹는 일이 처음은 아니었다. 앞으로 그녀는 지루한 업무를 즐겁게 만들어 주곤 했던 천성을 자제해야만 할 것이다. 한편 그녀는 그린홀츠, 시먼스 앤드 레더베터사에서 벗어나 다른 직장을 찾을 수 있을 것이라는 즐거운 상상으로 충만해 있었다. 그녀는 늘 새로운 일을 시작할 때마다 몹시 기뻐했다. 늘 '무슨 일이 일어날지는 아무도 모르는 거잖아.' 하고 생각하곤 했다.

빅토리아는 마지막 남은 빵 부스러기를 던져 주자마자 서로 달려 들어 먹겠다고 싸우는 참새 3마리의 악착스러운 모습을 보다가 고개를 들었다. 반대편 벤치에 젊은 남자가 앉아 있는 것이 보였다. 그전에 이미 남자의 존재를 알아챘지만, 미래를 위한 온갖 훌륭한 계획들로 마음이 가득 차 있어서 자세히 관찰할 틈이 없었다. 지금 (곁눈질로) 보니 아주 마음에 드는 남자였다. 그는 준수한 외모에 천사같이 아름답지만 턱은 단호했으며 빅토리아의 상상이지만 한동안 남몰래 자신을 숭배하면서 지켜봐 왔을지 모르는 눈부시게 푸른 눈동자를 지니고 있었다.

빅토리아는 공공장소에서 낯선 청년과 친구가 되는 것을 주저하지 않는 성격이었다. 자신에게는 사람을 볼 줄 아는 안목이 있으므로 경계해야 할 미혼 남성이 있다면 금방 알아챌 수 있다고 생각했다.

그녀는 꾸밈없는 미소를 지으며 젊은 남자 쪽으로 다가갔고, 그는 줄을 당긴 꼭두각시 인형처럼 즉각 반응을 보이며 말했다.

"안녕하세요. 여기 참 좋네요. 자주 오시나요?"

"거의 매일요."

"이런 곳에 한번도 못 와 보다니 제가 운이 없었나 봅니다. 지금 드시고 계신 것이 점심인가요?"

"네."

"너무 적게 드시는 것 같은데요. 저는 샌드위치 두 쪽만으로는 견디지 못합니다. 같이 토트넘 코트 로드에 있는 SPO 식당에서 소시지라도 드실래요?"

"고맙지만 사양할게요. 정말 배가 불러서요. 더 이상은 못 먹을 정도예요."

그러면서 "그럼 다음에 가죠."라고 남자가 말해 주길 내심 기대했으나 그런 말은 없었다. 남자는 그저 한숨만 쉬더니 이렇게 말했다.

"제 이름은 에드워드입니다. 이름이 어떻게 되시죠?"

"빅토리아요."

"어째서 부모님께서 기차역 이름을 따서 이름을 지으신 걸까요?"

"빅토리아라는 이름은 기차역 말고도 많답니다. 빅토리아 여왕도 있잖아요."

빅토리아가 지적했다.

"아, 그렇군요. 성은 어떻게 되죠?"

"존스요."

"빅토리아 존스라······."

에드워드가 이름을 발음해 보더니 고개를 가로저으며 말했다.

"이름과 성이 어울리지 않는데요."

거기에 빅토리아가 맞장구를 쳤다.

"맞아요. 제니라면 그래도 좀 나을 거 같아요. 제니 존스. 빅토리아에는 좀 더 우아한 뭔가가 있어야 해요. 이를테면 빅토리아 색빌 웨스트같이요. 바로 그런 이름이 어울리는 거 같아요. 좀 더 혀를 굴릴 수 있는 그런 이름 말이에요."

"존스에 뭔가 덧붙일 수도 있잖습니까."

에드워드가 동감의 뜻을 비쳤다.

"베드퍼드 존스."

"캐리스브룩 존스."

"세인트 클레어 존스."

"론스데일 존스."

죽이 맞는 이 게임은 에드워드가 시계를 흘긋 보고 걱정스러운 탄식을 내면서 중단되었다.

"저는 이제 그만 지독한 상사에게 쏜살같이 복귀해야겠는데요. 음, 그쪽은 어떤가요?"

"전 실직자랍니다. 오늘 아침에 해고됐어요."

"이런, 유감이군요."

정말 걱정스러운 투로 에드워드가 말했다.

"불쌍하게 생각할 필요 없어요. 전혀 아쉽지 않거든요. 쉽게 다른 일자리를 구할 수 있기도 하고, 조금은 통쾌했어요."

빅토리아는 에드워드의 업무 복귀를 더더욱 지체시키면서 오늘 아침에 있었던 일을 생생하게 들려주었다. 그린홀츠 부인의 말투를 생생하게 흉내 내 에드워드를 더없이 즐겁게 했음은 물론이었다.

"정말 대단해요, 빅토리아. 지금 당장 무대에 서도 되겠는데요."

빅토리아는 만면에 미소를 머금고 찬사를 받아들인 다음, 자기처럼 해고당하고 싶지 않으면 뛰는 게 낫겠다고 에드워드에게 충고까지 했다.

"맞아요. 저는 당신처럼 쉽게 다른 일자리를 구하지 못할 테니까요. 뛰어난 속기사란 분명 멋진 일이겠죠?"

에드워드가 목소리에 부러움을 담아 말했다.

"글쎄요, 사실 저는 뛰어난 속기사는 아니랍니다."

빅토리아가 솔직하게 인정했다.

"하지만 다행스럽게도 요즘은 매우 서툰 속기사도 일자리를 구할 수 있는 때랍니다. 교육 단체나 자선 단체에서 말이에요. 그런 단체는 돈이 별로 없어서 저 같은 사람을 고용하거든요. 저는 학술 분야의 일이 제일 좋아요. 과학자 이름이니 전문 용어니 그런 것들은 끔찍하게 어렵잖아요. 철자 좀 틀린다고 해서 크게 망신당할 일은 없죠. 아무도 제대로 못 쓸 테니까요. 그나저나 무슨 일을 하세요? 군인인 것 같기는 한데, 공군?"

"잘 맞히시네요."

"전투기 조종사?"

"이번에도 잘 맞히셨네요. 너그럽게도 우리한테 일자리를 마련해 주고 여러 가지 배려를 해 주었지만 문제는 우리 머리가 그렇게 좋은 편이 못 된다는 겁니다. 공군에 있을 땐 머리 쓸 일이 없었거든요. 온갖 파일과 여러 가지 숫자, 몇 가지 머리 쓰는 일을 맡겨 놓고 사무실에 앉혀 놓았지만 제가 못 하겠더라고요. 모든 게 완전히 무의미한 일 같았거든요. 유감스럽게도 사실이 그래요. 자신이 아무짝에도 쓸모없는 인간이라는 사실을 알고 나면 우울해진답니다."

빅토리아는 공감하며 고개를 끄덕였고 에드워드는 씁쓸하게 말을 이어 나갔다.

"세상 물정도 잘 모르고, 이젠 중요한 존재도 아니죠. 전쟁 중에는 좋았어요. 맡은 일만 해내면 DFC(공군수훈십자훈장)도 줬거든요. 하지만 이젠 저 같은 건 사라져 버리는 게 나을지도 모릅니다."

"그래도 분명······."

빅토리아는 여기서 말을 멈추었다. DFC를 받게 한 그 모든 자질은 1950년의 세상 어딘가에서 반드시 제자리를 찾아야 한다는 확신을 말로 표현할 수 없었기 때문이었다.

에드워드가 말을 이어 나갔다.

"그 때문에 정말 우울해졌어요. 아무 짝에도 쓸모없다는 사실 말이에요. 이제 일어나야겠군요. 저어, 혹시, 아주 뻔뻔한 일이 되겠죠. 그러니까 제가······."

빅토리아가 놀란 듯 눈을 크게 떴을 때, 말도 더듬고 얼굴도 붉어진 에드워드가 작은 카메라를 하나 꺼냈다.

"스냅 사진을 한 장 찍어도 되겠습니까? 전 내일 바그다드로 떠나거든요."

"바그다드로요?"

빅토리아가 크게 실망하여 소리쳤다.

"네, 지금은 안 갔으면 좋겠군요. 오늘 아침까지만 해도 빨리 가고 싶었는데. 이번 일을 수락한 것도 다 이 나라를 떠나기 위해서였답니다."

"어떤 종류의 일인데요?"

"아주 끔찍한 일이죠. 문화, 시, 뭐 그런 것들. 래스본 박사가 제 상사고요. 명패 뒤에 쌓인 편지 더미 뒤에서 코안경 너머로 영혼 속까지 꿰뚫듯 쳐다보죠. 그분은 정신적 향상을 열망하고 이를 광범

위하게 보급하는 것을 끔찍이 열망하고 계십니다. 그래서 외딴곳에 서점을 내시는데, 바그다드에도 하나 내려고 하죠. 셰익스피어나 밀턴의 작품을 아랍어, 쿠르드어, 아르메니아어 등으로 번역해서 사람들에게 판매한답니다. 제가 생각하기에는 바보 같은 짓이에요. 영국문화협회가 전 세계에서 똑같은 일을 이미 하고 있거든요. 그래도 일은 일이죠. 그분 덕에 일자리가 생긴 거니까 불평해서는 안 되는 거고."

"거기서 무슨 일을 하시는데요?"

"글쎄요, 한마디로 박사가 하라면 무엇이든 하는 잔심부름꾼입니다. 티켓을 끊고, 예약을 하고, 여권 신청서를 기입하고, 그 끔찍하고 작은 시 작법서들의 포장을 점검하고, 이리저리 뛰어다니는 거죠. 그러다가 밖에 나가면 서로 친한 척하는 겁니다. 왜 그런 거 있잖아요. 모든 나라가 합세해서 정신적 향상을 열망한다는 지나치게 미화된 청년 운동 같은 거요."

에드워드의 어조는 점점 더 침울해졌다.

"솔직히 지겨울 것 같죠, 그렇죠?"

빅토리아는 그다지 큰 위안을 줄 수가 없었다.

"그래서 말인데…… 괜찮으시다면 한 장은 옆모습으로, 또 한 장은 저를 정면으로 쳐다보는 걸로 사진을 찍으면 안 되겠습니까?"

찰칵 하는 소리가 두 번 났다. 빅토리아는 매력적인 이성에게 강한 인상을 남겼다는 사실을 자각하고 있는 젊은 여성답게 흡족한 표정을 지어 보였다.

"만나자마자 바로 떠나게 되어서 정말 유감입니다. 다 그만두고 싶지만 지금에 와서 그래서는 안 되겠죠. 그 복잡한 서류니 비자니 다 해 놓고 이제 와서 못 간다고 하면 잘하는 짓이 아니겠죠?"

"생각보다 나쁘지 않을 수도 있잖아요."

빅토리아가 위로했다.

"그럴……지도요."

에드워드가 못 미더운 듯 말하고 나서 덧붙였다.

"우스운 건요, 뭔가 수상하다는 느낌을 떨칠 수가 없다는 겁니다."

"수상하다고요?"

"그래요. 다 사기 같아요. 왜냐고 묻지는 마세요. 저도 이유는 모르니까요. 가끔씩 드는 그런 느낌 있잖아요. 예전에 급유를 할 때도 이런 느낌이 든 적이 있어요. 난리법석을 떨다가 아무래도 이상해서 보니, 역시나 와셔가 예비 기어 펌프에 단단히 조여져 있더라고요."

빅토리아는 기술 용어 때문에 에드워드의 말을 정확히 이해할 수는 없었지만 의도는 파악할 수 있었다.

"그분, 그러니까 래스본 박사가 사기꾼 같다는 말인가요?"

"그럴 리가 없는데도 그런 생각이 들어요. 박사님은 끔찍이 존경받고 있고 박식하거든요. 소속 단체도 많으시고 대주교니 대학 학장이니 이런 사람들하고도 친하게 지낸답니다. 그저 제 느낌일 뿐이고, 시간이 지나면 알 수 있겠죠. 그럼 안녕히. 당신도 같이 가면 좋을 텐데."

"저도 그러고 싶어요."

"이제 어떡하실 건가요?"

"가워가(街)에 있는 세인트 길드릭 직업소개소에 들러서 다른 일을 알아보려고요."

빅토리아가 우울하게 답했다.

"안녕, 빅토리아. '파르티르 세 무리르 엉 프(떠나는 것은 조금 죽는 것과 같으리라)'."

에드워드가 매우 영국적인 억양으로 덧붙이고는 말을 이었다.

"프랑스 사람들이 뭘 좀 안다니까요. 우리 영국 사람들은 이별의 달콤한 슬픔을 표현할 때 헛소리나 주절주절 하잖아요."

"에드워드, 안녕히 가세요. 행운을 빌어요."

"다시는 제 생각 같은 것은 하지 않겠죠?"

"아니에요, 꼭 기억할게요."

"당신은 이제껏 만나 봤던 여자들하고는 전혀 달라요. 다만……."

그때 15분을 알리는 시계 종이 울리자 에드워드가 급히 말했다.

"이런, 엄청 서둘러야겠군요."

빠르게 뒤돌아 가던 에드워드의 모습을 큰 입을 벌리고 기다리던 런던이 삼켜 버리고 말았다. 생각에 잠겨 벤치에 그대로 남아 있던 빅토리아는 2가지 분명한 사실을 깨달았다.

하나는 로미오와 줄리엣의 주제에 관한 것이었다. 로미오와 줄리엣이 좀 더 고상한 말로 자신의 감정을 표현했을 것이라는 점에서는 다르지만, 그녀가 생각하기에는 자신과 에드워드가 어떤 면에서 이 불행한 연인의 처지와 같다는 생각이 들었다. 만남, 순식간의 이끌

림, 좌절까지도. 원래 하나였던 심장이 서로 좋아하는 심장으로 두 동강 난 것까지. 예전에 보모가 자주 불러 주던 노랫말이 떠올랐다.

점보가 앨리스에게 사랑한다고 말했네,
앨리스는 사랑한다는 점보의 말을 못 믿겠다고 했네.
네 말대로 정말 날 사랑한다면
나를 런던 동물원에 남겨 두고 미국으로 가 버리진 않겠지.

이 노랫말에서 미국을 바그다드로 바꾸니 자신한테 딱 들어맞는다는 생각이 들었다. 빅토리아는 마침내 무릎에서 빵 부스러기를 털어내고 일어나서 빠른 걸음으로 피츠제임스 가든에서 걸어 나와, 가위가로 향했다. 빅토리아는 2가지를 결정했다. 첫째는 (줄리엣처럼) 이 젊은 남자를 사랑하므로 붙잡아야 한다는 것이었다. 둘째는 에드워드가 곧 바그다드로 갈 테니 유일한 해결책은 자신도 바그다드에 가야 한다는 것이었다. 이제 생각이 온통 이 목표를 어떻게 실현하느냐 하는 데 가 있었다. 빅토리아는 어떻게든 실현되리라는 점만은 확신했다. 원래 낙천적인 데다 강인한 성격의 소유자였기 때문이었다.
　'이별의 달콤한 슬픔'은 에드워드에게 그랬듯이 빅토리아에게도 마음에 와닿는 말이었다.
　"어떻게든 바그다드에 가야만 해!"
　빅토리아는 자신에게 다짐하듯 말했다.

3장

I

  사보이 호텔은 오랜 단골이자 소중한 고객인 안나 셀레를 열렬히 환영한 후 모건덜 씨의 안부를 물었다. 그리고 스위트룸이 마음에 들지 않으면 사실대로 말해 달라고 재차 청했다. 호텔로서는 안나 셀레가 곧 돈이었기 때문이다.

  셀레 양은 목욕을 한 후 옷을 갈아입고, 켄싱턴 번호로 전화를 한 통 건 뒤 엘리베이터를 타고 내려갔다. 그리고 회전문을 나와 택시를 잡았다. 택시가 길가에 멈춰 서자 그녀는 본드가(街)에 있는 까르띠에 매장으로 가 달라고 했다.

  안나 셀레가 탄 택시가 사보이 호텔에서 스트랜드가(街)로 접어들었을 때, 매장 진열대를 구경하며 서 있던 작은 체구의 가무잡잡한 사나이가 갑자기 시계를 흘긋 보고는 택시를 잡았다. 편리하게도 이 택시는 그 사나이 주변을 배회하고 있었는데 이상하게도 방금 짐 꾸러미를 한아름 들고 화를 내던 여자의 손짓을 무시하고 지나쳤다.

택시는 앞서 가는 택시가 시야에서 사라지지 않게 거리를 유지하면서 스트랜드가까지 미행했다. 두 택시 모두 트라팔가 광장을 돌던 중 신호에 걸렸을 때, 뒤따르던 택시에 탄 사나이가 왼쪽 창문 밖을 내다보며 보일 듯 말 듯 수신호를 보냈다. 애드미럴티 아치 근처 길가에 서 있던 승용차 한 대가 시동을 걸고 뒤따르던 택시의 뒤를 따라 번잡한 교통 흐름 사이를 오락가락했다.

통행이 재개되었다. 안나 셀레가 탄 택시는 펠멜가(街) 방향으로 좌회전하는 차량을 뒤따랐고, 작고 가무잡잡한 사나이를 태운 택시는 오른쪽으로 돌아 계속 트라팔가 광장을 돌았다. 회색 스탠더드 승용차는 이제 안나 셀레 뒤에 바짝 따라붙었다. 승용차에는 2명이 타고 있었는데, 한 사람은 운전대를 잡고 있는 남자로 꽤 멍청해 보였고, 조수석에 앉은 나머지 한 사람은 말쑥하게 차려입은 젊은 여자였다. 스탠더드 차는 피커딜리를 따라 본드가까지 안나 셀레가 탄 택시를 미행했다. 여기서 승용차는 인도와 차도 사이의 연석 옆에서 잠깐 멈추었고 곧이어 젊은 여자가 내렸다.

그 여자는 밝지만 의례적인 목소리로 인사를 했다.

"감사합니다."

승용차는 멈추지 않고 계속 갔다. 젊은 여성은 가끔씩 차창을 흘긋거리면서 계속 걸었다. 교통이 정체되고 있어서 속도는 별로 빠르지 않았다. 젊은 여자는 스탠더드 차와 안나 셀레가 탄 택시를 지나쳐 까르띠에에 다다라서는 안으로 들어갔다.

안나 셸레 역시 택시 요금을 지불하고 까르띠에 안으로 들어갔다. 그녀는 여러 가지 보석류를 둘러보면서 얼마간 그 안에서 시간을 보냈다. 그러다가 마지막에 가서 사파이어와 다이아몬드가 박힌 반지를 하나 골랐다. 반지 값으로 런던 은행 발행 수표를 써 주었다. 서명된 이름을 보자마자 점원의 태도가 지나치게 친절해졌다.

"셸레 양, 런던에서 다시 뵙게 되어 반갑습니다. 모건덜 씨도 오셨나요?"

"아니요."

"궁금해서 여쭤 봤습니다. 저희 매장에 지금 최상급 스타사파이어가 있는데, 마침 모건덜 씨가 스타사파이어에 관심이 있다고 말씀하셨던 게 기억이 나서요. 한번 보시겠습니까?"

셸레 양은 기꺼이 보겠다고 하고 적당히 감탄해 준 다음 모건덜 씨께 잊지 않고 말씀드리겠다는 약속을 했다.

그녀는 다시 본드가로 나왔고, 클립 고정식 귀걸이를 구경하고 있던 젊은 여자 또한 마음을 정할 수 없다면서 나왔다.

그래프턴가(街)에서 좌회전한 다음 피커딜리로 내려갔던 회색 스탠더드 차가 본드가에 다시 나타나던 참이었다. 젊은 여자는 이 차를 모르는 척했다.

안나 셸레는 벌링턴 아케이드로 향했다. 그녀는 꽃집에 들러 줄기가 긴 장미꽃 36송이와 향기 좋은 커다란 보랏빛 제비꽃 한 바구니, 흰 백합 12송이, 미모사 한 아름을 주문한 다음 보낼 곳의 주소를 알려 주었다.

"손님, 모두 합해서 12파운드 18실링입니다."

안나 셸레는 돈을 낸 다음 꽃집을 나왔다. 한편 방금 들어왔던 젊은 여자는 앵초 꽃 한 다발의 값을 물어 보았지만 사지는 않았다.

안나 셸레는 본드가를 가로질러 벌링턴가를 따라 가다가 새빌 거리(런던의 고급 양복점들이 있는 거리 — 옮긴이)로 향했다. 여기서 그녀는 원래 남성복만 제작하지만 가끔 특정 우수 여성 고객을 위해 여성복을 재단하기도 하는 양복점 한 군데에 들어갔다.

볼포드는 귀한 고객에게 걸맞은 인사를 건네면서 셸레 양을 맞이했고, 곧 새 옷에 필요한 옷감을 상의하였다.

"운 좋게도 저희 집 수출용 상품을 드릴 수 있겠는데요. 셸레 양, 언제 미국으로 돌아가십니까?"

"23일에요."

"그 정도면 맞출 수 있겠습니다. 이번에도 비행기로 가시겠죠?"

"네."

"미국은 좀 어떻습니까? 여기 현실은 아주 슬프답니다, 아주 많이."

볼포드는 환자에게 상태를 설명하는 의사처럼 고개를 가로저었다.

"아시는지 모르겠지만 도통 일에 대한 애정이 없어요. 좋은 작품에 자부심을 갖고 있는 사람이 도통 없답니다. 셸레 양, 이번 옷을 누가 재단하는지 혹시 아시나요? 란트윅 씨랍니다. 72세의 고령이지만, 최고의 고객이 입을 옷을 재단하도록 믿고 맡길 수 있는 유일한 분이라니까요. 나머지는 참······."

볼포드의 통통한 양손이 손사래를 쳤다.

"품질이 관건이죠. 한때 이 나라가 명성을 떨쳤던 것이 바로 품질 때문이 아닙니까. 품질 말이에요! 싸구려도 없고, 겉만 번지르르한 것도 없었죠. 대량 생산도 해 보려고 했는데 우리는 영 못 하겠더라고요. 정말 그랬어요. 그런 건 미국이 잘하죠. 우리가 지켜야 하는 건, 다시 한번 말하지만 품질입니다. 그러려면 시간도 걸리고, 노력도 들고, 또 그래야 이 세상에서 아무도 따라올 수 없는 옷이 나오는 법이죠. 가봉은 언제로 잡을까요? 다음 주 같은 요일이요? 11시 30분에? 감사합니다."

많은 옷감이 짐 더미처럼 쌓여서 생긴 고풍스러운 그늘을 뚫고 나오자 안나 셸레는 다시 햇빛을 받았다. 그녀는 택시를 잡아타고 사보이 호텔로 돌아갔다. 이 거리의 반대편에서 작고 가무잡잡한 사나이를 태우고 서 있던 택시는 똑같은 경로를 택하기는 했지만 사보이 쪽을 향하지는 않았다. 택시는 우회하여 임뱅크먼트(템스 강의 북쪽 강둑길 ─ 옮긴이)까지 간 다음 거기서 사보이 호텔의 종업원용 출입구에서 방금 나온 키 작고 통통한 여자를 태웠다.

"루이자, 어떻던가요? 방 좀 훑어봤습니까?"

"네. 아무것도 없던데요."

안나 셸레는 식당에서 점심을 먹었다. 창가에 그녀를 위해 남겨 둔 빈 좌석이 있었다. 급사장이 애정 어리게 오토 모건덜의 안부를 물었다.

점심 식사 후 안나 셸레는 열쇠를 받아 들고 스위트룸으로 올라갔다. 침대는 정돈되어 있었고, 욕실에는 새로 갖다 놓은 수건이 놓여 있었으며, 모든 것이 말끔했다. 안나는 짐을 넣어 둔 2개의 가벼운 가방이 있는 곳으로 건너갔다. 하나는 열려 있었고, 나머지 하나는 잠겨 있었다. 그녀는 열린 가방의 내용물을 흘끗 본 다음 지갑에서 열쇠를 꺼내서 나머지 가방을 열었다. 모든 것이 개어 놓은 대로 단정했다. 아무것도 손대거나 어지럽혀 놓은 흔적은 없었다. 가죽으로 된 서류 가방이 위에 놓여 있고, 소형 라이카 카메라와 필름 두 롤이 한쪽 구석에 있었다. 필름은 아직 그대로 밀폐된 채였다. 안나는 손톱으로 필름의 뚜껑 밑부분을 만져 본 다음 위로 잡아당겨 열었다. 안나는 회심의 미소를 지었다. 눈에 거의 보이지 않는 단 한 올의 금발 머리카락이 사라졌던 것이다. 그녀는 반짝반짝 빛나는 서류 가방 가죽 표면에 솜씨 좋게 파우더를 뿌린 다음 입으로 훅 불었다. 서류 가방은 여전히 깨끗하고 반짝거렸다. 지문은 어디에도 없었다. 하지만 그날 아침 안나는 부드러운 아마빛 머리의 정수리 부분에 헤어 광택제를 살짝 두드려 발라 주고 나서 이 서류 가방을 만졌었다. 그러니 서류 가방에는 그녀 자신의 지문이라도 있어야 했다.

그녀는 다시 회심의 미소를 지으며 혼잣말을 했다.

"솜씨 좋군. 그렇지만 완벽하지는 않아······."

안나는 작은 여행 가방에 능숙하게 짐을 꾸리고 다시 아래층으로 내려갔다. 곧 택시가 왔고 그녀는 기사에게 17번지 엘름슬레이 가든으로 가 달라고 했다.

엘름슬레이 가든은 조용하고 약간 지저분한 켄싱턴 광장 같았다.

안나는 택시 요금을 치르고 칠이 벗겨진 문까지 계단을 뛰어 올라갔다. 벨을 누르자 몇 분 뒤 나이 든 여자가 의심스러운 눈초리로 문을 열었다가 이내 환영의 빛을 내비쳤다.

"엘시 양이 보면 기뻐하시겠어요! 뒤쪽 서재에 계신답니다. 아가씨가 온다는 생각에 그나마 엘시 양이 기운을 잃지 않았어요."

안나는 어두운 복도를 빠른 걸음으로 걸어 제일 끝에 있는 문을 열었다. 그러자 가죽이 다 닳아빠진 커다란 안락의자가 여러 개 놓여 있는, 작고 초라하지만 안락한 방이 나왔다. 안락의자에 앉아 있던 여자가 벌떡 일어섰다.

"안나, 왔구나."

"엘시 언니."

두 여인은 서로 애정 어린 키스를 주고받았다.

엘시가 말했다.

"다 준비됐어. 오늘 입원해. 내가 정말 바라는 건……."

"기운 내. 모든 게 다 잘될 거야."

II

우비를 입은 작은 체구의 가무잡잡한 사나이가 번화한 켄싱턴 역에 있는 공중전화 박스 안에 들어가서 다이얼을 돌렸다.

"발할라 축음기 회사죠?"

"네, 그런데요."

"여기는 샌더스입니다."

"'강가의 샌더스' 말입니까? 어떤 강이죠?"

"티그리스 강입니다. A.S.에 관한 보고입니다. 오늘 아침 뉴욕에서 도착해 까르띠에에 갔습니다. 거기서 사파이어와 다이아몬드가 박힌 120파운드짜리 반지를 하나 샀습니다. 그런 다음 꽃가게 제인 켄트에 가서 12파운드 18실링어치 꽃을 포틀랜드 플레이스에 있는 사립 병원으로 배달시켰습니다. 볼포드와 에이버리에서 코트와 스커트도 주문했습니다. 이제껏 들렀던 매장 모두 미심쩍은 연줄이 있다고 알려진 바는 없으나, 앞으로 예의 주시할 예정입니다. A.S.가 묵고 있는 사보이 호텔 방도 뒤져 봤습니다만 수상한 물건은 없었습니다. 볼펜슈타인과의 서류상 합병에 관한 문서가 든 서류 가방이 여행 가방에 있었습니다. 수상한 점은 전혀 없었습니다. 카메라와 사용하지 않은 것이 분명한 필름 두 롤이 있었습니다. 혹시 자료가 담긴 필름일지 몰라서 다른 필름과 바꿔치기한 다음 조사해 봤는데 아무것도 없는 걸로 밝혀졌습니다. A.S.는 작은 여행 가방을 들고 17번지 엘름슬레이 가든에 있는 언니를 보러 갔습니다. 언니가 오늘 저녁 수술을 받으러 포틀랜드 플레이스에 있는 사립 병원에 입원한다고 합니다. 이 사실은 해당 사립 병원과 외과 의사의 예약 명단으로도 확인했습니다. A.S.의 방문에는 전혀 수상한 점이 없어 보입니다. 미행 때문에 불안해하거나 미행을 눈치챈 것 같지는 않았습니다. 오늘 밤은 사립 병원에서 보낼 것으로 파악됩니다. 사보이 호텔 방은 아직 체크아웃하지 않았습니다. 뉴욕으로 돌아가는 비행기는 23일로 예약되어 있습니다."

자신을 '강가의 샌더스'라고 칭했던 사나이는 잠시 멈춘 다음 비공식적인 의견을 덧붙였다.

"제 생각을 물으신다면 별일 아닌 것 같습니다. 그런 데 돈을 쏟아붓다니. 12파운드 18실링씩이나 꽃에다! 기가 막히더군요!"

4장

I

빅토리아가 당분간 목적 달성에 실패할 가능성이 없다는 것은 그녀의 낙천적인 기질에서 알 수 있다. 빅토리아에게 오늘 일어난 일은 "밤에 스쳐 지나가는 배들"(헨리 워즈워스 롱펠로의 시 「신학자 이야기」의 문장으로, 짧은 순간 만났다가 강렬한 인상을 받고 헤어진 사람들이 다시는 만나지 못한다는 내용을 일컬을 때 인용되곤 함―옮긴이)이라는 시구가 아니었다. 젊고 매력적인 남자에게 빠졌는데(솔직히 인정할 건 인정하자.), 그 젊은 남자가 마침 5000킬로미터쯤 떨어진 머나먼 이국땅으로 떠난다는 사실은 분명 불행한 일이었다. 그 남자가 애버딘이나 브뤼셀, 혹은 버밍엄으로 간다면 얼마나 좋을까.

'하필 바그다드라니, 운도 없지!'

그렇게 생각했지만 빅토리아는 아무리 어렵더라도 어떻게든 바그다드에 갈 작정이었다. 그녀는 수단과 방법을 궁리하면서 토트넘 코트 로드를 따라 걸었다. 바그다드라, 바그다드에서 무슨 일을 한다고 했지? 에드워드는 '문화'와 관련된 일이라고 했다. 어떻게 하면 문화와 관련된 일을 할 수 있을까? 유네스코? 유네스코는 늘 사람들을 여기, 저기, 전 세계, 가끔 가장 흥미진진한 장소로 보내고 있었다. 그렇다 해도 통상 대학 학위를 받고 일찍부터 이 바닥에 입문한 재원들만 보내지 않던가, 하고 빅토리아는 곰곰이 생각했다.

제일 먼저 무엇을 해야 할지 결정하자 마침내 여행사로 발걸음을 돌려 거기서 문의를 했다. 바그다드 여행에는 별 어려움이 없는 듯했다. 비행기로 갈 수도 있고, 바스라까지 먼 바다를 돌아갈 수도 있으며, 마르세유까지 기차를 타고 갈 수도 있다. 또 베이루트까지 배를 타고 갈 수도 있고, 자동차로 사막을 건널 수도 있으며 이집트를 경유해서 갈 수도 있다. 마음만 먹으면 목적지까지 내내 철도로 갈 수도 있지만, 현 시점에서 어렵고 불확실한 것은 비자였다. 비자를 받을 때쯤이면 이미 비자의 만기가 꽉 차기 십상이었다. 바그다드에서는 파운드를 쓸 수 있으니 돈은 문제가 되지 않았다. 적어도 상담 직원이 의도하는 종류의 그런 문제는 없었다. 결국 간추려 보면 60에서 100파운드의 현금만 있으면 바그다드에 도착하는 데는 아무런 문제가 없었다.

현재 빅토리아의 수중에 있는 현금은 9펜스 부족한 3파운드 10실링과 그 밖의 12실링, 우편 저금국에 있는 5파운드가 다였기 때문에 쉽고 간단한 방법은 물 건너간 셈이었다.

빅토리아는 주저하면서 비행기 승무원 자리를 알아보았지만 이러한 직업은 모두가 탐내는 일자리라서 대기자 명단이 길었다.

다음으로 그녀는 세인트 길드릭 직업소개소를 방문했다. 도착하니 스펜서 양이 능률적인 책상 너머에 앉아서 꽤 자주 사무실을 드나드는 빅토리아를 반갑게 맞이했다.

"어머나, 존스 양, 이번에도 해고된 건 아니겠죠. 정말 저번이 마지막이 되길 바랐는데……."

"정말 어쩔 수 없었어요."

빅토리아가 단호하게 말했다.

"제가 당한 일을 어디서부터 말씀드려야 할지 잘 모르겠네요."

얘기를 들은 스펜서 양이 창백한 뺨에 발그스레한 홍조를 띠며 말했다.

"정말…… 어머나, 이상하네……. 그 사람 그렇게 안 봤는데…… 진짜 못됐네……. 난……."

"정말 괜찮아요, 정말이에요."

그러고 나서 빅토리아는 미약하나마 용감하게 미소를 지어 보였다.

"제 일은 제가 알아서 할 수 있으니까요."

"물론 그렇죠. 그래도 불쾌하기는 마찬가지잖아요."

"그럼요. 불쾌하죠. 그렇지만……."

빅토리아는 다시 한번 용감한 미소를 지어 보였다.

스펜서 양이 장부를 훑어보았다.

"세인트 레너드 미혼모 원조 기관에서 타이피스트를 찾고 있어요. 물론 보수는 그렇게 많지 않지만……."

빅토리아가 퉁명스럽게 물었다.

"혹시 바그다드에 일자리가 날 가능성은 없을까요?"

"바그다드에요?"

깜짝 놀란 스펜서 양이 되물었다.

그 순간 빅토리아는 캄차카 반도나 남극을 말하는 편이 훨씬 나았을 것이라는 사실을 깨달았다.

"바그다드에 꼭 가야만 해서요."

"생각해 본 적도 없어서……. 그러니까 비서직을 말하는 건가요?"

"뭐든지요. 간호사든 요리사든, 정신병자를 돌보는 일이든 아무 거나요."

스펜서 양이 고개를 가로저었다.

"가망이 거의 없다고 봐야 할 것 같아요. 어제 두 딸을 데리고 와서 호주까지 가는 여비를 제공하겠다고 했던 부인은 있었지만요."

빅토리아는 머릿속에서 호주를 쫓아 버리고는 일어섰다.

"어떤 소식이든 들으면 알려 주세요. 그거면 돼요."

스펜서 양의 어리둥절한 표정을 보고 빅토리아는 다시 둘러댔다.

"그러니까…… 그쪽에 친척이 있어서요. 게다가 바그다드에도 보수가 좋은 일자리가 많다는 걸 알고 있거든요. 그러니 일단 거기에 도착은 해야 하잖아요."

세인트 길드릭 사무국에서 나와 걸으면서 빅토리아는 자신에게 되뇌었다.

"암 그렇지. 우선 도착은 하고 봐야겠지."

그때부터 빅토리아에게는 골칫거리가 하나 더 늘었다. 갑자기 특정한 이름이나 주제에 골몰하면 통상 그렇듯이, 만물이 바그다드에 대한 생각으로 향하도록 공모라도 한 것처럼 보였기 때문이다.

저녁때 산 석간신문에 실린 짧은 기사에는 저명한 고고학자 폰스풋 존스 박사가 바그다드에서 200여 킬로미터 떨어진 무리크의 고도에서 발굴을 시작했다고 나와 있었다. 어떤 광고에는 바스라까지 가는 선박 노선(거기서부터 바그다드, 모술 등지까지는 기차로)이 실려 있었다. 스타킹을 보관하는 서랍 안에 깔아 놓았던 신문에 나온 바그다드 주재 학생들에 관한 기사 몇 줄도 눈에 대뜸 띄었다. 지역 극장에서는 「바그다드의 도적」이라는 영화가 상영 중이었고, 빅토리아가 늘 뚫어지게 바라보곤 하던 일류 교양 서점에는 『바그다드의 칼리프, 하룬 엘 라시드의 새로운 전기』가 전면에 진열되어 있었다.

빅토리아의 눈에는 온 세상이 갑자기 바그다드를 인식한 것처럼 비쳐졌다. 그날 오후 약 1시 45분까지만 해도 그 어디서도 바그다드에 관하여 들어 본 적이 없었고, 생각조차 하지 않았을 것이 분명한데도 말이다.

바그다드에 도착할 가망은 별로 없었지만 빅토리아는 포기란 걸 몰랐다. 빅토리아에게는 창의적인 두뇌와 어떤 일을 하고 싶다면 그 일을 성취할 수 있는 방법은 항상 있게 마련이라는 낙천적인 인생관이 있었다.

빅토리아는 그날 저녁 내내 가능한 접근 방법 목록을 짜 보았다.

외무부에 알아본다?

광고를 낸다?

이라크 공사관에 알아본다?

데이트 회사는 어떨까?

디토 해운 회사?

영국 문화원?

셀프리지 정보부?

시민 상담소?

빅토리아는 이 중 어떤 계획도 가망이 없다는 사실을 인정할 수밖에 없었다. 마지막으로 목록에 다음을 추가했다.

어떻게 100파운드를 구하지?

II

밤새도록 집중이라는 고도의 정신노동을 해서인지, 정각 9시까지 출근할 필요가 없어져서 안도한 때문인지 빅토리아는 늦잠을 잤다. 10시 5분에 눈을 뜨자마자 곧바로 침대에서 벌떡 일어나 옷을 갈아입었다. 말을 잘 듣지 않는 짙은 색 머리에 마지막 빗질을 하고 있을 때 막 전화벨이 울렸다.

빅토리아는 수화기를 향해 손을 뻗었다. 수화기 너머에는 흥분한 것이 틀림없는 스펜서 양이 있었다.

"마침 전화를 받아서 다행이에요, 빅토리아. 정말 기가 막힌 우연의 일치예요."

"네?"

빅토리아가 큰 소리로 되물었다.

"말한 대로 정말 깜짝 놀랄 만한 우연의 일치라고요. 해밀턴 클럽 부인이 3일 안에 바그다드로 여행을 가시는데 그만 팔을 다쳐서 여행 중에 시중들 사람이 필요하시대요. 그래서 바로 존스 양한테 전화한 거예요. 물론 클럽 부인이 다른 직업소개소에도 부탁을 해 놓았는지는 모르지만……."

"지금 바로 갈게요. 부인은 지금 어디 계시죠?"

"사보이 호텔에요."

"그 웃긴 이름이 뭐라고요? 트립?"

"클립(Clipp)이라니까요. 종이에 끼우는 바로 그 클립. 그런데 P가 2개 들어가요. 이유는 알 수 없지만. 그 부인은 미국인이래요."

마치 그 말로 모든 것이 설명된다는 듯 스펜서 양은 말을 마쳤다.

"사보이 호텔의 클립 부인이라……."

"클립 부부세요. 전화한 건 남편분이었고요."

"당신은 천사예요. 그럼 이만 갈게요."

빅토리아는 서둘러 옷매무새를 단정히 하면서 옷이 좀 덜 낡았으면 하고 바랐다. 그런 다음 차분해진 머리를 귀부인을 모시고 갈 노련한 여행자 역할에 걸맞게 다시 한번 빗질을 했다. 그 후 그린홀츠 씨의 추천장을 꺼내 보며 고개를 가로저었다.

"이거보단 낫게 고쳐야겠어."

빅토리아는 19번 버스를 타고 그린 파크에서 내려 리츠 호텔로 들어갔다. 버스에서 신문을 읽고 있던 여자의 어깨 너머를 재빨리 흘긋거렸던 것이 확실히 도움이 되었다. 호텔 휴게실에서 빅토리아는 막 영국을 떠나 동아프리카로 향할 예정이라고 신문에 발표 난 레이디(귀족의 부인이나 딸에게 붙이는 경칭 — 옮긴이) 신시아 브래드버리가 관대하게 칭찬하는 글 몇 줄을 인용해 '간호에 뛰어나고, 매사에 유능하다······.'고 썼다.

리츠 호텔에서 나와 길을 건너 앨버말가(街)까지 지름길을 지나, 고위 성직자와 시골에서 올라온 귀부인들이 애용한다는 볼더턴 호텔까지 왔다.

필체는 덜 화려하게 하고 e를 그리스 문자 ε로 작고 깔끔하게 바꾸어 빅토리아는 랭고 주교에게 받은 추천장을 만들었다.

그러고 나서 이 2장의 추천서를 들고 9번 버스를 잡아타서 사보이 호텔로 향했다.

프런트에서 빅토리아는 해밀턴 클립 씨를 찾고는 세인트 길드릭 직업소개소에서 왔다고 말한 후 이름을 말했다. 프런트 직원은 클립 씨에게 전화를 걸려다 말고 반대편을 보면서 말했다.

"저분이 클립 씨입니다."

해밀턴 클립은 거구에 가는 은발의 미국인이었으며 친절한 면모가 엿보이고 찬찬히 느리게 말하는 스타일이었다.

빅토리아는 자신의 이름을 말한 다음 직업소개소를 댔다.

"왜 이제야 오셨소, 존스 양. 바로 와서 집사람을 만났으면 좋았을 텐데. 집사람은 아직 스위트룸에 있지만 어떤 젊은 아가씨를 면접 본 것 같던데, 지금쯤이면 갔겠군요."

빅토리아는 가슴이 철렁했다.

이제 다 된 줄 알았더니 아니었던가?

클립 씨와 빅토리아가 두꺼운 카펫이 깔린 복도를 걷고 있을 때, 어떤 젊은 여자가 맨 끝에 있는 문에서 나와 둘 쪽으로 다가왔다. 빅토리아는 다가오고 있는 여자가 자신으로 보이는 일종의 환각을 경험했다. 아마도 그 여자가 입고 있는 맞춤 슈트가 자기가 입고 싶어 했던 스타일과 꼭 같기 때문일 터라 생각했다.

'나한테도 꼭 맞겠는걸. 나랑 사이즈가 같아. 아, 벗겨서 빼앗고 싶을 지경이야.'

빅토리아는 원시 시대 여성의 야만성으로 돌아가 그런 생각을 했다.

젊은 여자가 클립 씨와 빅토리아 곁을 지나갔다. 금발머리 한쪽에 자리 잡은 작은 벨벳 모자 때문에 얼굴이 잘 보이지 않았지만, 클립 씨는 뒤돌아 그 여자를 보면서 깜짝 놀랐다.

"가만…… 안나 셸레가 어떻게 여기에?"

중얼거린 클립 씨는 잠시 후 해명하는 투로 덧붙였다.

"실례했습니다, 존스 양. 겨우 일주일 전에 뉴욕에서 보았던 어떤 젊은 여성을 봐서 깜짝 놀랐소. 그 여성은 대규모 국제 은행의 비서거든."

클립 씨는 문 앞에 멈추어 섰다. 열쇠는 자물쇠에 걸려 있었다. 클립 씨가 가볍게 문을 두드린 다음 열고 빅토리아가 방 안으로 들어갈 수 있도록 옆으로 비켜 주었다.

창가 옆에 놓인 등받이 높은 의자에 앉아 있던 해밀턴 클립 부인이 클립 씨와 빅토리아가 들어서자 벌떡 일어섰다. 새 같은 눈을 가진 키가 작고 아담한 체구의 여성이었다. 오른팔에는 깁스를 하고 있었다.

남편이 빅토리아를 소개하자 부인이 헐떡이며 말했다.

"정말이지……. 모든 게 어긋나 버렸어요. 이제 여행 일정도 다 잡혔고 런던에서 좋은 시간도 보냈고 계획도 다 세워 놓고 티켓도 예약해 놓았지요. 결혼해서 이라크에 살고 있는 딸아이를 보러 가려고요, 아가씨. 거의 2년 동안 그 아이를 못 봤거든요. 그런데 어떤 일이 일어났는지 아세요? 내가 넘어졌지 뭐예요. 사실 웨스트민스터 사원에서 돌계단을 내려가다가 이렇게 되었답니다. 사람들이 급히 병원으로 옮겨 줘서 다행히 뼈는 맞췄어요. 생각해 보면 그렇게 심한 건 아니지요. 몸은 힘들지만 그래도 어떻게 여기까지 여행은 왔는데 이제 모르겠어요. 조지도 일 때문에 꼼짝 못 하게 되어서 짧아도 3주 동안은 여기 있어야 한다고 하네요. 조지는 간호사를 데리고 가라고 했지만 일단 거기 도착해서 돌아다닐 때는 간호사가 필요 없지 않겠어요? 새디가 필요한 일은 다해 줄 테고, 거기다 돌아갈 여비도 줘야 되잖아요. 그래서 생각했죠. 직업소개소에 전화를 걸어서 갈 때만 같이 가 줄 사람이 있는지 찾아봐 달라고."

빅토리아는 자신의 정체를 사실대로 밝히려는 의도에서 넌지시 말했다.

"엄밀히 말해서 저는 간호사는 아닙니다만…… 간호 경험은 꽤 많아요."

그러면서 첫 번째 추천장을 내보였다.

"저는 1년 넘게 레이디 신시아 브래드버리 밑에서 일했답니다. 편지나 비서 업무를 원하신다면, 몇 개월 동안 큰아버지 비서로 일한 적도 있습니다. 제 큰아버지는……."

빅토리아가 공손하게 말했다.

"랭고 주교세요."

"큰아버지가 주교시라고요? 어머나, 흥미롭네요."

클립 부부 모두 결정적 인상을 받은 것이 틀림없다고 빅토리아는 생각했다. (그렇게 공을 들여 생각해 낸 건데 당연하지!)

해밀턴 클립 부인은 2장의 추천서를 남편에게 건네며 감탄한 듯이 말했다.

"여보, 정말 대단해 보이지 않아요? 우리가 운이 좋은 것 같아요. 하늘이 기도를 들어주신 모양이에요."

'저도 그렇게 생각한답니다.'

빅토리아는 속으로 그렇게 생각했다.

클립 부인이 물었다.

"그쪽에 가서 일을 하시나요? 아니면 기다리는 친척이라도?"

급하게 추천장을 위조하느라 바그다드에 가는 이유를 설명해야 할지도 모른다는 사실을 깜빡했던 빅토리아는 불시의 기습에 즉석에서 이유를 만들어 내야만 했다. 그때 어제 신문에서 읽었던 짧은 기사가 퍼뜩 떠올랐다.

"그곳에 계신 큰아버지 폰스풋 존스 박사를 뵈려고요."

"정말요? 고고학자이신 그 존스 박사요?"

"네."

잠깐 동안 빅토리아는 저명한 큰아버지를 너무 많이 둔 것은 아닐까 생각했다.

"제가 그분 작업에 관심이 많아서요. 하지만 저한테 특별한 자격이 있다거나 그런 것은 아니니까 조사단에서 그곳까지 가는 여비를 대 줄 수는 없답니다. 연구 후원금이 그다지 충분한 게 아니라서요. 대신 그쪽에 도착하기만 하면 원정대에 합류해서 제가 도울 수 있는 일이 있을 거라 생각해요."

"아주 흥미로운 일이겠군요. 메소포타미아는 고고학에서 분명 흥미로운 분야이지요."

클립 씨가 말했다.

빅토리아가 클립 부인 쪽을 보며 말했다.

"제 큰아버지 랭고 주교님은 지금 스코틀랜드에 계세요. 하지만 그분 비서의 전화번호는 알려 드릴 수 있습니다. 비서는 지금 런던에 있거든요. 핌리코 87693인데 풀럼 궁 내선 중 하나일 겁니다. (벽

난로 선반 위에 놓인 시계를 슬쩍 보면서) 비서는 오전 11시 30분부터 자리에 계속 있을 거니까 전화를 걸어서 저에 대해 문의하시려면 그 이후에 하셔야 할 거예요."

"아, 그렇게 하도록……."

부인이 말하려던 차에 클립 씨가 끼어들었다.

"알다시피 시간이 없소. 비행기가 내일모레 떠난다오. 존스 양, 지금 혹시 여권 가지고 있소?"

"네."

빅토리아는 작년에 프랑스로 짧은 휴가를 다녀왔을 때 여권을 만들어 두기를 잘했단 생각이 들었다. 새로 만들어 유효 기간이 넉넉했다. 빅토리아가 덧붙여 말했다.

"만일을 대비해서 가져왔습니다."

"그게 바로 전문가다운 행동이지."

클립 씨가 만족해하며 말했다.

또 다른 후보자가 온다고 한들 떨어졌을 것이 분명했다. 훌륭한 추천장, 든든한 2명의 큰아버지, 여권 소지 덕분에 빅토리아는 합격하였던 것이다.

여권을 받아 들며 클립 씨가 말했다.

"비자를 받아야 될 거요. 아메리칸 익스프레스에 있는 내 친구 버전 씨에게 바로 부탁해 놓도록 하겠소. 그 친구가 알아서 다 해 줄겁니다. 존스 양은 오늘 오후에 그쪽에 방문하시오. 그래야 필요한 서명도 할 수 있을 테니."

빅토리아는 그러겠다고 했다.

문을 닫고 나오는데 클립 부인이 남편에게 하는 말이 들렸다.

"저렇게 야무진 여자가 오다니요. 우리가 정말 운이 좋은가 봐요."

빅토리아는 양심에 찔려서 얼굴이 붉어졌다.

서둘러 아파트로 돌아와 클립 부인이 자신의 능력을 확인하는 문의 전화를 걸어 올 경우에 대비해 주교 비서다운 상냥하고 세련된 억양을 꾸밀 만반의 태세를 갖추고 전화기를 뚫어져라 쳐다보았다. 그러니 클립 부인은 야무져 보이는 빅토리아의 성격에 강한 인상을 받았는지, 그런 복잡한 절차는 생략했다. 결국 여행 동반자로 며칠 동안만 고용하는 것이었으니까.

일은 순조로이 진행되어 몇 가지 서류를 작성하고 서명한 끝에 비자를 받을 수 있었다. 빅토리아는 클립 부인으로부터 다음 날 아침 7시 항공사에 들렀다가 히스로 공항으로 출발하는 것을 도와 달라며 마지막 날 밤을 사보이 호텔에서 보내 달라는 부탁을 받았다.

5장

이틀 전 습지에서 출발한 배는 샤트 알 아랍 강을 따라 서서히 가고 있었다. 유속이 빨라서 배를 몰고 있는 노인은 노를 빨리 저을 필요가 없었다. 노인의 움직임은 부드럽고 율동적이었으며, 눈은 반쯤 감겨 있었다. 노인은 작은 목소리로 부드러우면서도 슬프게 아랍 노래를 끝없이 불렀다.

아스리 비 렐 야 야말리
하디 알렉 야 이븐 알리.

이런 식으로 노를 저어 습지 아랍인(Marsh Arab. 예전에 메소포타미아였던 이라크 남부의 저지대에 사는 아랍인 — 옮긴이)인 압둘 술레이만은 수차례 강을 건너 바스라로 갔다. 오늘은 배에 남자가 한 사람 더 있었는데, 요즘 자주 볼 수 있는 동양풍과 서양풍의 모습이 처연하게 뒤섞인 차림을 하고 있었다. 남자는 줄무늬 면직물의 기다란 로브 위에 얼룩에 찌들고 해진 낡은 카키색 튜닉을 입고 있었다. 빛바랜 붉은색 털실 목도리는 낡아 빠진 외투 안에 쑤셔 넣은 듯했다. 검은색 실크 아갈(케피야를 고정시키는 데 쓰는 부속물 — 옮긴이)로 고정시킨 검은색과 흰색의 케피야(아랍식 모자의 일종 — 옮긴이)를 쓰고 있는 머리는 다시 한번 아랍식 복장의 품위를 보여 주었다. 그는 초점 없이 멍한 눈으로 흐릿하게 강이 굽이치는 것을 바라보고 있었다. 이제는 노인 말고 이 남자도 똑같은 곡조를 흥얼거리기 시작했다. 남자의 외모는 메소포타미아 지역에서 흔히 볼 수 있는 수많은 아랍인과 다를 바가 없었다. 남자는 영국인처럼 보이지도, 전 세계 거의 모든 국가의 유력 인사들이 가로채어 운반자와 함께 없애 버리고 싶어 안달이 난 비밀을 품고 있는 것처럼 보이지도 않았다.

  남자는 마음속으로 지난주를 어렴풋이 떠올렸다. 산속에서 한 매복, 파스로 가는 도중 얼음처럼 차가웠던 눈, 낙타를 탄 대상 행렬, 이동식 '영화관'을 등에 지고 지나가던 두 사나이와 함께 황량한 사막에서 터벅터벅 걸으면서 보냈던 나흘, 검은 텐트에서 보낸 나날들 그리고 오랜 친구인 아네이제 부족과의 여행. 모두 힘들었고 매번 위험도 따랐다. 그럴 때마다 자신을 찾아서 방해하려고 각지에 펼쳐 놓은 경계망을 용케 빠져나왔다.

  '헨리 카마이클. 영국 정보원. 나이는 30세가량. 갈색 머리에 짙은 눈동자. 키 178센티미터. 아랍어, 쿠르드어, 페르시아어, 아르메니아어, 힌두스타니어, 터키어, 그 외 여러 산악 지대 방언을 함. 여러 부족민과 친분 관계가 있음. 위험한 자임.'

카마이클은 아버지가 정부 관리로 있던 카슈가르에서 태어났다. 유모, 그리고 좀 커서는 하인들이 여러 인종 출신의 원주민이었던 덕에 어린 시절부터 혀짤배기 소리로 다양한 지역의 방언과 은어를 익혔다. 그에게는 중동 전역의 오지에 걸쳐 친구가 있었다.

그의 이러한 인맥이 소용없는 곳은 도시와 읍내뿐이었다. 바스라에 다가갈수록 카마이클은 자신의 임무에서 중대한 순간이 왔음을 직감했다. 조만간 그는 문명 세계로 다시 들어갈 것이다. 바그다드가 최종 목적지이긴 했지만 카마이클은 직접 접근하지 않는 편이 낫겠다고 생각했다. 이라크에는 가는 곳마다 수개월 전부터 미리 세심하게 마련해 둔 숙박 시설이 있었다. 그러나 이른바 어디를 상륙 지점으로 할 것인지는 순전히 자신의 판단에 맡겨야 했다. 심지어 전에는 가능했던 간접 경로였더라도 이를 통해서는 상사에게 어떤 소식도 전하지 않은 터였다. 이렇게 해야 더 안전을 보장할 수 있기 때문이다. 약속된 장소에서 비행기가 기다리기로 하는 손쉬운 계획은 실패할 것으로 예상되었기 때문에 접었다. 그 계획은 십중팔구 적에게 노출되었을 것이다. 유출이라니! 늘 치명적이고, 매번 이해할 수 없는 것이 기밀 유출이었다.

이 때문에 위험에 대한 카마이클의 우려는 한층 더 심해졌다. 안전이 눈앞에 보이는 이곳 바스라에서 카마이클은 본능적으로 그간

겪었던 험난한 여정보다 더욱 큰 위험을 느꼈다. 마지막 순간에 실패하기라도 한다면……. 생각만 해도 견딜 수 없었다.

　주기적으로 노를 젓던 아랍 노인이 고개를 돌리지 않은 채 중얼거렸다.

　"다 왔네. 알라신의 가호가 있길."

　"어르신, 바스라에 너무 오래 계시지 마세요. 빨리 늪지대로 돌아가세요. 어르신이 해를 당하게 하고 싶진 않으니까요."

　"그것도 다 알라신의 섭리라네. 모든 것이 다 알라신의 손에 달려 있지."

　"인샬라(알라신의 뜻이라면)."

　카마이클이 암송했다.

　잠깐 동안 카마이클은 자신이 서양인이 아니라 동양인이었으면 하는 강렬한 욕망을 느꼈다. 성패 여부를 두고 너무 걱정하지도 말고, 위험 요소를 자꾸 따지지도 말자고 생각하면서 카마이클은 자신의 계획이 현명하고 신중했는지를 재차 자문해 보았다. 모든 책임을 신의 자비와 지혜에 맡겨 버리자. 인샬라, 나는 성공할지니!

　그런 말을 되뇌는 것만으로도 마음이 편안해졌고 조국의 운명은 이미 결정되었으니 자신이 어떻게 할 도리는 없다는 생각이 들었다. 카마이클은 이러한 느낌과 생각을 기꺼이 받아들였다. 이제 잠시 후면 배라는 피난처에서 걸어 나와 바스라 시내를 돌아다니면서 예리한 눈길에 맞서야 한다. 성공할 수 있는 유일한 방법은 아랍인처럼 느끼고 보이는 것뿐이었다.

배는 강과 직각으로 나 있는 수로로 부드럽게 돌아 들어갔다. 이곳은 온갖 소형 정기 운항선이 정박을 하고 그 밖의 많은 배가 그 사이사이 들어오는 곳이었다. 그 광경은 마치 베네치아처럼 아름다웠다. 소용돌이 장식이 있는 높은 뱃머리와 연하게 빛바랜 페인트 빛깔까지. 이런 배 수백 척이 나란히 정박해 있었다.

노인이 조용히 물었다.

"다 왔네. 자네를 맞아 줄 준비는 되어 있는가?"

"그럼요. 계획은 세워 뒀습니다. 이제 내려야 할 시간이 왔네요."

"신께서 자네가 가는 길에 내내 함께하시고, 자네의 목숨을 지켜 주시길!"

카마이클은 줄무늬 스커트를 여미고 부두로 향하는 미끄러운 돌계단을 올랐다.

어느 모로 보나 그는 물가에서 흔히 볼 수 있는 그런 인물이었다. 좌판 곁에 쪼그리고 앉아 있는 어린 소년들, 오렌지 장사꾼들. 케이크와 설탕에 절인 과일이 늘어선 끈적끈적한 시장, 구두끈과 싸구려 빗, 고무로 만든 잡동사니들이 담긴 좌판. 때때로 귀에 거슬리는 소리로 침을 뱉고 손에 쥔 염주를 맞부딪치며 두리번거리면서 생각에 잠겨 한가히 거니는 사람들. 여러 상점과 은행이 즐비한 거리 맞은편에서는 젊은 관리들이 연한 자줏빛을 띤 유럽풍 신사복을 입고 활기찬 걸음으로 빠르게 걸어가고 있었다. 유럽인도 있었고 영국인도 있었으며, 그 밖의 여러 나라에서 온 외국인도 있었다. 카마이클은 배에서 내려 부두로 올라온 50여 명의 아랍인 중 1명에 불과했기 때문에 그에게 관심을 보이는 이도 호기심을 보이는 이도 없었다.

카마이클은 주변을 보면서 기뻐하는 어린이처럼 이런 광경을 받아들이면서 조용히 거리를 어슬렁거렸다. 이따금 주변 환경에 동화되도록 너무 심하지 않게 칵 소리를 내면서 침을 뱉었다. 두 번인가는 손으로 코도 풀었다.

그런 식으로 이 이방인은 읍내에 도착해서 운하 위에 있는 다리에 다다른 다음 그 다리를 건너 시장에 들어왔다.

시장은 온통 소란스럽고 이리저리 움직이는 사람들로 복잡했다. 원기 왕성한 부족민들은 인파를 헤치고 성큼성큼 걸었으며, 짐을 실은 당나귀들은 쉰 목소리로 "발렉, 발렉."이라고 소리치는 주인과 함께 인파를 헤쳐 나갔다. 아이들은 서로 다투고 소리 지르며 희망에 차서 "바크쉬시, 마담, 바크쉬시.", "메스킨, 메스킨."이라 외치며 유럽인들 뒤를 졸졸 쫓아다녔다.

여기서는 동서양의 생산품이 나란히 동등한 자격으로 팔렸다. 알루미늄 스튜 냄비, 컵과 컵 받침 그리고 찻주전자, 망치로 두들긴 구리 제품, 아마라에서 들여온 은그릇, 싸구려 시계, 법랑 머그, 페르시아에서 들여온 자수품과 화려한 무늬의 러그, 중고 외투와 바지, 아동용 울 카디건, 현지에서 누벼 만든 침대 커버, 채색 유리등, 질항아리와 단지. 그 밖의 문명 세계의 온갖 싸구려 물건들이 토산품과 함께 팔려 나갔다.

모든 것이 정상이었고 일상적이었다. 야생에서 오래 머무른 탓에 카마이클에게는 이 모든 야단법석과 번잡함이 낯설게만 느껴졌다.

모든 것이 평상시처럼 보였고 신경에 거슬리는 소리도, 자신의 존재를 주시하는 시선도 감지할 수 없었다. 그러나 수년간 쫓기는 신세가 어떤 것인지를 익히 알고 있던 자답게 본능적으로 불안함과 희미한 위협의 기미가 점점 커지는 것을 느꼈다. 석연찮은 점도 간파할 수 없었고, 그에게 눈길을 주는 사람도 없는데 그랬다. 미행하거나 감시 중인 사람도 없다는 확신이 드는데도 그랬다. 그럼에도 카마이클은 뭐라 정의할 수 없는 위험이 도사리고 있음을 확신하였다.

　카마이클은 좁고 어두운 길모퉁이를 지나 다시 오른쪽으로 돈 다음 왼쪽으로 꺾었다. 그러자 작은 노점들이 나타났다. 그중 어떤 칸의 입구에 다다라서 안마당으로 통하는 현관으로 걸어 들어갔다. 주위는 갖가지 상점이 둘러싸고 있었다. 카마이클은 북방 사람들이 입는 양가죽 외투인 페르와가 걸려 있는 곳으로 갔다. 그곳에서 페르와를 살까 말까 망설이는 것처럼 만지작거렸다. 가게 주인은 어떤 손님에게 커피를 권하고 있었다. 손님은 키가 크고 수염을 길렀으며 풍채가 좋아 보였고, 녹색의 원형 터키 모자를 쓰고 있는 것으로 보아 메카 순례를 마친 이슬람교도임을 알 수 있었다.

　카마이클은 페르와를 가리키며 그곳에 서서 물었다.

"베슈 하다?"

"7디나르입니다."

"너무 비싸군요."

그때 손님으로 온 이슬람교도가 말했다.

"내가 묵고 있는 여관으로 양탄자를 배달도 해 줍니까?"

상인이 대답했다.

"물론입죠. 내일 출발하십니까?"

"새벽에 카르발라로 떠납니다."

"카르발라는 제 고향이지요. 후세인의 무덤을 본 지도 15년이나 되었군요."

카마이클이 대화에 끼어들자 손님으로 온 이슬람교도가 대꾸했다.

"그곳은 성스러운 도시입니다."

가게 주인이 어깨 너머로 카마이클에게 말했다.

"안쪽에 더 값싼 페르와도 있습니다."

"저는 북쪽에서 온 흰색 페르와가 필요한데요."

"저쪽 방에 그런 물건이 하나 있습니다."

상인은 안쪽 벽의 저만치 떨어져 있는 문을 가리켰다.

의식은 예정대로 거행되었다. 시장 어디에서나 들을 수 있는 대화였지만 순서까지 이와 똑같은 경우는 없을 것이다. 여기서 중요한 단어는 '카르발라'와 '흰색 페르와'였다.

그 방을 가로질러 안채로 들어가려던 찰나, 카마이클은 고개를 들고 상인의 얼굴을 보았다가 예전에 알던 얼굴이 아니라는 사실을 즉시 알아차렸다. 남자를 전에 딱 한 번밖에 보지는 못했지만, 카마이클은 이마저도 기억했다. 매우 닮은 얼굴이기는 했지만, 전에 알던 그 사람이 아닌 것은 분명했다.

카마이클은 걸음을 멈추고 약간 놀란 듯한 어조로 물었다.

"살라 하산은 어디 있습니까?"

"제 형인데 3일 전에 죽었습니다. 형이 하던 일을 제가 맡게 되었지요."

그래, 아마 동생이 맞을 것이다. 쏙 빼닮은 걸 보면. 동생 또한 정보부에 고용되었을지도 모른다. 상인의 대답은 사실이 분명해 보였다. 그럼에도 카마이클은 어두컴컴한 실내로 가면서 더욱더 경계심을 늦추지 않았다. 여기에도 커피포트와 놋쇠 및 구리로 된 설탕 망치(19세기까지 설탕은 덩어리 상태로 시중에 나왔기 때문에 이를 잘게 부수는 도구가 사용되었음 — 옮긴이), 오래된 페르시아산 은 제품, 자수품 더미, 접어 놓은 아바(아랍인들이 입는 소매 없는 헐렁한 옷 — 옮긴이), 법랑 다마스쿠스 쟁반과 커피 세트 등의 상품이 선반에 쌓여 있었다.

흰색 페르와가 작은 커피 테이블 위에 정성스럽게 개어져 있었다. 카마이클은 그리로 다가가서 페르와를 집어 들었다. 그 밑에는 유럽풍 옷이 한 벌 있었는데, 낡기는 했어도 화려한 분위기가 약간 남아 있는 비즈니스 정장이었다. 돈과 필요한 증명서가 들어 있는 지갑이 상의 안주머니에 이미 들어 있었다. 이름 모를 아랍인 1명이 가게에 들어왔다가 무슈 크로스 수입 및 해운 회사의 월터 윌리엄스가 되어 나갈 터였다. 윌리엄스는 사전에 잡아 놓은 어떤 약속을 지킬 것이다. 물론 월터 윌리엄스는 과거 훌륭한 사업체를 운영하던 실재하는 인물이다. 이 정도로 이번 계획은 치밀했다. 매사가 계획대로 진행되었다. 카마이클은 안도의 한숨을 내쉬며 낡아 빠진 군복 상의의 단추를 풀기 시작했다. 모든 일이 순조로웠다.

만약 상대가 리볼버를 무기로 선택했더라면 카마이클의 임무는 그때 그 자리에서 실패하고 말았을 것이다. 그러나 칼에는 이점이 있었다. 그중 두드러진 것이 소음이 없다는 점이었다.

카마이클 앞에 있던 선반에는 커다란 구리 커피포트가 하나 놓여 있었다. 이 커피포트는 미국인 관광객이 나중에 가지러 오겠다고 하여 최근 반짝반짝 빛나도록 닦아 놓은 상태였다. 칼날의 섬광이 반짝거리는 둥근 표면에 반사되었다. 찌그러지긴 했지만 전체 상황이 분명하게 보였다. 카마이클 뒤에 걸려 있던 발을 통해 들어온 사나이는 옷 속에서 길고 끝이 구부러진 칼을 막 뽑아 들던 참이었다. 다른 때 같았으면 이 칼은 카마이클의 등에 깊숙이 박혔을 것이다.

카마이클은 번개처럼 날쌔게 몸을 피해 자세를 낮춘 뒤 상대를 바닥에 쓰러뜨렸다. 칼은 방 저쪽으로 날아가 버렸다. 카마이클은 재빨리 자세를 풀고 쓰러진 상대방의 몸을 뛰어넘어 바깥채로 뛰쳐나갔다. 나오면서 그는 놀람과 동시에 악의 가득한 얼굴을 하고 있는 상인과 차분하지만 놀란 표정을 짓고 있는 뚱뚱한 이슬람교도의 얼굴을 어렴풋이 보았다. 칸을 가로질러 밖으로 나온 카마이클은 다시 붐비는 시장으로 들어가서 이쪽저쪽 방향을 바꾸며 어슬렁거렸다. 이는 서두르는 행위가 이상한 취급을 받는 나라에서 서두른다는 인상을 주지 않기 위함이었다.

정처 없이 걷다가 멈춰 서서 잡동사니를 보기도 하고 만져 보기도 하면서 동시에 활발하게 머리를 굴렸다. 조직이 무너졌다! 다시 한번 카마이클은 적지에서 모든 것을 혼자 처리해야 했다. 게다가 방금 일어난 일이 무엇을 의미하는지 알고 있었지만 인정하고 싶지 않았다.

카마이클이 두려워해야 할 대상은 그를 쫓고 있는 적뿐만이 아니었다. 문명 세계로 접근하는 것을 가로막는 것도 적뿐만이 아니었던 것이다. 두려워해야 할 적은 바로 조직 내에 있었다. 암호가 새어 나갔기 때문에 상대편의 응답에 한 치의 오차도 없었던 것이다. 공격은 그가 방심했던 바로 그 순간에 이루어졌다. 내통자가 있다는 사실은 어찌 보면 당연한 것일지 모른다. 예나 지금이나 적의 목적은 첩자를 되도록 많이 상대 쪽에 투입하는 것이었으니까. 아니, 어쩌면 필요한 인원을 매수했을지도 모르지. 사람을 매수한다는 것은 생각보다 수월하니까. 돈 외에 다른 것으로 매수할 수도 있는 노릇이고.

어떻게 일어난 일이건 간에, 어쨌든 현실은 바꿀 수 없었다. 그는 도망 중이었고 또다시 의지할 데 없는 신세가 되었다. 돈도, 새 신분의 도움도 받지 못하게 되었고 인상착의까지 노출된 상황이었다. 이런 생각을 하고 있는 지금 이 순간에도 은밀히 미행을 당하고 있을지 몰랐다.

카마이클은 돌아보지 않았다. 그래 봐야 무슨 소용이 있겠는가? 미행하는 자들이 눈에 들킬 정도로 미숙하지도 않을 텐데.

카마이클은 정처 없이 조용히 계속 어슬렁거리기만 했다. 겉으로는 느긋해 보였지만 사실 머릿속으로 여러 가지 가능성을 검토하고 있는 중이었다. 마침내 시장에서 나온 그는 운하 위에 놓인 작은 다리를 건넜다. 계속 걷다 보니 어느새 출입구 위에 영국 영사관이라고 씌어 있는 커다란 문패가 눈에 띄었다.

거리를 살살이 훑어보았다. 그를 조금이라도 관심 있게 보는 사람은 아무도 없었다. 영국 영사관에 걸어서 들어가는 일이 세상에서 제일 쉬운 일인 것처럼 보였다. 잠깐 동안 치즈 조각이 유혹하는 쥐덫이 떠올랐다. 덫에 들어가 치즈를 덥석 무는 것이 쥐에게도 쉽고 간단한 일이겠지…….

어쨌든 위험을 감수할 수밖에 없는 상황이었다. 달리 어쩔 도리가 없었기 때문이다.

그는 출입구를 통해 영사관에 들어갔다.

6장

 리처드 베이커는 영사가 시간이 날 때까지 기다리느라 영사관 대기실에 앉아 있었다.
 그는 그날 아침 인디언퀸호에서 내려 세관 검사를 받았다. 검사 받을 것이라고는 책이 거의 전부였다. 파자마와 셔츠가 일부러 그런 듯 책 사이사이에 흩어져 있었다.
 리처드는 인디언퀸호같이 작은 화물선은 번번이 연착되곤 한다는 점을 염두에 두고 이틀 정도 여유를 두었던 것인데 이번에는 제시간에 도착했다. 이렇게 되는 바람에 바그다드를 거쳐 최종 목적지인 무리크의 고대 도시 텔 아스와드에 가기까지 이틀의 공백이 생기고 말았다.
 이 이틀 동안 무엇을 할 것인지 계획은 이미 다 세웠다. 쿠웨이트 해안 근처에 고대 유골이 있다고 알려진 고분은 그가 오랫동안 가

보고 싶었던 곳이었다. 이번이야말로 이 고분을 볼 수 있는 하늘이 주신 기회였다.

그는 공항 호텔까지 차를 몰고 가서 쿠웨이트까지 가는 방법을 물었다. 다음 날 아침 10시에 출발하는 비행기가 있고 바로 다음 날 돌아올 수 있다는 답변을 들었다. 따라서 모든 것이 순조로웠다. 물론 쿠웨이트 입출국 비자라는 꼭 필요한 절차가 남아 있었다. 이 때문에 영국 영사관에 와야 했던 것이다. 바스라에 있는 총영사 클레이턴은 리처드가 몇 년 전 페르시아에 있을 때 만난 적이 있었다. 다시 만나면 반가워할 것이라고 리처드는 생각했다.

영사관에는 출입구가 여러 개 있었다. 정문은 차량용이었고 작은 문은 정원에서 시작하여 샤트 알 아랍 강과 나란하게 나 있는 길가로 나갈 수 있는 문이었다. 영사관으로 드나드는 문은 큰길가에 있었다. 리처드는 들어가서 근무 중인 직원에게 명함을 주었고 총영사는 지금 면회 중이지만 곧 시간이 나실 것이라는 답변과 함께 출입구에서 뒤쪽 정원까지 바로 연결되는 통로의 왼쪽에 있는 작은 대기실로 안내를 받았다.

대기실에는 이미 사람들이 몇 명 있었다. 리처드는 주변 사람들을 눈여겨보지 않았다. 사실 리처드가 인간이라는 동족에게 관심을 가지는 일은 좀처럼 드물었다. 그에게는 고대 도자기 쪼가리 하나가 기원후 20세기 어느 때쯤엔가 태어난 인간보다 훨씬 흥미로웠다.

리처드는 마리 문자와 기원전 1750년 베냐민 지파의 이동에 대한 유쾌한 생각에 잠겼다.

무엇 때문에 현실과 인간 동지를 의식하게 되었는지 정확히 짚어 낼 수는 없었다. 처음에는 불안함, 일종의 긴장감이었다. 그러다가 이는 곧 확신할 수 없는 뭔가로 후각을 통해 다가왔다. 구체적으로 딱히 무엇이라고 단정 지을 수는 없었지만 무언가가 그를 전쟁 말기 시절로 되돌려 놓고 있었다. 그 점만은 분명했다. 특히 그는 전우 둘과 비행기에서 낙하산으로 내려 임무 수행 시간이 올 때까지 잠시 추운 새벽 공기를 맡으며 기다렸던 때가 떠올랐다. 사기가 떨어졌을 때, 임무 수행에 따르는 위험을 명백하게 느꼈을 때, 자신이 적임자가 아닐지도 모른다는 두려움이 엄습할 때, 그럴 때 느껴지는 오싹함. 그와 똑같이 아리고 미미한 공기가 감돌았다.

두려움의 냄새…….

얼마간은 이러한 느낌이 무의식에서만 느껴졌다. 리처드의 마음 중 절반은 기원전에 다시 집중하려고 안간힘을 썼다. 그러나 현재가 잡아당기는 힘은 너무나 강력했다.

이 작은 방 안에 있는 누군가가 지독한 두려움에 떨고 있다…….

리처드는 대기실을 둘러보았다. 누더기 카키색 튜닉을 입고 있는 아랍인이 호박 염주알을 멍하니 굴리고 있었다. 회색 콧수염을 기른 통통한 영국 남자는 전형적인 외판원 타입으로 작은 노트에 여러 수치를 적고 있었는데 거기에 몰입한 듯 보였다. 피곤해 보이고 마른 체격에 피부색이 가무잡잡한 어떤 남자는 편안한 자세로 기대어 앉아 있었는데, 얼굴은 평온하고 무덤덤해 보였다. 그 밖의 이라크인 사무원으로 보이는 남자와 눈처럼 희고 미끈하게 늘어진 로브를 입고 있는 페르시아인 노인이 있었다. 모두들 한결같이 태연해 보였다.

호박 염주알의 딸깍거림이 일정한 리듬을 타기 시작했다. 이상하게도 그 리듬이 낯설게 느껴지지 않아 리처드는 졸음을 쫓아 버리고 주의를 기울였다. 짧게, 길게, 길게, 짧게. 그렇다, 모스 부호였다. 분명 모스 부호였다. 전쟁 중 송수신을 담당했기 때문에 리처드는 모스 부호를 잘 알고 있었다. 모스 부호 읽기쯤은 리처드에게는 일도 아니었다.

OWL, F-L-O-R-E-A-T-E-T-O-N-A. 이런 젠장! 그렇다. 분명했다. 반복해서 Floreat Etona(이튼스쿨의 모토인 '이튼이여 번영하라' — 옮긴이)라는 신호를 보내고 있었다. 누더기를 걸친 아랍인이 보내오고 있는(그보다는 딸깍거리고 있는) 소리였던 것이다. 가만, 이게 무슨 뜻이었더라? 'Owl(올빼미), Eton(이튼), Owl(올빼미).'

이튼스쿨 시절에 지나치게 알이 크고 두꺼운 안경을 쓰고 다녔던 그의 별명이 바로 올빼미였다.

그는 방 맞은편의 아랍인을 찬찬히 뜯어보았다. 줄무늬 로브며 낡은 카키색 튜닉, 너덜너덜하고 군데군데 코가 빠진 빨간색 털실 목도리. 선창가 어디서나 볼 수 있는 흔하디 흔한 모습이었다. 그 사나이와 눈이 마주쳤으나 상대방은 리처드를 전혀 알아보지 못하는 듯했다. 그동안에도 염주알은 계속 딸깍 소리를 냈다.

여기는 파키르. 대기. 문제.

파키르? 파키르? 맞다, 파키르 카마이클이었구나! 머나먼 이국땅에서 태어났다던가 살았다던 소년. 투르키스탄이었던가 아프가니스탄이었던가?

리처드는 파이프를 꺼내 시험 삼아 파이프를 잡아당긴 다음 대통 안을 들여다보고는 가까이에 있는 재떨이에 대고 두드렸다. 메시지 접수했음.

그 후 일어난 일은 눈 깜짝할 사이에 벌어졌다. 나중에 리처드는 일어난 일의 순서를 떠올려 보려고 했지만 잘 되지 않았다.

찢어진 군복 상의를 입고 있던 아랍인이 일어나 문 쪽으로 가로질러 갔다. 그는 리처드 근처를 지날 때 비틀거리더니 몸의 균형을 잡으려고 한쪽 손으로 리처드를 붙잡았다. 자세를 바로잡고 사과를 하더니 문 쪽으로 걸어갔다.

너무 놀라기도 했고 갑작스러웠기 때문에 리처드에게는 실제 일어난 일이라기보다 꼭 영화의 한 장면 같았다. 통통한 외판원 타입의 사나이가 노트를 떨어뜨리더니 외투 주머니에서 뭔가를 꺼내려 하고 있었다. 몸이 뚱뚱하고 외투가 꽉 껴서 그 뭔가를 꺼내는 데는 일이 초가 걸렸고, 리처드가 민첩하게 행동한 것은 바로 그 일이 초 동안이었다. 남자가 리볼버를 꺼내 들자 리처드는 리볼버를 쳐서 그자의 손에서 떨어뜨렸다. 총알이 발사되었으나 바닥에 박혔다.

모스 부호를 보내던 아랍인은 출입구를 빠져나가 영사의 집무실로 향하더니 별안간 멈췄다가 돌아서서 자신이 들어왔던 문이자 붐비는 길가 쪽으로 나 있는 문 쪽으로 재빨리 달아났다.

무장 경관이 뚱뚱한 자의 팔을 잡고 있는 리처드 곁으로 달려왔다. 대기실에 있던 나머지 사람들 중에서 이라크인 사무원은 흥분해서 날뛰었고, 가무잡잡한 마른 남자는 뚫어져라 쳐다보았으며, 페르시아 노인은 전혀 동요하지 않고 허공을 응시하였다.
리처드가 말했다.
"도대체 어쩔 셈이었소. 리볼버를 그렇게 휘두르다니?"
일순간 침묵이 흐르다가 뚱뚱한 남자가 코크니 억양으로 푸념하듯 투덜거렸다.
"미안하게 됐습니다, 선생. 실수였습니다. 서툴러서 그랬으려니 하고 넘어가 주십시오."
"말도 안 되는 소리. 방금 뛰어나간 그 아랍 친구를 쏘려고 했잖습니까?"
"아니, 아닙니다, 선생. 쏘려던 게 아니라 그냥 겁만 주려던 것뿐이었습니다. 가만 보니 어떤 골동품으로 나에게 사기를 쳤던 녀석이지 뭡니까? 재미로 그랬던 것뿐이었습니다."
리처드 베이커는 이목을 끄는 것을 극도로 싫어하는 사람이었다. 그의 본능은 말도 안 되는 변명을 그대로 받아들이려 하고 있었다. 결국 무엇을 입증할 수 있겠는가? 오랜 친구 파키르 카마이클이 나타나 이번 일로 난리법석을 떨어 주어 고맙다고 인사라도 할 것 같은가? 만일 그 친구가 모종의 극비 스파이 활동 중이라면 더더욱 알리고 싶어 하지 않을 것이다.
리처드는 잡고 있는 사내의 팔을 놓아주었다. 이제 보니 사내는 땀을 뻘뻘 흘리고 있었다.

무장 경관이 흥분해서 떠들어 댔다. '영국 영사관에 무기를 소지하고 들어오다니 아주 잘못한 일이다, 무기 소지는 금지되어 있다, 영사님이 아시면 성내실 것이다.'라고 열심히 말하고 있었다.

뚱뚱한 사내가 사과를 했다.

"죄송합니다. 사소한 사고였습니다. 그뿐이라니까요."

사내는 무장 경관의 손에 돈을 쥐여 주었으나 무장 경관은 화를 내며 돈을 뿌리쳤다.

"그냥 가는 편이 낫겠습니다. 영사는 만나지 않고 그냥 가겠어요."

뚱뚱한 사내는 갑자기 명함 1장을 리처드에게 억지로 쥐여 주었다.

"제 명함이고 저는 공항 호텔에 머물고 있습니다. 혹시라도 문제가 생기면 연락 주십시오. 순전히 사고였지만 말입니다. 그냥 장난이었어요. 무슨 말인지 아시겠지만."

리처드는 어색하게 거들먹거리며 대기실에서 거리로 나가는 사내를 마지못해 지켜만 보았다.

그는 자신이 옳은 일을 했기를 바라마지 않았지만 지금처럼 아무것도 모르는 상황에서는 옳은 일이 무엇인지 모르는 법이다.

"클레이턴 영사께서 지금 시간이 나셨습니다."

무장 경관이 알려 주었다.

리처드는 경관을 따라 복도를 걸었다. 끝으로 갈수록 긴 반원형 창문에서 들어오는 햇빛의 크기가 점점 커졌다. 영사의 방은 통로 맨 끝 오른쪽에 있었다.

클레이턴 영사는 책상 너머에 앉아 있었다. 생각에 잠긴 듯한 얼굴에 머리는 희끗희끗했다.

리처드가 말을 꺼냈다.

"저를 기억하실는지요? 2년 전에 테헤란에서 뵈었습니다만."

"기억하고말고요. 그때 폰스풋 존스 박사랑 함께 계셨지요, 아마. 올해도 존스 박사님 발굴에 참여하십니까?"

"예, 그렇습니다. 지금 그쪽에 가는 도중인데 며칠 말미가 나서 쿠웨이트에 가 보려고 합니다. 그쪽에 가는 데 아무 문제는 없으리라 생각됩니다만."

"문제없습니다. 내일 아침에 뜨는 비행기가 있습니다. 여기서 1시간 30분밖에 걸리지 않지요. 그곳 주재 사무관인 아치 곤트 씨께 전보를 쳐 놓도록 하겠습니다. 그분께서 묵을 곳을 마련해 주실 겁니다. 오늘 밤은 여기서 묵으시지요."

리처드는 가볍게 사양했다.

"두 분께 정말로 폐를 끼치고 싶지 않습니다. 그냥 호텔에서 묵어도 됩니다."

"공항 호텔은 지금 만원입니다. 여기서 묵으시면 저희가 감사하죠. 집사람도 베이커 씨를 다시 만나고 싶어 할 겁니다. 가만 있자, 지금은 정유 회사의 크로스비 씨하고 서적 세관 통과를 기다리고 있는 래스본 박사 수하의 어떤 젊은이가 묵고 있군요. 위층으로 올라가서 로사를 만나 보시죠."

영사는 일어서서 문을 지나 햇빛이 반짝이는 정원까지 리처드를 안내해 주었다. 층층 계단이 영사의 살림집까지 이어져 있었다.
　제럴드 클레이턴은 계단 맨 꼭대기에 있는 망사문을 밀고 들어갔다. 바닥에 눈에 띄는 러그가 깔려 있고 양쪽에 고급 가구가 놓인 길고 어두침침한 복도로 손님인 리처드를 안내했다. 햇빛이 눈부신 바깥에 있다가 어둡고 서늘한 곳에 들어가니 상쾌했다.
　클레이턴이 부인을 불렀다.
　"로사, 로사."
　그러자 리처드의 기억 속에서 활기 넘치는 낙천적 성격의 소유자였던 클레이턴 부인이 맨 끝 방에서 나왔다.
　"여보, 리처드 베이커 씨 기억하지요? 그분이 테헤란에 있는 폰스풋 존스 박사와 함께 우리를 보러 오셨잖소."
　클레이턴 부인이 악수를 청하며 말했다.
　"물론 기억하죠. 시장에 같이 가서 사랑스러운 러그도 샀었잖아요."
　자신이 물건을 사지 않을 때는 현지 시장에서 친구나 지인이 특가품을 사도록 부추기는 것이 클레이턴 부인의 낙이었다. 클레이턴 부인은 물건 값도 잘 알았고 값을 깎는 데도 선수였다.
　리처드가 말했다.
　"이제껏 산 물건 중에서 가장 잘 산 물건이었습니다. 그게 다 부인이 애쓴 덕분이었지요."
　"베이커 씨가 내일 비행기로 쿠웨이트에 가고 싶다시는군. 오늘 밤 여기서 묵으시라고 내가 권했소."
　"만에 하나 폐가 된다면……."

리처드가 말하려고 했으나 곧이어 클레이턴 부인이 말을 받았다.

"아니에요, 전혀 아니에요. 크로스비 씨가 묵고 계셔서 제일 좋은 방을 드릴 수는 없지만 그래도 편하게 묵을 수는 있을 거예요. 혹시 좋은 쿠웨이트제(製) 서랍장을 살 생각은 없으신가요? 지금 시장에 너무 좋은 서랍장이 나와 있거든요. 지금 남아도는 담요를 넣으면 유용할 것 같은데 제럴드가 못 사게 한답니다."

"이미 3개나 있잖소, 여보."

클레이턴이 타이르듯 말했다.

"베이커 씨, 이제 괜찮으시다면 사무실로 돌아가 봐야겠습니다. 대기실에 소란이 좀 있었던 모양입니다. 어떤 자가 리볼버를 발사했다더군요."

"이 지역 족장쯤 되겠죠. 그 사람들은 쉽게 흥분하고 총을 너무 좋아한다니까요."

클레이턴 부인이 말했다.

"부인 생각과 달리 영국인이었습니다. 어느 아랍인을 노리고 쏜 것 같더군요."

리처드는 이렇게 말하고 나서 조용히 한마디 덧붙였다.

"제가 그자의 팔을 쳤습니다."

"현장에 계셨군요. 그런 줄 몰랐습니다."

클레이턴이 말하더니 주머니를 뒤적여 명함을 한 장 꺼냈다.

"로버트 홀, 아킬레스 웍스, 엔필드. 그자의 이름인 듯한데, 무슨 일로 나를 보려고 했는지 모르겠습니다. 그자가 술에 취했던 것은 아니었지요?"

"그자 말로는 장난이었다더군요. 총도 사고로 발사된 것이었고요."

리처드가 무덤덤하게 말했다.

클레이턴이 이맛살을 찌푸렸다.

"외판원이 주머니에 장전된 총을 지니고 다니는 일은 드물텐데."

클레이턴이 바보는 아니구나 하고 리처드는 생각했다.

"그자가 못 가게 막았어야 했나 봅니다."

"이런 일이 일어나면 어떻게 대처해야 할지 알기가 어려운 법이죠. 그자가 겨냥한 사람이 다치지는 않았습니까?"

"네."

"그렇다면 아마 참견하지 않는 편이 나을 겁니다."

"그래도 무슨 일인지 궁금하기는 합니다."

"그렇지요. 나도 궁금하기는 합니다."

클레이턴은 약간 넋이 나간 듯했다.

"자, 이제 나는 돌아가 봐야겠습니다."

그러더니 클레이턴은 서둘러 사무실로 돌아갔다.

클레이턴 부인은 녹색 쿠션과 커튼이 있는 안쪽의 커다란 거실로 리처드를 데리고 가서 커피나 맥주를 마시겠냐고 물었다. 리처드는 맥주를 선택했고, 곧 먹기 좋은 정도로 시원한 맥주가 나왔다.

부인이 쿠웨이트에 가는 이유를 물어 리처드가 설명해 주었다.

이어서 부인은 리처드에게 왜 여태 결혼을 안 했느냐고 물었고 리처드는 자신이 결혼에 적합한 타입이 아닌 것 같다고 답했다. 그러자 부인은 "말도 안 돼요."라고 거침없이 대답했다. 부인은 고고학자가 훌륭한 남편감이라고 말한 다음 이번 발굴단에 여자도 오느냐고 물었다. 한두 명쯤, 물론 폰스풋 존스 부인도 오신다고 리처드는 답해 주었다.

부인은 이번에 오는 여자들 중에 좋은 신부감이 있느냐고 희망에 차서 물었고, 리처드는 아직 만나 보질 못했기 때문에 모르겠다고 답했다. 이번에 오는 여자들은 경험이 별로 없다고 덧붙였다.

어떤 이유 때문인지 부인은 이 말을 듣고 한바탕 웃었다.

잠시 후 땅딸막한 사나이가 퉁명스러운 태도로 들어왔는데, 크로스비 대위라고 했다. 이쪽은 베이커 씨고 고고학자시며 수천 년 된 가장 흥미로운 물건들을 발굴한다고 클레이턴 부인이 알려 주었다. 크로스비 대위는 고고학자들이 오래된 물건들의 연대를 어떻게 그토록 정확하게 밝힐 수 있는지 자신은 도통 모르겠다고 했다.

"고고학자들은 제일가는 허풍쟁이인가 보다고 생각했었소, 하하."

크로스비 대위가 말하자 리처드는 약간 성가신 듯 대위를 쳐다보았다.

"농담이 아니라 고고학자는 어떻게 사물의 연대를 알아냅니까?"

대위가 묻자 리처드는 그걸 설명하려면 대단히 오래 걸릴 것이라고 대답했고, 클레이턴 부인은 방을 보여 주겠다며 잽싸게 리처드를 데리고 갔다.

"좋은 분이긴 한데, 그러니까, 무슨 말인지 아시죠? 교양이 없다니까요."

자신에게 배정된 방이 매우 편안하다는 점을 확인한 리처드는 안주인으로서 클레이턴 부인에 대한 평가를 한층 높였다.

그러다가 상의 주머니에 뭔가 있는 것이 느껴져 꺼내 보니 지저분하고 꼬깃꼬깃한 쪽지였다. 아침까지만 해도 없었기 때문에 리처드는 깜짝 놀라서 쪽지를 쳐다보았다.

아까 아랍인이 넘어지면서 자신을 붙들었던 일이 기억났다. 손재주가 있는 사람이라면 당사자 모르게 이런 쪽지를 주머니에 몰래 넣을 수 있었을 것이다.

리처드는 쪽지를 펴 보았다. 쪽지는 더러웠고 여러 번 접었다 폈다를 반복한 것 같았다.

알아보기 힘든 필체로 6줄이 적혀 있었다.

존 윌버포스 소령은
근면하고 적극적인 일꾼으로
화물 자동차를 몰 수 있고
사소한 수리는 직접 할 수 있으며
매우 정직한
아메드 모하메드를 추천한다.

실상 중동에서 흔히 통용되는 인물 증명서나 추천장이었다. 쪽지에 적힌 날짜는 18개월 전이었는데, 이러한 인물 증명서는 그 소지자들이 가슴에 소중하게 품고 다니는 일이 많기 때문에 이 역시 전혀 이상한 일은 아니었다.

얼굴을 찌푸리면서 리처드는 그날 아침에 일어났던 일을 일어났던 순서대로 정확하게 재구성해 보았다.

이제 누구인지 확신한 파키르 카마이클이 생명의 위협을 받고 있었다. 그는 쫓기는 신세였고 영사관으로 도망쳐 왔다. 왜 그랬을까? 보호받으려고? 그러나 보호는커녕 더욱 긴박한 위협에 직면하였다. 적 혹은 적을 대표하는 인물이 그를 기다리고 있었던 것이다. 아까 그 외판원은 매우 분명한 지령을 받은 것이 틀림없다. 목격자가 여럿 지켜보는 가운데 영사관에서 카마이클에게 총을 쏘는 위험을 감수했던 걸 보면 말이다. 따라서 매우 긴급한 사안이었음이 분명하다. 그래서 카마이클은 옛 동창에게 도움을 청했고 겉으로 보기에는 사소한 쪽지를 가까스로 리처드에게 건넨 것이다. 따라서 매우 중요한 사안임이 틀림없고, 카마이클의 적들이 카마이클을 잡아서 이 쪽지를 더 이상 지니고 있지 않다는 사실을 발견하면 여러 가지 정황에 근거하여 그가 쪽지를 건넸을지도 모르는 사람을 샅샅이 찾으려 들 것이다.

이제 이 쪽지를 어떻게 해야 할 것인가?

대영 제국을 대표하는 클레이턴에게 전달할 것인가, 아니면 카마이클이 요구할 때까지 계속 가지고 있을 것인가?

몇 분 동안 심사숙고한 뒤 리처드는 자신이 가지고 있기로 했다.

하지만 일단 모종의 예방책을 마련해 두어야 했다.

리처드는 가지고 있던 쪽지의 공백 부분을 찢어서, 비슷하지만 다른 표현을 사용하여 화물 자동차 운전사를 추천하는 내용을 적었다. 이 메시지가 중요한 암호일 수 있기 때문이었다. 물론 보이지 않는 잉크 같은 걸로 쓰인 메시지일 가능성도 배제할 수 없었다.

잠시 후 리처드는 구두에 묻어 있는 흙먼지를 양손으로 비벼 자신이 적은 쪽지를 더럽힌 다음 딱 보기에 오래되고 더럽다는 생각이 들 때까지 접고 또 접었다.

그런 다음 쪽지를 꼬깃꼬깃 뭉쳐서 주머니에 넣었다. 원래 쪽지를 한참 동안 뚫어져라 쳐다보면서 여러 가지 가능성을 고려해 보았다가 고개를 가로저었다를 반복했다.

마지막으로 희미한 미소를 지으며 리처드는 쪽지를 작은 직사각형이 될 때까지 접고 또 접었다. 가방에서 기다란 점토 한 덩어리(점토는 늘 지니고 다녔다.)를 꺼내서 세면도구 가방에서 잘라 낸 방수포로 쪽지를 감싼 다음 점토를 그 위에 입혔다.

표면이 매끄러워질 때까지 점토를 굴리고 두드린 다음 가지고 있던 원통 인장의 인각을 그 점토 위에 빙 둘러 찍었다.

리처드는 마지막 결과물을 냉철하게 자세히 관찰해 보았다.

이제 점토 덩어리는 정의의 검으로 무장하고 있는 태양신 샤마쉬를 새겨 놓은 아름다운 조각 작품처럼 보였다.

"이게 좋은 징조이길 빌어 보자."

리처드는 혼잣말을 했다.

그날 밤, 리처드가 아침에 입었던 상의 주머니를 들여다보니 과연 가짜 쪽지는 온데간데없었다.

7장

 인생이란 이런 거라고 빅토리아는 생각했다. 공항 터미널 의자에 앉아 있을 때 "카이로, 바그다드, 테헤란행 손님께서는 버스에 탑승해 주시기 바랍니다."라는 안내 방송이 나왔고, 이 순간은 빅토리아에게 마법과도 같은 순간이었다.

 마법 같은 지명, 마법 같은 단어. 빅토리아가 보기에 생의 대부분을 배에서 비행기로, 비행기에서 배로 옮겨 다니면서 그 사이사이에 잠깐씩 비싼 호텔에 머물렀던 해밀턴 클럽 부인에게는 그러한 단어들이 전혀 마력을 발휘하지 않는 것 같았다. 그러나 빅토리아에게 그런 말은 "속기해 주세요, 존스 양." "이 편지는 오타투성이니까 다시 타자하세요, 존스 양." "물이 끓고 있잖아, 이 맹추야. 차나 끓여 줄래?" "나 파마 제일 잘하는 데 알아."와 같이 그전에 자주 들었던 말과는 전혀 다른 말이었다. 매일 일어나던 이런저런 따분한 일들! 그런데 지금은 카이로, 바그다드, 테헤란이라니. 영광된 동양의 로맨스(그리고 그 끝에는 에드워드)가 나를 기다리고 있구나!

빅토리아는 지치지 않는 수다쟁이라고 이미 진단한 그녀의 고용주가 하는 이야기에 현실로 돌아왔다. 클립 부인은 긴 얘기 끝에 다음과 같은 결론을 내렸다.

"정말이지 깨끗한 건 없다니까요. 무슨 말인지 알죠? 나는 항상 음식을 아주아주 조심해요. 거리랑 시장이 얼마나 더러운지 존스 양은 상상도 못 할 거예요. 게다가 사람들이 입고 다니는 그 더러운 누더기하며. 화장실은 또 어떻고요. 화장실이라 부를 수나 있을까 모르겠지만."

이처럼 김새는 말을 어쩔 수 없이 들어 주기는 했지만 빅토리아의 황홀감은 전혀 줄어들지 않았다. 젊은 빅토리아에게 먼지와 세균은 아무것도 아니었다. 히스로 공항에 도착해서 빅토리아는 클립 부인이 버스에서 내리는 것을 도왔다. 여권, 티켓, 돈 등 여러 가지를 이미 빅토리아가 맡고 있었다.

"이런, 존스 양이 곁에 있으니 확실히 편안하네요. 혼자 여행해야 했다면 정말 어쩔 줄 몰랐을 거예요."

클립 부인이 말했다.

비행기 여행은 학교 소풍을 떠나는 것과 비슷하다고 빅토리아는 생각했다. 친절하지만 엄격하고 민첩한 교사가 매 순간 곁에서 감시하고 있었다. 어수룩한 아이들을 다루는 보모 겸 가정교사의 권위가 느껴지는 단정한 제복을 입은 여자 승무원들은 지시 사항을 친절하게 설명해 주었다. 빅토리아는 승무원들이 설명에 앞서 "자, 어린이 여러분."이라고 왜 말하지 않을까 의아하기까지 했다.

책상 너머로 피곤해 보이는 젊은 남자들이 지친 손을 뻗어 여권을 조사하고 돈과 보석류에 관하여 자세히 물었다. 이들은 어떻게든 질문받는 쪽이 죄책감을 느끼도록 유도했다. 천성적으로 귀가 얇은 빅토리아는 오로지 따분해하는 저 젊은 남자의 얼굴이 어떻게 변하는지 보기 위해서 싸구려 브로치 하나를 1만 파운드짜리 다이아몬드 티아라로 속이고 싶어 입이 근질거릴 지경이었다. 빅토리아는 에드워드를 생각하며 겨우 참을 수 있었다.

여러 관문을 지나 빅토리아와 클립 부인은 공항으로 직접 통하는 커다란 방에 앉아 한 번 더 기다려야 했다. 점점 속도를 내는 비행기 엔진의 으르렁거리는 소리가 적절한 배경음을 만들어 주었다. 해밀턴 클립 부인은 이제 신이 나서 여행객을 평가하는 데 열을 올렸다.

"저기 저 두 꼬맹이, 말도 못 하게 귀엽지 않아요? 그렇지만 애들 여럿 데리고 혼자 여행하는 건 고역이랍니다. 내가 보기에 저 사람들은 영국인이에요. 엄마 쪽이 입고 있는 옷은 아주 딱 맞는 맞춤옷이네요. 제아무리 옷이 좋아도 피곤해 보이는 건 어쩔 수 없어요. 저 잘생긴 남자는 라틴계일 것 같아요. 어머, 저 남자가 입고 있는 저 요란한 체크무늬 좀 봐. 저런 게 바로 고약한 취미죠. 장사꾼일 거예요. 저기 저쪽에 있는 네덜란드인은 여권 심사 때 우리 바로 앞에 섰었죠. 저쪽에 보이는 저 가족은 터키인이나 페르시아인이 분명해요. 미국인은 하나도 없는 것 같네요. 아마 대개 팬 아메리칸 항공을 타기 때문일 거예요. 모여서 얘기를 하고 있는 저 세 남자는 분명 석유 얘기를 하고 있을 거예요. 난 모르는 사람들을 보면서 어떤 사람들일까 상상하는 걸 좋아한답니다. 남편은 내가 인간 본성에 정말 관심이 많다고 말하곤 하죠. 하지만 내 생각에는, 같은 인간한테 관심이 가는 건 당연한 일이에요. 저쪽의 밍크코트는 족히 3000달러는 할 것 같지 않아요?"

부인은 한숨을 쉬었다. 동료 여행객들을 평가할 만큼 했기 때문인지 이제는 안절부절못하고 있었다.

"뭐 때문에 이렇게 계속 기다려야 하는지 모르겠네. 비행기는 벌써 네 번이나 시동을 걸었으면서. 이제 다 탔을 텐데 어째서 출발을 못하지? 일정을 어기고 있는 게 분명해."

"클립 부인, 커피 한잔하시겠어요? 저쪽 끝에 뷔페가 있던데요."

"아, 고맙지만 사양할게요. 출발 전에도 커피를 마셔서 그런지 속이 너무 부글거려서 아무것도 못 먹겠어요. 대체 왜 출발을 안 하는 거야?"

말이 채 끝나기도 전에 부인의 의문이 풀렸다.

세관 여권과 복도로 통하는 문이 급하게 홱 열리더니 어떤 키 큰 남자가 나오면서 바람을 일으켰다. 그러자 항공사 관계자들이 그 주위로 모여들었다. BOAC(영국해외항공회사) 관계자 손에는 주둥이를 아물려 놓은 2개의 커다란 자루가 들려 있었다.

클립 부인이 민첩하게 자세를 고쳐 앉아 한마디 했다.

"저 사람 분명 높은 사람일 거예요."

'자기도 그걸 알고 있고요.'

빅토리아는 속으로 그렇게 생각했다.

이 지각 여행객에게는 이목을 끌려는 뭔가 계산된 태도가 엿보였다. 그는 뒤에 큼지막한 모자가 달린 짙은 회색 여행용 망토를 입고 있었다. 머리에는 당연 챙이 넓은 엷은 회색의 솜브레로(챙이 넓고 뾰족한 남미식 모자―옮긴이)를 쓰고 있었다. 머리는 곱슬곱슬한 은발이었고 양끝이 말려 올라간 다소 길고 아름다운 콧수염을 기르고 있었다. 그 때문에 무대에 등장한 잘생긴 무법자를 보는 듯했다. 배우라도 된 듯 부자연스럽게 행동하는 사람들을 싫어했던 빅토리아는 그 남자를 못마땅하게 쳐다보았다.

가만 보니 항공사 직원들이 그에게 굽실굽실하고 있었다.

"네, 루퍼트 경."

"물론이죠, 루퍼트 경."

"비행기는 바로 출발할 겁니다, 루퍼트 경."

망토 자락을 펄럭이면서 루퍼트 경은 비행장으로 통하는 문을 지나갔다. 루퍼트 경이 지나가자 문이 쾅하고 사납게 닫혔다.

클립 부인이 중얼거렸다.

"루퍼트 경이라…… 루퍼트 경이 누굴까, 궁금하네."

빅토리아는 고개를 가로젓다가 루퍼트 경이라고 하는 사람의 얼굴과 전반적 외모가 어디서 본 듯하다는 막연한 느낌이 들었다.

클립 부인이 말을 꺼냈다.

"영국 정부에서 요직에 있는 사람인가 봐요."

"아닌 것 같은데요."

빅토리아가 이제껏 보아 왔던 몇 안 되는 정부 인사는 살아 있는 것 자체를 미안하다고 사과하고 싶어 안달이 난 사람들 같았기 때문이었다. 정치인들은 연단에 서서야 갑자기 거들먹거리고 웅변가가 되었다.

똑똑한 보모 겸 가정교사 승무원이 말하기 시작했다.

"자, 이제 여러분. 좌석에 앉아 주십시오. 이렇게, 되도록 빨리 앉아 주시기 바랍니다."

여자 승무원의 태도는 참을성 있는 어른들이 굼뜬 어린이 여럿 때문에 계속 기다리기라도 했다는 것처럼 들렸다.

모두가 줄지어 비행장으로 향했다.

커다란 비행기는 거인처럼 큰 사자가 내는 만족스러운 포효 같은 엔진음을 내면서 기다리고 있었다.

빅토리아와 남자 승무원은 클립 부인이 탑승해서 자리를 잡을 때까지 도왔다. 빅토리아는 부인 옆 복도 쪽에 앉았다. 부인도 편히 앉고 자신도 안전벨트를 매고 나서야 앞에 앉은 사람이 아까 그 대단한 인물이라는 사실을 알아챌 여유가 생겼다.

드디어 문이 닫혔다. 몇 초 후 비행기는 앞으로 천천히 움직이기 시작했다.

빅토리아는 환희에 차서 속으로 생각했다.

'이제 진짜 출발하는구나. 정말 무섭지 않을까? 비행기가 출발

도 못 하면 어쩌지? 근데 비행기가 어떻게 뜰 수 있는지 정말 모르겠어!'

비행기가 지상에서 이동하다가 천천히 돌더니 멈추기까지 꽤 오래 걸린 것 같았다. 엔진이 굉음을 내며 돌아갔다. 비행기에서는 껌, 보리 엿, 탈지면 뭉치를 나눠 주고 있었다.

비행기는 점점 더 크고 격렬한 소리를 내더니 한 번 더 앞으로 나아갔다. 처음에는 부드럽게 나아가다가 점점 빨라지더니 이제 활주로를 따라 질주하였다.

'비행기는 뜨지도 못하고 우리는 죽게 될 거야.'

속도가 빨라짐과 동시에 좀 더 부드러워지면서 삐걱거리는 소리도, 쿵하는 소리도 들리지 않았다. 이제 비행기는 주차장과 주요 도로 위로 스치듯 지나갔다가 한 바퀴 돈 다음 이를 모두 뒤로하면서 땅과 작별하고는 드높이 날았다. 높아질수록 아래 보이는 연기를 내뿜는 기차도 작아 보이고, 모든 것이 인형의 집 같았으며 도로 위의 자동차들도 장난감처럼 보였다. 높이, 더 높이 가다가 어느 순간 흥미를 잃게 된 지상은 이제 더 이상 인간도 생물도 없는 여러 개의 선과 원과 점으로 이루어진 평평한 지도에 지나지 않았다.

기내에서 사람들은 안전벨트를 풀고 담배를 피우거나 잡지를 펼쳤다. 빅토리아는 이제 신세계에 와 있는 것 같았다. 이처럼 드높은 상공의 비좁은 공간에서 20~30명 정도 되는 사람들과 함께 있게 된 것이다. 지금 여기에는 그 밖의 다른 어떤 것도 존재하지 않았다.

빅토리아는 다시 한번 작은 창문 밖을 뚫어져라 내다보았다. 지금 빅토리아의 발아래에는 복슬복슬한 구름길이 있었다. 비행기는 일광욕을 하고 있었다. 구름 아래 어딘가에는 빅토리아가 지금까지 알았던 세상이 있었다.

빅토리아는 마음을 가라앉혔다. 클립 부인은 계속 떠들어 댔다. 빅토리아는 탈지면 뭉치를 빼고 부인의 말을 듣기 위해 그쪽으로 몸을 기울였다.

앞자리에서는 루퍼트 경이 일어나서 챙 넓은 회색 펠트 모자를 선반에 던져 놓더니 망토에 달린 모자를 끌어올리고는 자리를 잡고 편하게 앉았다.

'잘난 척하기는.'

터무니없는 편견에 빠진 빅토리아는 그렇게 생각했다.

클립 부인은 앞에 잡지를 펼쳐 놓고는 편안하게 자리를 잡았다. 한 손으로 잡지 페이지를 넘겨야 한다거나 잡지가 미끄러져 떨어질 때면 이따금씩 빅토리아를 팔꿈치로 슬쩍 찔렀다.

빅토리아는 주변을 둘러보았다. 그러다가 항공 여행이 실제로는 정말 따분하다는 결론에 도달했다. 빅토리아는 잡지를 폈다가 '속기사로서 여러분의 능률을 향상시키고 싶으신가요?'라는 광고를 발견하고는 몸서리를 치고 잡지를 덮은 다음 뒤로 기대 앉아 에드워드 생각을 하기 시작했다.

비행기는 폭풍우가 쏟아지는 가운데 카스텔 베니토 비행장에 착륙했다. 빅토리아는 이제 속이 너무 울렁거려서 클립 부인을 돌보는 임무를 수행할 여력조차 남아 있지 않았다. 비행기는 퍼붓는 빗

속을 뚫고 휴게소에 도착했다. 빅토리아가 예의 주시한 결과, 대단한 루퍼트 나리는 붉은 금장이 달린 군복을 입은 장교의 마중을 받으며 어느 트리폴리타니아의 유력 인사의 집으로 향하는 관용차에 서둘러 탔다.

비행기에서 내린 승객에게 방이 배정됐다. 빅토리아는 클립 부인이 화장실 가는 것을 도와준 뒤 저녁 식사 시간이 될 때까지 침대에서 쉴 수 있도록 실내복으로 갈아입혔다. 그런 다음 자신의 방으로 돌아와 눕고는 눈을 감았다. 바닥이 올라갔다 내려갔다 하지 않게 된 것만 해도 감사할 따름이었다.

1시간 뒤 깨어나니 피곤도 가시고 기운도 회복되어 빅토리아는 클립 부인을 도우러 갔다. 이제 아까보다 훨씬 엄격한 여자 승무원이 저녁 식사 장소로 데려다 줄 차량이 준비되었다고 알려 주었다. 저녁 식사 후 클립 부인은 동료 여행객 몇몇과 대화를 하기 시작했다. 요란한 체크 무늬 상의를 입고 있던 남자가 빅토리아에게 마음이 있었던지 납 연필의 제조 과정을 시시콜콜 설명했다.

얼마 후 지시에 따라 숙소로 돌아온 승객들은 다음 날 아침 5시 30분까지 출발 준비를 마쳐야 한다는 간략한 설명을 들었다.

빅토리아가 섭섭한 기색으로 물었다.

"트리폴리타니아 구경도 거의 못 했는데…… 비행기 여행은 늘 이런 식인가요?"

"맞아요, 늘 이렇답니다. 꼭두새벽에 깨울 때 보면 사디스트가 아닌가 싶다니까요. 그 후에도 비행장에서 꼭 1~2시간은 기다리게 하죠. 한번은 로마에서 새벽 3시 30분에 깨웠던 적도 있어요. 아침은 식당에서 새벽 4시에 먹었고요. 막상 공항에 도착해서는 8시가 돼서야 출발했지 뭐예요. 그래도 비행기 여행이 좋은 건 중간에 시간 낭비 없이 바로 목적지까지 데려다 준다는 거지요."

빅토리아가 한숨을 쉬었다.

'나라면 도중에 시간 낭비도 마다하지 않을 텐데. 세상을 보고 싶어.'

클립 부인이 흥분해서 계속 말을 이어 나갔다.

"참, 있잖아요. 일전에 그 눈에 띄던 남자 기억하죠? 영국인 말이에요. 사람들이 야단법석 떨던 그 남자, 누군지 알아냈어요. 루퍼트 크로프턴 리라는 유명한 여행가래요. 물론 이름은 들어 봤겠지요?"

아하! 빅토리아는 이제 기억이 났다. 6달 전인가 신문에 실린 사진을 몇 장 본 적이 있었다. 루퍼트 경은 중국 오지 여행에 뛰어난 권위자였다. 티베트에 가서 라사에도 다녀온 몇 안 되는 사람 중 하나였다. 루퍼트 경은 쿠르디스탄 지역과 소아시아의 미개척지까지 두루 여행했으며, 그의 저서는 내용이 흥미진진하고 재기가 넘쳐서 널리 팔려 나가기도 했다. 루퍼트 경이 지나친 자기 과시를 일삼는다고 해도 거기에는 그만한 이유가 있는 셈이었다. 그는 입증되지 않은 주장을 펼친 적이 없었다. 빅토리아가 기억을 더듬어 보니 모자 달린 망토니 챙 넓은 모자도 다 생각이 있어서 선택한 패션이라고 했었다.

"정말 스릴 넘치지 않나요?"

빅토리아가 드러누운 자세에 맞게 이불을 고쳐 덮어 줄 때, 부인은 명사와 사귀고 싶어서 안달이 난 사람답게 열의를 띠고 물었다.

빅토리아는 스릴 넘칠 것 같다고 맞장구를 쳐 준 뒤 그래도 자신은 루퍼트 경의 성격보다는 책이 훨씬 마음에 든다고 속으로 생각했다. 빅토리아가 보기에 루퍼트 경은 아이들이 '잘난 척 대왕'이라고 부를 만한 사람이었다.

다음 날 아침 출발은 순조로웠다. 날씨는 쾌청했고 태양은 환히 빛났다. 빅토리아는 트리폴리타니아를 거의 못 보고 떠나는 것이 섭섭했지만, 그래도 비행기는 점심때쯤이면 카이로에 제시간에 도착할 것이고 그렇게 되면 다음 날 바그다드로 출발하기까지 시간 여유가 생기는 셈이었다. 트리폴리타니아는 못 봤어도 그나마 오후 내내 이집트 구경은 조금 할 수 있게 된 것이다.

비행기는 바다 위를 비행하고 있었지만 곧 구름이 발아래 놓인 푸른 바다를 가렸다. 빅토리아는 하품을 하며 좌석에 기대어 앉았다. 빅토리아 앞에는 루퍼트 경이 이미 깊은 잠에 빠져 있었다. 루퍼트 경이 입고 있는 망토의 모자가 머리에서 흘려 내려와 있었다. 앞으로 숙이고 있던 머리가 가끔씩 꾸벅꾸벅거렸다. 빅토리아는 루퍼트 경의 목 뒤쪽에 작은 종기가 나 있는 것을 보고는 희미하게나마 심술궂은 마음이 생겼다. 어째서 이런 사실에 기뻐하는지 그 이유를 알 수가 없었다. 어쩌면 그 작은 종기가 루퍼트 경처럼 대단한 사람도 인간적이고 나약해 보이게 했기 때문일지도 모른다. 루퍼트 경도 결국 다른 사람들과 마찬가지로 피부에 종기도 나는 보통 사람이라는 생각이 들어서인지도 모른다. 루퍼트 경은 시종일관 위엄 있는 태도를 보였고 동료 여행객들이 무슨 짓을 하든 신경 쓰지 않았다.

'도대체 자기가 뭐라도 된다고 생각하는 거야?'

그 답은 뻔했다. 그는 루퍼트 크로프턴 리로서 유명 인사였고, 빅토리아 자신은 변변찮고 하찮은 속기사에 불과했다.

카이로에 도착하자마자 빅토리아와 해밀턴 클립 부인은 점심 식사를 함께 했다. 부인은 자신은 저녁 6시까지 낮잠을 자겠으니 빅토리아에게 피라미드를 보고 오라고 제안했다.

"재무부 규제 때문에 존스 양이 여기서 더 이상 수표를 현금으로 바꿀 수 없다는 사실을 잘 알기 때문에 내가 차를 준비해 뒀어요."

규제가 없더라도 어쨌든 현금으로 바꿀 돈이 없었던 빅토리아는 부인이 너무나 고마워 마음에서 우러난 감사의 인사를 했다.

"아무것도 아니에요. 존스 양은 나한테 너무너무 잘해 줬어요. 달러를 가지고 여행하면 만사가 편하기 때문이기도 하고요. 그때 귀여운 아이가 2명이나 있던 키친 부인도 너무 가고 싶어 하던데, 괜찮다면 키친 부인과 함께 가는 게 어때요?"

세상 구경만 할 수 있다면 빅토리아는 아무래도 좋았다.

"잘됐네요. 그럼 지금 바로 출발해야 할 거예요."

피라미드에서 보낸 오후 시간은 그럭저럭 즐거운 편이었다. 아이들을 꽤 좋아하는 편이었지만 그래도 그날 키친 부인의 아이들이 없었더라면 빅토리아는 더 즐거웠을 것이다. 관광할 때 아이들을 데리고 다니면 아무래도 불편했다. 동생이 곧잘 화를 내는 바람에 빅토리아와 키친 부인은 일정보다 앞당겨 여행에서 돌아와야 했다.

빅토리아는 하품을 하면서 침대에 몸을 던진 후 일주일만 더 카이로에 머물면서 나일 강도 둘러봤으면 정말 좋겠다고 생각했다. 그러다 문득 이런 생각이 들었다.

'무슨 돈이 있어서?'

생각이 여기에 이르자 힘이 쭉 빠졌다. 돈 들이지 않고 바그다드에 갈 수 있다는 사체가 이미 빅토리아에게는 기적이었다.

게다가 냉철한 내면의 목소리가 묻고 있었다.

'수중에 달랑 남은 몇 파운드만 가지고 바그다드에 도착하면 그 다음부터는 어쩔 셈이지?'

빅토리아는 이러한 문제를 잠시 접어 두기로 했다. 에드워드가 일자리를 구해 줄 것이다. 에드워드가 못 구해 주면 자신이 구하면 될 일이었다. 쓸데없는 걱정은 말자.

강렬한 햇빛 때문에 부셨던 빅토리아의 눈이 지그시 감겼다.

한참 이런저런 생각에 빠져 있을 때 노크 소리가 들려왔다. "들어오세요."라고 말한 뒤에도 응답이 없자 빅토리아는 침대에서 일어나 문 쪽으로 다가가 문을 열었다.

알고 보니 빅토리아의 방이 아니라 옆방 문을 두드린 소리였다. 판에 박은 듯 모두 짙은 머리에 단정한 제복을 입은 여자 승무원 가운데 한 사람이 루퍼트 크로프턴 리 경의 방문을 두드리고 있었다. 빅토리아가 내다보았을 때 마침 루퍼트 경이 문을 열고 있었다.

"무슨 일이오?"

루퍼트 경이 짜증과 졸음이 섞인 목소리로 물었다.

승무원이 친절하게 속삭이듯 말했다.

"방해해서 죄송합니다만, 루퍼트 경. BOAC 사무실로 와 주시겠습니까? 이 복도 세 번째 방입니다. 내일 바그다드 비행에 대해서 드릴 말씀이 있어서요."

"알겠소."

빅토리아는 다시 방으로 들어갔다. 이제 졸음이 달아났다. 시계를 보니 겨우 4시 30분이었다. 클립 부인이 찾을 때까지 1시간 30분 정도의 시간이 있었다. 빅토리아는 나가서 헬리오폴리스 산책로나 산책하기로 마음먹었다. 적어도 산책에는 돈이 들지 않기 때문이었다.

빅토리아는 콧등에 파우더를 두드려 바르고는 신발을 다시 신었다. 발이 부어서인지 신발이 작게 느껴졌다. 피라미드 여행 때문에 발에 무리가 간 모양이었다.

빅토리아는 방에서 나와 호텔 정문을 향해 복도를 걸어 내려가 세 번째 문 앞인 BOAC 사무실을 지나갔다. 거기에는 'BOAC 사무실'이라고 적힌 문패가 달려 있었다. 막 그 앞을 지나가려는데, 문이 열리고 루퍼트 경이 나왔다. 루퍼트 경은 빠른 걸음으로 빅토리아를 몇 걸음 앞서 지나갔다. 망토 자락을 휘날리면서 계속 앞질러 가기에, 빅토리아는 그에게 뭔가 짜증나는 일이 있나 보다고 생각했다.

빅토리아가 6시에 클립 부인을 보러 가니 부인도 기분이 약간 상해 있었다.

"존스 양, 내 짐이 중량을 초과한다고 해서 걱정이에요. 요금을 다 낸 줄 알았는데 카이로까지밖에 지불이 안 되었나 봐요. 내일 이라크 항공으로 갈아타야 하는데 내 표는 직행표라 중량 초과 짐은 포함이 안 된다네요. 정말 그런 건지 존스 양이 알아봐 주었으면 해요. 혹시 여행자수표를 더 현금으로 바꿔야 할지도 모르니까."

빅토리아는 가서 문의해 보겠다고 했다. 단번에 BOAC 사무실을 찾을 수는 없었지만 복도 저 끝에서 결국 찾아내기는 했다. 사무실은 홀 맞은편에 있었고 꽤 컸다. BOAC 사무실 맞은편에 있는 작은 사무실은 아마 오후 낮잠 시간에만 사용되는 곳인가 보다고 빅토리아는 생각했다. 클립 부인의 중량 초과 짐에 대한 걱정은 사실로 판명되었다. 그래서 부인은 더더욱 짜증을 냈다.

8장

발할라 축음기 회사의 사무실은 런던에 있는 빌딩 5층에 있었다. 사무실 안에 있는 책상 너머에서 한 사나이가 경제학 책을 읽고 있었다. 이때 전화벨이 울렸고, 사나이는 수화기를 집어 들어 조용하고 무덤덤한 목소리로 응대했다.

"발할라 축음기 회사입니다."

"여기는 샌더스입니다."

"'강가의 샌더스' 말입니까? 어떤 강이죠?"

"티그리스 강입니다. A.S.에 관한 보고입니다. 그 여자를 놓쳤습니다."

일순간 침묵이 흘렀다. 잠시 후 아까의 그 조용한 목소리가 다시 입을 열었는데 이번에는 냉혹함이 배어 있었다.

"지금 내가 들은 말이 틀림없나?"

"안나 셸레를 놓쳤습니다."

"이름을 발설하다니, 매우 중대한 실책이야. 어떻게 하다 놓쳤지?"

"그 여자가 사립 병원에 들어갔습니다. 저번에 말씀드렸던 언니가 수술을 받는다는 병원 말입니다."

"그런데?"

"수술은 성공적으로 끝났습니다. 우리는 A.S.가 사보이 호텔로 돌아올 것으로 예상했습니다. 체크아웃을 하지 않았거든요. 그런데 그 여자는 돌아오지 않았습니다. 병원도 계속 감시 중이었기 때문에 그 여자가 병원에서 나가지 않았을 것이라 확신했고 아직 거기 있을 것이라고 짐작했습니다."

"그런데 없다?"

"방금 확인했습니다. 수술 바로 다음 날 오후에 응급차를 타고 병원에서 나갔습니다."

"그 여자가 일부러 자네들을 따돌렸다?"

"그런 것 같습니다. 맹세코 그 여자는 미행당하는 사실을 전혀 몰랐습니다. 우리가 매사 조심했기 때문입니다. 우리 셋이……."

"변명은 필요 없네. 응급차가 어디로 갔는지는 모르고?"

"런던 대학 부속병원으로 갔습니다."

"그 병원에서 알아낸 사실은?"

"간호사를 동반한 환자 1명이 들어왔는데, 그 간호사가 안나 셸레였던 게 분명합니다. 환자를 입원시킨 후 그 여자가 어디로 갔는지 아는 사람이 없습니다."

"환자는?"

"환자는 아무것도 모르는 상태입니다. 모르핀을 맞은 상태라서."

"그러니까 안나 셸레가 런던 대학 부속병원에서 간호사 복장을 하고 걸어 나간 후 지금은 어디 있는지 모른다?"

"그렇습니다. 그 여자가 사보이 호텔로 돌아간다면……."

말이 채 끝나기도 전에 상대방이 가로막았다.

"사보이 호텔로 가지는 않겠지."

"다른 호텔도 확인해 볼까요?"

"그러도록 하게. 건질 건 없을 것 같지만. 그 여자도 그 정도는 예상하고 있을 거야."

"그럼 다른 지시 사항은?"

"도버, 포크스턴 같은 항구를 확인해 보게. 항공사도 알아보고. 특히 2주 이내 바그다드로 가는 비행편 예약은 빠짐없이 확인하도록. 예약하더라도 자기 이름으로는 안 할 거야. 그 여자랑 비슷한 나이의 승객은 모조리 조사하도록 하고."

"하지만 짐이 아직 사보이 호텔에 있으니 가지러 올지도 모르잖습니까."

"그런 짓을 할 것 같은가? 자네는 바보일지 몰라도 그 여자는 아니라고! 언니 된다는 사람은 뭐 아는 거 없고?"

"병원에서 돌봐 주고 있는 특수 간호사를 만나 봤습니다. 언니는 A.S.가 모건딜 일로 파리 리츠 호텔에 투숙한 걸로 알고 있다고 합니다. 그리고 A.S.가 23일에 미국으로 돌아가는 비행기를 탈 것이라고 합니다."

"다시 말해서 A.S.가 언니한테 아무 말도 하지 않았단 뜻이군. 당연히 말 안 했을 테지. 아까 말한 항로 다 조사하도록 하게. 지금으로선 그게 유일한 희망이니까. 어쨌든 바그다드에 가야 할 테고 제때 맞춰 가려면 비행기를 타는 수밖에 없겠지. 샌더스!"

"네?"

"더 이상의 실수는 용납 않겠네. 이번이 마지막 기회야."

9장

 비행기가 바그다드 비행장 상공에서 굉음을 낼 때 영국 대사관 소속의 젊은 슈라이브넘은 한쪽 발에서 다른 쪽 발로 체중을 옮겨 실으면서 위를 쳐다보았다. 굉장한 모래 폭풍이 오고 있었다. 야자수니, 집이니, 사람이니 모두 두꺼운 갈색 먼지에 휩싸였다. 이번 모래 폭풍은 아주 갑자기 닥쳐왔다.
 라이오넬 슈라이브넘은 심히 곤란해하며 지켜보았다.
 "십중팔구 착륙 못 하겠는데."
 "그럼 어떻게 되는 거지?"
 슈라이브넘의 친구인 해럴드가 물었다.
 "아마, 바스라로 가겠지. 그쪽에는 모래 폭풍이 없다고 하니까."
 "VIP라도 마중 나온 거야?"
 젊은 슈라이브넘이 다시 투덜대기 시작했다.

"그럼 운 좋게? 신임 대사 부임은 늦어졌지, 고문인 랜즈다운은 영국에 있지, 중동 지역 고문인 라이스는 고열을 동반한 위장염으로 몸져누워 있다지. 게다가 베스트는 테헤란에 있으니 여기서 온갖 궂은일은 내가 떠맡게 되었다고. 이 작자만 나타났다 하면 다들 난리야. 이유를 모르겠어. 높은 양반들까지 다들 난리도 아니야. 이 작자는 낙타를 타고 늘 오지 어딘가를 떠도는 세계 여행가라더군. 뭐가 그렇게 대단한지 원. 그래도 대단한 사람이긴 하지. 내가 그자의 사소한 요구 사항까지 이렇게 순순히 따라야 하는 걸 보면. 여기 착륙 못 하고 바스라까지 가면 그 작자 펄쩍 뛸 거 같아. 일정을 어떻게 짜야 좋을지 모르겠어. 오늘 밤 기차로 할까? 아니면 내일 공군기로 모셔 와야 할까?"

부당하다는 생각과 과중한 책임으로 부담감이 커지자 슈라이브넘은 다시 한숨을 내뱉었다. 3달 전 바그다드에 도착한 이후 줄곧 슈라이브넘에게는 운이 따르지 않았다. 그래서 그런지 한 번 더 불운한 일이 생기면 전도유망한 이력을 망칠 것만 같았다.

비행기는 다시 한번 저 높은 곳에서 급강하를 시도했다.

"착륙 못 할 거라고 생각하는 게 분명해."

슈라이브넘이 말하더니 잠시 후 흥분해서 덧붙였다.

"이런, 착륙하려나 본데."

얼마 뒤 비행기가 무사히 제 위치에 착륙하자 슈라이브넘은 VIP를 맞을 예우를 갖추고 서 있었다.

휘날리는 망토 자락 속에서 해적같이 보이는 사람을 맞으려고 부리나케 앞으로 나가기 전에 슈라이브넘은 '꽤 아리따운 아가씨'에게 한눈을 팔았다.

'정말 요상한 옷이군.'

슈라이브넘은 속으로 못마땅하게 생각하면서 큰 소리로 말했다.

"루퍼트 크로프턴 리 경이십니까? 저는 대사관의 슈라이브넘입니다."

슈라이브넘은 루퍼트 경이 다소 퉁명스러운 사람이라고 생각했으나 착륙의 가능 여부도 불투명한 가운데 시 전체를 몇 바퀴 돌고 난 후에는 그럴 수도 있겠다고 여겼다.

"험상궂은 날씨입니다. 올해에는 이런 모래 폭풍이 많이 불었습니다. 아, 짐이 있으시군요. 이쪽으로 오시죠. 다 준비해 두었습니다······."

마련해 두었던 차량을 향해 비행장을 떠나면서 슈라이브넘이 말을 이어 나갔다.

"다른 공항으로 가시나 보다고 걱정했습니다. 기장이 착륙을 못할 것처럼 보였거든요. 갑자기 닥친 거라서요, 이번 모래 폭풍이."

루퍼트 경이 거만하게 양 볼을 부풀리며 대꾸했다.

"그랬다면 피해가 막심했을 것이네, 그것도 아주 많이. 이보게, 젊은이. 내 스케줄이 지장을 받았다면 그로 인한 결과는 아주 심각했을 테고 파급 범위도 아주 넓었을 것이 분명하네."

'착각도 자유셔. 세상이 자기 중심으로 돌아가나 봐.'

슈라이브넘은 속으로 루퍼트 경을 경멸했지만 겉으로는 공손하게 대했다.

"정말 큰일이 났을 겁니다, 루퍼트 경."

"대사가 언제쯤이면 바그다드에 도착할지 혹시 아는가?"

"아직 확정된 바 없습니다."

"이번에 못 보면 많이 섭섭할 거 같군. 대사를 마지막으로 본 것이, 그러니까, 1938년 인도에서였군."

슈라이브넘은 공손한 침묵을 유지했다.

"가만 있자, 라이스가 여기 있지?"

"네, 중동 지역 고문이십니다."

"능력 있는 친구지. 아는 것도 많고. 이번에 다시 만나면 아주 반갑겠는걸."

슈라이브넘은 헛기침을 했다.

"사실, 라이스 씨는 지금 와병 중이십니다. 입원 중이신데 앞으로 좀 더 두고 봐야 한다고 합니다. 심한 위장염이라서요. 바그다드에서 많이들 걸리는 배탈보다는 확실히 심한 병인 것 같습니다."

루퍼트 경이 갑자기 고개를 치켜들며 물었다.

"병이라고? 심한 위장염이라……. 분명히 갑자기 걸렸겠지, 안 그런가?"

"그저께 그리 되셨답니다."

루퍼트 경이 얼굴을 잔뜩 찌푸렸다. 이제껏 보여 왔던 거만한 태도는 순식간에 사라지고 대신 걱정하는 듯한 표정이 자리를 잡았다.

"정말 모르겠어. 그래, 정말 모르겠단 말이야."

루퍼트 경의 말에 슈라이브넘은 조심스럽게 의아한 표정을 내비쳤다.

"내가 궁금한 건, 셸레그린 증상이 아닌가 하는 점이지……."

어리둥절한 슈라이브넘은 잠자코 침묵을 지켰다.

루퍼트 경을 태운 차는 파이잘 다리 근처에 와서 영국 대사관을 향하여 왼쪽으로 방향을 틀었다.

루퍼트 경이 갑자기 상체를 앞으로 내밀며 날카롭게 말했다.

"잠깐 세워 주겠소? 여기, 오른편에 세워 주시오. 저쪽 항아리 있는 쪽 말이오."

차는 오른쪽 연석으로 미끄러지듯 다가가 멈춰 섰다.

그곳은 조잡한 백점토 항아리와 물동이가 높이 쌓여 있는 작은 토산물 가게였다.

루퍼트 경이 탄 차가 정지할 때 가게 주인과 이야기하며 서 있던 땅딸막한 유럽인 하나가 다리 쪽으로 걸어갔다. 슈라이브넘은 그 유럽인이 전에 한두 번 만난 적이 있는 아이 앤드 피사의 크로스비 같다고 생각했다.

루퍼트 경은 차에서 얼른 내려 그 작은 상점으로 성큼성큼 걸어갔다. 항아리 중 하나를 집어 들고는 가게 주인과 빠른 아랍어로 대화를 하기 시작했다. 말이 어찌나 빠른지 아직은 아랍어가 느리고 힘들기도 하고 어휘의 제약도 많이 받는 슈라이브넘은 도저히 알아들을 수가 없었다.

가게 주인은 양팔을 넓게 벌린 채 활짝 웃는 얼굴로 몸짓을 섞어

가며 자세히 설명해 주었다. 루퍼트 경은 여러 개의 항아리를 만져 보고 있었는데, 그에 대한 질문을 하고 있는 듯했다. 마침내 주둥이가 좁은 물동이를 하나 고르고는 주인에게 동전 몇 닢을 던져 주고 차로 돌아왔다.

"흥미로운 기법이야. 수천 년도 넘게 이런 방식으로 제작해 왔네. 아르메니아 구릉 지대에서 본 것과 똑같은 형태야."

루퍼트 경은 좁은 주둥이에 손가락을 넣고 안을 만져 보기도 하며 이리저리 돌려 보았다.

"아주 조잡한 물건인데요."

슈라이브넘이 무덤덤하게 말했다.

"맞네. 예술적 가치는 없지! 그러나 역사적으로는 아주 흥미 있는 물건이라네. 여기 손잡이가 있던 흔적이 보이는가? 매일 사용하는 단순한 물건만 관찰해도 역사적 지식을 많이 얻을 수 있지. 난 그런 물건들을 꽤 모았다네."

차가 영국 대사관 문을 지나 안으로 들어갔다.

루퍼트 경은 바로 자기 방으로 안내해 달라고 했다. 슈라이브넘은 루퍼트 경이 점토 항아리에 대한 강의를 끝내고는 아까 산 물동이를 무신경하게 놓고 내리는 것을 보고 가소롭다고 생각했다. 슈라이브넘은 물동이를 위층으로 가지고 올라가서 루퍼트 경의 협탁에 조심스럽게 올려놓으면서 말했다.

"항아리를 잊으셨습니다."

"뭐? 아, 그거, 고맙네."

루퍼트 경은 마음이 딴 데 가 있는 듯했다. 슈라이브넘은 곧 오찬이 준비될 것이며 음료를 선택해 달라고 한 번 더 말하고는 루퍼트 경의 방을 나왔다.

슈라이브넘이 방에서 나가자 루퍼트 경은 창가로 가서 항아리의 주둥이에 처박혀 있던 종이 쪼가리를 펴 보았다. 꼬깃꼬깃한 쪽지를 펴 보니 글귀가 2줄 있었다. 루퍼트 경은 내용을 주의 깊게 읽고 나서 쪽지에 성냥불을 붙였다.

잠시 후 루퍼트 경이 하인을 불렀다.

"부르셨습니까? 짐을 풀까요?"

"아직 풀지 말게. 슈라이브넘 씨를 뵙고 싶은데, 여기서."

슈라이브넘은 약간 걱정스러운 표정으로 루퍼트 경의 방에 도착했다.

"제게 뭐 시키실 일이라도 있으십니까? 혹 무슨 문제라도……?"

"슈라이브넘 군, 내 계획이 대대적으로 변경되었네. 물론 자네가 신중하리라 믿어도 되겠지?"

"물론입니다."

"바그다드에 와 본 지도 꽤 되었군. 전쟁 후엔 한 번도 오지 않았으니까. 아직도 호텔은 주로 맞은편 강기슭에 위치해 있나?"

"네, 그렇습니다. 라시드가에 있죠."

"티그리스 강 뒤쪽에?"

"그렇습니다. 바빌로니안 팰리스가 그중 제일 큰 호텔입니다. 거의 공식 호텔이라고 할 수 있지요."

"티오라는 호텔에 대해서는 얼마나 알고 있나?"

"사람들이 많이 찾는 곳입니다. 음식이 괜찮은 편이고 마커스 티오라는 특이한 남자가 운영하고 있습니다. 그 남자는 바그다드의 명물이 다 되었죠."

"슈라이브넘 군, 그 호텔에 방을 하나 잡아 주었으면 하네."

"그러니까, 대사관에 묵지 않으신다는 말씀인가요?"

슈라이브넘이 매우 걱정스러운 표정을 지었다.

"하지만 여기 다 준비해 놓았는데요, 루퍼트 경."

"준비는 취소될 수도 있는 법이라네."

루퍼트 경이 나무랐다.

"물론 그렇습니다만, 제 말은……."

슈라이브넘은 말하려다 말고 멈추었다. 이번 일로 누군가에게 욕을 먹게 될 것만 같았다.

"내가 성사시켜야 할 민감한 협상 건이 있는데, 대사관에서는 진행할 수 없는 사안이라는 사실을 알게 되었네. 그러니 오늘 밤 티오 호텔에 방을 하나 잡아 놓게. 그리고 나는 전혀 방해받지 않고 대사관에서 나갈 수 있었으면 하네. 다시 말해서 대사관 차로 티오 호텔에 가고 싶지 않다는 뜻이지. 더불어 내일모레 카이로행 비행기 좌석도 하나 예약해 놓게나."

슈라이브넘은 더더욱 사색이 되었다.

"그렇지만 닷새는 묵으실 줄 알았는데요……."

"이제 그럴 계획이 없네. 대신 여기서 볼일이 끝나면 바로 카이로에 가야겠네. 더 이상 지체하면 안전하지 못할 것 같아서 말이야."

"안전이라고요?"

돌연 루퍼트 경의 얼굴에 암울한 미소가 번졌다. 슈라이브넘이 프로이센군 교관 같다고 생각했던 태도가 사라지고, 남자의 매력이 갑자기 드러났다.

"그동안 내가 안전에 별반 신경을 쓰지 않았다는 점은 나도 아네. 허나 이번 경우 내가 고려해야 하는 것은 내 일신의 안전뿐이 아니라네. 내 안전이 곧 다수의 안전이라고나 할까. 그러니 내가 지시한 대로 하도록 하게. 좌석 구하기가 어려우면 일단 예약해 놓고 자리가 나면 제일 먼저 알려 달라고 해 놓게. 오늘 밤 여기를 떠나기 전까지는 내 방에만 있겠네."

슈라이브넘이 놀라서 입을 열려는데 루퍼트 경이 덧붙였다.

"공식적으로는 말라리아 기운 때문에 아파서 누워 있다고 하게."

슈라이브넘은 고개를 끄덕였다.

"그러니 음식은 필요 없을 것이네."

"하지만 올려 보내 드릴 수도 있는데요……"

"24시간 굶는 것쯤은 내겐 아무것도 아니네. 어떤 때는 여행 중에 그보다 오래 굶어 본 적도 있으니까. 내가 시킨 대로만 하게."

아래층에서 슈라이브넘은 인사하면서 이것저것 물어오는 동료들에게 퉁명스럽게 대답했다.

"거창하게 망토며 단검이 다 뭐람. 루퍼트 크로프턴 리 경이란 작자의 허풍을 알다가도 모르겠어. 진짜인지 연극하는 건지, 원. 휘날리는 망토 자락이니 무법자 같은 모자니 그게 다 뭐냐고. 그 작자가 쓴 책을 읽었다는 친구 녀석이 그러는데, 자기 자랑하고 다니는 자 같기는 해도 책에 나온 건 직접 다 겪어 봤고 장소도 직접 다 가 봤다고 하더군. 그래도 모르겠어……. 토머스 라이스 씨가 빨리 쾌차하셔서 나오셔야 할 텐데. 참 그래서 말인데, 셀레그린이 도대체 뭐야?"

"셀레그린이라고?"

얼굴을 찌푸리며 슈라이브넘의 친구가 되물었다.

"벽지랑 관련 있는 거 아닌가? 아니면 독일 거야. 비소의 일종."

"뭐라고!"

슈라이브넘이 뚫어지게 쳐다보면서 말했다.

"난 그게 병명인 줄 알았는데. 아메바성 이질 같은 거 말이야."

"아냐, 화학 계통이야. 흔히 부인이 남편을 죽이거나, 남편이 부인을 죽일 때 쓰이는 거지."

슈라이브넘은 너무 놀라서 아무 말도 할 수 없었다. 슈라이브넘이 보기에는 어떤 불쾌한 사실들이 점점 분명해지고 있었다. 사실상 크로프턴 리는 대사관의 중동 지역 고문인 토머스 라이스가 위장염이 아니라 비소에 중독된 것이라고 말했던 것이다. 루퍼트 경은 자신의 목숨이 위태롭다고 말했을 뿐만 아니라 영국 대사관에서 준비한 음식은 일체 먹지도 마시지도 않겠다고 결심하기까지 했다. 이는 품위 있는 영국인다운 슈라이브넘의 영혼을 뿌리째 뒤흔들어 놓았다. 슈라이브넘은 이 모든 일을 어떻게 받아들여야 할지 난감했다.

10장

I

 빅토리아는 뜨거워서 숨이 턱턱 막히는 데다 노란 흙먼지까지 마셔야 하는 바그다드의 첫인상이 마음에 들지 않았다. 공항에서 티오 호텔까지 오는 내내 끊임없는 소음에 시달려야 했다. 참을성 없이 요란하게 울려 대는 자동차 경적, 목청껏 말하는 사람들의 목소리, 여기저기서 불어 대는 호각, 또다시 귀청이 터질 듯하게 울려 대는 자동차 경적. 거리에서 끊임없이 들려오는 시끄러운 소음에 더하여 클립 부인이 쉴 새 없이 떠들어 대는 작고 가는 목소리까지.
 빅토리아는 멍한 상태로 티오 호텔에 도착했다.
 라시드가의 번화가에서 티그리스 강 쪽으로는 좁은 골목길 하나와 위로 향하는 짧은 층층 계단이 있었다. 빅토리아와 클립 부인은 호텔 입구에서 만면에 미소를 띠고 두 팔로 끌어안으면서 둘을 맞이하는 아주 뚱뚱하고 젊은 남자를 만났다. 이 남자가 바로 마커스,

더욱 정확히 말하면 티오 호텔의 주인인 미스터 티오이리라고 빅토리아는 추측했다.

환영 인사를 건네다 말고 티오는 여러 직원에게 짐을 처리하라고 고함치며 지시했다.

"또 찾아 주셨군요! 클립 부인. 그런데, 팔이 어쩌다 이렇게 되셨어요? 팔에 있는 그건 뭐고요? (바보들 같으니라고, 그 짐은 끈으로 나르지 말랬잖아! 멍청하기는! 코트를 그렇게 질질 끌면 어떡하나?) 세상에, 하필 이런 날 도착하셨어요. '비행기는 절대로 착륙하지 못할 거야. 계속 빙빙 돌고만 있잖아, 마커스.' 이렇게 혼잣말을 했지요. 비행기로 이렇게 허겁지겁 여행하시다니 부인답지 않으신데요. 무슨 일이라도? 젊은 아가씨도 함께 오셨군요. 바그다드에서 초면인 젊은 아가씨를 만난다는 건 늘 기분 좋은 일이지요. 해리슨 씨가 부인이 도착하면 뵈러 온다고 했는데 어째서 안 내려오셨을까? 해리슨 씨는 어제 오시기로 되어 있었답니다. 하여간에 지금 당장 한잔하셔야 해요, 클립 부인."

약간 멍한 상태였던 데다 마커스가 강요하다시피 먹인 더블 위스키 때문에 현기증이 났던 빅토리아는 지금 커다란 황동 침대 프레임, 매우 세련된 최신 프랑스풍 화장대, 오래된 빅토리아풍 옷장, 발랄한 플러시천 의자 2개가 놓인 천장이 높고 흰색으로 회칠이 되어 있는 방에 서 있었다. 얼마 안 되는 빅토리아의 짐은 발치에 놓여 있었다. 얼굴이 누렇고 백발이 성성한 노인이 욕실에 수건을 걸어 놓고는 목욕을 할 거면 뜨거운 물을 받아 놓겠다면서 활짝 웃는 얼굴로 빅토리아에게 묵례했다.

"물 받는 데 얼마나 걸릴까요?"

"20~30분쯤 걸릴 겁니다. 지금 바로 가서 받겠습니다."

아버지 같은 미소를 지으며 노인이 물러났다. 빅토리아는 침대에 걸터앉아 머리를 만져 보았다. 머리에도 얼굴에도 모래가 엉겨 있었고 얼굴은 따끔거리기까지 했다. 빅토리아는 유리에 비친 자기 모습을 보았다. 모래 때문에 검정 머리는 붉은 빛이 도는 이상한 갈색이 되어 있었다. 커튼 끝자락을 잡아당겨 강을 향하고 있는 넓은 발코니를 내다보았다. 지금 티그리스 강에서는 두꺼운 황색 먼지밖에 볼 수 없었다. 깊은 상심에 빠진 빅토리아는 이렇게 혼자 중얼거렸다.

"정말 싫은 곳이야!"

잠시 후 침대에서 일어난 빅토리아는 층계참을 가로질러 클럽 부인의 방문을 두드렸다. 여기서는 자기 몸을 꾸미기 전에 시간도 오래 걸리고 손도 많이 가는 임무를 먼저 수행해야 했다.

II

목욕과 점심을 마치고 장시간의 낮잠에서 깨어난 빅토리아는 침실에서 발코니로 나가 티그리스 강을 흐뭇하게 응시했다. 모래 폭풍이 가라앉고 난 뒤였다. 누런 모래는 사라지고 차츰 투명하게 맑은 물이 드러났다. 강 건너편에는 야자수와 여기저기 들어선 집들이 이루어 낸 아름다운 실루엣이 보였다.

아래 정원에서 두어 명이 대화를 나누는 소리가 들려 발코니 끝에 가서 내려다보았다.

절대 지치지 않는 수다쟁이자 붙임성 좋은 해밀턴 클립 부인이 어떤 여자에게 말을 붙이고 있었다. 세계 어디를 가도 볼 수 있는, 햇볕에 얼굴이 그을린 중년의 영국 여성이었다.

"……그 아가씨가 없었으면 정말 어쩔 뻔했을까 싶더라니까요."

클립 부인이 한참 수다를 늘어놓고 있었다.

"그 아가씨는 정말 상냥해요. 게다가 집안도 좋아요. 랭고 주교의 조카딸이라지 뭐예요, 글쎄."

"누구라고요?"

"랭고요. 그렇게 들었던 것 같은데."

"말도 안 돼요. 그런 주교는 없어요."

영국 여성이 단호하게 말했다.

빅토리아는 얼굴을 잔뜩 찡그렸다. 빅토리아가 보니 가짜 주교 따위에 속아 넘어갈 것 같지 않게 생긴 전형적인 명문가 부인이었다.

"그래요? 내가 잘못 들었나……."

클립 부인이 의아해하면서 말했다.

"그래도, 그 아가씨는 아주 매력적이고 유능하기까지 하답니다."

상대방은 아무래도 상관없다는 듯 "그래요?" 하고 코웃음을 쳤다.

빅토리아는 저 영국 부인과는 되도록 마주치지 말아야겠다고 생각했다. 왠지 몰라도 그런 여자에게는 거짓말이 좀처럼 통하지 않을 것 같았기 때문이다.

빅토리아는 방으로 돌아와 침대에 걸터앉아 자신의 현재 처지를 곰곰이 생각해 보았다.

빅토리아도 지금 머물고 있는 티오 호텔의 숙박비가 만만치 않을 것이라는 것쯤은 알고 있었다. 빅토리아의 수중에는 현재 4파운드 17실링이 있었다. 점심을 푸짐하게 먹었는데, 이 점심 값은 아직 지불하지 않은 상태였고, 클립 부인이 내줄 리는 만무했다. 부인은 바그다드까지의 여비만 지급하겠노라고 약속했다. 거래가 이미 끝났으니 이제 와서 말을 바꿀 수도 없었다. 빅토리아는 어떻게든 바그다드에 와야만 했고, 클립 부인은 주교의 조카딸이자 전직 간호사, 유능한 비서의 숙련된 간호를 받았다. 즉, 계약은 쌍방이 만족하는 가운데 끝난 것이다. 해밀턴 클립 부인이 밤기차를 타고 키르쿠크로 떠나고 나면 그것으로 끝인 것이었다. 빅토리아는 클립 부인이 현금으로 작별 선물을 억지로 떠안겨 주지 않을까 하고 생각했다가 마지못해 그 희망을 버렸다. 빅토리아가 경제적으로 곤궁한 처지라는 사실을 부인이 알 리가 없었기 때문이다.

그렇다면 이제 어떡해야 한단 말인가? 그 답은 바로 나왔다. 답은 물론 에드워드를 찾는 것이었다.

그러나 에드워드의 성조차 모른다고 생각하니 짜증이 났다. 에드워드와 바그다드. 빅토리아가 가만 생각해 보니 자신도 연인의 이름인 '길버트'와 '잉글랜드'만 알고 영국에 도착했던 사라센 처녀와

다를 바가 없었다.(사라센으로 순례를 떠나서 노예로 붙잡혔다가 탈출한 상인 길버트 베켓과 지역 영주의 딸에 얽힌 전설 — 옮긴이)

'로맨틱하기는 하지만 말도 안 되는 이야기야. 십자군 전쟁 당시에는 영국 사람 중 그 누구도 성(姓) 따위는 없었어. 그렇지만 영국은 바그다드보다 큰 나라였지. 그렇기는 해도, 그 당시에는 영국 인구밀도가 낮았을 거야.'

빅토리아는 흥미로운 추측을 떨쳐 버리고 가혹한 현실로 돌아왔다. 그녀는 에드워드를 당장 찾아야만 하고 에드워드는 그녀에게 일자리를 구해 주어야 한다. 그것도 당장.

빅토리아는 에드워드의 성은 몰랐지만 그가 유명 인사라고 한 래스본 박사의 비서로 바그다드에 왔다는 사실은 알고 있었다.

빅토리아는 화장을 고치고 머리를 다듬은 후 정보를 구해 볼까 하고 아래층으로 내려갔다.

만면에 미소를 띤 마커스가 호텔의 홀을 지나 반갑게 알은체를 했다.

"아, 존스 양이시군요. 같이 한잔하시겠습니까? 나는 영국 아가씨들을 아주 좋아한답니다. 바그다드에 계신 모든 영국 아가씨가 내 친구죠. 내 호텔에서는 모두가 아주아주 행복하답니다. 자, 이쪽으로, 바로 가시죠."

허물없는 환대를 전혀 마다하지 않는 빅토리아였기에 당연히 마커스와 동행했다.

III

빅토리아는 스툴에 앉아 진을 마시면서 정보 탐색을 시작했다.
"얼마 전에 바그다드에 오신 래스본 박사란 분을 아세요?"
마커스 티오가 신이 나서 대답했다.
"나는 바그다드에 있는 사람은 다 안답니다. 나를 모르는 사람도 없고요. 정말이에요. 얼마나 친구가 많은데요!"
"그럼요, 분명 그러시겠죠. 그러면 래스본 박사도 아시겠네요?"
"지난주에 중동 전역을 지휘하는 공군 중장이 묵으셨는데, 그분이 이렇게 말했죠. '여보게, 마커스, 46년에 보고 이게 얼마 만인가? 이 사람 이거 살이 하나도 안 빠졌구먼 그려.' 얼마나 좋은 분이라고요. 난 그분도 아주아주 좋아한답니다."
"래스본 박사는요? 그분도 좋은 분인가요?"
"알다시피 난 즐거운 사람들을 좋아하지요. 찡그린 얼굴은 별로 좋아하지 않아요. 나는 사람들이 항상 즐겁고 젊고 매력적이었으면 좋겠어요. 바로 아가씨처럼. 아까 그 공군 중장이 '마커스, 자네는 여자를 너무 좋아해.'라길래 내가 이렇게 응수했죠. '아뇨, 마커스의 문제는 마커스를 너무 좋아한다는 거죠.'"
한바탕 크게 웃던 마커스가 갑자기 "지저스, 지저스!"라고 외쳤다.
빅토리아는 영문을 몰라 깜짝 놀랐지만, 가만 보니 지저스가 바텐더의 이름인 것 같았다. 빅토리아는 중동은 참 이상한 곳이라고 생각하고 다시 한번 생각했다.

마커스가 주문했다.

"진 앤드 오렌지랑 위스키 1잔 더."

"저는 이제 그만……."

"알아요, 알아. 아주 약한 술이니까 걱정 말아요."

"래스본 박사 말인데요."

빅토리아는 포기하지 않고 계속 화제를 꺼냈다.

"아가씨랑 함께 오신 해밀턴 클립 부인 말입니다만. 거참 이름 한 번 이상합디다. 미국인 맞죠? 나는 미국 사람들도 좋아하지만 영국 사람이 제일 좋아요. 미국 사람들은 늘 걱정을 달고 살아요. 가끔 활달한 사람들도 보기는 하지만. 혹시 서머스 씨라고 알아요? 그분은 바그다드에만 오면 술을 고래같이 마시고, 3일 동안 내리 잠만 잔답니다. 너무 심하죠. 그건 안 좋은 행동이에요."

"제발, 저 좀 도와주시겠어요?"

마커스가 놀란 표정을 지었다.

"물론 도와 드리죠. 나는 항상 친구들을 돕는답니다. 원하는 걸 말하시면 바로 도와 드리죠. 스페셜 스테이크나 쌀과 건포도 그리고 허브를 곁들여서 맛있게 조리한 칠면조, 아니면 병아리 요리. 말만 하세요."

"병아리 요리는 필요 없어요. 적어도 지금은요."

빅토리아는 그러고 나서 곧바로 신중하게 덧붙였다.

"저는 래스본 박사란 분을 찾고 있어요. 래스본 박사요. 그분은 얼마 전에 바그다드에 도착하셨어요. 누구랑 같이 왔냐면…… 음……

비서요."

"모르겠군요. 우리 호텔에 묵는 분이 아니라."

이제 보니 마커스한테 티오 호텔에 투숙하지 않은 사람은 존재하지도 않는 사람인 것 같았다.

빅토리아는 희망의 끈을 놓지 않았다.

"그렇지만 다른 호텔에 묵었을 수도 있잖아요. 어쩌면 여기에 집이 있을 수도 있고요."

"물론, 다른 호텔도 많지요. 바빌로니안 팰리스, 세나체리브, 조바이드. 다들 좋은 호텔이지만, 그래도 티오만큼은 아니죠."

"물론 그렇죠."

빅토리아가 맞장구를 쳤다.

"그나저나 래스본 박사가 어느 호텔에 계신지도 모르시고요? 그분이 운영하는 어떤 단체가 있는데, 문화랑 책에 관련된 거래요."

마커스는 문화라는 말에 상당히 심각한 얼굴이 되었다.

"그게 바로 우리한테 필요한 거예요. 문화가 훨씬 다양해야 하는데. 음악이니 미술이니 다 아주 좋은 거죠. 정말 아주 좋은 겁니다. 나는 바이올린 소나타를 좋아한답니다. 너무 길지만 않으면."

빅토리아는 마커스의 말, 특히 마지막 부분에 전적으로 동감하면서 소기의 목적을 달성하지 못하리라는 사실을 깨달았다. 마커스와 나누는 대화는 재미있고 그가 삶에 대한 순수한 열정을 느낀다는 점에서 분명 매력적이지만, 이야기를 나누면 나눌수록 언덕으로 가는 길을 찾으려고 갖은 애를 쓰던 이상한 나라의 앨리스가 떠올랐다. 무슨 말을 하건 결국 종착지는 마커스 하나였다.

빅토리아는 한잔 더 하라는 권유를 뿌리치고 힘없이 자리에서 일어났다. 약간 어지러운 것 같기도 했다. 마커스가 권한 칵테일은 절대로 약한 칵테일이 아니었다. 바에서 나와 바깥에 있는 테라스로 가서 강을 바라보며 난간에 기대어 서 있는데, 뒤에서 누군가가 빅토리아에게 말을 걸었다.

"실례합니다만, 가서 코트를 입고 와야 할 거예요. 아가씨는 영국에서 와서 지금이 여름 같다고 느낄지 몰라도 해가 지면 아주 추워진답니다."

돌아보니 일전에 클립 부인과 이야기하던 바로 그 영국 여자였다. 늘 사냥개를 훈련하고 소리쳐 부르던 자가 낼 법한 허스키한 목소리였다. 여자는 모피 코트 차림에 무릎 위에 담요를 덮고 위스키 소다를 홀짝이고 있었다.

"감사합니다."

빅토리아는 한마디를 내뱉고 속셈을 들키기 전에 서둘러 자리를 뜨려고 했다.

"내 소개를 해야겠네요. 나는 카듀 트렌치 부인이에요."

(말은 안 했지만 의도는 분명했다. 자기는 그 유명한 카듀 트렌치 가문 사람이란 얘기였다.)

"아가씨가…… 누구였더라……. 맞아, 해밀턴 클립 부인과 함께 도착한 분이죠?"

"네, 맞아요."

"클립 부인이 그러던데 랭고 주교의 조카 되신다면서요?"

기운을 차린 빅토리아는 재미있다는 듯 웃으며 되물었다.

"정말 그렇게 말씀하셨어요?"

"잘못 말한 거겠죠?"

빅토리아가 미소 지었다.

"미국인들이 그렇다니까요. 영국식 이름을 잘 알아듣지 못해요. 하긴 언뜻 랭고처럼 들리기도 하네요. 제 큰아버지는……."

빅토리아는 즉석에서 이름 하나를 거짓으로 둘러댔다.

"랭귀 주교랍니다."

"랭귀라고요?"

"네, 태평양 제도에 있는 데요. 그러니까 식민지 주교이신 거죠."

"아, 식민지 주교요."

카듀 트렌치 부인의 목소리가 적어도 한 음 반은 낮아졌다.

빅토리아가 예상했던 그대로였다. 제아무리 카듀 트렌치 부인이라도 식민지 주교까지 꿰고 있지는 않았다.

"이제야 말이 되는군요."

카듀 트렌치 부인이 곧이어 말을 이었다.

빅토리아는 임기응변으로 꾸며 낸 것치고는 정말 괜찮은 아이디어라고 생각하면서 혼자 뿌듯해했다!

"그런데 여기엔 왜 왔지요?"

카듀 트렌치 부인이 천성적 호기심을 억누른 채 친한 척하며 물었다.

'런던에 있는 공원에서 만나 잠깐 동안 이야기를 나눴던 어떤 남자를 찾으려고요.'

빅토리아는 하마터면 이렇게 대답할 뻔했다. 그러다가 신문에서 읽은 기사와 클립 부인에게 말한 내용을 기억해 내고는 이렇게 대답했다.

"큰아버지인 폰스풋 존스 박사님을 뵈려고요."

"아, 그분이 친척이었군요."

빅토리아의 신원을 밝혀낸 카듀 트렌치 부인의 만면에 희색이 돌았다.

"아담하고 매력적인 분이죠. 가끔 정신이 다른 데 팔려 있는 것처럼 보이지만 그건 당연한 거라고 생각해요. 작년에 런던에서 그분 강연을 들었는데 훌륭한 강연이기는 했지만 하나도 이해할 수가 없었답니다. 맞아요, 그분이 한 2주 전쯤 바그다드에 들르셨어요. 이번에는 여자도 몇 명 온다고 말씀하셨던 게 기억나네요."

이제 카듀 트렌치 부인이 자신의 신분을 믿는 게 확실해지자 빅토리아는 그녀가 말을 마치자마자 재빨리 질문을 던졌다.

"혹시 래스본 박사가 어디에 계신지 아시나요?"

"가만 있자……. 다음 주 목요일에 협회에서 그분께 강연을 부탁드린 걸로 알고 있어요. 주제가 아마 '국제 관계와 인류의 형제애'라던가 뭐 그 비슷한 거였어요. 정말 말도 안 되는 주제 아닌가요? 사람들은 가까워질수록 서로를 더 의심해요. 온갖 시니 음악이니 셰익스피어니 그런 것들을 아랍어, 중국어, 힌두스타니어로 번역하고 있다더군요.「강가의 앵초꽃」이라나 뭐라나……. 하지만 앵초꽃을 본 적도 없는 사람들에게 그게 다 무슨 소용이겠어요?"

"그분이 어디 머물고 계신지 아세요?"

"바빌로니안 팰리스 호텔이라던데. 본부는 박물관 근처에 있고요. 이름이 올리브 가지회(평화를 상징 — 옮긴이)라던데, 웃기죠. 꾀죄죄한 데다 안경을 쓰고 바지 입은 젊은 여자들이 많다더군요."

"사실은 제가 그분 비서와 안면이 있거든요."

"이름이 뭐였더라? 에드워드 아무개라던데. 훌륭한 청년인데 그렇게 썩기는 너무 아까워요. 듣기로는 전쟁 때 활약이 대단했다더군요. 그래도 일은 일이니까요. 워낙 잘생긴 청년이라 젊은 여자들은 그 청년 때문에 가슴이 두근두근할 거예요."

극심한 질투심에 빅토리아는 가슴에 대못이 박히는 듯했다.

"올리브 가지회라…… 그게 어디 있다고 하셨죠?"

"모퉁이 지나서 두 번째 다리 쪽으로 꺾어지면 라시드가 옆에 있는 골목 중 하나예요. 잘 안 보이는 곳인데 아무튼 구리 제품 특매장에서 멀지 않아요. 그나저나 폰스풋 존스 부인은 좀 어떠세요? 부인도 곧 오시나요? 듣자 하니 건강이 아주 안 좋다고 하던데."

카듀 트렌치 부인이 대답을 기다리며 빅토리아를 빤히 쳐다보았다.

빅토리아는 이제 필요한 정보를 얻을 만큼 얻었기 때문에 더 이상 거짓말을 하지 않기로 했다. 손목시계를 흘긋 보고는 외마디 소리를 입 밖에 냈다.

"어머나! 클럽 부인을 6시 30분에 깨워서 여행 준비를 도와 드리기로 했는데. 빨리 가 봐야겠어요."

사실 이 핑계는 거짓이 아니었다. 시간만 7시를 6시 30분으로 바꾼 것뿐이었다. 들뜬 기분이 되어 빅토리아는 서둘러 올라갔다. 내일은 올리브 가지회에서 에드워드를 만날 것이다. 꾀죄죄한 젊은 여자들이 열을 올리고 있다니! 세상에서 가장 매력 없을 것 같은 여자들이 감히……. 그래도 남자들은 위생에 철저한 중년의 영국 여자보다는 꾀죄죄한 데 신경을 덜 쓸지도 모를 일이라고 빅토리아는 생각했다. 특히나 그 꾀죄죄한 여자들이 문제의 남성을 동경과 사모의 눈빛으로 바라본다면 말이다.

저녁 시간은 빠르게 지나갔다. 빅토리아는 식당에서 해밀턴 클럽 부인과 이른 저녁을 먹었는데, 부인은 세상만사 모든 일을 주제로 삼아 수십 번도 넘게 되풀이하는 버릇이 있었다. 부인이 빅토리아에게 나중에 꼭 놀러 오라고 강요하다시피 해서 빅토리아는 주소를 자세하게 받아 적어 놓기까지 했다. 뭐, 사람 일은 모르는 거니까. 빅토리아는 바그다드 북부역까지 클럽 부인을 배웅해서 안전하게 객차에 타는 것을 지켜보았고 자신과 마찬가지로 키르쿠크까지 여행하면서 다음 날 아침에 시중들기로 한 지인이라는 사람도 소개받았다.

기차 엔진이 고뇌에 찬 영혼처럼 음울한 비명을 지를 때 클럽 부인이 두꺼운 봉투를 빅토리아의 손에 쥐여 주면서 말했다.

"존스 양, 짧지만 즐거웠던 우리 여행길을 기억해 달라고 주는 거니까 감사의 표시라고 생각하고 받아 줘요."

빅토리아는 봉투를 받으며 기쁨에 찬 목소리로 말했다.

"클립 부인, 정말 친절하세요."

기차 엔진은 네 번을 마지막으로 비통한 공습경보를 울리고는 천천히 역을 빠져나갔다.

빅토리아는 역에서 택시를 잡아타고 호텔로 돌아왔다. 택시 이외의 다른 방법을 모르기도 했거니와 달리 물어볼 만한 사람도 없었기 때문이다.

티오 호텔에 도착하자마자 빅토리아는 방으로 뛰어 올라가 기대에 잔뜩 부풀어서 봉투를 열어 보았다. 안에는 나일론 스타킹 두 켤레가 들어 있었다.

나일론 스타킹은 구하기 어려운 물건이기 때문에 다른 때 같았으면 기뻐서 날뛰었겠지만 지금 빅토리아에게 절실한 것은 현금이었다. 클립 부인은 너무 세심한 나머지 5디나르짜리 수표를 줄 생각은 못 했던 것일까? 이렇게까지 세심할 필요는 없는데.

그래도 내일은 에드워드를 만날 터였다. 옷을 갈아입고 잠자리에 든 빅토리아는 5분 만에 잠이 들어 버렸다. 꿈속에서 빅토리아는 공항에서 에드워드를 기다리고 있었는데, 안경 쓴 여자가 에드워드의 목을 꼭 끌어안고 놓아주지 않아서 빅토리아 쪽으로 다가오지 못하는 사이, 비행기가 천천히 공항을 빠져나갔다.

11장

눈을 떴을 때는 눈부신 햇살이 내리쬐는 아침이었다. 빅토리아는 외출 준비를 마치고 창밖의 넓은 발코니 쪽으로 나갔다. 은빛 고수머리가 강인한 적갈색 목까지 자라 있는 어떤 남자가 빅토리아에게 등을 보이고 조금 떨어진 곳에 놓인 의자에 앉아 있었다. 남자가 고개를 옆으로 돌렸을 때 빅토리아는 그가 루퍼트 크로프턴 리라는 것을 알고는 깜짝 놀랐다. 어째서 깜짝 놀랐는지는 빅토리아도 몰랐다. 굳이 이유를 생각해 보면 아마도 루퍼트 크로프턴 리 같은 VIP는 당연히 호텔이 아니라 대사관에 머물 것이라고 생각했기 때문일 것이다. 어쨌든 티그리스 강을 뚫어져라 바라보면서 루퍼트 경은 거기 그렇게 있었다. 의자 옆에는 휴대용 쌍안경까지 걸려 있었다. 아마도 새를 관찰하고 있었나 보다고 빅토리아는 짐작했다.

빅토리아가 예전에 매력적이라고 생각했던 어떤 남자는 열렬한 조류광(狂)이어서 주말 여행에 몇 번 동행한 적이 있었다. 축축한 숲과 살을 에는 듯 차가운 바람이 부는 곳에서 얼마인지도 모르는 시간 동안 꼼짝도 안 하고 서 있다가 기쁨에 넘쳐서 망원경을 보라는 말을 듣고 들여다보니 저 멀리 잔가지 위에 칙칙한 황갈색 새가 1마리 보였다. 그러나 아무리 봐도 그 새는 흔히 볼 수 있는 울새나 푸른머리되새보다도 못해 보였다.

빅토리아는 아래층으로 내려가다가 호텔의 두 건물 사이에 있는 테라스에서 마커스 티오와 마주쳤다.

"여기 루퍼트 크로프턴 리 경이 머물고 계시던데요."

"아, 네. 그분도 좋은 분이죠. 아주 좋은 분이죠."

마커스가 활짝 웃으며 말했다.

"저분을 잘 아세요?"

"아뇨, 이번에 처음 뵀습니다. 영국 대사관의 슈라이브넘 씨가 어젯밤 이곳에 모시고 왔죠. 슈라이브넘 씨도 아주 좋은 분입니다. 그분은 아주 잘 알지요."

아침 식사를 하러 가면서 빅토리아는 마커스가 좋은 사람이라고 생각하지 않는 사람이 과연 있을까 하고 생각했다. 마커스는 아주 관대한 사람 같았다.

아침 식사를 마치고 빅토리아는 올리브 가지회를 찾아 길을 나섰다.

런던 토박이인 빅토리아는 길을 나서기 전까지 바그다드 같은 도시에서 길을 찾는 일이 어려울 것이라고는 꿈에도 생각하지 못했다.

나가는 길에 마커스와 마주쳐서 그에게 박물관으로 가는 길을 물었다.

이번에도 마커스는 활짝 웃으며 말했다.

"아주 좋은 박물관이지요. 맞아요. 흥미롭고 아주아주 오래된 물건들이 많은 곳이지요. 아직 가 보지는 못했습니다만. 하지만 내겐 고고학자 친구들이 많답니다. 바그다드를 지날 때면 늘 여기 머물지요. 베이커, 혹시 리처드 베이커 씨 알아요? 칼즈만 교수는요? 폰 스풋 존스 박사, 맥킨타이어 부부, 모두 티오의 단골이지요. 친구이기도 하고요. 그분들이 박물관에 무엇이 있는지 제게 다 알려 준답니다. 아주아주 흥미로워요."

"박물관이 어디죠? 어떻게 가야 하나요?"

"라시드가를 따라 곧장 가세요. 아주 먼 길일 텐데. 파이잘 다리를 지난 후 뱅크가를 지나서…… 그런데 뱅크가는 아시나요?"

"아무 데도 몰라요."

"그렇다면 다리로 내려가는 길이 또 하나 있는데 박물관은 오른편에 있어요. 가서 영국 고문인 비턴 에번스 씨를 찾으세요. 아주 좋은 분이죠. 아내분인 에번스 부인도 아주 좋은 분인데 전쟁 중에 수송대 하사관으로 부임해 오셨죠. 그분도 아주아주 좋은 분입니다."

"사실은 박물관에 가려는 게 아니에요. 어떤 단체를 좀 찾고 싶은데, 올리브 가지회라고 클럽 비슷한 곳 같아요."

"올리브라면, 내가 아주 좋은 올리브, 질 좋은 올리브를 소개해 줄수 있습니다. 특별히 이 티오에게만 대 주고 있지요. 오늘 밤 테이블로 조금 보내 드리겠습니다."

"정말 친절하세요."

빅토리아는 이렇게 말하고는 도망치듯 라시드가로 향했다.

마커스가 뒤에서 외쳤다.

"오른쪽이 아니라 왼쪽이에요! 박물관까지는 꽤 머니까 택시를 타세요."

"택시라면 올리브 가지회가 어딘지 알까요?"

"아뇨, 택시는 아무 데도 모릅니다! 목적지까지 운전기사한테 왼쪽, 오른쪽, 정지, 직진 계속 알려 줘야 할 지경이라니까요."

"그러면 차라리 걷는 편이 낫겠어요."

빅토리아는 라시드가에 다다라 왼쪽으로 꺾었다.

바그다드는 빅토리아가 생각했던 것과 전혀 달랐다. 거리는 사람과 차로 만원이었고 경적은 난폭하게 울렸으며, 사람들은 서로 소리 지르고, 상점에서는 유럽 제품들이 팔렸다. 큰 소리로 가래 끓는 소리가 들린 다음에는 어김없이 엄청난 양의 가래가 배출되었다. 신비한 동양의 이미지 따위는 눈을 씻고 찾아봐도 없었으며, 사람들은 대부분 해지거나 허름한 서양 옷이나 옛날 육군과 공군 제복을 입고 있었다. 유럽 스타일의 홍수 속에서 검은색 로브를 아무렇게나 걸치고 베일을 쓰고 다니는 사람들의 모습이 가끔 눈에 띄었지만 거의 보이지 않았다. 거지들이 우는소리를 하며 빅토리아에게 다가왔는데, 그중에는 꾀죄죄한 아기를 품에 안고 있는 여자도 있었다. 도로는 가끔씩 출현하는 구멍들로 울퉁불퉁했다.

빅토리아는 길을 가다가 갑자기 낯선 만리타향 이국땅에서 길을 잃은 것 같은 기분이 들었다. 이제 여행의 매혹 따위는 사라진 지 오래고 혼란만 남았다.

마침내 파이잘 다리에 다다라서는 다리를 지나 계속 걸었다. 혼자 가면서도 상점 진열대에 놓인 잡다한 물건에 호기심이 일었다. 아기용 신발과 울 내의, 치약과 화장품, 손전등과 도자기 컵 세트, 이 모든 것이 한자리에 진열되어 있었다. 이제 슬며시 동양에 대한 일종의 매혹이 느껴지기 시작했다. 그것은 각기 다른 인종의 낯설고 다양한 욕구를 충족시키기 위하여 전 세계에서 모여든 갖가지 물건들이 뿜는 매혹이었다.

빅토리아는 박물관은 찾았지만 올리브 가지회는 찾지 못했다. 런던에서는 길 찾는 데 도사였는데 이곳 바그다드에서는 누구에게도 길을 물어볼 엄두가 나지 않는다는 사실이 믿기지 않았다. 빅토리아는 아랍어를 전혀 몰랐다. 지나가다가 어쩌다 영어로 말하는 상점 주인들이 있어서 인파를 밀치고 가서 올리브 가지회로 가는 길을 물으면 영문을 모르겠다는 표정만 지을 뿐이었다.

빅토리아는 '교통경찰한테 물을 수만 있다면.' 하고 생각했다가, 양팔을 이리저리 휘저으며 호각을 부는 경찰을 보고는 소용없는 일이겠다고 결론지었다.

영어로 쓴 책을 진열한 서점에 들어가서 올리브 가지회라는 말을 꺼냈지만 정중하게 외면하거나 모르겠다는 고갯짓밖에 얻지 못했다. 유감스럽게도 아무도 올리브 가지회를 몰랐다.

빅토리아는 홀로 거리를 걷다가 엄청나게 크게 들리는 망치 소리와 땡그렁 소리가 귀에 들어와 어두운 골목길을 빤히 들여다보았다. 그러다가 카듀 트렌치 부인이 올리브 가지회가 구리 제품 특매장 근처에 있다고 했던 말이 떠올랐다. 여기가 그 구리 제품 특매장이었다.

빅토리아는 시장에 들어서서 이것저것 구경하다가 45분 동안 올리브 가지회는 까맣게 잊고 말았다. 그녀는 구리 제품 특매장에 완전 매료당하고 말았다. 소형 발염 장치나 녹인 구리 등 이 모든 과정은 판매용으로 쌓아 놓은 완제품에만 익숙했던 런던 토박이에게는 혁명처럼 와닿았다. 그녀는 시장 여기저기를 돌아다니며 구리 제품 특매장을 지나 화려한 줄무늬가 있는 말(馬) 담요와 면 누비이불이 있는 데까지 이르렀다. 여기서는 유럽 제품들이 전혀 다른 모습을 하고 있었다. 아치형 천장 아래 시원하고 어두운 이곳 시장에서 유럽 제품은 해외에서 건너온 이국적인 어떤 것, 낯설고 신기한 어떤 것이 되어 있었다. 화려한 빛깔로 염색된 싸구려 면화 꾸러미가 눈을 즐겁게 했다.

가끔 "발렉, 발렉." 하는 외침과 함께 당나귀나 짐을 실은 노새가 지나가거나 등에 짐을 잔뜩 지고 가던 남자들이 등 위의 짐이 떨어지지 않도록 균형을 잡는 모습이 보였다. 어린 소년들이 목에 좌판을 걸고 빅토리아에게 달려왔다.

"아줌마, 고무줄이에요. 되게 좋은 영국제 고무줄이에요. 빗, 영국제 빗도 있어요."

소년들은 당장 사 달라는 강요에 가까운 권유와 함께 잡다한 물건을 코앞에 들이밀었다. 빅토리아는 행복한 꿈을 꾸며 걸어 다녔다. 이런 것이 바로 세상 구경 같았기 때문이다. 아치형 천장이 드리운 골목에 들어설 때마다 뜻밖의 물건들이 눈앞에 펼쳐졌다. 유럽인들이 솜씨를 뽐낸 사진을 걸어 놓고 그 앞에 앉아 바느질을 하고 있는 재단사 골목, 손목시계와 싸구려 장신구를 늘어놓은 골목 등등. 벨벳 꾸러미와 반짝이는 금실, 은실로 수놓은 문직이 나왔다가 무심코 모퉁이를 돌면 독특하기는 하지만 형편없는 색 바랜 점퍼와 길이가 제각각인 조끼를 비롯하여 조잡한 싸구려 유럽제 중고 의류 골목이 나왔다.

골목들 사이로 가끔씩 하늘이 보이는 크고 조용한 안마당이 보였다. 빅토리아는 시장이 한눈에 잘 보이는 넓디넓은 곳에 다다랐다. 이곳에서는 남성용 바지감을 팔고 있었다. 네모진 작은 가게 한가운데에 머리에 터번을 두르고 책상다리로 앉아 있는 위엄 있어 보이는 상인이 있었다.

"발렉!"

그때 짐을 잔뜩 실은 당나귀가 뒤에서 다가와서 빅토리아는 좁은 골목 한편으로 길을 비켜 주어야 했다. 이 골목에는 천장이 없어서 구불구불한 골목에 들어선 키 큰 건물들 사이사이로 하늘이 보였다. 골목을 따라 걷다가 정말 우연찮게도 목적지를 발견했다. 열린 문틈 사이로 작은 정방형 안마당을 들여다보니 제일 안쪽에 '올리브 가지회'라고 쓰인 커다란 간판과 알아볼 수 없는 잔가지를 부리에 문 비현실적인 새의 석고상이 걸려 있는 현관이 있었다.

기쁜 마음에 빠른 걸음으로 안마당을 가로질러 열린 문으로 들어갔다. 그곳은 책과 정기 간행물이 잔뜩 쌓인 테이블과 사방으로 책이 잔뜩 꽂혀 있는 선반이 있는 어두운 방이었다. 여기저기 의자가 놓여 있다는 점만 빼면 서점과 다를 바 없어 보였다.

어둠 속에서 어느 젊은 여자가 빅토리아에게 다가와 영어로 조심스럽게 물었다.

"어떻게 오셨습니까?"

빅토리아는 여자를 찬찬히 뜯어보았다. 그녀는 코듀로이 바지에 오렌지색 플란넬 셔츠를 입고 있었으며 검은색 단발머리는 차분하고 윤기가 흘렀다. 여자는 런던의 블룸스버리에서 더 어울릴 차림새였지만, 얼굴은 아니었다. 슬퍼 보이는 커다란 눈과 큰 코는 우울해 보이는 레반트 지역 여인의 얼굴이었다.

"여기가, 그러니까, 음…… 래스본 박사님 계신가요?"

여태 에드워드의 성도 모르다니 미칠 지경이었다! 하지만 카듀 트렌치 부인도 에드워드 아무개라고 부르지 않았던가.

"네, 래스본 박사님 계십니다. 여기는 올리브 가지회고요. 협회에 가입하시려고요? 그렇다면 아주 좋은 일을 하시는 겁니다."

"네, 아마도. 저어, 래스본 박사님 좀 뵐 수 있을까요?"

젊은 여자가 귀찮다는 듯 웃었다.

"저희는 (그런 일로) 박사님을 방해하지 않습니다. 여기 양식이 있습니다. 제가 다 설명해 드릴 테니 여기 서명하시면 됩니다. 회비는

2디나르고요."

회비를 내라는 말을 듣고 놀라서 빅토리아가 말했다.

"가입할지 확신이 안 서서요. 래스본 박사님이나 그분 비서라도 뵈었으면 하는데요. 비서만 뵈어도 될 것 같은데."

"제가 설명해 드리겠다니까요. 제가 다 설명해 드린다고요. 여기선 우리 모두 친구랍니다. 교육적으로 유익한 책도 읽고 서로 시 낭송도 하다 보면 모두 친구가 되지요."

"래스본 박사님의 비서 말이에요. 그 사람이 여기서 자기를 찾으라고 했거든요."

빅토리아는 크고 분명하게 비서라고 말했다.

젊은 여자의 얼굴에는 언짢은 기색이 역력했다.

"오늘은 안 됩니다. 제가 설명을……."

"왜 오늘은 안 된다는 거죠? 지금 안 계신가요? 래스본 박사님이 안 계시다는 말씀인가요?"

"아뇨, 여기 계세요. 위층에. 하지만 저희는 그분을 (이런 일로) 방해하지 않습니다."

외국인에 대한 앵글로색슨다운 일종의 과민증이 빅토리아를 휩쓸고 지나갔다. 유감스럽게도 올리브 가지회는 빅토리아가 보기에 우호적인 국제 관계를 조장하기보다 역효과를 내고 있는 것 같았다.

빅토리아는 카듀 트렌치 부인의 어조로 이렇게 말했다.

"제가 지금 막 영국에서 왔거든요. 래스본 박사님을 뵙고 전해야 하는 아주 중요한 메시지가 있으니 지금 그분께 안내해 주세요! 방해하고 싶은 마음은 없지만, 당장 그분을 봬야 한단 말입니다. 그것도 당장!"

더욱 확실히 못 박기 위해 빅토리아는 마지막에 한 번 더 힘주어 말했다.

자신의 의지를 관철시키고자 하는 거만한 영국인 앞에서는 그 어떤 장벽도 허물어지게 마련이다. 젊은 여자는 즉시 뒤돌아 방 뒤쪽으로 향하더니 계단을 올라 안마당이 내려다보이는 주랑으로 안내했다. 여기서 어떤 문 앞에 서더니 노크를 했다. 들어오라는 한 남자의 목소리가 들렸다.

빅토리아를 안내한 여자가 문을 열고 빅토리아에게 안으로 들어가라고 손짓했다.

"영국에서 어느 여성분이 박사님을 찾아오셨습니다."

빅토리아는 방 안에 들어섰다.

각종 서류로 뒤덮인 커다란 책상 너머에서 한 남자가 일어서더니 빅토리아에게 인사를 건넸다.

그는 이마가 동그랗고 백발이 성성한 60세가량의 당당해 보이는 인상의 노인이었다. 인자하고 친절하고 매력적인 인품의 소유자임이 틀림없어 보였다. 연극 연출자가 래스본 박사를 보았다면 한 치의 망설임도 없이 위대한 박애주의자로 캐스팅했을 것이다.

래스본 박사는 온화한 미소를 지으며 손을 내밀어 악수를 청했다.

"방금 영국에서 도착하신 길이라고요? 중동에는 처음인가 보죠?"

"네."

"중동에 대한 인상이 어땠는지 궁금하군요……. 꼭 들려주시기 바랍니다. 그나저나, 전에 뵌 적이 있던가요? 내가 심한 근시인 데다 아직 이름도 알려 주지 않으셔서 통 모르겠습니다."

"박사님을 뵌 적은 없습니다만, 저는 에드워드의 친구랍니다."

"에드워드의 친구라……. 그것참 잘됐군요. 에드워드는 아가씨가 바그다드에 온 걸 알고 있나요?"

"아직은요."

"그 친구가 돌아오면 기분 좋은 깜짝 선물이 되겠군요."

"돌아온다고요?"

빅토리아의 목소리가 낮아졌다.

"에드워드는 지금 바스라에 있습니다. 우리 쪽으로 들어올 서적이 있어서 내가 그쪽으로 보냈지요. 세관에서 지체가 되어 정말 성가시게 되었거든요. 일이 앉아서 기다릴 만큼 여유 있는 것이 아니라서 직접 가는 게 유일한 해결책인데, 에드워드는 바로 그런 일을 잘 처리하지요. 쥐었다 풀었다 할 줄 안다니까요. 맡은 일은 다할 때까지 포기하지도 않고. 정말 끈기 있는 청년이지요. 젊은이치고 훌륭한 면모예요. 에드워드는 내가 아끼는 청년입니다."

박사의 눈이 반짝반짝 빛났다.

"그나저나 내가 아가씨 앞에서 에드워드를 입에 침이 마르게 칭찬할 필요는 없겠지요."

"저어…… 에드워드는 언제쯤 바스라에서 돌아올까요?"

빅토리아가 소심하게 물었다.

"글쎄요. 그건 나도 모릅니다. 일이 끝날 때까지는 돌아오지 않겠지요. 이 나라에서는 혼자 서두른다고 일이 되는 것도 아니거든요. 어디 묵고 있는지 말해 주면 에드워드가 돌아오는 대로 알려 드리지요."

"혹시……."

빅토리아는 자신의 재정적 곤궁을 의식하고는 절박하게 입을 열었다.

"혹시…… 제가 여기서 할 수 있는 일이 있을까요?"

"그래 주면 우리가 고맙지요."

래스본 박사는 감동한 듯했다.

"물론 할 수 있는 일이 있고말고요. 우리는 많은 일꾼의 도움이 필요합니다. 특히 영국 사람이라면 더더욱. 지금도 일은 아주 잘 돌아가고 있지만, 아직도 할 일이 태산이지요. 사람들 모두 열심입니다. 이미 자원봉사자가 30명이나 되고, 30명 모두 그렇게 열심일 수가 없답니다. 성실하다면야 여기서 귀중한 일꾼이 될 수 있을 겁니다."

'자원'이라는 말이 빅토리아의 귀에 거슬렸다.

"제가 원하는 건 보수를 받는 일입니다만."

래스본 박사의 얼굴에 실망의 기색이 역력했다.

"이런! 그건 좀 곤란하겠는데요. 유급 직원은 얼마 안 되는 데다 당분간은 자원봉사만으로 충분하거든요."

"지금은 제가 일자리를 가릴 처지가 못 된답니다. 게다가 유능한 속기사고요."

빅토리아는 얼굴도 붉히지 않은 채 뒷말을 덧붙였다.

"물론 유능하겠죠, 젊은 아가씨. 얼굴에 그렇게 씌어 있어요. 하지만 우리 쪽도 재정 상황이 그렇게 좋은 편은 아니라서. 혹 아가씨가 다른 데서 일자리를 구하더라도 남는 시간에 우리를 도와주면 고맙겠군요. 자원봉사자들도 대부분 본업이 있습니다. 우리 일을 돕다 보면 정말 보람을 느낄 거라고 내 장담하지요. 전쟁, 서로 간의 오해, 의심과 같이 세상에 존재하는 모든 만행에는 반드시 종지부를 찍어야 합니다. 하나의 공동 영역, 그것이 바로 우리에게 필요한 것입니다. 희곡, 미술, 시, 이 모든 정신 세계의 소산이 바로 그것이죠. 하찮은 시기나 증오 따위가 여기에 발을 들여놓을 틈은 없습니다."

"그, 그럼요."

빅토리아는 배우와 화가인 친구들이 아주 사소한 일에도 시기심에 사로잡히고 심하게 증오하던 모습이 떠올라 떨떠름하게 대답했다.

"나는 『한여름 밤의 꿈』을 40개 언어로 번역하도록 지시했습니다. 40개국의 젊은이들이 하나의 놀라운 문학 작품에 모두 반응을 보이겠지요. 젊은이, 그게 바로 열쇠입니다. 일단 정신이 굳어 버리면 그때는 너무 늦어요. 젊은이들이야말로 단합해야 합니다. 캐서린, 여기 이 아가씨 아래층으로 모셔다 드리게. 캐서린은 다마스쿠스에서 온 시리아인이지요. 아마 아가씨 또래일 겁니다. 보통의 경우였다면 아가씨와 캐서린이 만날 일도, 공통점도 없었을 겁니다. 하지만 올리브 가지회에서는 캐서린이나 아가씨처럼 러시아인, 유대인, 이라크인, 터키 소녀, 아르메니아인, 이집트인, 페르시아인 등

수많은 젊은이가 모두 만나 서로 친분 관계를 맺고 똑같은 책을 읽고 똑같은 그림과 음악을 놓고 토론을 벌입니다. 이 분야를 강의해 주시는 뛰어난 강사도 계시죠. 아가씨 같은 젊은이들이 모여 전혀 다른 관점을 발견하고는 흥분하는 겁니다. 이게 바로 세계가 나아갈 길이지요."

빅토리아는 각자 다른 의견을 가진 사람들이 한데 모여 서로를 좋아할 거라 생각하는 래스본 박사를 보며 지나치게 낙천적인 것이 아닐까 생각했다. 가령, 자신과 캐서린만 봐도 서로 전혀 좋아하지 않고 있지 않은가! 게다가 빅토리아가 생각하기에 캐서린과 자주 마주치면 마주칠수록 싫어하는 감정은 더욱 커질 것이 분명했다.

래스본 박사가 말을 이어 나갔다.

"에드워드는 대단한 청년입니다. 누구하고도 잘 지내지요. 아마 남자보다 여자하고 더 잘 지내는 것 같기는 하지만. 여기 있는 남학생들은 의심도 많고 적대적이기까지 해서 처음에는 어렵지요. 그렇지만 여자들은 에드워드를 숭배하기 때문에 그 친구를 위해서라면 어떤 일이든 할 겁니다. 에드워드는 캐서린과 특히 친한 걸로 압니다."

"그렇군요."

빅토리아는 싸늘하게 말했다. 캐서린을 싫어하는 마음이 전보다 훨씬 더 강해졌다.

"자, 가능하다면 와서 우리를 도와주십시오."

박사가 웃으며 한 말은 이제 나가 달라는 말이나 다름없었다. 박사는 빅토리아의 손을 지그시 쥐었다. 방에서 나온 빅토리아는 아래로 내려갔다. 캐서린이 작은 여행 가방을 들고 이제 막 들어온 어느 소녀와 이야기하면서 문가에 서 있었다. 캐서린은 피부가 가무잡잡하고 예쁘게 생긴 여자였다. 순간 빅토리아는 어디선가 캐서린을 본 적이 있는 것 같다는 생각이 들었다. 그러나 캐서린은 빅토리아를 쳐다보면서도 전혀 알아본 기색을 내비치지 않았다. 캐서린과 여행 가방을 들고 서 있는 여자는 빅토리아가 알아들을 수 없는 나라 말로 열심히 떠들고 있었다. 빅토리아가 나타나자 두 여자는 말을 멈추더니 빤히 쳐다보았다. 빅토리아는 두 여자를 지나쳐 문가까지 가서는 나가면서 캐서린에게 깍듯하게 "안녕히 계세요."라고 인사할 수밖에 없었다.

구불구불한 골목을 지나 라시드가로 통하는 길을 찾아 천천히 호텔로 향했다. 지금 빅토리아에게는 주변의 군중이 전혀 눈에 들어오지 않았다. 오로지 래스본 박사와 올리브 가지회라는 조직만 생각하며 자신이 처한 궁지(바그다드에서 무일푼의 신세가 된)에 골몰하지 않으려 애를 썼다. 에드워드는 런던에 있을 때부터 자신이 맡은 일이 뭔가 '수상쩍다'는 사실을 알고 있었다. 무엇이 수상쩍다는 말이었을까? 래스본 박사가? 아니면 올리브 가지회 자체가?

빅토리아는 래스본 박사의 어디가 수상쩍다는 것인지 도무지 알 수가 없었다. 빅토리아에게 래스본 박사는 현실을 무시한 채 세상을 자신의 이상대로만 바라보려는 길을 잘못 든 열성분자 중 하나에 불과했다.

에드워드는 무슨 뜻으로 수상쩍다고 했던 것일까? 너무 모호해서 그 의중을 짐작조차 할 수 없었다. 어쩌면 에드워드 자신도 무슨 뜻인지 몰랐을지 모른다.

래스본 박사가 무시무시한 사기꾼일 수도 있다는 뜻일까?

빅토리아는 방금 만나 본 박사의 온화한 성품을 생각하고는 고개를 가로저었다. 보수 얘기가 나오자 박사의 태도는 확실히 전과 달라졌다. 박사는 무보수로 일해 주는 사람들을 좋아하는 것이 분명했다.

'하지만 그건 누구나 좋아하는 거잖아. 그린홀츠 씨도 분명 무보수로 일해 주는 사람들을 더 좋아했을 거야.'

12장

I

빅토리아가 아픈 발을 질질 끌고 티오 호텔에 돌아오니, 강이 내다보이는 잔디 언덕에 앉아 야위고 초라해 보이는 중년 남자와 이야기를 하던 마커스가 열렬하게 맞아 주었다.

"존스 양, 이리 와서 우리랑 한잔합시다. 술은 마티니 아니면 사이드카? 이쪽은 데이킨 씨입니다. 영국에서 오신 존스 양이고요. 자, 이제 뭘로 하시겠어요?"

빅토리아는 사이드카와 '저쪽에 놓인 먹음직스러워 보이는 땅콩'을 달라고 했다. 땅콩이 영양가가 높다는 말을 어디선가 들었던 것 같아서 혹시 얻어먹을 수 있을까 해서였다.

"땅콩을 좋아하는군요, 지저스!"

마커스는 빠른 아랍어로 땅콩을 가져오라고 시켰다. 데이킨은 슬픈 목소리로 자신은 레모네이드를 마시겠다고 했다.

"아니, 말도 안 돼요. 아, 카듀 트렌치 부인이 오셨군요. 부인, 데이킨 씨는 아시나요? 무엇으로 하시겠습니까?"

마커스가 물었다.

"진 앤드 라임으로요."

카듀 트렌치 부인은 데이킨에게 간결하게 묵례만 한 후 빅토리아를 보며 말했다.

"더워 보여요."

"관광을 하느라 좀 돌아다녔거든요."

음료가 나왔을 때, 빅토리아는 한 접시 가득했던 땅콩과 감자칩을 몽땅 먹어 치웠다.

잠시 후 한 땅딸막한 남자가 올라오자 친절한 마커스가 그에게 알은척을 했다. 빅토리아도 소개받았는데 크로스비 대위라고 했다. 약간 앞으로 튀어나온 크로스비 대위의 눈이 빅토리아를 보고 희번덕거렸다. 빅토리아는 속으로 대위가 여자에 약한 모양이라고 생각했다.

크로스비 대위가 빅토리아에게 말했다.

"이제 막 도착하신 모양입니다."

"어제 왔어요."

"어쩐지 못 뵌 것 같더라니."

마커스가 싱글벙글거리며 끼어들었다.

"아주 아름답고 좋은 사람 아닌가요? 정말이지, 빅토리아 양을 모실 수 있어서 기쁘게 생각합니다. 그래서 말인데 빅토리아 양을 위해서 아주 성대한 파티를 열 생각입니다."

"병아리 요리가 있는 파티요?"

희망에 차서 빅토리아가 물었다.

"그럼요, 그렇고말고요. 스트라스부르산 푸아그라, 캐비어, 그리고 티그리스 강에서 잡은 아주 좋은 생선으로 만든 생선 요리를 소스와 버섯만 곁들여서 먹는 거예요. 또 우리 집에서 하는 대로 쌀과 건포도, 향신료를 넣은 칠면조, 이 모든 요리를 준비할 겁니다. 아, 너무 멋질 거 같군요. 빅토리아, 한 숟갈만 먹고 그만두면 안 돼요. 많이 먹어야 합니다. 스테이크를 더 좋아하면 스테이크로 하지요. 아주 크고 부드러운 스테이크요. 내가 일일이 확인하니까 걱정 안 해도 됩니다. 몇 시간이고 끝나지 않을 긴 저녁 식사를 하는 겁니다. 아주 멋지겠지요. 나는 안 먹을 겁니다. 술만 마실 거라서."

"정말 멋질 것 같네요."

빅토리아가 힘없이 말했다. 이런 진수성찬을 입에 올리는 것만으로도 배가 고파져서 현기증이 다 날 지경이었다. 빅토리아는 마커스가 정말 이 파티를 열 작정인지, 만약 그렇다면 언제 열 것인지 알고 싶었다.

"바스라로 간 줄 알았는데요."

카듀 트렌치 부인이 크로스비에게 말했다.

"어제 돌아왔습니다."

크로스비는 그렇게 말한 후 발코니 쪽을 올려다보며 물었다.

"저기 저 산적 같은 자는 누구죠? 큰 모자를 쓴 우스꽝스러운 복장의 저치 말입니다."

"아, 저분은 루퍼트 크로프턴 리 경입니다. 슈라이브넘 씨가 어젯밤 대사관에서 모시고 왔지요. 아주 대단한 분입니다. 유명한 여행가이고요. 낙타를 타고 사하라 사막도 건넜고 험난한 산에도 올랐대요. 아주 불편하고 위험하게 살고 계신 분이죠. 저는 사양하고픈 그런 인생입니다."

마커스의 말에 크로스비가 대꾸했다.

"저치가 그 양반이구먼? 책을 읽은 적이 있는데."

"저랑 같은 비행기를 타고 왔어요."

빅토리아가 그렇게 말하자 두 남자가 흥미를 띠고 그녀를 바라보았다. 적어도 그녀가 보기에는 그랬다.

빅토리아가 비난조로 말했다.

"굉장히 거만하고 자기밖에 모르는 분이더라요."

카듀 트렌치 부인이 말했다.

"심라에 있는 저 사람 숙모 되는 사람을 아는데, 집안 사람들이 다 저 모양이에요. 영리하기는 한데 자랑 안 하고는 못 배기더라고요."

"아침 내내 아무것도 안 하고 저기 앉아만 있던걸요."

빅토리아가 살짝 못마땅한 듯 대꾸했다.

그러자 마커스가 해명해 주었다.

"배가 아파서 그런 겁니다. 오늘도 아무것도 안 드셨어요. 참 안됐지 뭡니까."

카듀 트렌치 부인이 입을 열었다.

"정말 모르겠어요. 마커스, 당신은 아무것도 안 먹는다면서 왜 이렇게 뚱뚱해진 거죠?"

마커스가 깊은 한숨을 쉬며 답했다.

"다 술 때문입니다. 지금까지 술을 너무 많이 마셨어요. 오늘 밤에도 여동생 내외가 오기로 되어 있는데, 분명 날 밝을 때까지 마실 게 뻔합니다."

다시 한숨을 쉰 마커스는 언제나처럼 갑자기 외쳤다.

"지저스, 지저스! 같은 걸로 가져와."

"전 그만할래요."

빅토리아는 서둘러 일어나며 사양했다. 데이킨도 레모네이드를 마저 마시고는 사양했다. 그러고는 느릿느릿 멀어져 갔고 크로스비 대위도 자기 방으로 올라갔다.

카듀 트렌치 부인은 데이킨의 잔에 대고 손가락 끝을 튀기면서 말했다.

"평소대로 레모네이드라고? 안 좋은 징조인데……."

빅토리아가 어째서 그게 안 좋은 징조인지 물었다.

"남자는 외로울 때 술을 마시거든요."

"부인, 맞는 말씀입니다."

마커스가 맞장구를 쳤다.

"그럼 데이킨 씨는 원래 술을 즐겨 드시는 분인가요?"

빅토리아가 묻자 카듀 트렌치 부인이 답했다.

"저 사람은 술 때문에 출세를 못 한 거예요. 안 잘리고 간신히 버티기만 하는 거죠."

"하지만 아주 좋은 분이신걸요."

인정 많은 마커스의 말에 부인이 응수했다.

"하, 저 사람은 술독에 빠져 사는 사람이에요. 빈둥거리면서 대충대충 무기력하게 인생을 사는 그런 사람. 중동에 왔다가 무능력해진 영국 사람이 또 하나 늘어난 거죠, 뭐."

빅토리아는 잘 마셨다고 마커스에게 인사하고 권하는 술을 재차 거절한 다음 방으로 올라왔다. 방으로 돌아온 후 신발을 벗고 침대에 누워 자신이 처한 상황을 곰곰이 생각해 보았다. 따져 보니 3파운드 남짓한 전 재산을 숙박비로 마커스에게 지불해야 했다. 마커스의 후한 인심에 의지하여 땅콩, 올리브, 감자칩이 곁들여 나오는 술만으로 생명을 유지할 수 있다고 가정하면 앞으로 며칠은 식사 문제를 해결할 수 있을 것이다. 그러나 마커스가 언제 청구서를 내밀지, 미지불 상태를 눈감아 줄지 빅토리아로서는 알 수 없었다.

'마커스가 아무리 인정이 많다고 해도 사업 문제에서는 그렇게 후하지 않겠지.'

이제 더욱 저렴한 숙소를 찾아야 할 것이다. 하지만 어디 가서 저렴한 숙소를 찾을 수 있단 말인가? 일단 직업부터 구해야 할 것이다. 그것도 빨리. 하지만 어디 가서 어떤 일자리를 찾는단 말인가? 현지 사정을 전혀 모르는 낯선 도시에서 무일푼이나 다름없이 버려진다는 것이 생존에 얼마나 치명적인지 빅토리아는 절감하고 있었다. 아주 조금이라도 이곳 지리를 알기만 한다면 버텨 낼 자신이 있었다(항상 그랬듯이). 에드워드는 언제쯤 바스라에서 돌아올까? 어쩌면 에드워드는 이미 빅토리아를 까맣게 잊어버렸을지 모른다(생각만 해도 끔찍하다). 도대체 왜 이렇듯 어리석게 바그다드로 득달같이 달려왔을까? 에드워드는 누구며 어떤 사람인가? 매력적인 미소와 말투를 쓰는 보통의 젊은 남자에 지나지 않을지 모른다. 도대체 성이 뭘까? 성만 알면 전보를 쳐 볼 텐데. 아니, 소용없다. 어디에 머물고 있는지도 모르지 않는가. 결국 아무것도 모르는 셈이었고, 바로 이것이 문제였다. 이 때문에 지금 빅토리아는 생존을 위협받고 있었다.

게다가 지금 조언을 구할 사람도 없었다. 친절하기는 하지만 남의 말에 귀 기울이는 법이 없는 마커스는 물론이고, 처음부터 빅토리아를 의심했던 카듀 트렌치 부인도 어림없을 것이다. 이미 키르쿠크로 떠나 버린 해밀턴 클립 부인은 물 건너간 셈이고, 래스본 박사는 더더욱 말이 안 된다.

지금 당장 돈이든 일자리든 둘 중 하나를 구해야 했다. 보모 일이든, 우체국에서 소인 찍는 일이든, 식당 서빙이든 가릴 처지가 아니었다……. 그랬다가는 곧 영사에게 끌려가서 영국으로 강제 송환당할 것이 뻔했다. 그렇게 되면 에드워드는 영영 못 보게 될 테고…….

이런저런 고민을 하느라 지친 빅토리아는 곧 잠이 들어 버리고 말았다.

II

 몇 시간 뒤 잠에서 깨어난 빅토리아는 이왕 이렇게 된 김에 식당에 내려가서 제대로 된 식사를, 그것도 푸짐하게 먹는 편이 낫겠다는 결론을 내렸다. 다 먹고 나니 자기보다 큰 먹이를 먹은 보아 뱀이 된 것 같았지만 확실히 기운은 차릴 수 있었다.
 '더 이상 걱정해 봐야 소용없어. 내일까지는 다 잊고 지내야지. 무슨 일이 생길지도 모르고 뭔가 생각날지도 모르잖아. 에드워드가 돌아올지도 모르는 일이고.'
 잠자리에 들기 전, 빅토리아는 강이 보이는 테라스에 나가 이리저리 거닐었다. 바그다드에 사는 사람들한테는 극한의 날씨처럼 느껴지는 밤이었기 때문에 웨이터 1명을 제외하고는 밖에 아무도 없었다. 빅토리아가 테라스에 나오자 웨이터는 강을 내려다보며 난간에 기대어 서 있다가 죄라도 지은 듯 황급히 호텔 직원 전용 출구로 들어가 버렸다.
 영국에서 온 빅토리아에게 오늘 밤은 약간 서늘한 보통의 여름날에 지나지 않았기 때문에 달빛에 비친 티그리스 강과 저 멀리 신비로워 보이는 강둑 그리고 야자수가 가장자리를 장식하고 있는 중동이 매혹적으로 다가왔다.
 '어쨌든 바그다드에 도착했잖아. 어떻게든 되겠지. 뭔가 좋은 일이 일어날 거야.'
 빅토리아는 기운을 차리며 이렇게 혼잣말을 했다.

빅토리아는 『데이비드 코퍼필드』의 등장인물인 미카버처럼 낙천적인 결론을 내리고는 침대로 갔다. 잠시 후 아까 황급히 들어갔던 웨이터가 살며시 다시 나와서 매듭지은 밧줄을 난간에 매어 강가로 늘어뜨리는 일을 재개했다.

곧이어 또 다른 형상이 어둠 속에서 나와 밧줄을 늘어뜨리던 웨이터와 합류했다.

데이킨이 낮은 목소리로 속삭였다.

"아무 이상 없나?"

"네, 없습니다. 보고드릴 만한 수상한 점은 없었습니다."

임무를 만족스럽게 마친 데이킨은 다시 어둠 속으로 들어가 입고 있던 웨이터 복장을 자신의 특징 없는 푸른색 핀 스트라이프 양복으로 바꿔 입고는 여유 있는 걸음으로 아래쪽 거리에서 올라오는 계단이 있는 데까지 테라스를 따라 걸어간 다음 물가를 등지고 실루엣을 드리우며 서 있었다.

어슬렁거리며 바에서 나온 크로스비가 아래층에 있던 데이킨과 합류하면서 말했다.

"이제 저녁에는 제법 쌀쌀합니다. 테헤란에서 오시는 길이니까 그렇게 춥다는 생각이 안 들 수도 있겠군요."

크로스비와 데이킨은 담배를 피우며 한동안 그 자리에 서 있었다. 목소리를 높이지만 않는다면 아무도 이 둘의 대화를 엿들을 수 없는 상황이었다.

크로스비가 속삭였다.

"그 여자는 누굽니까?"

"고고학자 폰스풋 존스의 조카딸이라더군."

"아, 그랬군요. 그렇다면 문제는 없겠습니다만, 크로프턴 리와 같은 비행기를 타고 오다니……."

"매사 그대로 받아들이지 않는 편이 백번 옳지."

두 남자는 한동안 아무 말 없이 담배를 피웠다.

크로스비가 물었다.

"그런 거물의 거처를 대사관에서 이곳으로 옮긴 걸 정말 잘한 일이라고 생각하십니까?"

"그렇게 생각하네."

"아주 사소한 부분까지 만반의 준비를 했는데도요?"

"그랬는데도 바스라에서는 일이 잘못되었다네."

"압니다. 살라 하산이 독살당했죠. 그럼 이번에도……."

"맞네, 그렇게 독살하려고 하겠지. 영사관 쪽으로 접근하려는 시도는 없었나?"

"있었습니다. 작은 소동이 있었는데, 어떤 작자가 리볼버를 뽑아 들었답니다."

크로스비는 잠깐 멈추었다 다시 말을 이어 나갔다.

"리처드 베이커가 그자를 붙잡아서 총을 빼앗았다더군요."

"리처드 베이커라……."

데이킨이 생각에 잠긴 듯 이름을 중얼거렸다.

"그자를 아십니까? 그자는……."

"나도 아네."

잠깐 동안 침묵이 흐른 후 데이킨이 말을 이었다.

"임기응변. 그게 내가 기대를 걸고 있는 방법이지. 자네 말대로 우리가 만반의 준비를 했다고 하더라도 우리 계획이 새어 나간다면, 저쪽도 그에 맞추어 만반의 준비를 하지 않겠나. 그나저나 카마이클이 대사관 근처에나 올 수 있을지 모르겠군. 대사관에 도착한다고 하더라도……."

데이킨이 고개를 가로저었다.

"이번 작전은 자네하고 나 그리고 크로프턴 리밖에 모른다네."

"크로프턴 리가 여기로 옮겼다는 걸 저쪽에서도 알게 될 텐데요."

"물론 알겠지. 그건 어쩔 수 없었네. 크로스비, 아직도 모르겠나? 저쪽에서 어떻게 나올지 모르니 우리도 임기응변으로 맞받아야 하네. 순발력 있게 생각하고 즉각 행동에 옮겨야 한다는 뜻이지. 6개월 전부터 미리 누군가를 티오 호텔에 심어 놓을 수는 없지 않은가. 티오 호텔은 거론된 적도 없었네. 티오 호텔을 접선 장소로 이용하려는 생각도 그러자는 제안도 없었지."

데이킨은 시계를 보며 말했다.

"지금 크로프턴 리를 보러 올라가야겠네."

데이킨은 루퍼트의 방문을 두드리려고 손을 들었으나 그럴 필요가 없었다. 두드리기도 전에 루퍼트 경의 방문이 조용히 열렸기 때문이다.

여행가인 루퍼트는 침대 맡에 있는 작은 독서용 스탠드만 켜 놓고 그 옆에 놓인 의자에 앉아 있었던 듯했다. 문을 열어 주고 다시 앉으려 할 때, 테이블 위 손 닿는 위치에 있던 소형 자동 권총이 미끄러지면서 떨어졌다.

"어떤가, 데이킨? 카마이클이 올 것 같은가?"

"그럴 것 같습니다, 루퍼트 경. 아직 못 만나 보셨죠?"

루퍼트 경이 끄덕였다.

"그렇다네. 오늘 밤 꼭 만날 수 있었으면 좋겠군. 그 젊은이 말이네, 용기 하나는 알아줘야겠더군."

"물론입니다."

데이킨이 무미건조한 목소리로 동의했다.

"아주 용감한 친구죠."

데이킨은 그 사실을 굳이 말로 해야 한다는 데 스스로도 약간 놀란 듯했다.

"그저 용기만을 말하는 게 아니라네. 전쟁 중에 용감한 자를 많이 보았지만, 이번에는……."

"상상력 말씀입니까?"

"맞네. 단 1퍼센트도 가능성이 없어 보이는 일을 믿고 그렇게 용감하게 행동할 수 있다는 것. 말도 안 되는 이야기가 정말 말도 안 된다는 사실을 알아내려고 목숨을 거는 일. 모두 요즘 젊은이들에게는 없는 그 무언가가 필요한 일이지. 그가 오늘 밤 이 자리에 오기를 나도 바라마지 않는다네."

"꼭 올 겁니다."

루퍼트 경이 날카로운 시선으로 데이킨을 쳐다보았다.
"준비는 확실하게 해 두었겠지?"
"크로스비가 발코니에서 대기하고, 저는 계단을 감시하고 있을 겁니다. 카마이클이 이 방에 와서 벽을 두드리면 제가 들어올 거고요."
크로프턴 리가 고개를 끄덕였다.
데이킨은 조용히 방에서 나와 왼쪽으로 돌아 발코니로 가서는 맨 끝 구석으로 걸어갔다. 여기에도 역시 매듭 지은 밧줄이 가장자리에 늘어뜨려져서 유칼리나무와 유다나무 그늘이 진 땅바닥에 닿아 있었다.
데이킨은 크로프턴 리의 방문을 다시 지나쳐 그 너머에 있는 자기 방으로 돌아갔다. 데이킨의 방에는 내부에 문이 하나 더 있었는데, 이 문은 방 뒤쪽에 있는 복도로 이어져서 층계 꼭대기까지 몇 발짝밖에 되지 않았다. 이 문을 표 안 나게 조금 열어 놓고 데이킨은 경계 태세에 돌입했다.
티그리스 강을 오가는 원시적인 형태의 배인 구파가 하류로 내려와 티오 호텔 아래 진흙투성이 강기슭에 도달한 것은 약 4시간 뒤였다. 잠시 후 호리호리한 형상 하나가 밧줄을 타고 기어 올라와서 유다나무 사이에 웅크리고 앉았다.

13장

 빅토리아는 날이 밝을 때까지 모든 걸 잊고 푹 자려고 했지만 낮잠을 자서인지 잠이 오지 않았다.

 그녀는 결국 불을 켜고 비행기에서부터 읽어 왔던 잡지 기사를 마저 읽은 후 스타킹을 꿰맸으며, 클립 부인이 선물로 준 새 나일론 스타킹을 신어 보고, 몇 편의 구직 광고를 썼다.(이 광고를 어디에 실을 것인지는 내일 알아볼 수 있을 것이다.) 그리고 시험 삼아 해밀턴 클립 부인에게 서너 통의 편지를 써 보았는데, 편지마다 각기 다르고 독창적인 뜻밖의 상황을 담고는 있었지만 결국 요지는 자신이 바그다드에서 '오도 가도 못 하게' 되었다는 내용이었다. 그러다가 빅토리아는 아주 늙고, 다혈질인 데다 기분 나쁜 성격의 소유자로 평생 동안 누구를 도와 본 일이라고는 전혀 없는 영국 북부에 유일하게 생존해 있는 한 친척 아저씨에게 도움을 간청하는 전보를 2가지 써 보기도 했다. 그래도 잠이 안 와서 새로운 헤어스타일을 시도해 보다가 결국에는 갑자기 하품이 쏟아져서 이제 정말 졸리구나 생각하고 잠자리에 들기로 마음먹었다.

그때 아무런 경고도 없이 침실 문이 휙 열리고 어떤 남자가 들어와 쓰러지면서 문을 잠그더니 다급하게 도움을 요청했다.

"제발 저 좀 숨겨 주십시오, 빨리……."

빅토리아의 반응은 언제나처럼 재빨랐다. 빅토리아는 힘겨운 호흡, 꺼져 가는 목소리, 가슴 위의 낡은 붉은색 털실 목도리를 절박하게 움켜쥐고 있는 손을 대번에 알아보았다. 그녀는 이 알 수 없는 위험에 즉각 반응하여 자리에서 벌떡 일어났다.

방에는 숨을 만한 곳이 없었다. 옷장, 서랍장, 테이블 하나, 그리고 약간 화려한 화장대 하나가 놓여 있을 뿐이었다. 더블 침대에 가까울 정도로 커다란 침대를 보자 어린 시절에 했던 숨바꼭질이 떠올라 재빨리 움직였다.

"서둘러요."

빅토리아가 베개를 밀어내고 시트와 담요를 걷어 내자 남자가 침대에 모로 누웠다. 빅토리아는 시트와 담요를 잡아당겨 남자에게 덮어 주고는, 그 위에 베개를 올려놓고 자신은 침대 한쪽에 걸터앉았다.

그와 거의 동시에 방문을 낮게 지속적으로 두드리는 소리가 들려왔다.

빅토리아는 힘없고 놀란 듯한 목소리로 밖에 대고 외쳤다.

"누구세요?"

"실례합니다."

밖에서 어떤 목소리가 들려왔다.

"문 좀 열어 주십시오, 경찰입니다."

빅토리아는 잠옷 가운을 여미고 방을 가로질러 가다가 남자의 빨간색 털실 목도리가 바닥에 놓여 있는 것을 보고는 급히 집어 들어 서랍장에 쑤셔 넣었다. 그러고 나서 열쇠를 돌려 문을 열고는 놀란 얼굴을 하고 빠끔히 밖을 내다보았다.

검은 머리에 연한 자줏빛 핀 스트라이프 양복을 입은 젊은 남자가 밖에 서 있었고 그 뒤에 경찰복을 입은 남자가 서 있었다.

"무슨 일이죠?"

빅토리아가 떨리는 목소리로 물었다.

젊은 남자가 시원하게 미소를 짓고는 꽤 쓸 만한 영어로 답했다.

"밤늦게 방해해서 죄송합니다만, 탈출한 죄수가 있어서요. 그자가 이 호텔로 도망쳐 오는 바람에 모든 방을 조사하는 중입니다. 그자는 위험 인물입니다."

"어머나!"

빅토리아가 문을 활짝 열며 뒤로 물러섰다.

"어서 들어와서 찾아보세요. 어머나, 무서워라. 욕실도 찾아봐 주시고요. 아, 옷장도 좀 봐 주세요. 죄송하지만 침대 밑도 좀 봐 주시겠어요? 그 사람이 저녁 내내 거기 있었을지도 모르는 일이니까요."

수색은 신속했다.

"찾아봤지만 없군요."

"침대 밑에 없는 게 확실한가요? 하긴, 침대 밑이라니, 제가 어리석었죠. 어떻게 여기 숨을 수가 있겠어요. 잠자리에 들면서 문을 잠갔는데."

"감사합니다. 안녕히 주무십시오."

젊은 남자가 묵례를 하고 정복 경관과 함께 물러갔다.

문까지 젊은 남자를 배웅하면서 빅토리아가 말했다.

"아무래도 문은 다시 잠그는 게 좋겠죠? 안전을 위해서라면."

"그럼요, 잠그셔야지요. 협조해 주셔서 감사합니다."

빅토리아는 문을 다시 잠그고 한참 문 옆에 서 있었다. 방금 왔던 경찰들이 복도 맞은편 문을 두드린 다음 몇 마디 주고받더니 분개한 카듀 트렌치 부인의 요란한 목소리 다음으로 이내 문이 닫히는 소리가 들렸다. 몇 분 뒤 다시 문이 열리더니 좀 전에 왔던 경찰들의 발소리가 복도를 내려가는 소리가 들렸다. 다음 번 노크 소리는 저 멀리서 들려왔다.

빅토리아는 돌아서서 방을 가로질러 침대 쪽으로 걸어갔다. 갑자기 자신이 너무 어리석었던 것은 아닐까 하는 생각이 들었다. 로맨틱한 생각과 모국어를 쓴다는 점에 정신이 팔려 충동적으로 극히 위험한 범죄자를 도운 것은 아닐까. 쫓기는 자를 도우려던 선의가 불행한 결과를 초래하는 경우가 종종 있지 않은가.

어쨌거나 이미 엎질러진 물이었다.

침대 옆으로 간 빅토리아가 퉁명스럽게 말했다.

"일어나세요."

침대 위에서 아무런 움직임이 없자 빅토리아는 목소리를 높이지는 않았지만 날카롭게 다시 말했다.

"다 갔어요. 이제 일어나도 된다고요."

그래도 여전히 툭 튀어나온 베개 밑에서는 기척이 전혀 없었다. 참다못한 빅토리아가 시트와 이불 그리고 베개를 획 걷어 냈다.

아까의 그 젊은 남자는 빅토리아가 마지막으로 봤을 때와 똑같은 자세로 누워 있었다. 그러나 얼굴이 이상한 잿빛이 되어 있었고 눈은 감겨 있었다.

빅토리아는 뭔가를 발견하고 숨이 턱 막혔다. 선홍빛 얼룩이 담요에 번지고 있었던 것이다.

"안 돼요."

빅토리아가 애원하듯 말했다.

"안 돼요, 안 된다고요!"

그 애원을 알아듣기라도 한 듯 부상당한 남자가 눈을 떴다. 그는 아주 멀리 떨어진 곳에 있는 알 수 없는 대상을 보듯 빅토리아를 빤히 응시했다.

그의 입술이 움직여서 무언가 내뱉긴 했는데 너무 희미해서 거의 알아들을 수가 없었다.

빅토리아가 몸을 구부렸다.

"뭐라고요?"

이번에는 뭔가 들렸다. 힘겹게, 아주 힘겹게 젊은 남자는 두 단어를 내뱉었다. 제대로 알아들었는지는 빅토리아도 몰랐다. 왜냐하면 너무 터무니없고 무의미한 단어였기 때문이다. 그가 내뱉은 단어는 '루시퍼, 바스라.'였다.

남자의 눈꺼풀이 힘없이 처지더니 이내 불안한 듯 크게 뜬 눈이 파르르 떨렸다. 그러더니 한마디를 더 내뱉었는데 어떤 이름 같았다. 잠시 후 머리가 뒤로 넘어가더니 꼼짝도 하지 않았다.

빅토리아는 얼어붙은 듯 그 자리에 서 있었지만 심장은 터질 듯 고동쳤다. 그러다가 이제는 거센 동정과 분노가 일었다. 이제 어떻게 해야 할지 막막했다.

'누구든 불러야 해. 누구든 데려와야 해.'

빅토리아는 현재 시체와 한방에 단둘이 있었고 이제 곧 경찰이 들이닥쳐 해명을 요구할 것이 뻔했다.

머리로 이 상황을 어떻게 처리해야 할지 정신없이 궁리하고 있을 때, 작은 소리가 들려와 고개를 돌렸다. 자물쇠 돌아가는 소리가 들려서 뚫어지게 바라보고 있자니 곧 열쇠가 침실 바닥으로 떨어졌다. 곧이어 문이 열리고 데이킨이 들어와서는 조심스럽게 문을 닫았다.

데이킨은 방을 가로질러 빅토리아에게 오더니 조용히 말했다.

"잘했어요, 아가씨. 머리가 빠르게 돌아가는군요. 그는 어떻소?"

빅토리아는 목이 메어서 말을 잘 잇지 못했다.

"제 생각에는…… 죽은 거 같아요."

그 순간 빅토리아는 데이킨의 얼굴이 변하는 것을 보았다. 데이킨의 얼굴에서는 거센 분노가 일었다가 순식간에 사라지더니 이내 전날 보았던 그 얼굴로 돌아와 있었다. 이제 보니 빅토리아가 봤던 어제의 우유부단함과 나약함은 사라지고 전혀 다른 무언가가 그 자리를 대신하고 있었다.

데이킨이 몸을 구부리고 다 떨어진 튜닉 자락을 조심스럽게 풀었다.

데이킨이 똑바로 일어서면서 말했다.

"심장을 관통한 게 예사 솜씨가 아니군. 이 젊은이는 용감하고 똑똑한 청년이었소."

이제 제 목소리를 찾은 빅토리아가 말했다.

"경찰이 왔었어요. 이 사람이 범죄자라던데, 정말 범죄자였나요?"

"아니요. 범죄자가 아니었소."

"그 사람들, 정말 경찰이 맞나요?"

"나도 모르오. 경찰이었을지도 모르지. 달라지는 건 없지만."

잠시 후 데이킨이 빅토리아에게 물었다.

"죽기 전에 남긴 말은 없었소?"

"있었어요."

"무슨 말이었소?"

"루시퍼하고 바스라였어요. 그리고 조금 후에 어떤 이름을 말했어요. 프랑스 이름 같았는데 제대로 들었는지는 모르겠어요."

"어떻게 들리던가요?"

"르파르주였던 것 같은데."

"르파르주라."

생각에 잠기며 데이킨이 말했다.

"그게 다 무슨 뜻이죠?"

빅토리아는 그렇게 물어본 후 걱정스럽게 덧붙였다.

"전 이제 어떻게 해야 하나요?"

"아가씨를 이 곤경에서 벗어나도록 해 주겠소. 무슨 일인지는 돌아와서 나중에 말해 주리다. 먼저 마커스에게 알려야 하오. 이 호텔의 주인이기도 하고 말할 때는 몰라도 꽤 지각 있는 사람이니까. 내가 부르리다. 1시 30분밖에 안 되었으니 아직 잠자리에 들지는 않았을 거요. 2시 전에는 잠자리에 드는 일이 거의 없으니까. 마커스를 데려올 테니, 그 전에 치장을 좀 하도록 하시오. 마커스는 곤란한 상황에선 미인계에 더 약하니까."

데이킨은 이렇게 말하고는 방에서 나갔다. 빅토리아는 꿈을 꾸듯 멍한 상태로 화장대 쪽으로 가서 머리를 빗고 창백해 보이도록 화장을 한 다음 의자에 주저앉았다. 그때 이쪽으로 다가오는 발소리가 들렸다. 데이킨이 노크도 없이 방에 들어왔다. 그 뒤에는 육중한 마커스 티오가 서 있었다.

마커스도 이번에는 심각한 표정이었다. 평상시의 미소는 온데간데없었다.

"자, 마커스, 자네가 힘 좀 써 줘야겠네. 이 불쌍한 아가씨한테는 엄청난 충격이었을 게야. 이자가 갑자기 들이닥쳐서는 쓰러져 버렸다는군. 아가씨는 외면할 수 없어서 이자를 경찰로부터 숨겨 주었고 말이야. 그런데 그만 죽어 버렸네. 애초에 숨겨 주질 말았어야 했지만, 자네도 알다시피 여자들은 마음이 약하질 않나."

"물론 아가씨가 경찰을 좋아했을 리 없죠. 경찰을 좋아하는 사람은 아무도 없죠. 저도 싫어해요. 하지만 호텔을 운영하니까 경찰과는 잘 지내야 하죠. 저더러 경찰한테 뇌물을 먹이라는 말씀인가요?"

"시체만 조용히 치울 수 있었으면 하네."

"그래야지요. 저도 제 호텔에서 시체가 나왔단 말은 듣기 싫습니다. 그렇지만 말씀하셨다시피 그게 쉬운 일은 아니잖습니까?"

"그래도 어떻게든 할 수는 있다고 생각하네. 가족 중에 의사가 있다고 하지 않았나?"

"있죠. 폴이라고 여동생 남편인데 의사입니다. 아주 좋은 사람이죠. 그러나 매부가 곤란한 일에 휘말리는 것은 싫습니다."

"그런 일 없을 걸세. 들어 보게, 마커스. 우리가 시체를 존스 양 방에서 내 방으로 옮기는 거네. 그렇게 되면 존스 양이 무관해지지. 그런 다음 자네 전화를 쓰겠네. 10분 전에 어떤 젊은 남자가 거리에서 비틀거리면서 호텔로 들어온 거네. 그자는 심하게 취한 상태였고, 옆구리를 움켜쥐고 있었지. 그리고 고래고래 소리를 지르며 나를 불러 달라고 했네. 그런 다음 비틀거리며 내 방에 와서는 쓰러진 거지. 그러자 내가 나와서 자네에게 연락해 의사를 찾아 달라고 한 거네. 자네는 마침 방문 중이었던 매부를 데려왔고 자네 매부가 응급차를 부르라고 한 다음 내 친구인 이 주정뱅이와 함께 타고 간 거지. 그렇지만 병원에 도착하기도 전에 주정뱅이 내 친구는 죽어 버렸네. 칼에 찔렸던 거지. 이렇게 되면 마커스 자네에게 아무런 문제도 없을 걸로 아네만. 내 친구는 호텔에 들어오기 전 거리에서 칼에 찔린 거니까 말이지."

"매부가 시체를 데리고 가고, 주정뱅이 역할을 맡았던 젊은 친구는 아침에 아무도 모르게 조용히 사라진다?"

"내 계획은 그렇다네."

"그럼 이 호텔에서 시체가 발견되는 일도 없고, 존스 양도 걱정할 이유가 없어지는 거군요? 아주 좋은 생각입니다."

"좋아, 그럼 주변에 아무도 없는지 확인해 주면 내가 시체를 내 방으로 끌고 가겠네. 직원들이 밤새 복도를 자주 들락거리니까 자네 방으로 가서 소란을 일으키게나. 직원들에게 이것저것 가져오라고 시켜서 말이야."

마커스는 고개를 끄덕인 후 방을 나갔다.

"아가씨는 강한 사람이오. 복도 건너 내 방으로 시체 옮기는 것을 좀 도와줄 수 있겠소?"

데이킨의 말에 빅토리아는 그러마고 대답했다. 축 늘어진 시체의 양끝을 잡고 빅토리아와 데이킨은 아무도 없는 복도를 건너(멀리서 분노에 차서 한껏 소리를 높이는 마커스의 목소리가 들렸다.) 데이킨의 방으로 간 다음 침대 위에 시체를 내려놓았다.

"혹시 가위 있소? 가위가 있으면 피가 얼룩진 담요 윗부분을 잘라내시오. 혈흔이 매트리스까지 번지지는 않은 것 같으니까. 이자가 입고 있던 튜닉이 피를 대부분 흡수했더군. 약 1시간 뒤에 아가씨 방에 가리다. 잠깐, 여기 내 술병이 있으니 한 모금 마시도록 해요."

빅토리아는 데이킨의 말대로 한 모금 마셨다.

"잘했어요. 이제 아가씨 방으로 돌아가 불을 끄시오. 아까 말한 대로 1시간 내에 가리다."

"오시면 전부 말씀해 주실 거죠?"

데이킨은 오랫동안 알 수 없는 눈빛으로 응시하더니 질문에는 답하지 않았다.

14장

 빅토리아는 불을 끄고 침대에 누워 어둠 속에서 어떤 소리가 들리는지 귀를 기울였다. 주정뱅이가 시끄럽게 싸우는 소리가 들렸다. 그는 큰 소리로 이렇게 말했다.
 "여보게, 자네 어디 있나. 내 밖에서 어떤 놈이랑 싸웠네."
 그런 다음 벨이 울리는 소리도 들리고 다른 목소리도 들렸다. 한바탕 소동이 있은 뒤 비교적 조용해져서 이제는 누군가의 방에서 틀어 놓은 축음기에서 흘러나오는 아랍 음악 소리만 멀리서 들려왔다. 꽤 오랜 시간이 흐른 것 같다고 생각했을 때, 문 열리는 소리가 들려 빅토리아는 침대에서 일어나 앉아 머리맡에 놓인 스탠드를 켰다.
 "이제 괜찮소."
 데이킨이 온화한 표정을 지으며 말했다.
 그는 의자를 하나 가지고 와서 침대 옆에 놓더니 앉았다. 그리고는 진단을 내리려는 의사처럼 생각에 잠긴 모습으로 빅토리아를 응시했다.

빅토리아가 다그쳤다.

"무슨 일인지 다 말씀해 주실 거죠?"

"아가씨부터 신분을 밝히면 그렇게 하리다. 여기엔 무슨 일로 왔소? 바그다드엔 왜 온 거요?"

오늘 밤 일어났던 사건 때문이었는지, 아니면 데이킨의 인품 때문이었는지는 몰라도(나중에 빅토리아는 후자 때문이었다고 생각했다.) 빅토리아는 이번만은 바그다드에 온 이유를 꾸미지 않고 그대로 털어놓았다. 모든 것을 있는 그대로 말했다. 에드워드와의 만남, 바그다드에 오고야 말겠다는 일념, 해밀턴 클립 부인을 만났던 기적, 궁핍한 자신의 경제 사정.

"그렇군."

빅토리아가 말을 다 끝내자 데이킨이 말했다. 다시 말하기까지 데이킨은 잠시 뜸을 들였다.

"아마도 아가씨를 이번 일에 휘말리게 해서는 안 되겠지. 사실 나도 잘 모르겠소. 하지만 중요한 사실은 당신이 이미 연루되었다는 사실이오! 내 바람과 상관없이 당신은 이미 가담한 거요. 이미 가담했으니 나를 위해 일해 주는 건 어떻겠소?"

"제게 일자리를 주신다고요?"

침대에서 벌떡 일어나 앉은 빅토리아의 얼굴은 기대감으로 밝게 빛났다.

"그렇다고 할 수 있소. 그러나 당신이 생각하는 종류의 그런 일은 아니오. 빅토리아 양, 이 일은 아주 중요한 동시에 위험한 일이오."

"괜찮아요."

빅토리아는 신이 나서 대답했다. 그러다가 갑자기 뭔가 미심쩍은 게 생각났다는 듯 물었다.

"누굴 속이는 일은 아니겠죠? 제가 거짓말을 자주 하는 건 사실이지만, 정직하지 못한 일은 정말로 하고 싶지 않거든요."

데이킨이 희미하게 미소를 지었다.

"이상하게 들리겠지만, 그럴 듯한 거짓말을 빨리 생각해 내는 당신의 능력이야말로 이번 일에 필요한 자격 사항 중 하나라오. 정확하게 말해서 부정직한 건 아니고, 반대로 법과 질서의 수호에 한몫 하는 거요. 이제 현재 상황을 대충 말해 줄 텐데, 당신이 할 일과 정확히 어떤 위험이 도사리고 있는지 알 만큼은 알려 드리다. 당신은 지각 있는 젊은이인 것 같기는 하지만 지금까지 국제 정세에는 관심이 없었을 거요. 그편이 낫기도 하고. 햄릿이 남긴 현명한 대사처럼 말이오. '좋고 나쁜 것은 없다. 다만 생각이 그렇게 만들 뿐.'"

"조만간에 또 한 번 전쟁이 일어날 거라고 다들 그러던데요."

"맞소. 빅토리아 양, 어째서 사람들이 그렇게 말하는 것 같소?"

빅토리아가 얼굴을 찌푸리며 대답했다.

"왜냐하면, 러시아 그러니까 공산주의자들하고 미국이……."

여기서 빅토리아는 멈칫했다.

"알다시피 그건 당신 생각이 아니오. 그저 신문이나 소문, 라디오에서 들은 말이지. 세상의 반을 지배하고 있는 2가지 각기 다른 관점이 있다고 해 둡시다. 그 관점은 대중에게 대충 '러시아와 공산주의자들' 그리고 '미국'이 대표한다고 알려져 있소. 빅토리아 양, 이제 미래를 위한 유일한 희망은 평화, 생산, 그리고 파괴적 활동이 아니라 건설적 활동에 달려 있소. 따라서 서로 다른 두 관점으로 남아 각자의 활동 영역에 만족하기로 하든, 합의나 이것도 아니면 최소한 용인을 위한 상호 토대를 찾든, 이제 모든 일은 그 두 관점을 대표하는 자들에게 달려 있소. 그러나 그 반대의 일이 일어나고 있지. 분열이 점점 심해져서 서로 의심을 일삼는 두 집단이 점점 양 극단으로 치닫고 있소. 어떤 일이 일어났는데 그 일이 이제까지 전 세계 그 누구의 의심도 받지 않고 비밀리에 활동 중인 제삼자나 집단이 저지른 짓이라고 믿게 된 사람들도 소수 생기게 되었소. 화해에 도달할 가능성이나 의심이 사라질 기미가 보이기만 하면 꼭 어떤 사건이 일어나서 어느 한쪽이 다시 의심을 품거나 상대방을 극도의 공포로 몰아넣는 거요. 이런 일은 분명 우연이 아니라 계산된 효과를 노리고 계획된 일이 틀림없소."

"그렇게 생각하시는 이유는 뭐고, 누가 그렇게 하고 있는 거죠?"

"우리가 그렇게 생각하게 된 이유 하나는 돈이오. 알다시피 지금 돈이 잘못된 출처에서 나오고 있소. 빅토리아 양, 전 세계에서 벌어지는 일도 알고 보면 다 돈 때문이라오. 건강 상태를 살피려고 의사가 환자의 맥을 짚듯, 돈은 그 어떤 위대한 운동이나 대의명분도 움직이게 하는 피와 같소. 돈이 없으면 그 어떤 운동도 진행할 수가 없지. 이번 일에도 어마어마한 액수의 돈이 연루되어 있고 아주 영리하고 교묘하게 위장하기는 했어도 돈의 출처나 향방에 분명 문제가 있소. 회복세를 보이는 유럽에서 일어나고 있는 비공식적인 대규모 파업과 여러 위협은 모두 누군가 꾸민 짓이고 공산주의자들이 선동한 짓이오. 성실한 노동자들은 나름의 대의명분이 있겠지만 이런 수단에 들어가는 돈은 공산주의자들이 대 주고 있는 것이 아니고, 추적해 봤더니 아주 엉뚱한 곳이었소. 마찬가지로 미국을 비롯한 나라들에서는 공산주의에 대한 공포, 아니 거의 병적인 공포가 점점 더 심해지고 있고, 여기서도 돈의 출처가 적절하지 않더란 말이오. 자본주의의 손을 거치는 것이 당연한데도 돈은 자본주의 측의 돈이 아니더란 말이지. 세 번째, 거액의 돈이 어디론가 사라지고 있는 것으로 보이오. 쉽게 말해서 매주 받은 급료를 팔찌나 테이블 또는 의자 등 여러 가지를 사는 데 썼는데 그 물건들이 사라지거나 정상적인 유통 과정에서 자취를 감춰 버리는 것과 같은 이치요. 전 세계적으로 다이아몬드와 기타 귀금속의 수요는 증가했소. 그런 귀금속들이 12번도 넘게 여러 사람을 거치다가 마침내는 사라져 버리고 추적할 수도 없게 되는 거요.

물론 이건 아주 대강 설명한 거요. 결론적으로 목적은 불분명하지만 갈등과 오해를 조장하고 자신들의 목적을 위해 교묘하게 위장한 돈과 보석을 거래하고 있는 제3의 집단이 어딘가에 있다는 거요. 국가마다 이런 제3집단의 대리인이 있고, 그중 몇몇은 수년 전부터 활동해서 이제 자리를 잡았다고 믿을 만한 근거가 있지. 고위 요직에 앉은 사람도 있고 사소한 역할을 맡은 자들도 있지만, 어쨌든 모두 아직 알려지지 않은 하나의 목표를 품고 활동하고 있다는 거요. 사실 지난 전쟁 초기 때 제5열(내부에 있으면서 외부 세력에 호응하여 그것을 돕기 위해 교묘하게 위장한 집단 — 옮긴이)이 하던 활동과 비슷하지만, 이번에는 그것이 전 세계적으로 일어나고 있다는 점이 다르다고 할 수 있소."

"그게 대체 어떤 사람들인데요?"

"이건 짐작인데 그들은 특별한 국적도 없소. 그들이 원하는 것은 걱정스럽게도 세상을 개선하는 것이오. 억지로라도 인류에게 천년 왕국을 강요할 수 있다는 망상이야말로 가장 위험한 망상이오. 사욕을 채우는 사람들은 탐욕에 스스로 무너지고 말기 때문에 별로 해 될 게 없지만, 상층에 속한 소수의 인간만이, 즉 초인만이 병든 이 세상을 지배할 수 있다는 믿음은 가장 사악한 믿음이오. 빅토리아 양, '난 다른 사람들하고 다르다.'고 말하는 순간 우리는 인간이 이제까지 달성하려고 노력해 왔던 가장 중요한 2가지 자질, 즉 겸손과 형제애를 잃게 되는 것이오."

데이킨은 헛기침을 하더니 말을 이어 나갔다.

"설교하려는 것은 아니고 현재까지 우리가 알고 있는 사실을 설명하려던 것뿐이었소. 여러 활동 거점이 있는데, 아르헨티나에 하나, 캐나다에 하나, 미국에도 분명 한두 개쯤 있을 것이고, 모르긴 몰라도 러시아에도 하나 있을 것으로 짐작되오. 이제 아주 흥미로운 현상을 설명할 차례요.

지난 2년간, 다양한 국적의 전도유망한 과학자 28명이 소리 소문 없이 사라졌소. 건설 엔지니어, 비행사, 전기기사, 그 밖의 분야에 종사하는 전문가들도 그렇게 됐소. 이들의 실종에는 공통점이 하나 있는데, 바로 모두가 젊고, 야심차고, 서로 밀접한 관련이 없다는 것이었소. 우리가 알아낸 실종자 말고도 그 수는 훨씬 더 많을 것이 분명하고, 이제 우리 쪽에서는 그들이 무슨 일을 꾸미고 있는지 추측하고 있는 중이오."

빅토리아는 양미간을 모으고 집중하면서 듣고 있었다.

"요즘 세상에는 아무도 모르게 무슨 일을 꾸민다는 것이 불가능하다고 생각할지 모르오. 물론 첩보 활동을 말하려는 게 아니오. 첩보 활동은 어디서든 이루어질 수 있는 것이니까. 내가 말하는 것은 최근 일어난 대규모 소동이오. 세상에는 통상로와 멀리 떨어져 있고 산맥과 사막에 가로막혀 아직 알려지지 않은 곳이 분명 존재하고, 그런 곳에는 이방인을 내쫓을 권력을 가진 자들이 아직 있소. 그런 곳에 가 본 사람은 단 1명의 뛰어난 여행객밖에 없소. 그런 곳에서 일어나는 일들은 세상 밖으로 나가지도 못하거나 나가더라도 터무니없는 소문으로 치부될 뿐이라오.

어디 한 군데를 지목하지는 않겠소. 그곳은 중국에서 가까운 곳이고, 중국 내륙에서 무슨 일이 벌어지는지는 아무도 모르오. 히말라야에서도 갈 수 있지만, 그곳은 현지 정보가 없으면 여행하기도 힘들고 거리도 너무 멀다오. 전 세계에서 조직과 인원이 표면상의 목적지에서 흩어져 그곳에 파견된다오. 그 모든 세부 사항을 시시콜콜 말할 필요는 없겠지.

그러나 특정한 흔적을 추적하는 데 관심을 가진 자가 있었소. 중동 전역에 친구도 많고 연락원도 많은 비범한 자였소. 카슈가르에서 태어나 수많은 지역의 방언과 언어를 알았지. 의심이 들었던 그는 그 흔적을 쫓았소. 도중에 그가 들은 내용이 너무나 믿기지 않는 것이라서, 그가 그 내용을 문명 세계에 와서 보고했을 때는 아무도 믿지 않았소. 자기가 열병에 걸린 적이 있다는 사실을 시인했기 때문에 사람들은 헛소리를 한다면서 일축해 버렸지.

두 사람만이 그자의 이야기를 믿었소. 그중 하나가 나였소. 나란 사람은 불가능해 보이는 일도 믿는 편이니까. 불가능해 보였지만 실제로 사실인 경우가 많았다오. 그 이야기를 믿었던 또 한 사람은……"

"누구였죠?"

"바로 위대한 여행가이자 그 자신이 오지를 여행했기 때문에 그 이야기가 충분히 가능하다고 믿었던 루퍼트 크로프턴 리 경이었소. 결국 카마이클, 사실 내 부하였는데, 그 친구가 가서 직접 알아보기로 했소. 절박하고 위험천만한 여정이었지만, 만반의 준비를 갖추고 떠났소. 그게 9개월 전의 일이었지. 몇 주 전까지만 해도 아무 소식도 듣지 못하다가 연락을 받았소. 그가 살아 있고 얻으려던 것을 얻었다고 했소. 아주 분명한 증거를.

그러나 적도 이를 알아차리고 말았소. 적으로서는 카마이클이 증거를 가지고 돌아오지 못하게 반드시 막아야 했소. 우리는 우리 시

스템이 어떻게 뚫리고 적이 어떻게 침투하는지를 보여 주는 증거를 많이 확보해 놓았소. 심지어 내 부서에서도 정보가 새어 나가지. 그렇게 새던 정보 중 어떤 것은 아주 고위층에서 새어 나간 것도 있소.

적은 혈안이 되어 그를 잡으려고 국경 지방을 지키고 있었소. 그 과정에서 무고한 목숨들이 희생되었지. 그들은 인명 따위는 안중에도 없소. 하지만 어떻게 해서 그는 무사하게 국경을 통과했소. 바로 오늘 밤이 되기 전까지는."

"그게 누구였는데요? 혹시 아까 그……."

"맞소. 아주 용감하고 의지가 강한 젊은이였소."

"그렇다면 그 증거들은 어떻게 되었나요? 적에게 빼앗겼나요?"

지친 기색이 역력한 데이킨의 얼굴에 서서히 미소가 번졌다.

"그런 것 같지는 않소. 내가 카마이클을 잘 아는데, 증거는 빼앗기지 않았을 거요. 하나 문제는 증거의 행방을 알려 줄 새도 없이 죽었다는 것이지. 죽을 때 분명 단서가 될 만한 어떤 말을 하려고 했던 것 같소."

그런 다음 데이킨이 천천히 되뇌었다.

"루시퍼, 바스라, 르파르주. 카마이클은 바스라에 가서 영사관에 보고하려다가 총에 맞을 뻔했소. 그러니까 바스라 어딘가에 증거를 남겨 놓았을 수 있지. 당신이 바스라에 가서 알아봐 주었으면 하오."

"제가요?"

"그렇소. 경험도 없고 무엇을 찾아야 하는지도 모르지만, 카마이클이 죽기 전에 남긴 말을 들었으니 바스라에 도착하면 뭔가 떠오를지 모르지 않소. 누가 알겠소, 아가씨한테 초심자의 운이 따를지."

"기꺼이 바스라에 가겠어요."

빅토리아가 의욕에 넘쳐 말하자 데이킨이 미소를 지었다.

"아가씨가 찾고 있다던 젊은이가 거기 있다고 했으니 마침 잘된 것 아니겠소? 위장하기도 좋으니까 잘된 일이오. 진짜 로맨스처럼 위장에 좋은 것도 없지. 바스라에 가서 눈과 귀를 활짝 열고 샅샅이 찾아보시오. 어디서 어떻게 시작해야 하는지는 나도 지시해 줄 수 없소. 지시하지 않는 편이 더 낫겠지. 아가씨는 순발력이 뛰어난 젊은이인 거 같으니. 아가씨가 제대로 알아들었다고 가정하더라도, 루시퍼와 르파르주가 무슨 뜻인지는 나도 모르겠소. 르파르주가 이름인 것 같다는 데에는 나도 동의하오. 그 이름을 찾아보도록 하시오."

빅토리아가 사무적인 투로 물었다.

"바스라에는 어떻게 가죠? 그리고 비용은요?"

데이킨이 지갑을 꺼내더니 그녀에게 지폐 뭉치를 건넸다.

"이 돈을 쓰시오. 바스라에 어떻게 가느냐 하는 문제에 관해서는 내일 아침 늘어 빠진 카듀 트렌치 부인과 대화하다가 아가씨가 꾸며 낸 발굴 작업을 시작하기 전에 바스라에 가고 싶다고 말하시오. 호텔도 그 부인에게 물어보면 아가씨더러 영사관에 묵어야 한다면서 클레이턴 부인에게 전보를 보내 줄 거요. 아마 거기 가면 에드워드도 찾을 수 있을 거고. 클레이턴 버처는 관저를 항상 개방해서 그쪽을 지나는 사람들 누구나 머물게 해 주지. 딱 1가지 외에는 더 알려 줄 것이 없소. 절대로 영웅이 되려고 하지 마시오. 자백은 즉시

하도록 하고."

빅토리아는 정말 고맙게 여기며 인사했다.

"감사합니다. 전 지독한 겁쟁이라서 누가 고문한다고 하면 못 참고 다 말해 버리고 말 거예요."

"그들은 고문하는 수고도 하지 않을 거요. 사디스트들이 아니라면 말이오. 게다가 고문은 아주 구식 방법이지. 주사 한 방이면 자신도 모르게 사실을 다 불어 버리게 할 수 있다오. 우리는 과학의 시대에 살고 있으니까. 그래서 아가씨한테 첩보에 대한 원대한 망상을 품지 말라는 거요. 저쪽에서 모르고 있는 걸 말할 일은 없을 거요. 오늘 밤 이후로 저들은 이제 나의 존재도 알게 될 테고. 어차피 알게 될 거였지만. 루퍼트 크로프턴 리 경도 알게 되겠지."

"에드워드는요? 에드워드한테 말해도 되나요?"

"그 점은 전적으로 당신한테 맡기겠소. 이론상으로는 무슨 일을 하는지 아무에게도 말해선 안 되지만, 실제는 이론과 다르니까!"

데이킨이 난처한 듯 눈썹을 추켜올렸다.

"일이 돌아가는 걸 보면 에드워드도 위험할 수 있소. 그래도 듣기로 에드워드란 자가 공군에서 활약했다고 하니 위험을 두려워하지는 않을 것 같군. 둘은 하나보단 낫기도 하고. 어쨌든 에드워드란 자도 자신이 일하는 올리브 가지회에 뭔가 수상한 점이 있다고 했다? 그것 참 흥미롭군. 아주 흥미로워."

"어째서 그렇죠?"

"왜냐하면 우리도 그렇게 생각하고 있기 때문이오."

데이킨이 잠시 후 덧붙였다.

"노파심에 한마디하겠소. 첫째, 실례가 될지 모르겠으나 너무 여러 가지 거짓말을 하지 말라는 거요. 기억하기도 어려울뿐더러 그에 따라 행동하기도 힘들어지니까. 당신이 그 방면에 대가라는 건 알지만 되도록 단순하게 하라는 것이 내가 하고 싶은 말이오."

빅토리아가 얼굴을 붉히며 답했다.

"명심하겠어요. 또 하실 말씀이라도?"

"안나 셸레라는 젊은 여자 얘기가 나오면 귀를 기울이시오."

"그게 누군데요?"

"우리도 잘은 모르오. 좀 더 알 수 있으면 좋겠지만."

15장

I

카듀 트렌치 부인이 말했다.

"물론 영사관에 머물러야죠. 말도 안 돼요. 공항 호텔에 숙박하겠다니. 클레이턴 영사 부인도 기뻐하실 거예요. 알고 지낸 지 꽤 됐거든요. 우리가 전보를 쳐 놓을 테니 오늘 밤 기차로 내려가도록 해요. 그분들도 폰스풋 박사님을 아주 아니까요."

빅토리아는 양심에 찔려서 얼굴을 붉혔다. 랭고 주교나 랭귀 주교는 그렇다 쳐도, 실존 인물인 폰스풋 박사는 별개의 문제였다.

'사칭이나 뭐 그런 걸로 감옥에 갈 것만 같아.'

빅토리아는 죄책감에 그런 생각이 들었다.

그러나 거짓말로 돈을 갈취하고자 했을 때만 법의 엄중한 심판을 받는 것이라고 생각하니 기분이 조금은 나아졌다. 이것이 사실인지는 보통 사람들이 대개 법에 무지하듯 빅토리아도 법에 무지하기 때문에 몰랐지만, 어쨌든 위안이 되기는 했다.

기차 여행은 신기한 경험이긴 해도 다소 느려서 빅토리아는 서구인답게 조급증이 났다.

영사관 차가 역으로 배웅 나와 빅토리아를 영사관까지 데려다 주었다. 차는 커다란 정문을 지나 산뜻한 정원에 도달해서는 집을 빙 둘러싸고 있는 발코니로 통하는 계단 앞에 멈춰 섰다. 환한 얼굴에 활력이 넘치는 클레이턴 부인이 회전 망사문으로 나와 빅토리아를 맞아 주었다.

"만나서 정말 반가워요. 이맘때가 바스라에서 제일 보기 좋은 때랍니다. 이라크에 가시기 전에 꼭 바스라 구경도 하셔야 해요. 다행히 지금은 사람이 많지가 않네요. 어떤 때는 사람이 너무 많아서 방 배정을 어떻게 해야 할지 난감할 때가 있다니까요. 그런데 오늘은 래스본 박사님 밑에서 일하는 아주 매력적인 젊은이 말고는 아무도 없어요. 조금만 일찍 왔으면 리처드 베이커 씨를 볼 수 있었을 텐데. 카듀 트렌치 부인의 전보가 도착하기도 전에 떠났거든요."

빅토리아는 리처드 베이커가 누구인지는 몰랐지만 어쨌든 떠나고 없다는 사실이 다행스러웠다.

"베이커 씨는 며칠 동안 쿠웨이트에 다녀온다고 했어요. 거기도 망가지기 전에 꼭 봐야 할 곳이죠. 모르긴 몰라도 언젠간 망가지게 되어 있다니까요. 어디든 순식간에 그렇게 되잖아요. 그나저나 목욕부터 하시겠어요, 아님 커피부터?"

"괜찮으시다면 목욕부터 하겠습니다."

빅토리아가 정중하게 말했다.

"카듀 트렌치 부인은 어떻게 지내시나요? 여기가 아가씨 방이고 욕실은 이쪽입니다. 카듀 트렌치 부인과는 오래 알고 지냈나요?"

"아니에요. 이번에 처음 뵈었는걸요."

빅토리아가 사실대로 말했다.

"만나자마자 카듀 트렌치 부인이 이것저것 꼬치꼬치 캐물었지요? 이미 알고 있겠지만 카듀 트렌치 부인은 엄청난 수다쟁이예요. 남들 일에 관심이 아주 많죠. 그렇지만 그 부인은 아주 좋은 친구이고 1등급 브리지 게임 선수랍니다. 정말로 커피나 간식 안 드실 건가요?"

"네, 정말 괜찮아요."

"좋아요, 그럼 나중에 뵙죠. 뭐 더 필요한 건 없죠?"

클레이턴 부인이 분주한 꿀벌처럼 와글와글 떠들다가 나가자 빅토리아는 목욕을 한 후 자신에게 호감을 보였던 남자와 곧 다시 만나기로 한 여자답게 정성스럽게 화장을 하고 머리를 손질했다.

빅토리아는 가능하면 에드워드만 따로 만나고 싶었다. 에드워드가 눈치 없이 말하면 어쩌나 하는 걱정 때문은 아니었다. 다행히 그는 빅토리아를 존스로 알고 있고 여기에 폰스풋이 추가된다고 해서 놀랄 것 같지는 않았다. 놀랄 일이 있다면 그것은 빅토리아가 이라크에 있다는 사실일 테고, 바로 그렇기 때문에 빅토리아는 잠깐 동안만이라도 에드워드가 혼자 있는 순간을 놓치지 않았으면 했다.

이런 목적을 염두에 둔 채, 빅토리아는 여름용 프록을 입고(빅토리아에게는 바스라의 기후가 런던의 6월 날씨처럼 느껴졌기 때문에) 조용히 망사문을 지나 발코니에 자리를 잡았다. 그래야 에드워드가 세관과 씨름을 하고 왔든 뭘 하고 왔든, 돌아왔을 때 잽싸게 가로챌 수 있기 때문이었다.

제일 처음 도착한 사람은 생각에 잠긴 얼굴을 하고 들어온 키 크고 마른 남자였다. 그가 계단을 올라왔을 때 빅토리아는 발코니 구석으로 숨어 버렸다. 바로 그 순간 빅토리아는 에드워드가 굽이치는 강을 향해 난 정원 쪽 문을 통해 들어오는 것을 보았다.

로미오와 줄리엣의 줄리엣이 그랬듯, 빅토리아는 발코니에 기대어 한참 동안 쉿 소리를 냈다.

(빅토리아가 보기에 전보다 한껏 매력적인) 에드워드는 고개를 획 돌리고는 사방을 두리번거렸다.

"쉿! 위를 보세요."

빅토리아가 낮은 목소리로 속삭였다.

고개를 쳐든 에드워드의 얼굴에 깜짝 놀란 기색이 역력했다.

"세상에! '채링 크로스' 아니에요!"

"조용. 잠깐만요. 내가 내려갈게요."

빅토리아는 재빨리 발코니를 가로질러 계단을 내려와서 저택의 모퉁이를 돌아, 에드워드가 여전히 당황한 얼굴로 서 있는 곳으로 갔다.

"내가 대낮에 취했을 리는 없고, 정말 당신인가요?"

"맞아요, 나예요."

빅토리아가 행복에 젖어 대답했다.

"여긴 웬일이에요? 여기까진 어떻게 왔죠? 다시는 못 볼 줄 알았는데."

"나도 그렇게 생각했죠."

"정말 기적 같아요. 근데 정말 여기까진 어떻게 온 거죠?"

"비행기 타고요."

"당연히 비행기 타고 왔겠죠. 비행기가 아니었으면 아직 도착 못 했을 테니까. 정말 어떤 놀라운 우연이 일어나서 바스라에 오게 된 거죠?"

"기차요."

"또 농담하시네. 얄궂기도 해라. 세상에나, 다시 보게 돼서 기뻐요. 그나저나 여긴 정말 어떻게 왔어요?"

"클립 부인이라고 팔이 부러진 미국인 부인과 함께 왔어요. 당신을 만난 바로 다음 날 일자리가 들어왔거든요. 당신이 바그다드라고 말했던 것도 있고 런던에 싫증도 좀 나서 생각했죠. '까짓것 세상 구경 좀 하자.'"

"정말 모험을 좋아하는군요. 빅토리아, 그런데 클립 부인이란 사람은 어디 있나요?"

"키르쿠크 근처에 사는 딸한테 갔어요. 여기까지만 같이 오기로 했거든요."

"그럼 지금은 뭐 하세요?"

"아직 세상 구경 중이죠. 그런데 몇 가지 거짓말이 필요했어요. 그래서 다른 사람들도 있는 자리에서 당신을 만나기 전에 이렇게 먼

저 만나려고 한 거구요. 지난번에 만났을 때 속기사였단 말을 다른 사람들 앞에서 할까 봐서요."

"내가 아는 한 당신은 누구든 될 수 있어요. 브리핑을 받을 준비는 됐습니다."

"그러니까 나는 폰스풋 존스 양이에요. 큰아버지가 저명한 인류학자신데, 이 근처 어디 오지에서 발굴 작업을 하고 계시고 나도 곧 합류할 예정인 거예요."

"그리고 그 말은 전부 거짓이고요?"

"당연히 거짓말이죠. 그래도 꽤 그럴듯하게 들리지 않나요?"

"맞아요, 아주 그럴듯하게 들려요. 그러다 그 푸시풋 존스랑 대면하면 어쩌려고요?"

"폰스풋이라니까요. 그럴 일은 아마 없을 거예요. 내가 아는 한 고고학자들은 한번 발굴을 시작하면 미친 듯이 땅을 파고 절대로 멈추지 않거든요."

"테리어 강아지처럼 들리네요. 아직 알고 싶은 게 많아요. 그 박사한테 진짜 조카는 있나요?"

"내가 어떻게 알겠어요?"

"그렇다면 특정인을 사칭하는 건 아니니까 일이 좀 쉬워지겠어요."

"그런 셈이죠. 조카는 여럿일 수도 있는 거니까. 궁지에 몰리면 조카뻘 되지만 큰아버지라고 부른다고 하면 되죠."

"정말 모든 걸 생각해 뒀군요."

에드워드가 감탄하며 말했다.

"빅토리아, 당신은 정말 놀라워요. 당신 같은 여잔 만나 본 적이 없어요. 당신을 평생 다시는 못 볼 줄 알았고, 다시 만나게 되더라도 나 같은 건 기억도 못 할 거라고 생각했어요. 그런데 이렇게 만나다니."

에드워드가 빅토리아에게 보내는 감탄과 황송의 눈길은 빅토리아에게 크나큰 만족감을 안겨 주었다. 빅토리아가 고양이였다면 아마 만족한 듯 그르렁거렸을 것이다.

에드워드가 물었다.

"그래도 일자리는 필요하겠죠? 갑자기 어마어마한 유산이라도 상속받은 게 아니라면."

"절대로 아니죠! 그럼요. 일자리가 꼭 필요하기는 해요. 사실 올리브 가지회에 가서 래스본 박사님을 뵙고 일자리를 달라고 해 봤는데 별다른 대답을 듣지는 못했어요. 다시 말해서 월급 주는 일자리는 없다고 하더라고요."

"그 노인네가 돈이 꽤 궁하기는 한가 보네요. 모두가 열정 하나로 일한다고 생각한다니까요."

"에드워드, 그분이 사기꾼이라고 생각해요?"

"그런 건 아니고…… 어떻게 생각해야 할지 잘 모르겠군요. 그분이 정직하지 않은 것도 아닌 듯하고. 그 일로 돈을 벌고 계신 것도 아니고. 얘기를 들은 바로는 그 모든 열정이 진짜가 맞아요. 게다가 그분이 바보도 아닌 거 같고요."

"그만 들어가 보는 게 좋겠어요. 나중에 얘기해요."

II

"당신과 에드워드가 서로 아는 사이였다니!"

클레이턴 부인이 놀란 반응을 보이자 빅토리아가 웃으며 말했다.

"오래된 친구랍니다. 사실, 소식이 끊겼었거든요. 에드워드가 여기 와 있는 줄은 꿈에도 몰랐어요."

빅토리아가 아까 계단을 오를 때 봤던 사려 깊어 보이는 용모의 클레이턴이 물었다.

"에드워드 군, 오늘 아침엔 좀 어땠나, 진전은 좀 있었고?"

"영사님, 꽤 힘든 일 같습니다. 책 상자들이 제대로 도착해서 그쪽에 있긴 한데 절차가 끝이 없어 보여서요."

클레이턴이 미소를 지었다.

"자네 꾸물거리는 중동 관습에 아직 적응 못 했군."

"담당 공무원은 매일 자리를 비우는 것 같더라고요. 다들 즐겁게 기꺼운 마음으로 일하는 거 같긴 한데, 되는 일은 하나도 없는 거 같아요."

에드워드가 투덜거렸다.

모두 한바탕 웃고 나서 클레이턴 부인이 위로하듯 말했다.

"결국엔 해결될 거예요. 직접 이리로 사람을 보내다니 래스본 박사님은 참 현명한 분이세요. 안 그랬으면 몇 달이고 그대로 여기 있게 될걸요."

"팔레스타인에서 일어났던 사고 이후 폭탄이 있는 건 아닌지 의심이 많아졌어요. 불온서적이 아닐까도 의심하는 거 같고. 의심 안 하는 게 없어요."

"래스본 박사님 같은 분이 폭탄을 책으로 위장해서 이쪽에 보낼 일은 없을 텐데 말이에요."

클레이턴 부인이 웃으며 말했다.

빅토리아는 클레이턴 부인의 말이 새로운 가능성을 열어 주기라도 했다는 듯 순간적으로 에드워드의 눈빛이 갑자기 변하는 것을 눈치챘다.

클레이턴이 책망조로 말했다.

"여보, 래스본 박사님은 아주 박식하고 유명한 분이야. 이런저런 중요한 협회 회원인 데다 유럽 전역에서 유명세를 떨치고 있고 존경받고 있는 분이라고."

"바로 그렇기 때문에 폭탄을 몰래 들여오는 일이 더 쉬워지는 거라고요."

부인이 지지 않고 꿋꿋이 대꾸했다.

빅토리아는 제럴드 클레이턴이 이처럼 가벼운 농담도 내켜하지 않는다는 점을 포착할 수 있었다.

그가 자기 부인을 보고 얼굴을 찡그렸기 때문이다.

한낮에는 업무가 잠시 중단되었기 때문에 점심시간 이후에 에드워드와 빅토리아는 밖에 나가 산책도 하고 관광도 했다. 빅토리아는 샤트 엘 아랍 강과 대추야자 숲으로 둘러싸인 강 주변이 좋았다. 그녀는 시내 운하에 정박 중인 뱃머리가 높이 올라간 베네치아 스타일의 아랍 배도 아주 마음에 들었다. 에드워드와 빅토리아는 시장을 돌아다니면서 황동 장식이 달린 혼수용 궤짝과 그 밖의 여러 가지 매력적인 상품을 구경했다.

영사관을 향하면서 에드워드가 다시 한번 세관에 맞설 준비를 하고 있을 때 빅토리아가 별안간 물었다.

"에드워드, 이름이 어떻게 되죠?"

에드워드가 잠시 빅토리아를 응시했다.

"빅토리아, 갑자기 무슨 말이에요?"

"당신 성 말이에요. 내가 아직 성도 모른다는 거 몰랐어요?"

"몰랐느냐고요? 당연히 몰랐죠. 내 성은 고링이에요."

"에드워드 고링. 올리브 가지회에 들어가서 당신을 찾을 때 아는 것이라곤 달랑 에드워드란 이름밖에 없어서 내가 얼마나 바보 같았는지 당신은 모를 거예요."

"피부가 검은 여자가 있던가요? 약간 긴 단발머리에."

"있었어요."

"캐서린이란 여자예요. 아주 좋은 사람이죠. 에드워드라고 했으면 단번에 알아들었을 텐데."

"물론 알아들었겠죠."

빅토리아가 다소 떨떠름하게 말했다.

"캐서린은 아주 좋은 여자예요. 그렇지 않았나요?"

"글쎄요……."

"외모가 그렇게 뛰어난 편은 아니지만…… 사실 별 볼 일 없다고도 할 수 있지만 얼마나 정이 많다고요."

"뭐라고요?"

빅토리아의 목소리는 이제 확연히 싸늘해졌다. 그런데도 에드워드는 아무것도 눈치채지 못한 것이 분명했다.

"캐서린이 없었으면 어쩔 뻔했나 싶을 정도라니까요. 하마터면 어리석은 실수를 할 뻔했는데 캐서린이 상황도 알려 주고 도와줬어요. 빅토리아도 분명 캐서린과 좋은 친구가 될 거예요."

"그럴 기회나 있을지 상당히 의심스러운데요."

"있을 거예요. 당신한테 우리 일을 맡기려고 하거든요."

"어떻게 하려고요?"

"잘은 모르겠지만 어떻게든 해 보려고요. 구닥다리 래틀본(래스본 박사의 별칭 — 옮긴이) 씨한테 당신이 얼마나 훌륭한 타이피스트인가 뭐 그런 말을 할 겁니다."

"그렇지 않다는 걸 곧 알아챌 텐데요."

"어떻게든 당신을 올리브 가지회에 취직시킬 겁니다. 당신 혼자 이리 뛰고 저리 뛰게 내버려 두진 않겠어요. 혹시 압니까, 다음번엔 당신이 버마나 아프리카 오지에 가 있을지. 그건 안 될 말이죠. 당신을 내 곁에 꼭 붙잡아 둘 겁니다. 나한테서 달아나지 못하도록 말이에요. 당신을 전혀 못 믿겠어요. 세상 구경을 너무 좋아해서."

'이런 사랑스러운 바보, 야생마도 나를 바그다드에서 끌고 가지는 못할 거란 걸 모르겠어요?'

빅토리아는 속으로 이렇게 생각했지만 막상 나온 말은 다른 말이었다.

"올리브 가지회에서 일하면 꽤 재미있겠는데요."

"재미라고는 못 하겠지만 모두 꽤 열심이랍니다. 제정신이 아니기도 하고."

"아직도 수상한 점이 있다고 생각해요?"

"그건 내 억측에 지나지 않아요."

"아니, 난 억측이라고 생각하지 않아요. 오히려 사실이라고 생각하는데요."

빅토리아가 생각에 잠겼다.

에드워드가 갑자기 빅토리아를 돌아보며 물었다.

"뭐 때문에 그런 말을 하는 거죠?"

"친구한테 들은 얘기가 있어서요."

"그 친구가 누군데요?"

"그냥 친구요."

"당신 같은 여자들은 친구가 너무 많아서 탈이에요."

에드워드가 투덜댔다.

"당신은 악마예요, 빅토리아. 난 당신을 미치도록 사랑하는데 당신은 조금도 신경 쓰지 않잖아요."

"말도 안 되는 소리예요. 조금은 신경 쓴다니까요."

빅토리아가 뿌듯한 만족감을 감추며 물었다.

"에드워드, 올리브 가지회나 그 밖의 단체와 관련 있는 사람 중에 혹시 르파르주란 사람이 있나요?"

"르파르주요? 없는 거 같은데요. 그 사람이 누구죠?"

에드워드가 어리둥절해서 물었다.

빅토리아는 에드워드의 질문에는 아랑곳하지 않고 계속 물었다.

"그럼 혹시 안나 셸레란 사람은요?"

이번에는 에드워드의 반응이 확연히 달라졌다. 갑자기 빅토리아를 돌아보더니 그녀의 팔을 낚아채듯 잡았다.

"안나 셸레에 대해서 얼마나 알고 있죠?"

"아! 에드워드, 놔줘요. 사실은 전혀 몰라요. 당신이 알고 있나 알고 싶었을 뿐이에요."

"그 이름은 어디서 들었죠? 클립 부인?"

"아뇨, 클립 부인은 아닌 거 같긴 한데, 사실 부인이 말이 너무 빠르기도 하고 이것저것 끊임없이 얘기를 해 대는 바람에 말했다고 해도 내가 기억을 못 하는 걸지도 몰라요."

"그럼 대체 뭐 때문에 안나 셸레가 올리브 가지회와 연관이 있다고 생각한 거죠?"

"연관이 있는 건가요?"

에드워드가 느릿느릿 답했다.

"몰라요……. 너무나…… 너무나 모호해서."

에드워드와 빅토리아는 영사관으로 들어가는 정원 쪽 문 밖에 서 있었다. 에드워드는 시계를 흘긋 보더니 이렇게 말했다.

"가서 일을 해야겠군요. 아랍어를 알면 좋을 텐데. 우린 힘을 모아야 해요, 빅토리아. 난 아직 알고 싶은 게 너무 많습니다."

"난 당신한테 하고 싶은 말이 많고요."

좀 더 감상적인 시대에 살았던 가련한 여자 주인공이었다면 자신이 사랑하는 남자를 위험에 빠트리지 않으려고 했을 것이다. 그러나 빅토리아는 그런 인물과 달랐다. 빅토리아 생각에 남자들은 불꽃 위로 뛰듯 태생이 위험을 좇는 존재들이었다. 곰곰이 생각해 보니 데이킨도 에드워드를 위험에 빠뜨리지 말라고 하지는 않았을 거란 확신이 들었다.

III

그날 저녁 해가 지자마자 에드워드와 빅토리아는 영사관 정원을 함께 거닐었다. 날씨가 겨울 같다는 클레이턴 부인의 고집에 못 이겨 빅토리아는 여름용 프록 위에 울 코트를 껴입었다. 일몰은 장관이었지만, 둘 다 눈치채지 못했다. 빅토리아와 에드워드는 그보다 더욱 중요한 문제를 상의하고 있었기 때문이다.

"시작은 아주 단순했어요. 어떤 남자가 티오 호텔의 내 방으로 들어왔는데 칼에 찔린 상태였어요."

대부분의 사람들은 어쩌면 시작이 단순했다는 데 동의하지 않았을지 모른다. 에드워드는 빅토리아를 뚫어져라 응시하다가 물었다.

"뭐에 찔렸다고요?"

"칼에 찔렸던 거 같아요. 총에 맞았던 걸 수도 있겠지만 그랬으면

총소리가 들렸겠죠. 어쨌든…….."

빅토리아가 이렇게 말을 끝맺었다.

"그 사람은 죽었어요."

"죽었다면서 그자가 어떻게 당신 방에 들어올 수 있었죠?"

"에드워드, 바보 같은 소리 하지 말아요."

어떤 부분은 직설적으로, 또 어떤 부분은 말을 돌려 가며 빅토리아는 그동안의 일을 들려주었다. 어쩐 일인지 실제 일어난 사건을 극적으로 표현할 수가 없었다. 빅토리아의 이야기는 종종 끊기기도 하고 불완전했으며 마치 그럴듯한 거짓말을 지어내는 것처럼 들리기도 했다.

마침내 얘기가 다 끝나자 에드워드가 의심스러운 눈초리로 빅토리아를 바라보며 이렇게 말했다.

"빅토리아, 괜찮은 거죠? 그렇죠? 햇볕을 너무 오래 쬐었다거나 뭐 그런 것은 아니죠?"

"물론 아니죠."

"왜냐하면 그런 일은 절대 일어날 수 없을 거 같거든요."

"하지만 일어났다고요."

빅토리아가 발끈했다.

"세계를 양분하는 세력이니 하는 멜로드라마 같은 사건도 그렇고, 티베트나 발루치스탄(파키스탄 남서부 지역에 있는 주―옮긴이)에 있다는 미스터리한 비밀 기지도 그렇고. 사실일 리가 없잖아요. 그런 일은 없어요."

"실제로 그런 일이 일어나기 전에는 다들 그렇게 말하죠."

"채링 크로스, 솔직히 말해서 당신이 다 지어낸 거죠?"

"아니라니까요!"

빅토리아가 격앙되어 소리쳤다.

"그럼 당신은 르파르주란 사람하고 안나 셸레란 사람을 찾으려고 여기까지 왔고……."

"안나 셸레는 당신도 들어 본 이름이잖아요."

빅토리아가 덧붙여 한마디 일격을 가했다.

"들어 본 이름 맞잖아요, 그렇죠?"

"들어 봤어요, 맞아요."

"언제 어디서요? 올리브 가지회에서요?"

에드워드는 잠깐 동안 침묵을 지키다가 말했다.

"그게 무슨 뜻이 있는 건지는 나도 모르겠어요. 그냥 이상한 느낌이 들었어요."

"계속 말해 봐요."

"빅토리아, 알다시피 난 당신하고 다릅니다. 난 당신처럼 똑똑한 사람이 못 돼요. 설명은 못 하겠지만 잘못된 점이 있으면 그냥 느껴져요. 왜 그렇게 생각하는지는 나도 모릅니다. 당신은 차근차근 원인을 짚어 내고 거기서 추론을 하지만, 난 그 정도로 똑똑한 사람은 못 돼요. 그냥 이상하다 싶으면 그런 느낌이 모호하게 들 뿐, 이유는 나도 몰라요."

"나도 가끔 그럴 때가 있어요. 티오 호텔 발코니에서 봤던 루퍼트 경처럼."

"루퍼트 경이 누구죠?"

"루퍼트 크로프턴 리 경이요. 올 때 같은 비행기에 탔었어요. 아주 오만하고 과시욕이 강한 사람이었어요. 알잖아요, VIP라나 뭐라나. 티오 호텔에서 발코니에 앉아서 햇볕 쬐는 걸 봤는데, 그때 당신이 방금 말했던 것처럼 뭔가 잘못된 거 같다는 그런 이상한 느낌을 받았었죠. 그런데 무엇 때문이었는지는 나도 모르겠어요."

"래스본 박사님이 루퍼트 경한테 올리브 가지회에서 강연을 해 달라고 했는데, 보니까 못 했더라고요. 어제 아침에 카이로인지 다마스쿠스인지 어딘가로 비행기 타고 돌아갔다던데요."

"자, 이제 안나 셸레 얘길 해 줘요."

"아, 안나 셸레요. 정말 아무것도 아니었어요. 올리브 가지회에서 일하는 여자였어요."

"캐서린 말이에요?"

빅토리아가 즉시 물었다.

"지금 생각해 보니 캐서린이었던 거 같네요."

"물론 캐서린이었겠죠. 그래서 나한테 얘기하기 싫었던 거 아니에요?"

"말도 안 돼요. 정말 바보 같은 생각이에요."

"그럼 뭐예요?"

"캐서린이 다른 여자들한테 이렇게 말했어요. '안나 셸레가 오면 앞으로 나갈 수 있다. 그러면 우리는 그 여자한테 명령을 받을 것이다. 오로지 그 여자한테서만.'"

"그거 엄청 중요한 거잖아요, 에드워드."

"잊었어요? 나는 그게 이름인 줄도 몰랐다는 거."

에드워드가 주의를 주며 빅토리아에게 말했다.

"그 당시에는 이상하단 생각이 안 들었어요?"

"물론 안 들었죠. 와서 보스 노릇을 할 어떤 여자 얘긴가 보다고 생각했죠. 일종의 여왕벌 같은 거 있잖습니까. 빅토리아, 당신이 다 지어내고 있는 게 아닌 거 맞죠?"

빅토리아가 보내는 눈초리에 에드워드는 그 즉시 움찔하며 허둥지둥 말했다.

"알았어요, 알았어. 모든 게 다 이상하게 들리리란 건 당신도 인정하죠? 어떤 젊은 남자가 들어와서는 알 수 없는 한마디를 내뱉고 헐떡거리다가 숨을 거둔다, 한 편의 스릴러 같지 않아요? 현실 같지가 않아요."

"당신이 그 피를 못 봐서 그래요."

빅토리아가 공포심에 몸을 약간 떨었다.

에드워드가 공감하며 말했다.

"충격이 어마어마했겠어요."

"그럼요. 그건 그렇고 당신이 나한테 다 지어낸 거 아니냐고 묻는 게 더 충격적이었어요."

"미안해요. 하지만 당신은 거짓말에는 도사잖아요. 랭고 주교 하며 그 모든 것들 말이에요!"

"그거야 여자들만의 작은 즐거움이었죠. 에드워드, 이번엔 심각해요. 정말로 심각하다고요."

"그러니까 데이킨, 데이킨 맞죠, 그 사람은 자기가 하는 말이 무슨 말인지 다 알고 있는 거 같던가요?"

"그럼요, 그분은 아주 믿음이 가는 분이었어요. 그런데 있잖아요, 에드워드, 대체 어떻게……?"

빅토리아가 마저 말을 하려던 찰나, 발코니에서 부르는 소리가 들렸다.

"거기 두 사람, 들어와서 마실 것 좀 드세요."

"지금 가요."

빅토리아가 말했다.

에드워드와 빅토리아가 계단 쪽으로 향하는 것을 지켜보면서 클레이턴 부인이 남편에게 말했다.

"저 둘 사이에 분명 뭔가 있어요! 잘 어울리는 한 쌍이에요. 돈은 없어 보이지만. 제럴드, 내 생각을 한번 말해 볼까요?"

"말해 보구려. 당신 생각을 듣는 건 항상 재미있으니까."

"내 생각에는 저 아가씨 순전히 저 청년 보려고 큰아버지 발굴단에 오겠다고 한 거 같아요."

"설마, 로사. 만나자마자 서로 깜짝 놀라지 않았소."

"흥! 그것도 눈치 못 챘다니. 내가 보기엔 저 청년만 놀란 거 같았어요."

제럴드 클레이턴은 부인을 보고 고개를 내저으며 미소를 지었다.

클레이턴 부인이 말했다.

"그 아가씨 고고학자 타입은 아니던데요. 고고학자라고 하면 여자들도 진지한 얼굴에 대개 안경을 끼고 있잖아요. 손도 지저분하기가 일쑤고."

"여보, 그렇게 일반화해서는 안 되지."

"소위 지식인이라는 사람들이 다 그렇잖아요. 그런데 이번에 온 아가씨는 상식도 많고 붙임성도 있는데 그렇게 똑똑해 보이진 않더라고요. 전혀 달라요. 그 청년은 좋은 총각이고요. 그렇게 훌륭한 청년이 바보 같은 올리브 가지회 나부랭이에 묶여 있다는 게 참 안됐지 뭐예요. 요새 일자리 구하기가 어려워서 그런가 봐요. 정부에서 이런 청년한테는 일자리를 찾아 줘야 하는데."

"정부도 노력은 하지만 그렇게 쉬운 일이 아니에요. 알다시피 군 출신들은 자격 미달에, 경력도 없고 보통 집중력도 떨어지거든."

빅토리아는 그날 밤 여러 가지 감정이 뒤섞여 심란한 채로 잠자리에 들었다.

이번 탐사의 목표는 달성된 셈이었다. 에드워드를 찾아냈으니! 이 생각만으로 빅토리아는 온몸에 전율이 일었다. 그러나 뭘 해도 시시한 느낌은 지울 수 없었다.

무엇보다 지금까지 일어난 모든 일을 과장되고 비현실적으로 보이게 만든 원인은 일부 에드워드의 불신에도 있었다. 런던의 하찮은 타이피스트였던 빅토리아 존스가 바그다드에 도착해서 눈앞에서 살해당한 남자가 숨을 거두는 것을 목격했고 연속극에나 나올

법한 비밀 요원 비슷한 그 무엇이 돼서 마침내 머리 위에서 야자수가 너울거리는 열대 정원에서 사랑하는 남자를 만났다. 그것도 에덴동산이 있었을 것으로 추정되는 위치에서 멀지 않은 곳에서!

머릿속에서 동요 가사가 한 구절 떠올랐다.

바빌론까지는 얼마나 될까?
96킬로미터하고도 16킬로미터를 더 가지.
촛불 밝힐 어스름 때까지 도착할 수 있을까?
그럼, 갔다가 돌아올 수도 있지.

동요와 달리 빅토리아는 다시 돌아가지 않고 아직 바빌론에 있었다.

어쩌면 영영 돌아가지 않고 에드워드와 바빌론에 있을지도 모른다.

'아까 정원에서 에드워드한테 물어보려고 했던 게 있었는데. 에덴동산, 나랑 에드워드, 에드워드한테 물어보려다가 클레이턴 부인이 불러서 까먹었는데. 중요한 거였으니까 기억해야만 해. 말이 안 되는데……. 야자수, 정원, 에드워드, 사라센 처녀, 안나 셸레, 루퍼트 크로프턴 리. 다 아니야. 기억할 수만 있다면…….'

호텔 복도에서 한 여자가 맞춤 정장을 입고 맞은편에서 걸어왔는데 바로 자신의 모습이었다. 그런데 가까이 보니까 얼굴이 캐서린이었다. 에드워드와 캐서린. 바보같이! 그녀가 에드워드에게 말했다.

"이리 와요. 우리 같이 르파르주를 찾아봐요." 그러자 갑자기 레몬색 아동용 장갑을 끼고 뾰족하고 검은 수염이 나 있는 에드워드가 나타났다.

에드워드는 이제 사라지고 빅토리아만 홀로 남았다. 빅토리아는 촛불이 꺼지기 전에 바빌론에서 돌아와야만 한다.

우리는 이제 어둠을 향하고 있나니.(셰익스피어의 「안토니와 클레오파트라」에 나오는 말—옮긴이)

누가 한 말이었더라? 폭력, 공포, 악, 누더기 카키색 튜닉에 묻은 피. 빅토리아는 호텔 복도를 뛰어 내려갔다. 그리고 그들이 뒤를 쫓았다.

빅토리아는 숨을 헐떡이며 잠에서 깼다.

IV

클레이턴 부인이 물었다.
"커피 하시겠어요? 달걀은 어떻게 드시겠어요? 스크램블드에그?"
"그거 좋죠."
"기운이 없어 보여요. 어디 아파요?"
"아뇨, 어젯밤에 잠을 설쳐서 그래요. 이유는 저도 모르겠어요. 참, 침대는 아주 편하던데요."
"제럴드, 라디오 좀 켜 줘요. 뉴스 할 시간이니까."

막 시보가 울릴 때 에드워드가 들어왔다.

'어젯밤 수상은 하원에서 달러 수입액 삭감에 관한 새로운 세부안을 발표했습니다. 카이로발 보도에 따르면 루퍼트 크로프턴 리 경의 시신이 나일 강에서 인양되었다고 합니다. (이 부분에서 빅토리아는 갑자기 커피 잔을 내려놓았고 클레이턴 부인은 외마디 비명을 질렀다.) 바그다드발 비행기로 도착한 후 호텔을 나섰다가 그날 밤 돌아오지 않은 루퍼트 경은 24시간 실종 상태였다가 변사체로 발견되었습니다. 사인은 익사가 아니라 심장에 난 자상이었습니다. 루퍼트 경은 유명한 여행가로 중국과 발루치스탄 지방을 여행하면서 이름을 날렸으며, 몇 권의 책을 낸 저자이기도 합니다.'

클레이턴 부인이 놀라며 말했다.

"살해당했다니! 카이로만큼 나쁜 곳도 없는 거 같아요. 제럴드, 당신은 이번 일에 대해서 뭐 좀 알고 있었어요?"

"실종된 건 알고 있었지. 누군가 직접 배달한 쪽지를 받고는 어디 간다는 말도 없이 급히 두 발로 걸어 나간 걸로 보여."

아침 식사를 마치고 둘만 남자 빅토리아가 에드워드에게 말했다.

"그거 봐요. 전부 사실이잖아요. 처음에 말했던 카마이클하고 조금 아까 루퍼트 크로프턴 경하고. 그분을 자랑꾼이라고 말했던 게 후회돼요. 이 수상한 일을 알고 있거나 캐내려는 사람들은 모두 살해당하고 있어요. 에드워드, 다음은 내 차례일까요?"

"세상에, 그런 생각을 하는 사람 얼굴이 어쩜 그렇게 즐거워 보일 수 있죠? 드라마를 너무 많이 본 거 아닙니까? 실제로 당신이 아는 거라곤 아무것도 없는데 당신을 죽일 이유가 있겠어요? 그렇더라도 제발 좀 조심해요."

"우리 둘 다 조심해야겠죠. 내가 당신을 끌어들였으니까."

"아, 괜찮아요. 둘이라 외롭진 않겠네요."

"그래도 조심해요."

이렇게 말하면서 빅토리아는 갑자기 몸서리를 쳤다.

"정말 이상해요. 그렇게 정정했던 분이 죽었다니. 크로프턴 리 말이에요. 정말 무서운 일이에요. 정말."

16장

I

"찾던 젊은이는 찾았소?"

데이킨이 묻자 빅토리아가 고개를 끄덕였다.

"그 밖의 다른 건?"

다소 의기소침하게 빅토리아가 고개를 가로저었다.

"힘내도록 해요. 잊었소? 이 게임에선 결과가 아주 더디다는걸. 거기서 뭔가 건질지도 모르잖소. 그다지 큰 기대를 걸고 있지는 않지만."

"계속 시도해도 될까요?"

"당신이 원한다면."

"전 그러고 싶어요. 에드워드가 올리브 가지회에 절 취직시킬 수 있을 거 같대요. 거기서 촉각을 곤두세우면 뭔가 알아낼 수 있지 않을까요? 그쪽에서는 안나 셸레에 관해 뭔가 알고 있어요."

"그것참 흥미로운 사실이군. 그건 어떻게 알아냈소?"

빅토리아는 에드워드가 말해 준 대로 캐서린이란 여자가 '안나 셸레가 오면 그 여자한테 명령을 받을 것'이라고 말했다고 데이킨에게 알려 주었다.

"아주 흥미롭군."

"안나 셸레가 누구죠? 제 말은 그 여자에 대해서 뭔가는 알고 있을 거 아니냐는 거예요. 아니면 그냥 이름뿐인가요?"

"이름만 존재하는 게 아니오. 미국의 어느 은행가의 개인 비서지. 그 은행가는 국제 은행의 회장이고. 그녀는 약 열흘 전 뉴욕을 떠나 런던에 왔소. 그 이후 사라졌고."

"사라졌다고요? 죽은 건 아니고요?"

"죽었다고 해도, 사체가 아직 발견되지 않았소."

"하지만 죽었을 수도 있는 거네요?"

"물론, 죽었을 수도 있소."

"그 여자도 바그다드로 오고 있던 중이었나요?"

"나도 모르오. 캐서린이라는 여자가 한 말로 봐서는 그런 것 같소만. 안나 셸레가 죽었다고 믿을 만한 이유도 아직 없으니까 '오고 있던'이 아니라 '오는 중'이라고 해야 하지 않겠소?"

"어쩌면 제가 올리브 가지회에서 더 알아낼 수 있을지도 몰라요."

"그럴 수도 있겠지. 하나 다시 한번 말해 두는데 아주 조심해야 할 거요. 당신이 상대하고 있는 조직은 아주 무자비한 조직이니까. 당신 시체가 티그리스 강에서 발견되는 일은 없길 바라오."

빅토리아가 몸서리치며 낮은 목소리로 말했다.
"루퍼트 크로프턴 리 경처럼 말이죠? 그날 아침 그분이 티오 호텔에 계셨을 때 이상한 점이 있었어요. 뭣 때문에 제가 놀랐거든요. 그게 뭔지 기억나면 좋을 텐데……."
"어떻게 이상했단 말이오?"
"달라 보였다고나 할까요."
데이킨이 의아한 표정을 짓자 빅토리아가 혼란스러운 듯 고개를 설레설레 내저었다.
"아마 기억이 날 거예요. 그렇게 중요한 일은 아닐 것 같긴 한데."
"무엇이든 중요할 수 있소."
"에드워드는 제가 취직하면 여기서 나가서 다른 여자들처럼 저도 기숙사에 방을 하나 얻든지, 하숙을 해야 한다고 생각해요."
"그렇게 되면 의심을 덜 받겠군. 바그다드에 있는 호텔들은 비싸니까. 그 젊은이, 머리가 아주 좋은가 보오."
"만나 보시겠어요?"
"아니요, 그 사람에게 나한테 접근하지 말라고 하시오. 불행히도 카마이클이 죽던 날 밤 때문에 당신도 의심을 받고 있소. 하지만 에드워드는 그날 밤 사건이나 나와는 어떤 식으로든 무관하오. 그렇게 내버려 두는 편이 유리하지."
"전부터 여쭤보고 싶었는데요. 카마이클을 칼로 찌른 진범은 누구죠? 여기까지 미행했다던 그 사람이었나요?"
데이킨이 천천히 입을 열었다.

"아니요. 그럴 수가 없었을 거요."

"그럴 수가 없었다니요?"

"카마이클은 이곳 주민들이 타는 배인 구파를 타고 왔고 미행도 당하지 않았소. 강에 감시자를 붙여 놨기 때문에 그 점은 우리도 알고 있지."

"그렇다면 호텔에 있던 누군가의 소행이었나요?"

"그렇소, 빅토리아. 게다가 그 누군가는 호텔 건물의 좌우 어느 한쪽, 그 층에 머물던 자요. 내가 계단을 감시하고 있었는데 올라오는 사람이 아무도 없었기 때문에 그 점은 분명하지."

데이킨이 약간 어리둥절해 있는 빅토리아를 보며 낮은 목소리로 말했다.

"그쪽에 있던 사람은 얼마 안 되오. 당신과 나 그리고 트렌치 카듀 부인, 마커스와 마커스의 여동생 부부. 호텔에서 오랫동안 근무해 온 나이 든 종업원 몇 명. 아무것도 알려진 바가 없는 키르쿠크에서 왔다는 해리슨이란 남자. 유대인 병원에서 일한다는 간호사…… 이들 중 그 누구도 범인이 될 수 있겠지만 딱 1가지 이유 때문에 아무도 의심할 수가 없다오."

"그게 뭔가요?"

"카마이클은 경계를 늦추지 않았소. 임무에서 가장 위험한 순간이 다가오고 있다는 사실을 자신도 알고 있었으니까. 그 친구에게는 위험을 감지하는 예리한 본능이 있었지. 그런 본능이 있는데도 어떻게 당한 건지……."

"그때 왔던 경찰 말인데요."

"아, 거리에서 쫓아 올라왔던 그 경찰들 말이군. 그자들은 자기들끼리 어떤 신호가 있었을 거요. 그러나 카마이클을 찌르진 않았지. 카마이클을 찌른 자는 카마이클이 아주 잘 알고 믿었던 인물, 아니면 카마이클이 대수롭지 않게 여겼던 인물이 분명하오. 그자가 누군지 알 수만 있다면……."

II

목적을 달성하면 일순간에 맥이 빠지는 법. 바그다드에 가는 일, 에드워드를 찾는 일, 올리브 가지회의 비밀을 캐내는 일. 이 모든 일은 마치 흥미진진한 프로그램 같았다. 이제 소기의 목적을 달성한 빅토리아는 가뭄에 콩 나듯 아주 가끔씩 '도대체 내가 무슨 짓을 하고 있는 거람!' 하는 의문을 품었다. 에드워드와 재회했다는 기쁨도 이제 사라지고 없었다. 그녀는 에드워드를 사랑했고, 에드워드도 그녀를 사랑했다. 둘은 거의 매일 한지붕 아래서 일하고 있었지만, 냉철하게 생각해 보면 도대체 무슨 일을 하고 있는 건가 하는 생각이 들었다.

순전히 결단력 때문이었는지, 뛰어난 설득력 때문이었는지, 그 밖의 어떤 수단을 동원했는지는 알 수 없지만, 빅토리아가 올리브 가지회에서 얼마 안 되는 급여나마 받고 일할 수 있게 된 것은 에드워드의 힘이 주요했다. 빅토리아는 전등을 밝힌 작고 어두운 방에서 고물 타자기로 이런저런 통지서와 편지 그리고 올리브 가지회가 벌이는 시시한 여러 활동 프로그램의 성명서 등을 타이핑하면서 하루의 대부분을 보냈다. 에드워드는 올리브 가지회에 뭔가 수상한 점이 있는 것 같다고 했고 데이킨도 그 점에 동의했다. 빅토리아는 지금 뭔가 알아내려고 여기 와 있는 것이었지만, 눈을 씻고 봐도 알아낼 만한 일이라곤 없었다. 올리브 가지회가 벌이는 활동은 세계 평화의 기운을 퍼뜨리는 일이었다. 오렌지에이드와 함께 맛없어 보이는 간식거리를 제공하는 다양한 집회가 열렸고, 이런 집회에서 빅토리아의 역할은 증오가 가득한 눈빛으로 서로를 뚫어지게 쳐다보고 간식거리를 걸신들린 듯 먹어 치우는 다양한 국적의 외국인들을 소개시켜서 서로 어울리게 하고 이들 사이에 긍정적 감정이 일도록 조장하는 것이었다.

빅토리아가 아는 한 물밑 작업도, 음모도, 내부 조직도 없었다. 매사가 공명정대하게 이루어졌고, 물에 물 탄 듯, 술에 술 탄 듯 싱거웠으며, 무엇보다도 끔찍하게 지루했다. 피부색이 어두운 청년들이 여럿 빅토리아에게 수줍은 구애를 해 왔고, 책을 빌려준 이들도 있었지만 대강 읽어 보니 지루했다. 빅토리아는 이미 티오 호텔을 나와 다양한 국적의 젊은 여성 동지들과 티그리스 강 기슭에 자리 잡은 하숙집에서 방을 얻어 지내고 있었다. 함께 지내는 여성 중에는 캐서린도 있었다. 빅토리아의 눈에는 캐서린이 자기를 의심스러운 눈초리로 지켜보는 것 같았다. 그러나 빅토리아가 올리브 가지회의 활동을 염탐하려는 스파이인가 해서 의심의 눈초리를 보내는 것인지, 에드워드의 사랑이 걸린 좀 더 민감한 문제 때문에 그런 것인지는 알 수 없었다. 빅토리아는 후자 쪽에 더 무게를 두기로 했다. 에드워드가 일자리를 구해 주었다는 사실이 알려져서인지 질투심에 가득 찬 몇몇의 눈초리가 빅토리아를 사납게 노려보았다.

사실 에드워드가 지나치게 매력적인 감이 없지 않다는 생각이 들자 빅토리아는 언짢아졌다. 올리브 가지회에 있는 모든 여자가 에드워드에게 빠져 있었고, 모두에게 한결같이 다정하게 구는 그의 태도는 전혀 도움이 되지 않았다. 빅토리아와 에드워드는 서로에 대한 특별한 감정을 내색하지 않기로 입을 맞춰 둔 상태였다. 조사해 볼 만한 점을 찾아내려면, 두 사람이 같은 편이라는 의심을 받아서는 안 되기 때문이었다. 에드워드는 빅토리아를 다른 여자와 똑같이 대하려고 했지만, 오히려 더 냉랭한 기운이 감돌았다.

올리브 가지회 자체는 해로울 것이 전혀 없어 보였지만, 빅토리아는 회장이자 창립자인 래스본 박사가 생각에 잠긴 표정으로 음울하게 오랫동안 자신을 응시한다는 사실을 눈치 챘다. 그럴 때마다 빅토리아는 순진무구한 표정으로 맞받아치기는 했지만, 갑자기 엄습하는 공포심으로 가슴이 철렁 내려앉았다.

이번에 다시 래스본 박사의 호출을 받고 불려 갔을 때는(오타를 설명하러) 흘긋 보는 것 이상이었다.

"우리랑 일하는 게 즐겁나요? 그래야 할 텐데."

"그럼요, 박사님."

빅토리아는 이렇게 말하고는 덧붙였다.

"오타가 너무 많아서 죄송할 따름이에요."

"실수는 괜찮아요. 영혼도 없는 기계는 우리에게 아무 소용이 없답니다. 우리에게 필요한 것은 젊음, 관대한 마음, 넓은 시야입니다."

빅토리아는 진지하고 관대한 척하느라 애를 먹었다.

"일을 사랑하고…… 일하고 있는 대상에 애착을 가져야 합니다……. 영광된 미래를 고대하면서. 빅토리아 양, 이 모든 걸 진심으로 느끼고 있나요?"

"모든 게 너무 생소해서 아직 실감이 나지는 않아요."

"단결해야 해요, 단결. 세계의 젊은이들은 단결해야 합니다. 바로 그게 중요한 겁니다. 빅토리아 양, 저녁 때 갖는 자유 토론과 동지들과의 시간은 즐거운가요?"

"그럼요."

사실은 끔찍이 싫었지만 빅토리아는 이렇게 대답했다.

"불화가 아니라 조화, 증오가 아니라 형제애. 서서히 그런 감정이 싹트고 있지요? 빅토리아도 그렇게 느껴지지요?"

빅토리아는 매일 목격되고 있는 시기심, 폭력적인 증오, 끝없는 싸움, 상한 감정, 사과 요구 등이 떠올라 뭐라 말해야 좋을지 몰랐다.

빅토리아가 조심스럽게 말했다.

"가끔 사람들은 까다로울 때가 있더라고요."

"나도 알아요, 알아……."

래스본 박사가 한숨을 쉬었다. 고상해 보이는 그의 반구형 이마에는 곤혹스러운 듯 주름이 잡혔다.

"마이클 라쿠니안이 아이작 나훔을 쳐서 입술이 찢어졌다던데 무슨 일이죠?"

"사소한 다툼이었어요."

래스본 박사의 얼굴은 슬픔으로 수심이 가득했다. 박사가 중얼거렸다.

"인내와 믿음, 인내와 믿음."

빅토리아는 억지로 맞장구를 쳐 준 뒤 나가려고 돌아섰다가, 타자 친 원고를 두고 왔다는 사실이 생각나서 다시 뒤로 돌았다. 그 순간 빅토리아는 래스본 박사의 시선 때문에 약간 놀라고 말았다. 그 시선이 크게 의심하는 눈초리였기 때문에 얼마나 감시를 당해 왔던 것인지, 박사가 속으로 자기를 어떻게 생각하고 있는 건지 불안해졌다.

데이킨에게 받은 지령은 매우 정확했다. 무엇이든 보고할 사항이 있어서 데이킨과 연락을 하려면 일정한 규칙을 따라야 했다. 데이킨은 빅토리아에게 낡고 빛바랜 분홍색 손수건 1장을 주었다. 빅토리아는 보고할 것이 있으면 강 너머로 해가 뉘엿뉘엿 넘어갈 때쯤 곧잘 그래 왔듯 호스텔 근처로 산책을 나갔다. 늘어선 주택들 앞으로 좁은 오솔길이 하나 있었는데 약 1.5킬로미터 정도 되었다. 이 오솔길을 따라가면 강가로 내려가는 계단이 쭉 이어져 있고 여기엔 항상 보트가 여러 척 정박해 있었다. 계단 꼭대기에 있는 여러 개의 나무 말뚝 중 하나에는 녹슨 못이 하나 있었다. 데이킨에게 연락하고 싶으면 여기에 작은 분홍색 손수건 조각을 걸어 놓으면 되었다.

'지금까지는 이 연락 방법을 써먹을 일이 전혀 없었네.'

빅토리아는 이런 생각이 들어 씁쓸했다. 지금까지 그녀가 한 일이라고는 보수가 적은 일을 되는 대로 한 것뿐이었다. 에드워드는 무슨 일만 생기면 래스본 박사가 항상 머나먼 곳으로 보내기 때문에 거의 보지 못했다. 지금도 에드워드는 페르시아에서 막 돌아온 참이었다. 에드워드가 없는 동안 빅토리아는 데이킨과 한 번의 짧고 다소 불만족스러웠던 접선을 가졌을 뿐이었다. 그녀가 받은 지시 사항은 티오 호텔에 가서 카디건을 두고 오지 않았는지 묻는 것이었다. 대답은 역시나 그렇지 않다는 것이었지만, 마커스가 나타나서는 강둑에 나가 한잔하자며 빅토리아를 잡아끌었다. 강둑으로 가는 도중 데이킨이 거리에서 휘청거리며 호텔로 들어왔고, 이를 본 마커스가 데이킨을 불러 이제 세 사람이 함께하게 되었다. 데이킨이 레모네이드를 홀짝거리고 있을 때, 마커스가 일이 있어 자리를 뜨는 바람에 빅토리아와 데이킨은 작은 테이블을 사이에 두고 마주 앉게 되었다.

다소 염려스러운 표정을 지으며 빅토리아가 그간의 성과가 부족한 점을 토로했지만, 데이킨이 너그러운 표정으로 안심시켰다.

"당신은 지금 무엇을 찾고 있는지, 찾을 게 있기나 한지도 모르는 상태요. 그나저나 올리브 가지회에 대한 당신의 전반적 의견은 어떻소?"

"지금으로서는 아주 막연해요."

빅토리아가 느릿느릿 말했다.

"막연하다……. 사이비 조직은 아닌 것 같소?"

"모르겠어요."

빅토리아는 이번에도 느릿느릿 말했다.

"무슨 말인지 아실지 모르겠지만 사람들이 문화라는 개념에 너무나 집착한달까요."

"그러니까 문화와 관련되기만 하면 자선 사업이나 금융 사업처럼 그 진위를 검사받지 않는단 뜻이오? 맞는 말이오. 정말 열정적인 사람들도 분명 있겠지. 조직이 이용당하고 있지는 않은 것 같소?"

"공산주의 활동이 많은 것 같기는 해요."

빅토리아가 망설이며 말했다.

"에드워드도 그렇게 생각한대요. 저한테 카를 마르크스 책을 읽고는 아무 데나 내버려 두고 사람들이 어떤 반응을 보이는지 지켜보라고 했어요."

데이킨이 고개를 끄덕였다.

"흥미롭군. 그래 지금까지의 반응은 어땠소?"

"무반응이었어요, 지금까지는."

"래스본은 어떻소? 그 사람, 사이비는 아닌 것 같소?"

"뭐랄까, 래스본은……."

빅토리아의 어조는 자신 없는 투였다.

"그자가 바로 마음에 걸리는 자요. 거물이니까. 생각해 보시오. 공산주의 음모가 진행 중인데, 학생들과 젊은 혁명가들은 대통령과 마주칠 일이 거의 없소. 거리에서 폭탄을 던지려고 해도 경찰이 찾아낼 거요. 하지만 래스본은 얘기가 다르지. 사회적 지위도 높고, 공공연한 자선 행위의 전력이 있는 저명한 인사니까. 그자라면 저명인사들 가까이 접근할 수 있을 거요. 필시 그렇게 하겠지. 래스본이란 자에 대해서 좀 더 알았으면 하오."

'그럼 그렇지. 모든 것이 다 박사를 중심으로 돌아가고 있었구나.'

수 주 전 런던에서 처음 만났을 때 뭔가 '수상쩍은' 것 같다던 에드워드의 말도 고용주인 래스본 박사가 원인이었다. 빅토리아는 에드워드를 그토록 불안하게 했던 어떤 사건이나 발언이 분명 있었을 것이라고 돌연 생각하게 되었다. 그렇지 않고서야 그런 의심이 들 리 없다는 것이 빅토리아의 생각이었다. 우리가 희미하게나마 의심이나 불신을 품을때, 그것은 그저 육감에 지나지 않는 법이다. 실은 어떤 이유가 있어서 그런 마음을 품는 것이다. 지금 에드워드에게 잘 돌이켜 생각해 보라고, 기억해 보라고 할 수 있다면 의심을 품게끔 만들었던 사실이나 사건을 떠올릴 수도 있을 것이다. 마찬가지로 빅토리아 자신도 티오 호텔에서 발코니에 나갔을 때 일광욕을 하며 앉아 있던 루퍼트 크로프턴 리 경을 발견하고 어째서 그렇게 놀랐는지 그 이유를 기억해야만 했다. 크로프턴 리 경 같은 사람은 티오 호텔이 아니라 대사관에 있을 것으로 예상했기 때문이라고 할 수도 있을 것이다. 그렇다고 하더라도 빅토리아가 당시 느꼈던 느낌, 그 사람이 바로 거기 앉아 있는 것 자체가 불가능한 것 같다는 그 강한 느낌을 설명하기에는 불충분했다. 앞으로 빅토리아는 그날 아침에 일어났던 일들을 되새겨 볼 것이고, 에드워드에게는 래스본 박사한테서 처음에 느꼈던 인상을 몇 번이고 떠올려 보라고 할 것이다. 다음번에 에드워드와 단둘이 있을 기회가 오면 꼭 그렇게 해 보라고 말할 것이다. 그러나 문제는 에드워드와 단둘이 남는 것이 쉽지 않다는 것이었다. 에드워드는 페르시아에 갔다가 지금은 돌아왔지만, 지난 전쟁의 슬로건(벽에도 귀가 있다(Les oreilles enemies vous ecoutent))이 사방에 게시되어 있는 올리브 가지회 같은 곳에서는 사적인 대화란 아예 불가능했다. 하숙을 하는 아르메니아인 가정에서도 마찬가지로 프라이버시라는 것이 없었다. 이렇게 못 볼 줄 알았더라면 그냥 영국에 남아 있는 편이 나았을 거라고 빅토리아는 속으로 불평했다.

이러한 생각이 잘못되었다는 것을 증명이라도 하듯, 그 즉시 에드워드가 나타났다.

에드워드는 자필 원고 몇 장을 들고 와서 이렇게 말했다.

"빅토리아, 래스본 박사님께서 지금 바로 타이프해 달라십니다. 두 번째 페이지에 약간 까다로운 아랍 이름들이 있으니까 특히 주의하세요."

빅토리아는 한숨을 쉬며 종이 1장을 타자기에 끼우고는 늘 하던 대로 요란하게 타자 소리를 내며 일을 시작했다. 래스본 박사의 필체는 딱히 알아보기 어려운 필체도 아니었고 평소보다 오타도 적어서 뿌듯했다. 첫 번째 페이지를 한 옆에 놓고 다음 페이지로 넘어가려다가, 두 번째 페이지에 특히 주의하라던 말의 진의를 파악하게 되었다. 깨알 같은 글씨로 쓴 에드워드의 메모가 핀으로 꽂혀 있었던 것이다.

내일 아침 11시쯤 베이트 멜렉 알리를 지나 티그리스 강 둑을 따라 산책할 것.

다음 날은 금요일로 주말 휴일이었다. 빅토리아는 너무 기분이 좋아 날아갈 것 같았다. 그녀는 청록색 풀오버를 입고 머리도 꼭 감아야겠다고 생각했다. 지금 살고 있는 집의 시설이 열악해서 머리를 감기가 어려웠다.
"내일은 꼭 감아야 해."
빅토리아는 소리 내어 이렇게 중얼거렸다.
"뭐라고요?"
회보와 봉투 더미를 놓고 작업 중이었던 캐서린이 옆 테이블에서 고개를 쳐들고는 의심스러운 눈초리를 보냈다.
빅토리아는 재빨리 에드워드의 메모를 구기면서 아무렇지도 않은 듯 이렇게 말했다.
"머리를 감아야겠는데, 미용실이 하나같이 다들 너무 더러워서 어디로 가야 할지 모르겠어요."
"맞아요, 다들 더럽고 비싸기도 하죠. 하지만 머리도 잘 감겨 주고 수건도 깨끗한 데를 알아요. 다음에 같이 가요."
"그럼 좋죠, 캐서린."

"내일 가죠. 휴일이니까."

"내일은 안 되겠는데요."

"왜요?"

의심스러운 시선이 빅토리아에게 꽂혔다. 빅토리아는 평상시에 캐서린에게 품었던 짜증과 싫은 감정이 솟구치는 것을 느꼈다.

"내일은 바람도 쐴 겸 산책이나 가려고요. 여긴 너무 답답해서요."

"어디로 가려고요? 바그다드에는 산책할 만한 데가 없는데."

"어딘가에는 있겠죠, 뭐."

"극장을 가는 편이 나을 거예요. 혹시 흥미로운 강연이라도 있나요?"

"아뇨, 그저 나가고 싶은 것뿐이에요. 영국 사람들은 산책을 좋아하거든요."

"영국인이라서 그렇게 거만하고 잘난 체하는 거군요. 도대체 영국인답다는 게 뭐죠? 아무것도 아니면서. 여기 사람들은 영국 사람들한테 침을 뱉는다고요."

"나한테 침만 뱉어 봐요, 어떤 일이 벌어지나."

빅토리아는 이렇게 말하면서 언제나 올리브 가지회에서는 분노의 감정이 어쩌면 이렇게 쉽게 발생하는 걸까 하고 의아해했다.

"어쩔 건데요?"

"한번 뱉어 봐요, 어떻게 되나."

"무엇 때문에 카를 마르크스를 읽죠? 이해하지도 못하면서. 당신은 너무 멍청해. 그런다고 당신을 공산당원으로 받아 주기나 할 거 같아요? 정치 교육도 못 받은 주제에."

"내가 읽으면 안 될 건 뭐예요? 그 책은 나 같은 노동자를 위한 책인데."

"당신은 노동자가 아니라 부르주아잖아요. 타자도 제대로 못 치면서. 당신이 낸 오타들 좀 보라고요."

"최고의 타이피스트도 오타를 낼 때가 있는 거라고요."

빅토리아는 짐짓 젠체하며 이렇게 말했다.

"게다가 이렇게 계속 말을 시키는데 어떻게 일을 할 수 있겠어요?"

빅토리아는 아주 빠른 속도로 한 줄을 해치워 버렸다. 그러나 분하게도 모르고 시프트 키를 누르는 바람에 한 줄 가득 느낌표, 숫자, 괄호가 찍혀 버렸다. 오타투성이 용지를 타자기에서 바꿔 끼우고는 부지런히 일한 끝에 래스본 박사에게 그 결과물을 들고 갔다.

박사는 쭉 훑어보더니 이렇게 말했다.

"쉬라즈는 이라크가 아니라 이란에 있지요. 어쨌거나 이라크에는 k가 들어가지도 않고. 워즐이 아니라 와지트입니다. 어쨌든 수고했어요, 빅토리아."

방을 나가려는 순간, 박사가 다시 부르는 소리가 들렸다.

"빅토리아, 이곳 생활에 만족합니까?"

"그럼요, 래스본 박사님."

숱 많은 눈썹 아래 두 눈이 탐색하듯 빅토리아를 쳐다보았고, 이 때문에 빅토리아는 점점 불편해졌다.

"보수가 너무 적어서 미안합니다."

"보수는 중요하지 않아요. 일이 좋은걸요."

"정말인가요?"

"그럼요. 이런 일은 정말 가치 있는 일이잖아요."

빅토리아의 초롱초롱한 눈동자는 탐색하는 듯한 어두운 눈동자와 마주쳤으나 움찔하지 않았다.

"어때요, 좀 살 만한가요?"

"아르메니아인들이 있는 아주 저렴한 숙소를 구했어요. 전 정말 괜찮답니다."

"바그다드에는 현재 속기사가 부족한 실정이오. 그러니 내가 여기보다 더 나은 일자리를 구해 줄 수 있을 겁니다."

"다른 일자리는 원치 않습니다."

"다른 데로 가는 편이 더 현명할 텐데."

"현명하다고요?"

빅토리아는 약간 움찔했다.

"그래요. 경고라고나 할까, 충고라고도 할 수 있겠군요."

이제 래스본 박사는 희미하게나마 협박조로 말하고 있었다.

빅토리아의 눈이 더욱 휘둥그레졌다.

"무슨 말씀인지 모르겠는데요, 래스본 박사님."

"알지도 못하는 일에는 끼어들지 않는 편이 더 현명할 때도 있는 법입니다."

이번에는 확연한 협박조였지만, 그래도 빅토리아는 천진난만한 눈빛을 잃지 않았다.

"왜 여기서 일하는 거죠, 빅토리아? 에드워드 때문에?"

빅토리아의 얼굴이 분노로 붉어졌다.

"물론 아니죠."

그녀가 분노에 차서 쏘아붙였다. 그만큼 짜증이 난 상태였다.

래스본 박사는 고개를 끄덕이며 말했다.

"에드워드한테는 제 갈 길이 있습니다. 아가씨한테 쓸모 있게 되려면 꽤 오래 기다려야 하겠지. 나라면 생각 자체를 접겠어요. 누차 말하지만, 월급도 많고 전망도 좋은 다른 일자리도 많아요. 당신 같은 부류의 사람들한테 다시 돌아갈 수도 있고."

래스본 박사는 아직도 빅토리아를 아주 면밀히 관찰하고 있는 것 같았다. 일종의 테스트인 걸까? 빅토리아는 열렬함을 가장한 채 이렇게 말했다.

"하지만 전 정말 올리브 가지회 일이 좋은걸요."

래스본 박사는 어깨를 으쓱했고 잠시 후 빅토리아는 방을 나왔다. 그러나 나오는 순간까지도 박사의 따가운 시선을 등 뒤에서 느꼈다.

어쨌든 이번 대화로 빅토리아는 마음이 언짢았다. 래스본 박사가 의심할 만한 어떤 일이 일어났던 걸까? 빅토리아가 자신의 비밀을 캐기 위해 올리브 가지회에 침투한 스파이라고 생각한 걸까? 박사의 목소리와 태도는 빅토리아에 불안과 두려움에 떨게 했다. 자신이 에드워드 곁에 있으려고 올리브 가지회에 들어왔다는 박사의 말에 아까는 분노하고 강하게 부인도 했으나, 지금 생각해 보니 데이킨이 이번 일에 개입되어 있다는 것을 눈치채게 두는 것보다는 자신이 에드워드 때문에 올리브 가지회에 들어왔다고 생각하게 두는 편이 훨씬 안전했을지도 모른다. 어쨌든 바보같이 붉어진 볼 덕택에 래스본 박사는 아마도 그녀가 에드워드 때문에 들어왔다고 생각할 것이다. 결국 모든 일이 잘된 셈이었다.

그럼에도 불구하고 그날 밤 빅토리아는 마음 한구석에 서서히 번지는 공포를 느끼며 잠자리에 들었다.

17장

I

다음 날 아침 빅토리아는 어디 간다고 말하지 않고도 혼자 손쉽게 외출할 수 있었다. 빅토리아는 '베이트 멜렉 알리'가 웨스트 뱅크 아래서 조금 내려가면 강가 바로 옆에 있는 커다란 집이라는 것을 물어서 알아냈다.

지금까지는 주변을 둘러 볼 틈이 없었기 때문에 빅토리아는 좁은 거리 끝을 지나 실제로 강둑에 다다르자 기분 좋은 놀라움을 맛보았다. 그녀는 오른쪽으로 돌아 높은 강둑의 가장자리를 따라 천천히 거닐었다. 산책로는 예측 불가했다. 군데군데 강둑이 무너져 내린 곳이 있었지만 보수하거나 다시 쌓아올리지 않아 위험했다. 어떤 집 앞에는 계단이 있었는데, 어두운 밤 모르고 한 발짝만 더 내디뎠다가는 그대로 강으로 빠져 버릴 것만 같았다. 빅토리아는 아래 강물을 내려다보고는 조심스럽게 가장자리를 돌아 내려갔다. 잠시 후 넓은 포장 길이 나왔다. 오른쪽에 있는 집들은 기분 좋은 은밀함을 풍겼다. 이 집들에는 누가 살고 있을지 짐작케 하는 요소가 전혀 없었다. 가끔 중앙 현관이 열려 있는 집도 있어서 그 안을 들여다보았는데, 놀라운 대조에 매료되고 말았다. 한번은 문이 열려 있기에 안을 들여다보았는데 분수가 솟아오르고 그 주변에 쿠션을 댄 의자와 선탠 의자가 놓여 있었다. 위로 쭉쭉 뻗은 키 큰 야자수도 있었고 그 너머에는 정원도 있었는데 꼭 무대장치의 배경막처럼 보였다. 밖에서 보면 별반 다를 것이 없어 보였던 옆집은 안이 매우 어지럽혀져 있었고, 어두운 통로가 몇 개 있었는데 누더기를 걸친 대여섯 명의 어린아이가 놀고 있었다. 잠시 후 빅토리아는 울창한 숲을 이루고 있는 작은 야자수 정원에 도달했다. 왼쪽의 강가로 이어지는 울퉁불퉁한 계단을 지나치자 원시적 형태의 노 젓는 보트에 앉아 있던 아랍인 뱃사공이 몸짓을 섞어 가며 뭐라 큰 소리로 외쳤는데, 분명 빅토리아더러 강 반대편으로 가지 않겠냐는 말이었을 것이다. 빅토리아는 지금쯤이면 얼추 티오 호텔 맞은편일 것이라고 짐작했다. 그러나 이쪽에서 보니 건물들이 다 비슷비슷했고 특히나 호텔 건물은 모두 똑같아 보였다. 빅토리아는 이제 야자수 사이를 지나 아래로 나 있는 길에 다다라 발코니가 있는 커다란 저택 두 채가 있는 곳으로 갔다. 그 너머 강가 바로 옆에 지은 커다란 저택에는 정원과 난간이 있었다. 강둑 위의 길은 이 집의 내부로 이어져 있었는데 이 집이 베이트 멜렉 알리 혹은 '알리 왕의 저택'임이 분명했다.

몇 분 뒤 빅토리아는 입구를 지나 더욱 황폐한 부분에 도달했다. 이제 녹슨 가시 철사로 울타리를 둘러친 야자수 재배 농장에 가려서 강은 보이지 않았다. 오른쪽에는 흙벽돌을 대충 쌓아 만든 담장 안에 금방이라도 쓰러질 듯한 집들과 작은 판잣집들이 있었다. 그 앞에서는 흙먼지와 쓰레기 더미에 꼬인 파리 떼 사이에서 아이들이 놀고 있었다. 강에서 멀리 떨어진 길가에 자동차 1대가 서 있었는데 약간 낡고 오래돼 보였다. 차 옆에 에드워드가 서 있었다.

"잘 왔어요. 무사히 도착했네요. 타요."

"어디 가는 건데요?"

기쁨에 넘쳐 낡은 자동차에 타면서 빅토리아가 물었다. 살아 있는 넝마 보따리처럼 보였던 운전사는 행복한 표정으로 그녀를 보고 밝게 웃었다.

"바빌론으로요. 우리도 하루 정도는 놀러 갈 때가 됐잖아요."

자동차는 크게 동요하면서 출발하더니 울퉁불퉁한 연석에 세게 부딪혔다.

빅토리아가 큰 소리로 되물었다.

"바빌론? 아, 듣기에도 감미로워요. 정말 바빌론에 가는 거예요?"

자동차는 왼쪽으로 가더니 이내 잘 닦인 넓은 도로를 따라 미끄러지듯 달려 나갔다.

"맞아요. 하지만 너무 기대하지는 말아요. 바빌론도 예전 같지 않으니까."

빅토리아가 콧노래를 흥얼거렸다.

바빌론까지는 얼마나 될까?

96킬로미터하고도 16킬로미터를 더 가지.

촛불 밝힐 어스름 때까지 도착할 수 있을까?

그럼, 갔다가 돌아올 수도 있지.

"어렸을 때 불렀던 노래예요. 부를 때마다 정말 가 보고 싶다고 생각했는데. 정말 바빌론에 가다니!"

"게다가 우린 촛불 밝힐 어스름 때까지 돌아올 겁니다. 그래야 하고요. 하지만 사실 이 나라에서는 확실한 게 아무것도 없어요."

"이 차, 금방이라도 부서질 것만 같아요."

"아마 그럴지도 모르죠. 분명 여기저기 고장 안 난 데가 없을 거예요. 하지만 이라크 사람들은 곧잘 끈 하나 묶어 놓고 인샬라를 중얼거린답니다. 그러면 신기하게도 차가 다시 움직여요."

"늘 그 소리예요. 그렇지 않나요?"

"맞아요. 전능하신 신께 모든 것을 떠맡기는 것만큼 편한 일도 없을 테니까."

"도로 상태가 썩 좋지 않네요. 그렇죠?"

좌석에서 몸이 들썩이던 빅토리아가 숨을 헐떡이며 말했다. 보기에는 잘 닦이고 넓은 길인 것 같았는데 막상 달려 보니 그렇지가 않았다. 도로는 여전히 넓기는 했지만 바퀴 자국 때문에 군데군데 패어 있었다.

"점점 더 나빠질 거예요."

에드워드가 고함을 지르다시피 말했다.

둘은 좌석이 들썩이고 이리저리 부딪쳤지만 마음만은 행복했다. 흙먼지가 일어 둘 주변을 감쌌다. 아랍인들로 가득 찬 커다란 화물 자동차가 도로 한가운데를 가르며 쏜살같이 지나갔고 주변의 경적 소리에도 아랑곳하지 않았다.

빅토리아와 에드워드는 담장으로 둘러싸인 정원, 여자와 아이들 그리고 당나귀로 이루어진 무리를 지나쳤다. 빅토리아에게는 에드워드와 함께 바빌론에 가는 일 자체가 모두 새롭고 매혹적인 경험이었다.

그들은 몇 시간이 지나 온몸에 멍이 들고 정신이 약간 멍한 상태로 바빌론에 도착했다. 폐허가 된 진흙 더미와 타 버린 벽돌이 무의미하게 쌓여 있는 것을 보고 빅토리아는 약간 실망했다. 사진에서 보았던 발벡에서처럼 여러 기둥과 아치를 볼 수 있을 것이라고 기대했기 때문이다.

그러나 빅토리아의 실망은 가이드를 따라 여러 고분과 타 버린 벽돌 무더기 사이를 누비고 다니면서 서서히 사라졌다. 그녀는 가이드의 유창한 설명을 듣는 둥 마는 둥 하면서 이슈타르 문으로 향하는 행렬을 따라 계속 걷다가 높은 벽에 새겨져 있는 믿기 힘든 동물들의 희미한 부조를 보고는 문득 과거의 웅장함이 피부에 와닿는 것을 느꼈다. 이제 황폐하게 버려진 이 거대하고 오만한 도시를 좀 더 알고 싶은 마음까지 생겼다. 근동 문명에 대한 임무를 완수한 빅토리아와 에드워드는 바빌론의 사자상 옆에 앉아 에드워드가 준비해 온 피크닉 점심을 먹었다. 가이드는 연신 미소를 지으며 나중에라도 박물관은 꼭 둘러보라고 당부하며 자리를 비켜 주었다.

빅토리아가 꿈꾸는 듯한 목소리로 말했다.

"박물관은 안 가면 안 돼요? 라벨 붙여서 유리 상자 안에 가둬 놓은 건 조금도 진짜 같지가 않아요. 예전에 대영박물관에 한번 갔었는데 정말 끔찍했어요. 발은 어찌나 아프던지."

"과거는 항상 지루한 법이죠. 미래가 훨씬 중요한 거랍니다."

"이건 지루하지 않은걸요."

들고 있던 샌드위치로 벽돌들이 나뒹굴고 있는 전경을 가리키며 빅토리아가 말했다.

"뭐랄까, 이곳은 장엄한 느낌이 들어요. 뭐였더라? '그대가 바빌론의 왕이었을 때 나는 기독교인 노예였어라.'라는 시 말이에요. 어쩌면 우리가 그랬을지 몰라요. 당신과 나 말이에요."

"기독교인이 생겨났을 즈음에는 바빌론에 왕 따위는 사라지고 없었을걸요. 기원전 500년인가 600년 사이 어느 때쯤에 바빌론은 그 기능이 마비되었을 거예요. 고고학자인가, 아무튼 어떤 사람이 와서 늘 그즈음의 연대를 강의하고는 있지만 하나도 이해를 못하겠어요. 고대 그리스나 로마 연대가 밝혀지기 전까지는 말이죠."

"당신이 바빌론의 왕이었다면 좋았을 거 같아요?"

에드워드가 심호흡을 하더니 이렇게 말했다.

"그럼요, 당연하죠."

"그럼 당신이 바빌론 왕이었던 걸로 하죠 뭐. 당신은 다시 태어났기 때문에 여기 이렇게 있는 거고요."

"그 당시에는 왕이 된다는 것이 어떤 것인지 잘 알고 있었다고요! 그랬기 때문에 그 모든 왕이 세계를 지배하고 제국을 일굴 수 있었던 겁니다."

"내가 노예였다면 좋아했을지는 모르겠어요."

빅토리아가 곰곰이 생각하면서 말을 이었다.

"기독교인 노예든지 다른 노예든지 말이에요."

"밀턴이 옳았어요. 천국에서 노예가 되느니 지옥에서 왕으로 군림하리라는 말이 있죠. 난 항상 밀턴의 『실낙원』에 나오는 사탄을 숭배해 왔어요."

"밀턴을 접할 기회는 없었어요."

빅토리아가 변명조로 말했다.

"하지만 새들러즈 웰스 극장에서 「코머스」를 본 적은 있어요. 정말 대단했죠. 마고 폰테인이 정말 얼어붙은 천사처럼 춤을 췄거든요."

"빅토리아, 당신이 노예라면요, 난 당신을 풀어 주고 내 하렘으로 당신을 데리고 갈 거예요. 저기 어디쯤이겠죠."

에드워드가 부서진 돌이 쌓여 있는 쪽 어딘가를 가리켰다.

빅토리아의 눈이 기쁨으로 반짝거렸다.

"하렘 얘기가 나와서 말인데……."

빅토리아의 말이 채 끝나기도 전에 에드워드가 물었다.

"캐서린과는 어떻게 지내고 있어요?"

"내가 캐서린 얘기 꺼내려고 했던 거 어떻게 알았어요?"

"몰라요, 맞잖아요, 그렇죠? 솔직히, 빅시, 난 당신이 캐서린과 친하게 지냈으면 좋겠어요."

"빅시라고 부르지 말아요."

"알았어요, 채링 크로스. 난 당신이 캐서린과 친구가 되었으면 좋겠다고요."

"어리석은 남자들하고는! 늘 자기 곁에 있는 여자 친구들끼리 서로서로 친하게 지내길 바라죠."

에드워드는 깍지 낀 두 손을 머리 뒤에 대고 기대 있다가 자세를 고쳐 앉았다.

"당신이 잘못 알고 있는 거예요, 채링 크로스. 어쨌든 하렘 운운한 건 정말 바보 같아요……."

"아뇨, 전혀 그렇지 않아요. 올리브 가지회에 있는 여자들은 하나같이 다들 당신을 뚫어져라 쳐다보면서 사모하고 있다고요! 그것 때문에 정말 미칠 것 같아요."

"이런이런, 난 그런 당신 모습도 좋아요. 다시 캐서린 얘기로 돌아가자면, 당신이 캐서린과 친구가 되었으면 좋겠다고 한 이유는 캐서린이 우리가 알아내고 싶어 하는 그 모든 일에 접근할 수 있는 열쇠가 분명하기 때문이에요. 뭔가 아는 게 틀림없다니까요."

"정말 그렇게 생각해요?"

"안나 셸레에 대해서 캐서린이 뭐라고 하는 말을 내가 들었다고 했던 거 기억 안 나요?"

"어머, 까맣게 잊고 있었어요."

"카를 마르크스 작전은 어떻게 되어 가고 있어요? 진전은 있어요?"

"내 곁에 오는 사람도, 날 끼워 주는 사람도 없어요. 사실 캐서린이 어제 말하길, 내가 정치 교육을 충분히 받지 못했기 때문에 자기네 모임에서 받아 주지 않을 거라고 하던걸요. 게다가 그 끔찍한 걸 읽어야 하다니……. 솔직히 에드워드, 난 그 정도로 머리가 좋진 않은 것 같아요."

에드워드가 웃었다.

"솔직히 당신이 정치 의식이 있는 사람은 아니잖아요? 가여운 채링 크로스, 괜찮아요. 아마도 캐서린이 지성, 집념, 정치 의식에 너무 집착하기 때문일 겁니다. 그래도 내가 좋아하는 사람은 세 음절 이상의 단어는 항상 철자를 틀리는 런던에서 온 귀여운 타이피스트 아가씨인걸요."

빅토리아가 갑자기 얼굴을 찡그렸다. 에드워드의 말을 듣고 있으니 래스본 박사와 했던 이상한 면담이 떠올랐기 때문이다. 빅토리아는 에드워드에게 모조리 이야기해 주었다. 에드워드는 빅토리아가 예상했던 것보다 훨씬 언짢아하는 것 같았다.

"빅토리아, 이번엔 심각해요. 정말 심각하다고요. 박사가 정확히 뭐라고 했는지 나한테 말해 봐요."

빅토리아는 최선을 다해 래스본 박사가 했던 말을 기억해 냈다.

"하지만 정말 모르겠는데요. 왜 당신이 그렇게 언짢아하는지."

그 말에 에드워드는 얼이 빠진 듯했다.

"뭐라고요? 모르겠다고요? 이번 일은 그쪽에서 당신 정체를 알아챘단 뜻이란 걸 모르겠어요? 당신한테 경고를 하고 있는 거라고요. 마음에 안 들어요, 빅토리아. 정말 마음에 안 든다고요."

에드워드는 잠시 아무 말이 없다가 신중한 투로 다시 말하기 시작했다.

"당신도 알다시피 공산주의자들은 매우 가혹해요. 어떤 일에도 주저하지 않는다는 것이 그들의 신조예요. 난 당신이 머리를 얻어맞고 티그리스 강에 던져지는 건 싫다고요."

'바빌론 옛터 한복판에 앉아 가까운 미래에 머리를 얻어맞고 티그리스 강에 던져질 것인지를 놓고 왈가왈부한다는 것이 참 이상하구나.'

반쯤 눈을 감은 채 그녀는 꿈을 꾸듯 생각했다.

'이제 일어나 보면 나는 위험한 바빌론을 무대로 멜로드라마 같은 멋진 꿈을 꾸다가 런던에서 깨어난 거겠지. 아마 그럴 거야.'

그러다가 두 눈을 꼭 감았다.

'나는 지금 런던에 있고, 이제 머지않아 자명종이 울리면 일어나서 그린홀츠 씨 사무실로 출근해야 해. 에드워드는 곁에 없을 거야……'

생각이 여기에 미치자 빅토리아는 에드워드가 정말 옆에 있는지 확인하려고 눈을 번쩍 떴다. (그리고 지난번에 바스라에서 물어보려다가 중간에 누가 말을 시키는 바람에 까먹었던 게 뭐였더라?) 다행히 꿈은 아니었다. 태양은 눈부시게, 가장 영국답지 않게 내리쬐고 있었고, 바빌론 옛터는 창백했으며 거무스름한 야자수를 배경으로 어렴풋이 반짝였다. 빅토리아에게 살짝 등을 보이고 앉아 있는 사람은 다름 아닌 에드워드였다.

'머리가 얼마나 보기 좋게 자랐는지 목 부분에서 살짝 안으로 말려 들어갔네. 햇빛에 그을려 황갈색이 된 목은 또 얼마나 멋진가. 목에 잡티 하나 없어. 칼라 닿는 부분에 물집이나 뾰루지 난 남자들이 얼마나 많은데. 예를 들어 루퍼트 경의 목에는 막 종기가 나고 있었지.'

빅토리아는 갑자기 외마디 소리를 내뱉으며 똑바로 앉았고 그동안 꾸던 백일몽은 어느새 사라졌다. 빅토리아는 굉장히 흥분해 있었다.

에드워드가 의아한 표정으로 빅토리아 쪽으로 고개를 돌렸다.

"무슨 일이에요, 채링 크로스?"

"지금 막 생각났어요. 루퍼트 크로프턴 리 경에 관해서."

에드워드가 여전히 어리둥절한 표정으로 쳐다보고 있을 때 빅토리아는 해명을 계속했는데, 솔직히 그다지 명쾌하지는 못했다.

"목에 난 종기였어요."

"목에 난 종기라고요?"

에드워드가 영문을 모르겠다는 듯 물었다.

"네, 비행기에서 그때도 말했지만 그분이 제 앞에 앉았거든요. 그분이 입었던 망토에서 모자가 흘려내렸고, 그때 봤어요. 종기를요."

"종기가 뭐가 어때서요? 아프기는 하지만 종기 안 나는 사람은 없잖아요."

"물론이죠. 하지만 중요한 건, 그날 아침 발코니에서 봤을 땐 없었다는 거예요."

"뭐가 없었다고요?"

"종기가 없었다고요. 오, 에드워드, 한번 생각해 봐요. 비행기에서는 종기가 있었는데 티오 호텔 발코니에서는 종기가 없어졌어요. 그때 그분 목은 흉터 하나 없이 깨끗했다고요. 지금 당신 목처럼."

"아마 없어졌나 보죠."

"말도 안 돼요. 그럴 리가 없다고요. 하루밖에 안 지난 데다 그 종기는 이제 막 생기고 있었거든요. 그렇게 흔적도 없이 말끔하게 사라졌을 리가 없어요. 그러니까 이제 내 말이 무슨 뜻인지 알겠죠? 그건 티오 호텔에 있던 그 남자가 루퍼트 경이 아니라는 뜻이에요."

빅토리아가 세차게 고개를 끄덕였다. 에드워드는 그녀를 빤히 쳐다보았다.

"당신은 미쳤어요, 빅토리아. 당연히 루퍼트 경이었겠죠. 종기 말고 달리 다른 점은 발견하지 못했잖아요."

"에드워드, 아직도 모르겠어요? 사실 난 그분을 제대로 본 적도 없어요. 그러니까 뭐랄까, 소위 전반적 인상만 봤던 거죠. 모자와 망토 그리고 거들먹거리는 태도가 내가 본 전부라고요. 그분은 사칭하기 딱 좋은 분일 거예요."

"하지만 대사관 사람들은 알았을 텐데……."

"그분은 대사관에 묵지 않으셨어요. 맞죠? 티오 호텔로 왔었어요. 아마 말단 서기관이나 그분을 실제로 만났던 사람들 중 1명이었을 거예요. 대사는 영국에 있죠. 게다가 루퍼트 경은 여기저기 여행하느라 영국에 있던 적이 거의 없었잖아요."

"하지만 대체 왜……."

"물론 카마이클 때문이었죠. 카마이클은 루퍼트 경을 만나 자기가 알아낸 사실을 보고하려고 바그다드로 오던 중이었어요. 애석하게도 그 둘은 전에 서로 만난 적이 없었죠. 그렇기 때문에 카마이클은 그 사람이 루퍼트 경이 아니란 사실을 몰랐을 거고 경계를 풀었겠죠. 물론 카마이클을 칼로 찌른 건 루퍼트 크로프턴, 그러니까 가짜 루퍼트 경이었고요! 오, 에드워드, 이제 모든 게 다 들어맞아요."

"하나도 못 믿겠어요. 정신 나간 소리예요. 루퍼트 경은 그 후 카이로에서 살해당했단 거 잊었어요?"

"바로 거기서 모든 일이 벌어졌던 거예요. 이제 알겠어요. 오, 에드워드, 정말 끔찍해요. 그 모든 일을 내 두 눈으로 봤다니."

"당신 두 눈으로 봤다고요? 지금 제정신이에요?"

"그 어느 때보다도요. 에드워드, 한번 들어 봐요. 헬리오폴리스에 있는 호텔에 있을 때 누군가 내 방문을 두드렸어요. 그 당시에는 내 문을 두드린 줄 알고 밖을 내다봤어요. 하지만 내 방문이 아니라 바로 옆 루퍼트 크로프턴 리 경의 방이었죠. 문을 두드렸던 사람은 승무원인가 하여튼 항공사 쪽 사람 중 하나였어요. 그 여자가 루퍼트 경한테 BOAC 사무실로 와 줄 수 있겠냐고 물었죠. 복도를 조금만 내려가면 된다면서요. 그 직후에 난 내 방에서 나왔어요. BOAC란 팻말이 달린 방을 지나쳤는데, 문이 열려 있었고, 그 안에서 루퍼트 경이 나왔어요. 그땐 그 사람이 어떤 소식 때문에 화가 나서 평소와 다르게 걷나 보다고 생각했어요. 에드워드, 이제 알겠어요? 함정이 있었던 거라고요. 대역을 맡은 사람이 만반의 준비를 하고 기다렸다가 루퍼트 경이 들어오자마자 머리를 내려치고 루퍼트 경의 대역을 맡은 사람이 대신 나간 다음 그 후부터 루퍼트 경 행세를 했던 거죠. 루퍼트 경을 카이로 어딘가에 있는 호텔 같은 데 환자로 감금해 놓고, 계속 약물을 투여하다가 대역을 맡은 사람이 카이로에 도착하자마자 죽여 버린 것 같아요.”

“정말 끝내 주는 이야기군요. 하지만 빅토리아, 당신이 전부 지어낸 얘기라는 거 다 알죠? 증거가 하나도 없잖아요.”

“종기가 증거죠…….”

“빌어먹을 종기.”

“한두 가지 증거가 더 있어요.”

“뭔데요?”

“문에 달려 있던 BOAC 팻말요. 나중에 보니까 팻말이 없어졌더라고요. BOAC 사무실이 현관 홀 반대쪽에 있다는 걸 알고는 어리둥절했던 기억이 나요. 그게 1가지 증거고, 또 있어요. 루퍼트 경의 방문을 두드렸던 승무원 말인데, 그 후 한번도 그 여자를 여기 바그다드에서 못 봤거든요. 그런데 놀랍게도 올리브 가지회에서 봤지 뭐예요? 들어오더니 캐서린하고 이야기하더라고요. 그땐 어디서 본 것 같다고만 생각했어요.”

잠시 침묵이 흐른 뒤 빅토리아가 말을 이어 나갔다.

“그러니까 다 내가 지어낸 이야기가 아니라는 사실은 인정해야 해요, 에드워드."

에드워드가 느릿느릿 말했다.

"결국 올리브 가지회와 캐서린에게로 귀착되는군요. 빅토리아, 농담이 아니라 캐서린과 더욱 가깝게 지내도록 해요. 아부도 하고, 입에 발린 말도 하고, 좌익인 척도 해 봐요. 어떻게 해서든 캐서린과 친분을 쌓은 다음 캐서린의 친구가 누구인지, 어디를 가는지, 올리브 가지회 외부인 누구와 연락을 하는지 알아내요."

"쉽지 않겠지만 노력해 볼게요. 데이킨 씨는요? 그분께 보고해야 할까요?"

"물론이죠. 단, 하루나 이틀쯤 기다려요. 더 알아낼 게 있을지도 모르니까."

이렇게 말하고 나서 에드워드가 한숨을 쉬었다.

"하루 날을 잡아 캐서린을 르 셀렉트에 데려가서 쇼라도 봐야겠어요."

이번에는 빅토리아도 심한 질투심을 느끼지 않았다. 에드워드의 말투에는 자신이 맡은 임무에서 그 어떤 쾌락도 기대하지 않는 결연함이 배어 있었기 때문이다.

II

빅토리아는 자기가 발견한 사실에 마음이 들떠 다음 날 다정한 척하면서 캐서린에게 인사하는 것이 전혀 어렵지 않았다.

"머리를 감을 수 있는 미용실을 알려 주다니 정말 친절하세요. 머리 상태가 지금 말이 아니거든요.(이 점은 부인할 수 없는 사실이었다. 빅토리아가 바빌론에서 돌아왔을 때 머리는 덕지덕지 들러붙은 모래 먼지 때문에 머리색이 붉은색에서 흙갈색으로 바뀌었기 때문이다.)"

캐서린이 악의에 가득 찬 표정으로, 그러나 한편으로 만족스러운 듯 빅토리아의 머리를 쳐다보며 말했다.

"정말 그래 보이네요. 그런데 모래 폭풍이 불었던 어제 오후에 밖에 나갔단 말이에요?"

"차를 1대 빌려서 바빌론 구경을 갔었어요. 정말 재미있기는 했는데, 돌아오는 길에 모래 폭풍이 일어서 숨도 못 쉬고 앞도 안 보여서 혼났지 뭐예요."

"바빌론, 흥미로운 곳이죠. 단, 바빌론을 아주 잘 알고 제대로 설명할 수 있는 누군가가 같이 가야 재미있어요. 머리는 오늘 밤 내가 그때 말했던 그 아르메니아 여자가 하는 미용실에 같이 가 주죠. 그 여자가 크림 샴푸를 해 줄 거예요. 정말 최고죠."

"어쩜 그렇게 머리를 멋지게 유지하세요."

빅토리아는 기름진 소시지같이 돌돌 말아 올려 답답해 보이는 곱슬머리를 감탄해 마지않는다는 듯한 눈길로 쳐다보면서 말했다.

보통 언짢은 표정을 짓기 일쑤인 캐서린의 얼굴에 미소가 번졌다.

'역시 아부를 하라는 에드워드의 말이 맞았구나!'

빅토리아와 캐서린이 그날 저녁 올리브 가지회를 떠날 때 쯤 둘의 사이는 호전되어 있었다. 캐서린은 좁다란 통로와 골목을 이리저리 누비다가 마침내 그 안에서 행해지고 있는 일이 미용이라는 사실을 전혀 짐작할 수 없는 평범한 어떤 문을 두드렸다. 그러나 문을 열고 맞아 준 사람은 평범하지만 유능해 보이는 젊은 여자였다. 여자는 느리지만 또박또박 영어를 구사했고 빅토리아를 반짝반짝 빛나는 수도꼭지와 주변에 여러 가지 병과 로션이 가지런히 놓여 있는 티끌 하나 없이 깨끗한 세면대로 안내했다. 캐서린은 자리를 떠났고 빅토리아는 걸레자루 같은 머리를 앙쿠미안 양의 노련한 두 손에 맡겼다. 얼마 지나지 않아 빅토리아의 머리는 크림색의 거품 덩어리가 되었다.

"자, 이제……."

빅토리아는 세면대 쪽으로 몸을 숙였다. 물이 머리카락 위로 흘러내리면서 배수관으로 콸콸 쏟아져 들어갔다.

갑자기 병원을 연상케 하는 익숙하면서도 약간 메스꺼운 냄새가 코를 찔렀다. 흠뻑 젖은 탈지면이 빅토리아의 코와 입을 꽉 틀어막았다. 빅토리아는 몸을 이리저리 비틀면서 강하게 저항했지만 강철같이 센 힘이 탈지면을 누르고 있었다. 숨이 막혀 오면서 머리는 어질어질했고 귓가에서는 떠들썩한 소리가 들려왔다…….

잠시 후 깊고 끝없는 암흑이 찾아왔다.

18장

 빅토리아가 의식을 회복했을 때는 아주 긴 시간이 지난 후였다. 덜컹거리는 차 안에서 빠른 아랍어로 싸우던 목소리, 눈에 직접 비쳐 번쩍이던 불빛, 심한 메스꺼움 등의 혼란스러운 기억이 뒤죽박죽 섞여 떠올랐으나, 침대에 누워 있던 자신의 팔을 누군가 들어 올려 따끔한 주사 한 방을 놓았던 일이 기억났다. 그 후에는 지금까지보다 더욱 혼란스러운 꿈과 암흑, 그리고 절박감이 뒤따랐다…….
 그래도 지금은 어렴풋하게나마 차츰 정신을 찾아 빅토리아 존스로 돌아왔다. 빅토리아 존스에게 아주 오래전에, 수개월 혹은 수년 전, 아니 어쩌면 며칠 전에 무슨 일이 일어났음이 분명했다.
 바빌론, 햇빛, 먼지, 머리, 캐서린. 그렇다. 바로 캐서린이었다. 웃고는 있지만 소시지 같은 곱슬머리 아래로 교활한 눈을 번득이던 캐서린.

'캐서린이 나를 머리 감는 곳에 데려다주었고, 그다음엔 어떻게 된 거지? 그 끔찍했던 냄새, 아직도 그 냄새가 나는 듯해 메스꺼워. 물론 클로로포름이었겠지. 나를 클로로포름으로 기절시킨 다음 납치했구나. 어디로 납치한 거지?'

빅토리아는 조심스럽게 일어나 앉아 보려고 했다. 누워 있던 침대는 아주 딱딱했고, 머리는 깨질 듯 아프고 어지러웠다. 게다가 아직 참을 수 없을 정도로 졸렸다. 그때 따끔했던 게 피하주사로 약물을 투여한 것이었다. 그래서 그런지 아직도 반쯤은 약 기운이 남아 있었다.

'어쨌든 죽이지는 않았잖아. (왜 살려 둔 거지?) 그럼 된 거지, 뭐. 지금으로서는 자는 게 최선이야.'

반쯤 약에 취한 빅토리아는 이렇게 생각하며 곧바로 잠에 빠져들었다.

다음번에 눈을 떴을 때에는 머리가 훨씬 맑아진 느낌이었다. 지금은 대낮이었기 때문에 빅토리아는 현재 위치에서 사물을 더욱 잘 분간할 수 있었다.

빅토리아는 작지만 천장이 아주 높고 수성도료를 칠해 우울하고 창백해 보이는 푸르스름한 회색 벽으로 둘러싸인 방에 있었다. 바닥은 흙을 밟아 다져 놓았다. 가구라고는 빅토리아가 더러운 담요를 덮고 누워 있는 침대와 위에 금이 간 에나멜 대야 하나, 아래에는 양철통이 하나 놓인 곧 부서질 것 같은 테이블뿐이었다. 바깥쪽에 나무 창살이 있는 창문 비슷한 것이 하나 있었다. 머리가 몹시

아프고 현기증이 났지만 빅토리아는 힘겹게 침대에서 일어나 창가로 다가갔다. 창살을 통해 바깥을 꽤 분명하게 내다볼 수 있었는데 주변에 야자수 정원이 있었다. 정원은 영국 교외에 사는 주부의 눈에는 보잘것없는 수준이었겠지만 동양의 기준으로는 꽤 괜찮은 편이었다. 정원에는 밝은 오렌지색 수국도 많이 있었고 군데군데 먼지 낀 유칼립투스 나무와 잎이 성긴 능수버들도 있었다.

얼굴에 푸른 문신이 있고 곳곳에 장식 고리를 많이 달고 있는 자그마한 아이 하나가 공을 가지고 놀면서 멀리서 들려오는 백파이프 소리와도 같은 고음의 콧소리로 노래를 불렀다.

빅토리아는 크고 육중해 보이는 문으로 주의를 돌렸다. 별 기대 없이 문 쪽으로 다가가서 열어 보았으나 역시 잠겨 있었다. 다시 침대로 돌아와 끝에 걸터앉았다.

'여기가 어디지? 바그다드가 아닌 것만은 분명해. 앞으로 나는 어떻게 해야 할까?'

빅토리아는 이런 생각을 하다가 몇 분 뒤 마지막 질문은 부적절하다는 사실을 깨달았다. 요는 '그녀'가 어떻게 할 것인가가 아니라, '다른 누군가'가 그녀에게 어떻게 할 것인가였다. 약간의 복통과 함께, 아는 대로 모조리 자백하라고 했던 데이킨의 충고가 떠올랐다. 모르긴 몰라도 빅토리아가 약 기운에 취해 있는 동안 이미 모든 정보를 빼냈을 것이 분명했다.

그래도 아직 살아 있다는 점, 이 점을 다시 떠올리며 애써 기운을 차렸다. 에드워드가 찾아낼 때까지 용케 살아남는다면. 빅토리아가 사라졌다는 사실을 알고 에드워드는 어떻게 할까? 데이킨 씨를 찾아갈까? 아님 단독으로 행동할까? 캐서린을 윽박질러서 실토하게 할까? 캐서린을 의심하기는 하는 걸까? 빅토리아가 행동에 나서는 에드워드의 모습을 떠올리며 위안을 삼으려고 하면 할수록 에드워드의 모습은 희미해지고 점점 더 얼굴 없는 추상적인 존재가 되어 버렸다. 결국 중요한 것은 에드워드가 얼마나 영리한가였다. 에드워드는 홀딱 반할 만한 남자이고 매력도 넘친다. 그러나 과연 머리도 그만큼 좋을까? 현재 빅토리아가 처한 궁지에서 벗어나려면 영리한 두뇌가 절실히 필요하기 때문에 그런 생각이 들 수밖에 없었다.

데이킨에게는 필요한 두뇌가 있다. 그러나 그에게 과연 추진력도 있을까? 어쩌면 데이킨은 빅토리아의 이름을 머릿속에 들어 있는 명부에서 밑줄을 그어 지워 버린 다음 깔끔하게 RIP(명복을!)라고 써 놓았을지도 모른다. 데이킨에게 빅토리아는 결국 무리 중 1명에 지나지 않을 것이기 때문이다. 그쪽에서는 기회를 잡았던 것이고, 운이 따라 주지 않는다면 그것으로 그만일 것이다.

'아냐, 데이킨 씨가 구출 작전을 펼칠 리는 없어. 사전에 경고를 했으니까.'

그리고 래스본 박사도 빅토리아에게 경고했었다. (경고가 아니라 협박이었던가?) 빅토리아가 협박에 굴복하지 않자 그 협박을 실행에 옮기는 데 주저함이 없었던 것이다…….

'그래도 나는 아직 살아 있잖아.'

빅토리아는 긍정적으로 생각하기로 마음먹고는 되뇌었다.

밖에서 발자국 소리가 점점 가까워지더니 녹슨 자물쇠에 커다란 열쇠를 넣고 돌리는 소리가 들렸다. 경첩이 삐걱거리더니 문이 활짝 열렸다. 들어온 사람은 아랍인이었는데 접시가 놓인 오래된 양철 쟁반을 들고 있었다.

활짝 웃는 걸로 봐서 그 아랍인은 기분이 좋은 것 같았다. 아랍어로 뭐라고 지껄이더니 쟁반을 내려놓고 자기 입을 연 다음 목구멍을 가리키며 먹는 시늉을 해 보였다. 그러더니 뒤에서 문을 다시 잠그고는 가 버렸다.

빅토리아는 흥미를 가지고 그 쟁반에 가까이 갔다. 쟁반에는 밥이 담긴 커다란 사발, 양배추롤 같은 것, 넓적한 아랍식 빵 하나가 있었다. 음식을 하나도 남김 없이 다 먹고 나니 기분이 훨씬 좋아졌다.

빅토리아는 최선을 다해서 사태를 분명하게 파악해 보려고 했다. 클로로포름으로 마취당한 다음 납치당했다. 도대체 얼마나 시간이 흐른 걸까? 그 점에 대해서는 어렴풋이 짐작만 해 볼 뿐이었다. 자다 깨다를 반복하면서 잠결에 기억해 낸 바로는 며칠 전인 것 같았다. 그녀는 바그다드에서 어디론가 옮겨졌다. 도대체 어디란 말인가? 이 점 또한 전혀 알 길이 없었다. 아랍어를 전혀 몰랐기 때문에 물어볼 수도 없었다. 장소나 이름, 날짜도 알아낼 수가 없었다.

그 뒤 지루한 몇 시간이 흘렀다.

저녁이 되자 감금자가 음식이 담긴 쟁반을 들고 다시 나타났다. 이번에는 그 남자 뒤에 여자 2명도 따라왔다. 여자들은 얼굴을 가린 채 색 바랜 검은색 옷을 입고 있었다. 방으로 들어오지는 않고 문

바로 바깥에 서 있었다. 한 여자는 품에 아기를 안고 있었다. 여자들은 낄낄거리며 그 자리에 선 채 얇은 베일 사이로 빅토리아를 관찰하고 있었다. 이들에게는 유럽 여성을 이곳에 감금하고 있다는 상황 자체가 아주 흥미롭고 재미난 모양이었다.

빅토리아는 여자들에게 영어와 불어로 말을 걸어 보았으나, 낄낄거리는 웃음만 되돌아왔다. 같은 여자끼리 의사소통을 할 수 없다니 참 이상하다고 빅토리아는 생각했다. 빅토리아는 자신이 아는 얼마 안 되는 아랍어 중 한마디를 천천히 아주 힘겹게 던져 보았다.

"엘 함두 릴라(알라에게 찬미를)."

이 말을 내뱉자마자 여자들은 아주 기뻐하면서 봇물 터지듯 말을 내뱉었다. 그러더니 격렬하게 고개를 끄덕였다. 빅토리아가 그들 쪽으로 다가가자 아랍 하수인인지 뭔지 하는 사람이 재빨리 뒤로 물러서서 빅토리아의 앞을 가로막았다. 그는 두 여자들에게 뒤로 물러서라고 손짓한 뒤 자신도 밖으로 나간 다음 문을 닫고 다시 잠갔다. 나가기 전에 그는 한마디 말을 수차례 되뇌었다.

"부크라, 부크라······."

이 말은 빅토리아도 전에 들어 본 적이 있었는데, 내일이라는 뜻이었다.

빅토리아는 침대에 앉아 곰곰이 생각해 보았다. 내일이라고? 내일, 누가 오거나 어떤 일이 벌어진다는 뜻이겠지. 내일이면 감금은 끝날 것이다. (아니, 끝나지 않을지도 모른다.) 만일 내일 감금이 끝난다면, 그녀도 끝장날지 모른다! 모든 상황을 고려할 때 빅토리아는 내일이 오는 것이 달갑지 않았다. 본능적으로 내일까지는 여기가 아닌 다른 곳에 있어야 할 것만 같았다.

하지만 그게 가능하기나 할까? 처음으로 빅토리아는 이 문제에 온 신경을 쏟아부었다. 빅토리아는 먼저 문가에 가서 문을 자세히 살펴보았다. 문으로는 어찌해 볼 도리가 없음이 분명했다. 이런 문은 머리핀으로 열 수 있는 그런 문이 아니었다. 게다가 어떤 자물쇠든지 간에 자신이 머리핀으로 열 수 있을지 그 점 또한 의심스러웠다.

이제 창문이 남았다. 빅토리아는 창문은 문보다 기대를 걸어 볼 만하다는 사실을 곧 알게 되었다. 창문을 가로막고 있는 나무 창살은 노후될 대로 노후된 상태였다. 그러나 썩은 나무 창살을 부수고 그 틈으로 나갈 수 있다 한들 상당량의 소음이 발생해서 주목을 끌 것이 분명했다. 게다가 그녀가 감금된 방은 높은 층에 있었기 때문에 어떤 재료든 이용해서 밧줄을 만들어 타고 내려가든지 발목 골절이나 기타 부상의 위험을 떠안고 뛰어내려야 했다. 책에서 보면 이불로 밧줄을 잘도 만들던데 하고 빅토리아는 생각했다. 빅토리아는 두꺼운 면 침대 덮개와 낡은 담요를 의심스러운 눈초리로 바라보았다. 침대 덮개나 담요 모두 밧줄을 만들기에는 부적합해 보였다. 게다가 침대 덮개를 찢을 도구도 없었고, 설사 담요를 찢을 수 있다손 쳐도 너무나 낡았기 때문에 자신의 무게를 감당할 수 없을 게 뻔했다.

"젠장."

빅토리아는 큰 소리로 말했다.

점점 더 탈출이라는 아이디어에 마음이 끌렸다. 빅토리아가 판단해 보건대, 감금자들은 그녀를 방에 가둬 놓았다는 자체만으로 방심하는 단순한 사람들이었다. 그들은 그녀가 지금 포로라는 단순한 이유로 탈출할 수 없을 거라 생각하고 그런 시도 자체를 예상하지 못할 것이다. 그녀에게 피하 주사를 놓고 여기로 데리고 온 자가 누구든지 간에 그자는 현재 여기 없다고 그녀는 확신했다. 그 사람이 남자든 여자든 여러 명이든 '부크라(내일)'에 오기로 되어 있다. 그들은 지시 사항만 따를 뿐 미묘한 사안은 올바르게 파악하지 못하고, 절명의 두려움에 임박한 젊은 유럽 여성이 머리를 굴려 탈출할 수 있다고는 예상하지 못하는 단순한 사람들에게 감시를 맡기고 어떤 외딴곳에 그녀를 버려 두고 갔다.

"어떻게든 여기서 빠져나가야지."

빅토리아는 스스로 다짐하듯 말했다.

그녀는 테이블로 다가가서 새로 가져온 음식을 다 먹어 치웠다. 되도록이면 힘을 보충해 두는 편이 나을 것이기 때문이다. 이번에도 밥이 나왔고, 오렌지 약간, 밝은색 오렌지 소스에 버무린 고기가 약간 곁들여 있었다.

빅토리아는 모조리 먹어 치운 다음 물까지 마셨다. 물 주전자를 테이블에 내려놓을 때 테이블이 약간 기우뚱하더니 물이 바닥에 쏟아졌다. 물이 떨어진 바닥의 흙은 금세 진창이 되었다. 이것을 보자마자 항상 활발하게 돌아가는 빅토리아 존스의 머릿속에서 아이디어가 하나 떠올랐다.

문제는 감금자들이 문 밖 자물쇠에 열쇠를 꽂아 두고 갔느냐 하는 것이었다.

지금 해가 지고 있으니까 곧 어두워질 것이다. 빅토리아는 문 쪽으로 다가가서 무릎을 꿇고 커다란 열쇠 구멍을 들여다보았다. 깜깜했다. 이제 필요한 것은 연필이나 만년필 촉같이 쑤셔 볼 수 있는 도구였다. 매우 아쉽게도 그녀의 핸드백은 압수당하고 없었다. 그녀는 얼굴을 찡그리며 방 안을 둘러보았다. 테이블 위에 있는 유일한 쇠붙이라고는 커다란 숟가락밖에 없었다. 이 숟가락은 나중에는 쓸모 있을지 몰라도 지금 당장은 쓸모가 없었다. 빅토리아는 앉아서 열심히 궁리해 보았다. 잠시 후 그녀는 탄성을 지르더니 자신의 구두 한쪽을 벗어서 힘겹게 안쪽 가죽 구두창을 벗겨냈다. 그런 다음 구두창을 단단하게 돌돌 말았더니 그런 대로 쓸 만해졌다. 빅토리아는 문가로 다시 가서 쪼그리고 앉은 다음 열쇠 구멍을 열심히 쑤셔 댔다. 다행히 커다란 열쇠가 자물쇠에 느슨하게 꽂혀 있었다. 이제 3~4분 뒤면 노력이 결실을 맺어 열쇠가 바깥 바닥에 떨어질 것이다. 흙바닥이라서 소리도 크게 나지 않을 것이다.

빅토리아는 완전히 어두워지기 전에 서둘러야겠다고 생각했다. 물 주전자를 가져와 열쇠가 떨어질 것으로 짐작되는 부분과 최대한 가까운 문틀 바닥 부분에 조심스럽게 물을 약간 부었다. 그런 다음 숟가락과 손가락으로 쏟아 부은 물 때문에 생긴 진흙을 떠내고 파헤쳤다. 물 주전자에서 물을 조금씩 부어 가며 흙을 파낸 끝에 이제 문 밑에 낮은 구덩이가 생겼다. 엎드려서 그 구덩이를 통해 내다보려 했지만 쉽지가 않았다. 그러나 소매를 걷어붙이면 손과 팔의 일부가 문 밖에 닿는다는 것을 알게 되었다. 손가락으로 더듬더듬 찾다가 마침내 손가락 끝에 뭔가 금속성의 감촉이 느껴졌다. 열쇠의 위치는 찾았지만 그것을 더 가까이 끌어당길 수 있을 정도로 팔을 뻗을 수가 없었다. 이제 해야 할 일은 끊어진 드레스 어깨 끈을 지탱하고 있던 옷핀을 빼는 것이었다. 옷핀을 구부려서 갈고리 모양으로 만든 다음 그것을 쐐기 모양으로 자른 빵에 넣고 다시 엎드려 열쇠를 낚기 시작했다. 뜻대로 되지 않아 막 울음이 나려는 찰나, 갈고리 모양의 옷핀에 열쇠가 걸렸다. 손가락이 닿는 곳까지 잡아끈 다음 진창 구덩이 사이로 끌어당겨 자신이 있는 쪽으로 오게 했다.

빅토리아는 다리를 뻗고 앉아 자신의 천재성에 감탄해 마지않았다. 진흙투성이 손에 열쇠를 꼭 쥐고는 일어나서 자물쇠에 꽂았다. 근처 이웃집에서 짖어 대는 들개들의 합창 소리가 들려오기를 기다렸다가 열쇠를 돌렸다. 문을 밀자 그대로 약간 열렸다. 조심스럽게 열린 틈 사이를 내다보았다. 밖에는 또 다른 작은 방이 하나 있었는데 맞은편에 있는 문은 열려 있었다. 빅토리아는 잠깐 기다렸다 까치발로 방을 가로질러 갔다. 바깥 방에는 천장에 크게 뚫린 구멍이 여러 개 있었고 바닥에도 한두 개 구멍이 파져 있었다. 건너편에 있는 문은 집 측면에 딸린 엉성한 흙벽돌 계단 꼭대기로 나 있었는데, 계단 아래는 정원이었다.

이것이 빅토리아가 본 전부였다. 그녀는 발꿈치를 들고 원래 감금되어 있던 곳으로 돌아갔다. 오늘 밤에는 그녀가 있는 곳으로 누군가가 올 가능성이 희박했다. 그렇더라도 어두워져서 촌락인지 읍인지 알 수 없으나 어쨌든 이곳 주민들이 모두 잠들 때까지 기다렸다가 나가기로 했다.

빅토리아가 하나 눈여겨봐 둔 것이 있었다. 그것은 바로 바깥 문 근처에 쌓여 있던 형태를 알 수 없는 찢어진 검은 천이었다. 아마도 낡은 아바(아라비아 사람의 소매 없는 옷—옮긴이)인 것 같았는데, 나중에 자신의 서구식 복장을 가리는 데 유용할 것 같았다.

얼마나 기다렸는지 모른다. 아무튼 빅토리아에게는 끝없이 길게만 느껴지는 시간이었다. 마침내 현지인들이 내는 크고 작은 소음들이 잦아들었다. 저 멀리서 축음기인지 레코드플레이어인지에서 울려 퍼지던 아랍 노랫소리도 그쳤고, 귀에 거슬리는 쉰 목소리와 가래 뱉는 소리도 멈췄으며, 멀리서 새된 소리로 깔깔거리는 여자들의 웃음소리도, 아이의 울음소리도 그쳤다.

마침내 자칼의 것으로 추정되는 울부짖는 소리와 여느 때처럼 밤새도록 간헐적으로 들려오는 개 짖는 소리만이 들려왔다.

"자, 이제 가는 거야!"

빅토리아는 이렇게 중얼거리며 자리에서 일어났다.

잠깐 동안 숙고한 끝에 빅토리아는 자신이 갇혀 있던 방의 방문을 밖에서 잠그고 열쇠는 자물쇠에 그대로 꽂아 두었다. 그런 다음 어둠 속을 더듬더듬 헤매어 바깥방으로 가로질러 가서는 검은색 천 쪼가리를 집어 들고 흙벽돌 계단 꼭대기로 갔다. 달이 떠 있기는 했지만 낮게 드리워져 있었다. 그러나 빅토리아가 길을 찾아가기에는 충분한 정도의 빛을 뿜고 있었다. 빅토리아는 살금살금 계단을 내려오다가 밑에서 네 번째 계단쯤에서 멈췄다. 여기가 정원을 둘러싸고 있는 흙벽돌 담벼락과 수평을 이루는 곳이었다. 계단을 계속 내려가면 집의 측면을 지나가야 했다. 아래층에 있는 방에서 코를 고는 소리가 들렸다. 담장으로 올라가 그 위로 걸어가는 편이 더 나을 것 같았다. 담장이 걸을 수 있을 만큼 두꺼웠기 때문이다.

빅토리아는 후자의 방법을 택하기로 하고 신속하게, 그러나 다소 위태롭게 담장이 직각을 이루는 부분에 발을 디뎠다. 여기가 야자수 정원인 것 같았고, 어느 지점에선가 담장이 낮아지고 있었다. 빅토리아는 거기서 길을 찾아 반은 뛰어내리다시피 하고 반은 미끄러지다시피 해서 밑으로 내려왔다. 잠시 후 야자수 나무 사이를 빠져나가 멀리 저편의 담벼락에 벌어져 있는 틈새 쪽으로 향했다. 그러자 원시적인 느낌의 좁은 길이 나왔는데, 자동차는 지나갈 수 없어도 당나귀가 지나가기에는 충분했다. 길 양쪽에는 흙벽돌 담장이 있었다. 빅토리아는 되도록 빠른 걸음으로 걸었다.

이제 개들이 사납게 짖어 대기 시작했다. 어떤 엷은 황갈색 들개 2마리는 문간에서 빅토리아를 보고 으르렁거리며 다가왔다. 빅토리아는 벽돌 부스러기를 한 움큼 집어 들어 그쪽을 향해 던졌다. 그러자 개들은 깨갱거리더니 달아났다. 빅토리아는 계속해서 속력을 냈다. 모퉁이를 돌자 큰길이 나왔다. 좁고 바퀴 자국으로 매우 울퉁불퉁하기는 했지만 달빛 아래 모든 것이 창백해 보이는 흙벽돌 가옥으로 이루어진 마을 사이로 나 있었다. 야자수가 담장 너머로 슬쩍 보였고 개들이 으르렁거리거나 짖어 댔다. 빅토리아는 심호흡을 하고 계속 달렸다. 개들이 계속 짖어 댔지만 이 밤의 도망자에게 관심을 보이는 인간은 1명도 없었다. 머지않아 빅토리아는 흙탕물 개천이 있는 넓은 공터에 도달했는데, 여기에는 곱사등 모양의 오래된 다리가 하나 있었다. 다리 너머에는 끝도 없어 보이는 공간을 향해 도로인지 길인지가 나 있었다. 빅토리아는 숨이 가빠질 때까지 무작정 달렸다.

마을은 이제 저 뒤에 있었다. 달은 하늘 높이 떠 있었다. 사방을 둘러봐도 사람이 살았던 흔적이라고는 전혀 없는 돌바닥뿐이었다. 평평해 보였지만 실은 약간의 기복이 있었다. 자세히 보니 이정표라고는 전혀 없어서 어디로 가는 길인지 알 수가 없었다. 별자리도 잘 몰라서 동서남북 어디로 향하고 있는지조차 알 수 없었다. 이렇듯 광막한 황무지는 뭔가 알 수 없는 두려움을 주었지만, 그렇다고 되돌아갈 수는 없는 노릇이었다. 앞으로 나아갈 수만 있을 뿐.

숨을 돌리려고 잠깐 멈추었다. 어깨 너머를 돌아보니 야반도주가 들통 난 것 같지는 않았다. 다시 빅토리아는 알 수 없는 곳을 향해 시속 5.5킬로미터로 꾸준히 걷기 시작했다.

마침내 새벽이 찾아왔으나 몸은 지칠 대로 지쳐 있었고 발은 욱신거려서 히스테리를 일으키기 직전이었다. 날이 밝은 정도로 보건대 대충 남서쪽으로 향하고 있는 것 같기는 했지만, 자신의 현재 위치를 몰랐기 때문에 그 발견마저도 아무 쓸모가 없었다.

저 앞 길가에 아담한 언덕인지 산인지가 있었다. 빅토리아는 길에서 벗어나 꽤 가파른 언덕 꼭대기까지 올라갔다.

그곳에 서서 이 나라를 한눈에 내려다보고 있자니 원인 모를 두려움이 다시금 엄습해 왔다. 사방 어디를 둘러봐도 아무것도 없었다. 이른 아침 햇살 속의 경치는 더할 나위 없이 아름다웠다. 여러 모양의 그림자가 드리워진 지면과 지평선은 살구빛과 크림색 그리고 분홍색이 뒤섞인 희미한 파스텔 톤의 어스름 속에서 빛나고 있었다. 아름다웠지만 동시에 두렵기도 했다.

'이제야 알겠어. 세상에 홀로 남겨진 느낌을······.'

여기저기 잡초가 무성하게 자라 거무스름하게 엉겨 붙어 있었고 말라붙은 가시관목도 있었다. 그 외 경작을 한 흔적이나 생명의 흔적은 전혀 없고 오로지 빅토리아 존스만이 있었다.

도망쳐 나온 마을은 이제 보이지도 않았다. 왔던 길을 돌아보니 끝없는 황무지로 이어져 있었다. 감금되어 있던 마을도 보이지 않을 정도로 이렇게 멀리 걸어왔다는 사실이 빅토리아 자신도 믿기지 않았다. 잠깐 동안 패닉 상태에 빠진 나머지 돌아가고 싶은 생각까지 들었다. 어떻게든 다시 인간 세상에 닿아야 했다.

빅토리아는 정신을 가다듬고 생각을 하기 시작했다. 도망치기로 마음먹었고 도망에 성공했지만 감금자로부터 몇 킬로미터 도망쳤다고 해서 문제가 끝난 것은 아니었다. 낡고 다 무너져 가는 자동차일지언정 지금까지 빅토리아가 도망쳐 온 거리쯤은 금방 따라잡을 것이다. 도망친 사실이 발각되면 그 즉시 누군가가 잡으러 올 것이다. 그렇게 되면 도대체 어디에 숨을 것인가. 숨을 데라곤 전혀 없는 이곳에서. 도망칠 때 들고 나온 검은색 낡은 아바가 아직 있기는 했다. 시험 삼아 그 아바를 뒤집어쓰고는 앞자락을 잡아당겨 얼굴을 가려 보았다. 그러나 거울이 없었기 때문에 어떻게 보일는지는 알 길이 없었다. 유럽 신발과 스타킹을 벗고 맨발로 다니면 의심의 눈초리는 피할 수 있을 것이다. 아무리 초라하고 가난해 보여도 정숙하게 얼굴을 가리고 다니는 아랍 여성에게는 접근하지 못한다는 것을 빅토리아도 알고 있었다. 얼굴을 가린 여자에게 남자가 말을 거는 것은 예의에 어긋나는 행동이기 때문이다. 그러나 차를 타고 그녀를 쫓고 있을 서양인들의 눈에도 이처럼 엉성한 변장이 과연 통할 것인가? 어쨌든 기대를 걸어 보는 수밖에 없었다.

지금으로서는 너무 지쳐서 더 이상 걸을 수도 없었다. 게다가 너무나 목이 말라서 아무것도 할 수가 없었다. 지금 상황에서 최선책은 일단 이 낮은 산에 누워 쉬는 것밖에 없었다. 차 오는 소리도 들을 수 있고 지금 있는 낮은 산의 한쪽 면에 움푹 팬 골짜기 쪽으로 납작하게 엎드려 있으면, 그 차 안에 누가 타고 있는지도 볼 수 있을 것이다.

낮은 산을 돌아 뒤쪽으로 이동하면 길가에서 안 보이게 숨을 수도 있을 것이다.

그러나 가장 절실한 것은 문명 세계로 돌아가는 것이고, 빅토리아가 아는 한 문명 세계로 돌아갈 수 있는 유일한 방법은 유럽인이 타고 있는 자동차를 세워서 태워 달라고 부탁하는 것이었다.

그러나 유럽이라고 해도 그 유럽인이 적이 아닌지 확인해야만 한다. 그러나 도대체 어떻게 그 점을 확인할 수 있단 말인가?

이 점을 고민하다가 빅토리아는 힘든 도보 여행과 극도의 피로감에 휩싸여 자기도 모르게 잠이 들어 버렸다.

눈을 떴을 때는 해가 중천에 걸려 있었다. 날은 덥고 온몸은 뻐근하고 머리는 어지러웠다. 목이 마르다 못해 이제는 끔찍한 고문을 받고 있는 것처럼 느껴지기까지 했다. 빅토리아는 끙끙거리며 신음했다. 말라비틀어지고 갈라진 입술 사이로 신음을 흘리다가 갑자기 온몸을 긴장하면서 귀를 쫑긋 세웠다. 희미하기는 하나 분명 자동차 소리가 들렸던 것이다. 빅토리아는 아주 조심스럽게 고개를 들었다. 자동차는 빅토리아가 감금당했던 마을에서 오고 있는 것이 아니라 그쪽을 향해 가고 있었다. 즉, 그 자동차는 자신을 추적하는 중이 아니라는 뜻이었다. 자동차는 길 저만치에서 아직 작은 까만 점으로 보일 뿐이었다. 여전히 엎드려서 몸을 최대한 숨긴 채 빅토리아는 자동차가 점점 가까워지는 것을 지켜보았다. 지금 이 순간 쌍안경이 있으면 좋으련만!

자동차는 땅이 꺼진 부분에서 몇 분 동안 시야에서 사라지더니 그리 멀지 않은 곳에서 경사면을 오르며 다시 나타났다. 운전사는 아랍인이었고 그 옆에 탄 사람은 유럽식 옷을 입고 있는 남자였다.

'이제는 결정을 내려야 해.'

저 자동차는 빅토리아에게 기회일까? 길가로 뛰어 내려가서 세워 달라고 해야 할까?

길가로 뛰어 내려가서 세워 달라고 하려던 찰나, 원인 모를 불안감이 엄습하여 그 자리에 그대로 멈추었다. 만에 하나 저 자동차에 적이 타고 있으면 어쩌지?

결국 자동차가 적군의 것인지 아군의 것인지 빅토리아로서는 알 수 없는 문제였다. 그러나 이 길이 인적이 드문 길인 것만은 확실했다. 다른 차가 지나가는 것을 보지 못했기 때문이었다. 화물차도, 하다못해 당나귀 행렬도 없었다. 저 자동차는 빅토리아가 간밤에 도망쳐 나온 그 마을을 향해 가고 있는 것인지도 몰랐다…….

어떻게 하면 좋을까? 짧은 순간에 내려야 할 결정치고는 너무나 가혹했다. 적군의 차라면 그것으로 모든 게 끝일 것이다. 반대로 아군의 차라면 유일한 생존 희망일지 모른다. 이런 식으로 계속 헤매다가는 아마 갈증과 일사병으로 죽게 될 것이다. 어떻게 하면 좋단 말인가?

이러지도 저러지도 못하고 웅크린 채로 있는데 점점 가까워지고 있는 자동차의 엔진 소리가 달라졌다. 속도를 늦추는가 싶더니 방향을 바꾸고는 길을 벗어나 돌바닥을 가로질러 빅토리아가 쪼그리고 앉아 있는 언덕 쪽을 향하는 것이 아닌가!

'들켰구나! 날 찾던 차였나 봐!'

빅토리아는 도랑을 주르륵 미끄러져 내려갔다가 점점 가까워지는 자동차를 피해 산 뒤쪽으로 엉금엉금 기어갔다. 곧이어 자동차가 멈추고 문이 닫히는 소리가 나더니 누군가가 내렸다.

그 누군가가 아랍어로 뭔가를 말했다. 그 후 아무 일도 일어나지 않더니, 갑자기 아무 경고도 없이 어떤 남자가 시야에 들어왔다. 그는 빅토리아가 숨어 있던 언덕 주변을 걸어서 반쯤 올라왔다. 남자의 시선이 땅바닥에 꽂히더니 가끔씩 상체를 구부리고는 뭔가를 줍고 있었다. 무엇을 찾고 있는지는 몰라도 빅토리아 존스라는 이름의 여자는 아닌 것 같았다. 게다가 남자는 영국인이 틀림없었다.

빅토리아는 안도의 한숨을 내쉬며 사력을 다해 일어서서 그 사람 쪽으로 다가갔다. 남자는 고개를 쳐들고는 깜짝 놀란 얼굴로 쳐다보았다.

"제발 도와주세요. 당신을 만나게 돼서 천만다행이에요."

그러나 남자는 아직 뚫어지게 쳐다만 볼 뿐이었다.

"도대체……."

이렇게 말문을 연 남자가 말을 이어 갔다.

"당신 영국인입니까? 하지만……."

갑자기 웃음보가 터진 빅토리아가 몸을 둘러싸고 있던 아바를 벗어 던졌다.

"물론 영국인이죠. 부탁인데 바그다드까지 저를 좀 데려다주시겠어요?"

"바그다드에 가는 중이 아닙니다. 지금 막 바그다드에서 오는 길이지요. 도대체 여기 사막 한가운데서 뭐하고 계신 겁니까?"

"전 납치당했었어요. 머리를 감으려고 미용실에 갔는데 저한테 클로로포름을 맡게 했어요. 그러다가 일어나 보니 저기 어느 마을에 있는 아랍 사람 집에 있었고요."

빅토리아가 숨도 쉬지 않고 말하면서 지평선 쪽을 가리켰다.

"만달리 말입니까?"

"마을 이름은 모르겠어요. 어쨌든 어젯밤 탈출했답니다. 밤새 걸어서 이 언덕 뒤에 숨어 있었어요. 당신이 적일지도 모르니까요."

빅토리아의 구세주는 알 수 없는 표정을 지으며 그녀를 뚫어지게 쳐다만 봤다. 그는 35세가량에 다소 건방져 보이는 인상의 금발 남자였다. 말투는 학구적이고 정확했다. 그는 코안경을 꺼내 쓰더니 못 미덥다는 표정으로 빅토리아를 안경 너머로 빤히 쳐다보았다. 빅토리아는 이 남자가 지금 자기가 하는 말을 한마디도 믿지 못하고 있다는 사실을 깨달았다.

그녀는 즉시 분개 태세에 돌입했다.

"모두 사실이라고요. 한마디 한마디 모두 다!"

낯선 남자는 더욱더 못 믿겠다는 표정으로 빅토리아를 쳐다보며 싸늘하게 말했다.

"정말 대단한 이야기군요."

절망이 엄습해 왔다. 늘 그럴듯한 거짓말을 잘도 해 왔건만 하필 있는 그대로의 진실을 말할 때 설득력이 달리다니 얼마나 억울한 일인가! 사실만을 말하는데도 서툴게, 그것도 확신 없이 말해서 그런 것 같았다.

"지금 물을 마시지 못한다면 저는 목이 말라서 죽고 말 거예요. 절 여기 버려 두고 가신다고 해도 어차피 목이 말라서 죽게 되겠죠."

"당연히 그럴 생각은 없습니다."

낯선 남자가 딱딱한 어조로 말했다.

"영국 여자가 이런 황야에서 혼자 헤매다니 정말 있을 수 없는 일입니다. 게다가 입술이 완전히 갈라졌어요…… 압둘."

"사힙?"

언덕 반대편에서 운전사가 나타났다.

남자가 아랍어로 내린 지시 사항을 받자마자 운전사는 자동차 쪽으로 달려가더니 곧 커다란 보온병과 플라스틱 컵을 가지고 돌아왔다.

빅토리아는 물을 벌컥벌컥 들이켰다.

"아! 이제 좀 낫네요."

"저는 리처드 베이커라고 합니다."

영국인 남자의 말에 빅토리아도 신원을 밝혔다.

"전 빅토리아 존스라고 해요."

곧이어 불리했던 입지를 다지고 상대방의 불신을 존경해 마지않는 관심으로 바꿔 놓을 요량으로 다음과 같이 말했다.

"폰스풋 존스, 제 큰아버지이신 폰스풋 존스 박사님의 발굴 작업 현장으로 가는 길이랍니다."

"이런 기막힌 우연이!"

베이커가 깜짝 놀란 얼굴을 하고 빅토리아를 뚫어져라 쳐다보았다.

"저도 지금 발굴 현장으로 가는 중입니다. 여기서 25킬로미터밖에 떨어져 있지 않습니다. 마침 제가 구해 드려서 다행이네요. 그렇죠?"

이럴 때 깜짝 놀랐다는 말은 상황을 부드럽게 표현한 것이리라.

빅토리아는 완전히 까무러칠 뻔했다. 너무나 놀란 나머지 더 이상 한마디도 할 수가 없었다. 빅토리아는 말없이 고분고분하게 따라가서 차에 올라탔다.

"그럼 인류학자시겠군요."

빅토리아가 뒷좌석에 앉을 수 있도록 잡다한 짐들을 치우면서 리처드가 말했다.

"오신다는 말씀은 들었지만, 이렇게 빨리 오실 줄은 몰랐습니다."

리처드는 자기 주머니에서 꺼낸 여러 가지 질그릇 조각들을 정리하면서 한동안 서 있었는데, 빅토리아가 보니 아까 그 언덕 바닥에서 주웠던 것들이었다.

"평범한 텔(서남아시아에서 소아시아, 이집트 일부에 걸쳐 형성된 선사시대부터 역사시대 초기까지의 유적군 — 옮긴이) 같더군요."

아까 빅토리아가 숨어 있던 언덕을 가리키며 리처드가 말했다.

"지금까지는 특별한 것이 없었어요. 대개는 아시리아 후기 것이고, 파르티아 것 약간, 그리고 원형이 꽤 잘 보존된 카시트 시대 원형 토대가 좀 보이더군요."

리처드가 웃으면서 말을 이었다.

"아주 곤란한 상황이기는 했지만 텔을 보라고 당신의 고고학적 본능이 그리로 이끌었나 봅니다."

빅토리아는 뭐라고 말을 하려고 하다가 다시 입을 다물었다. 운전사가 클러치를 밟고 시동을 걸어서 차를 출발시켰다.

무슨 말을 할 수 있겠는가? 발굴대에 도착하자마자 거짓말은 들통날 것이다. 그렇더라도 허허벌판에서 리처드 베이커한테 실토하느니 발굴대에 도착해서 들통 나는 편이 백배 나을 것이다. 최악의 사태가 벌어지더라도 바그다드로 쫓겨나기밖에 더 하겠는가.

'난 구제 불능인가 봐. 거기 도착하기 전에 그럴 듯한 변명거리를 생각해 내야 할 텐데.'

그때부터 빅토리아의 활발한 상상력은 가동에 들어갔다.

'기억 상실? 어떤 여자랑 함께 여행 중이었는데 그 여자가 나한테…… 아냐, 그냥 다 털어놓아야 할까 봐.'

폰스풋 존스 박사가 어떤 사람이든 간에 빅토리아는 눈썹을 추켜올리면서 사람을 얕보는 데다 사실을 있는 그대로 말해 줘도 믿어 주지 않았던 리처드 베이커보다는 그분한테 털어놓고 싶었다.

앞좌석에서 고개를 돌리며 베이커가 말했다.

"바로 만달리로 가지는 않을 겁니다. 옆길로 빠져서 앞으로 1.5킬로미터쯤 사막으로 갈 겁니다. 이정표가 없어서 목적지를 정확하게 찾기는 쉽지 않겠지만요."

곧이어 그는 압둘에게 뭐라 일렀고 차는 급히 길에서 벗어나 곧장 사막을 향했다. 빅토리아가 볼 때는 지표로 삼을 이정표도 없는데 리처드 베이커는 압둘에게 손짓으로 "여기서 오른쪽으로, 여기서 왼쪽으로." 하며 방향을 가리켜 주고 있었다. 얼마 지나지 않아 리처드는 만족스러운 듯 탄성을 질렀다.

"바로 여기야."

빅토리아는 어디를 말하는 건지 알 수 없었지만 이내 군데군데 바퀴가 지나간 흔적을 희미하게나마 볼 수 있었다.

바퀴 자국이 그나마 선명했던 곳을 지날 때, 리처드가 탄성을 지르더니 압둘에게 멈추라고 지시했다.

리처드가 빅토리아에게 말했다.

"여기 당신에게 보여 줄 흥미로운 광경이 있어요. 이 나라에 처음 왔으니까 아마 본 적이 없을 겁니다."

두 남자가 바퀴 자국이 교차한 부분을 지나 자동차 쪽으로 다가왔다. 한 사람은 등에 짧은 나무 의자를 지고 있었고, 또 한 사람은 직립형 피아노 크기의 나무로 된 물건을 지고 있었다.

리처드가 큰 소리로 부르자 그들은 활짝 웃으며 답례했다. 리처드가 담배를 건네자 그들 사이에서는 유쾌한 파티 분위기가 조성되는 듯했다.

잠시 후 리처드가 빅토리아를 보며 말했다.

"영화 좋아해요? 곧 여기서 영화를 보게 될 겁니다."

리처드가 두 남자에게 뭐라고 말하자 두 남자는 환하게 웃었다. 그들은 의자를 설치하더니 빅토리아와 리처드에게 앉으라고 손짓했다. 그러더니 스탠드같이 생긴 곳에 원형 장치를 세웠다. 이 장치에는 2개의 눈구멍이 있었는데 빅토리아는 그 기계를 보고 큰 소리로 말했다.

"부둣가에서 봤던 거랑 비슷해요. '집사가 본 것(What the butler saw. 예전에 활동사진 영사기를 일컫던 별칭 — 옮긴이)' 말이에요."

"맞아요. 그것보다 좀 더 원시적인 형태죠."

빅토리아가 앞면이 유리로 된 구멍에 눈을 갖다 대자 한 사람이 손잡이인지 핸들인지를 천천히 돌리기 시작했고, 다른 한 사람은 단조로운 노래를 흥얼거리기 시작했다.

"저 사람이 뭐라는 거죠?"

빅토리아가 물었다.

리처드는 단조로운 가락의 노래가 이어지는 동안 계속 번역을 해 주었다.

"가까이 와서 큰 경이로움과 기쁨을 맞을 준비를 하시라. 고대의 불가사의를 목도할 준비를 하시라."

밀을 수확하고 있는 흑인들을 조잡하게 채색한 그림이 빅토리아의 시선에 들어왔다.

"미국의 농부들."

리처드가 번역한 내용을 알려 주었다.

곧이어 또 다른 그림이 나왔다.

"서양의 위대한 샤(이란에서 사용하는 국왕의 존칭 — 옮긴이)의 부인인 왕비."

그러자 외제니 황후가 억지웃음을 지으며 긴 고수머리를 만지작거리는 모습이 나왔다. 몬테네그로에 있는 왕의 궁전 그림, 만국박람회 그림도 나왔다.

갖가지 이상한 그림들이 연달아 죽 나왔는데, 서로 전혀 연관도 없었고 가끔씩 이상한 설명이 곁들여졌다.

빅토리아 여왕의 부군인 앨버트 공, 디즈레일리, 노르웨이의 피오르드, 스위스에서 스케이트를 타고 있는 사람들이 먼 옛날의 이 기묘한 여행을 마무리했다.

연사는 다음과 같은 말을 남기며 자신의 해설을 끝마쳤다.

"지금까지 여러분을 외국과 만리타향에 있는 고대의 불가사의로 모셨습니다. 지금까지 보신 불가사의에 걸맞은 기부금을 내주시면 감사하겠습니다. 지금 보신 것은 모두 꾸밈없는 사실입니다."

이제 끝이 났다. 빅토리아는 만면에 미소를 지으며 말했다.

"정말 신기했어요! 보지 않았으면 못 믿었을 거예요."

이동 영화관의 주인들은 자부심이 가득한 미소를 짓고 있었다. 빅토리아가 긴 의자에서 일어나자, 의자의 반대쪽 끝에 앉아 있던 리처드가 땅바닥에 다소 우스꽝스러운 자세로 내동댕이쳐졌다. 빅토리아는 사과했지만 속으로는 고소하다고 생각했다. 리처드가 이동 영화관 주인들에게 사례를 하자 정중한 작별 인사와 서로의 건강을 묻는 말들이 오갔고, 각자에게 신의 가호를 빌어 주고는 헤어졌다. 리처드와 빅토리아는 다시 자동차로 돌아갔고 이동 영화관 사나이들은 사막 가운데로 터벅터벅 걸어갔다.

"저 사람들은 이제 어디로 가는 건가요?"

"전국 방방곡곡을 돌아다닐 겁니다. 저도 사해에서 암만으로 돌아가던 중 트란스요르단에서 처음 만났답니다. 지금은 케르벨라로 간다더군요. 물론 케르벨라까지 인적이 드문 길을 택해서 외딴 마을에서도 상영할 겁니다."

"도중에 누군가 저 사람들을 태워 주겠죠?"

리처드가 웃음을 터뜨렸다.

"태워 준대도 안 탈 겁니다. 바스라에서 바그다드로 걸어가던 노인에게 태워 드리겠다고 한 적이 있었죠. 얼마나 걸릴 것 같냐고 여쭤 봤더니 몇 달쯤 걸릴 거라더군요. 그래서 차에 타시면 당일 저녁에 도착할 수 있을 거라고 말씀드렸는데, 고맙긴 하지만 안 타겠다고 하셨어요. 그분은 2달이 걸려도 상관없다는 거죠. 여기서 시간은 아무런 의미가 없으니까요. 일단 그런 의식을 갖게 되면 이상하게도 마음이 편안해지죠."

"무슨 말인지 알 것 같아요."

"아랍 사람들은 우리 서양인이 너무 서두르는 걸 잘 이해 못 합니다. 단도직입적으로 대화하는 관습도 굉장히 무례하게 생각해요. 대화를 하려면 둘러앉아 1시간가량은 이런저런 일상다반사를 나누거나, 본인이 원하면 아무 말도 하지 않아도 되지요."

"런던 사무실에서 그런 식으로 말했다간 이상한 취급을 받을 거예요. 시간을 낭비한다고 생각할 테니까요."

"맞아요. 우린 여기서 중요한 문제에 다시 직면하는 겁니다. 과연 시간이란 무엇인가? 낭비란 무엇인가?"

빅토리아는 그런 질문에 대해 곰곰이 생각해 보았다. 자동차는 여전히 알 수 없는 곳을 향해 나아가고 있었으나 제 갈 길은 분명히 알고 있는 듯했다.

마침내 빅토리아가 물었다.

"여기가 어디죠?"

"텔 아스와드 말입니까? 사막 한가운데라고 할 수 있죠. 이제 곧 지구라트(고대 바빌로니아, 아시리아의 피라미드 형태의 신전 — 옮긴이)를 보게 될 겁니다. 우선은 왼쪽을 보세요. 거기 그쪽, 제가 가리키는 쪽 말이에요."

"구름인가요? 산은 아닐 테고."

"아니, 산 맞아요. 눈 덮인 쿠르디스탄 산지죠. 아주 맑은 날에만 볼 수 있답니다."

꿈같은 만족감이 빅토리아를 휘감았다. 이렇게 언제까지나 차를 타고 달릴 수만 있다면. 한심한 거짓말쟁이가 아니었으면. 곧 다가올 불쾌한 결말을 생각하자 빅토리아는 아이처럼 주눅이 들었다.

'폰스풋 존스 박사는 어떤 분일까? 키가 크고 기다란 회색 콧수염을 기른 사나운 분일 거야. 신경 쓰지 말자. 폰스풋 박사가 얼마나 화를 낼지 몰라도 어쨌든 캐서린하고 올리브 가지회 그리고 래스본 박사 손아귀에서 벗어났잖아.'

"여기 있었군요."

리처드가 말하면서 앞을 가리켰다. 빅토리아는 머나먼 지평선에서 살짝 올라온 작은 점 같은 것을 볼 수 있었다.

"꽤 멀리 떨어진 거 같아요."

"아니에요. 몇 킬로미터만 가면 보일 겁니다."

그 작은 점은 놀라운 속도로 커져서 처음에는 물방울만 해지더니 언덕이 되었다가 마침내는 커다랗고 인상적인 텔이 되어 있었다. 한 옆에는 흙벽돌로 만든 기다랗게 쭉 뻗은 건물이 하나 있었다.

"저기가 발굴단 숙소입니다."

개들이 짖는 가운데 그들은 요란하게 자동차를 세웠다. 흰색 로브를 입은 하인들이 달려 나와 환한 미소로 맞아 주었다.

서로 인사를 주고받고 나서 리처드가 말했다.

"하인들도 당신이 이렇게 일찍 오리라고는 예상 못 한 게 분명하군요. 그래도 곧 숙소를 마련해 줄 겁니다. 뜨거운 물도 즉시 대령할 거고요. 씻고 좀 쉬고 싶을 거라고 생각됩니다만. 폰스풋 존스 박사는 텔 위에 계시고, 전 지금 뵈러 갈 참입니다. 이브라힘이 당신을 돌봐 줄 거예요."

리처드는 큰 걸음으로 성큼성큼 걸어갔고 빅토리아는 미소 짓고 있는 이브라힘을 따라 숙소로 들어갔다. 땡볕 한가운데 있다가 들어가니 처음에는 실내가 깜깜하게 느껴졌다. 빅토리아와 이브라힘은 커다란 테이블이 여러 개 있고 낡은 안락의자가 몇 개 놓인 거실을 지나 안마당을 돌았다. 그러자 작은 창문이 하나 있는 작은 방이 나왔는데 빅토리아를 그 방으로 안내했다. 그 방에는 침대 하나, 조잡한 서랍장 하나, 물병과 대야가 놓인 테이블 하나, 의자 하나가 놓여 있었다. 이브라힘은 웃으며 고개를 끄덕이더니 빅토리아에게 흙탕물처럼 보이는 뜨거운 물이 담긴 커다란 물병과 거친 타월을 한 장 가져다 주었다. 잠시 후 미안한 웃음을 지으면서 작은 거울을 가지고 오더니 벽에 못을 박고 조심스럽게 걸어 주었다.

빅토리아는 씻을 기회를 갖게 된 것만으로 감개무량했다. 그녀는 지금에서야 자신이 얼마나 피곤하고 지쳐 있는지, 온몸에 먼지를 뒤집어썼는지 깨달았다.

'정말 끔찍해 보였겠지.'

빅토리아는 혼잣말을 하면서 거울 앞으로 다가가서 한참 동안 거울에 비친 모습을 멍하니 응시했다.

이건 그녀, 빅토리아 존스의 모습이 아니었다.

그러다가 외모는 작고 단정한 빅토리아 존스의 모습 그대로지만 머리는 이제 백금발이 되었다는 사실을 알게 되었다.

19장

I

리처드는 현장 감독 옆에 쪼그리고 앉아 벽 쪽을 작은 막대기로 부드럽게 두드리면서 발굴 작업을 하고 있는 폰스풋 존스 박사를 발견했다.

폰스풋 존스 박사는 평소처럼 리처드에게 인사를 건넸다.

"어서 오게나, 리처드. 벌써 왔구먼. 화요일에 도착할 줄 알았는데. 왜 화요일이라고 생각했는지는 모르겠네만."

"오늘이 화요일입니다."

"벌써 화요일이라고?"

폰스풋 박사가 별 관심 없다는 듯 물었다.

"이리 와서 좀 보게나. 이게 뭐 같은가? 벌써 보존 상태가 완벽한 벽이 나오기 시작하고 있네. 겨우 1미터밖에 안 팠는데도 말이야. 내가 보기엔 몇 군데 채색 흔적도 있는 것 같은데. 이리 와서 자네 생각을 말해 보게나. 내 보기엔 가능성이 꽤 높은 것 같네만."

리처드가 도랑으로 뛰어 내려간 뒤 두 고고학자는 약 15분간 고도의 전문성을 가지고 고고학에 심취했다.

"아 참, 제가 한 여자분을 모시고 왔습니다."

"그랬나? 어떤 여자분 말인가?"

"박사님 조카라던데요."

"내 조카?"

폰스풋 박사는 흙벽돌 담에 쏟아붓고 있던 온 정신을 겨우 되돌리고 물었다.

"내겐 조카가 없는 걸로 아는데."

폰스풋 박사는 조카가 하나 있지만 그 존재를 까맣게 잊고 있을 수도 있다는 투로 확신하지 못하면서 말했다.

"박사님을 도우러 온 것 같던데요."

"그랬지. 물론, 그럼 베로니카겠구먼."

폰스풋 존스 박사의 얼굴이 밝아졌다.

"빅토리아라고 한 것 같은데요."

"아 참, 빅토리아였지. 에머슨이 캠브리지에서 온다고 편지에 썼는데도 깜빡했네 그려. 아주 유능한 아가씨라더군. 인류학자이고. 도대체 왜 인류학자가 되고 싶어 하는지 도통 모르겠네, 안 그런가?"

"인류학자 아가씨가 올 거라는 말은 박사님께 들었습니다."

"아직은 그 애가 도울 일이 없네. 물론 아직 초기 단계라서 그런 거겠지만. 2주 정도는 더 있어야 올 걸로 알고 있었지만 그 애 편지를 꼼꼼히 읽어 보지도 못했고 어디다 뒀는지도 잊어버렸으니 그 애가 뭐라고 썼는지 모르지. 집사람이 다음 주나 다다음 주에 도착할 텐데, 그 사람 편지는 내가 어쨌더라? 베네샤도 집사람과 함께 오는 줄 알았는데, 뭐 내가 잘못 알고 있었던 모양이지. 어쨌거나 그 애가 여러모로 도움이 될 걸세. 마침 토기도 다량 발굴되고 있으니까."

"조카분한테 특이 사항이 있다거나 그런 것은 아니지요?"

"특이 사항?"

폰스풋 존스 박사는 리처드를 뚫어져라 보면서 말했다.

"특이 사항이라니?"

"뭐랄까, 신경쇠약에 걸렸다든가 뭐 그런 거 말입니다."

"그 애가 공부를 아주 열심히 했다고 에머슨이 말한 적이 있어. 졸업장인지 학원지를 따려고 그랬다지. 그렇긴 해도 신경쇠약 같은 말은 못 들은 걸로 아네만. 근데 왜 그러나?"

"사실 제가 도중에 길가에서 태워 드렸는데, 그때 혼자 헤매고 있었거든요. 그때 왜 옆길로 빠지기 약 1.5킬로미터 전에 있던 작은 텔 있잖아요······."

"아, 거기. 그 텔에서 누주(고대 메소포타미아의 도시. 지금의 요르간 테페─옮긴이) 도자기를 발견한 적이 있지. 그걸 그렇게 먼 남쪽에서 발견하다니 정말 이상한 일이었어."

리처드는 고고학에 관한 주제로 전환되지 않도록 단호하게 말했다.

"그 아가씨가 저한테 정말 이상한 이야기를 해 줬거든요. 머리를 감으러 미용실에 갔는데 누군가 클로로포름으로 자신을 마취해서 납치한 다음 만달리까지 끌고 가서 감금했대요. 그래서 한밤중에 탈출을 했다고 하는데, 이제껏 들어 본 이야기 중 가장 말도 안 되는 이야기였어요."

폰스풋 존스 박사가 고개를 가로저었다.

"그런 말도 안 되는 얘기가 다 있나. 이 나라가 얼마나 조용하고 치안이 잘되는 나라인데. 그 어느 때보다도 안전한 판국에."

"그러게요. 분명 전부 다 지어낸 이야기일 겁니다. 그래서 제가 신경쇠약에 걸렸는지 여쭤봤던 거고요. 그 아가씨는 목사면 목사, 의사면 의사가 전부 자기랑 사랑에 빠졌다고 말하며 히스테리를 부리는 그런 부류의 여자일 게 분명합니다. 어쩌면 우리한테 골칫거리가 될지도 모르겠는데요."

"곧 진정되겠지."

폰스풋 존스 박사의 말투는 낙천적이었다.

"그나저나 그 아가씬 지금 어디 있나?"

"씻고 옷도 갈아입으라고 하고 오는 길입니다."

리처드가 잠시 머뭇거리더니 한마디 덧붙였다.

"그런데 그 아가씨는 짐이 전혀 없었습니다."

"그래? 그거 정말 이상하군. 설마 그 아가씨 내가 잠옷이라도 빌려줄 거라고 생각하는 건 아니겠지? 나도 두 벌밖에 없는 데다 그나마 한 벌은 너무 낡아서 말이야."

"다음 주 중에 화물차가 나갈 때까지는 그럭저럭 지내야 할 겁니다. 그런데 정말 궁금하기는 해요. 그런 곳에서 뭘 하고 있었던 걸까요? 그것도 혼자, 그렇게 외진 곳에서 말이죠."

"요즘 여자들은 정말 놀랍다니까. 여기저기 안 나타나는 데가 없어요. 무슨 일이든 할라 치면 성가시기만 해. 이만큼 멀리 왔으면 와서 귀찮게 굴지 않겠지, 하고 생각하지만 굳이 필요하지도 않은데 자동차고 사람이고 찾아오는 걸 보면 놀랄 일이야. 이런, 인부들이 작업을 중단한 걸 보니 점심시간인가 보군. 그만 숙소로 돌아가지."

II

두려움에 떨며 기다리던 빅토리아는 폰스풋 존스 박사가 자신이 상상한 모습과 전혀 다르다는 사실을 알게 되었다. 박사는 작은 키에 뚱뚱하고 머리는 반쯤 벗어졌으며 한쪽 눈이 반짝반짝 빛나는 사람이었다. 정말 놀랍게도 박사는 빅토리아를 두 팔 벌려 환영했다.

"이런이런, 베네샤, 아니 빅토리아. 이거 정말 깜짝 놀랐는걸. 난 네가 다음 달에 오는 줄 알았단다. 그래도 얼굴을 보니 기쁘구나. 정말 기뻐. 에머슨은 잘 지내니? 천식 때문에 많이 고생하진 말아야 할 텐데."

빅토리아는 정신을 가다듬고 천식이 너무 심하지는 않았다고 조심스럽게 답했다.

"목을 너무 감싸더군. 큰 실수지. 내가 그렇게 말했는데도. 대학에서 살다시피 하는 학구적인 친구들은 건강에 너무 집착하는 경향이 있어. 건강에 집착하지 않는 것, 그게 바로 건강을 유지하는 비결인데 말이야. 자, 이제 정리 좀 됐니? 집사람은 다음 주나 다다음 주에 올 거란다. 너도 알다시피 그 사람이 요즘 몸이 별로 안 좋아서. 집사람 편지를 꼭 찾아야 할 텐데. 리처드가 그러는데 네 짐이 몽땅 어디론가 사라졌다더구나. 짐도 없이 어쩐다니? 다음 주까지는 화물차를 내보낼 수도 없는데."

"그때까지 어떻게든 지낼 수 있을 거예요. 사실 그래야 하기도 하고요."

폰스풋 박사가 싱글싱글 웃었다.

"리처드와 난 너한테 빌려줄 게 별로 없단다. 칫솔은 빌려줄 수 있겠구나. 창고에 여러 개 있으니까 가져다 쓰고 필요하면 탈지면도 있으니까 쓰렴. 어디 보자, 활석 가루랑 여유분 양말 그리고 손수건도 있구나. 별로 많지 않아서 어쩌나."

"괜찮아요."

빅토리아는 행복한 미소를 지었다.

폰스풋 존스 박사가 미리 알려 주었다.

"아직 공동묘지는 나타나지 않고 있단다. 대신 보존 상태가 꽤 좋은 벽이 발굴되고 있지. 멀리 떨어진 도랑에서는 토기 조각이 꽤 많이 출토되고 있고. 운 좋으면 들어맞는 나머지 조각을 찾을지도 모르겠구나. 어떻게 해서든지 일거리는 주마. 참, 사진을 찍을 줄 알았던가?"

"네, 조금은 알아요."

실제 경력이 있는 분야를 언급한 것에 안도하면서 빅토리아는 조심스럽게 대답했다.

"잘됐구나. 원판 현상도 할 수 있니? 난 구식이라 아직도 유리원판을 쓴단다. 암실도 원시적인 편이고. 신식 장치에 익숙한 너 같은 젊은이는 우리 암실이 원시적이라서 자주 당황할 게다."

"상관없어요."

빅토리아는 발굴단 비품 창고에서 칫솔, 치약, 스펀지와 활석 가루 약간을 골랐다.

머릿속으로 지금 자신이 정확히 어떤 입장인지를 이해해 보려고 했지만 여전히 갈피를 잡을 수 없었다. 분명한 것은 박사가 자신을 발굴단에 합류하러 오기로 되어 있었고 인류학자이기도 한 베네샤라는 여자로 착각하고 있다는 것이었다. 빅토리아는 인류학자가 뭘 하는 사람인지도 몰랐다. 그에 대한 사전이라도 있다면 찾아봐야 할 판이었다. 자신과 착각하고 있는 그 아가씨는 앞으로 일주일 안에는 오지 않을 모양이었다.

'그럼 잘된 거지, 뭐. 일주일, 아니 자동차인지 화물차가 바그다드로 갈 때까지 시간이 있는 거니까 그때까지 나, 빅토리아는 베네샤 아무개가 되어 최선을 다해 맡은 일을 해내야지.'

멍해 보이기는 해도 사람 좋은 폰스풋 존스 박사는 무섭지 않았지만, 리처드 베이커는 신경이 쓰였다. 빅토리아는 리처드가 미심쩍게 바라보는 것도 싫었고, 조심하지 않으면 곧 자신의 정체를 밝히고 말 것이란 점도 알고 있었다. 다행스럽게도 빅토리아는 잠깐 동안이었지만 런던에 있는 고고학 학회에서 비서 겸 타이피스트로 일한 적이 있어서 바로 이런 때 유용하게 써먹을 수 있는 문구와 그 밖의 자질구레한 것들을 대충 알고 있었다. 그러나 말실수를 하지 않도록 각별히 조심해야 할 것이다. 운 좋게도 남자들은 항상 자기들이 여자들보다 우월한 줄 알기 때문에 자신이 실언을 하더라도 수상하게 보기보다는 여자들이 얼마나 어리석은지를 보여 주는 증거라고 여길 것이 뻔했다!

이 일주일은 그토록 절실했던 휴식기가 될 것이다. 올리브 가지회의 입장에서는 빅토리아가 완전히 눈앞에서 사라지면 어쩔 줄 몰라 할 것이다. 감옥에서 탈출하기는 했지만, 그 후의 행적을 추적하기는 매우 어려울 테니까. 리처드의 차는 만달리를 지나가지 않았으므로 빅토리아가 텔 아스와드에 있을 것이라는 사실은 아무도 모를 것이다. 아니, 적의 입장에서 보면 빅토리아는 공기 속으로 홀연히 사라진 것처럼 보일 것이다. 그쪽에서는 빅토리아가 죽었다고 생각할 가능성이 매우 높다. 사막에서 길을 잃고 헤매다 굶어 죽었다고.

그렇다면, 그렇게 생각하도록 내버려 두자. 하지만 유감스러운 건 에드워드도 그렇게 생각한다는 것이다! 어쩔 수 없지 뭐, 에드워드가 견뎌 내는 수밖에. 하지만 그렇게 오래 참아야 하는 건 아니니까. 캐서린과 친분을 쌓으라고 충고했던 자신을 자책하면서 괴로워하고 있을 때 재등장하면 된다. 부활이라도 한 듯 에드워드의 앞에 나타나는 것이다. 단, 갈색 머리가 아닌 백금발이 되어.

생각이 여기에 미치자 빅토리아는 어째서 그들(누구인지는 몰라도)이 자기 머리를 물들여 놓았을까 하는 의문에 다시 사로잡혔다. 분명 무슨 이유가 있을 텐데 그 이유가 무엇인지 빅토리아로서는 도저히 알 수가 없었다. 머리가 자라기 시작해서 정수리 부분이 검어지면 곧 아주 이상해 보일 것이다. 파우더도 립스틱도 없는 가짜 백금발이라니! 이보다 더 난처한 상황에 놓인 여자가 있을까?

'신경 쓸 거 없어. 난 살아 있잖아. 안 그래? 어쨌든 일주일 동안 좀 즐기면 뭐 어때?'

고고학 발굴에 참여하는 게 어떤 건지 알아보는 것도 재미있을 것 같았다. 단, 빅토리아가 자기 몫을 해내고 정체가 탄로 나지 않을 수만 있다면 말이다.

그러나 빅토리아가 맡은 역할은 전혀 만만한 것이 아니었다. 인명, 간행물, 건물 양식 및 토기의 종류를 언급할 땐 신중해야 했다. 다행스럽게도 늘 남의 말에 귀를 기울이는 사람은 그 보상을 받게 마련이다. 빅토리아는 두 남자가 나누는 대화를 아주 주의 깊게 들었고, 방심하지 않고 늘 긴장한 결과 아주 쉽게 전문어를 익힐 수 있었다.

숙소에 혼자 있을 때는 남몰래 악착같이 책을 읽었다. 숙소에는 고고학 관련 서적을 많이 갖춘 훌륭한 도서관이 있었다. 빅토리아는 고고학이라는 주제에 대한 지식을 대략 빠른 속도로 익혔다. 그 과정에서 뜻밖에도 이곳 생활이 꽤 매혹적이라는 생각이 들었다. 이른 아침에 누군가 차를 가져다 주면, 그 차를 마시고 발굴 현장으로 나갔다. 사진을 찍으면서 리처드의 일을 돕기도 하고, 토기 조각을 맞추고 이어 붙이기도 했다. 발굴 작업 중인 인부들을 보면서 곡괭이질하는 인부의 숙련된 솜씨와 정교함에 감탄하기도 하고 흙을 담은 바구니를 비우러 달려오는 어린 소년들의 노랫소리와 웃음소리를 음미하기도 했다. 빅토리아는 이제 고고학 연대에 정통하게 되었고, 발굴이 진행되는 여러 지층도 파악할 수 있었으며, 이전 시즌 작업도 훤히 알게 되었다. 빅토리아가 두려워하는 단 하나는 유골이 발굴되면 어쩌나 하는 것이었다. 어떤 문헌을 읽어 봐도 작업 중인 인류학자에게 필요한 것이 무엇인지를 알려 주는 내용은 없었다.

"유골이나 무덤을 발견하면 심한 감기, 아니 중증 담즙병에 걸렸다고 하고 자리에 누워야겠어."

빅토리아는 이렇게 혼잣말을 했다.

그러나 다행히도 분묘는 발견되지 않았고, 대신 궁전의 벽이 서서히 드러났다. 빅토리아는 이에 매료되었고 아직까지는 자신의 재능이나 특기를 뽐낼 일이 없었다.

리처드 베이커는 아직도 빅토리아를 의심의 눈초리를 보았고 빅토리아도 무언의 비난을 온몸으로 느꼈지만, 그래도 그의 태도는 친절하고 다정했다. 그리고 무엇보다 빅토리아가 열심인 것을 보고 정말 즐거워하는 것 같았다.

어느 날 리처드가 말했다.

"영국에서 온 당신에게는 모든 게 새로울 겁니다. 저도 첫 시즌에는 얼마나 흥분했는지 모른답니다."

"그게 언제였는데요?"

그러자 리처드가 웃으며 답했다.

"좀 오래됐죠. 15년, 아니 16년 전이었네요."

"그럼 이 나라를 아주 잘 아시겠네요."

"이 나라에만 있었던 건 아닙니다. 시리아에도 있었고 페르시아에도 있었죠."

"아랍어를 아주 잘하시던데요. 옷을 차려입으면 아랍 사람으로 통하겠어요."

리처드가 고개를 가로저었다.

"아뇨, 그러려면 상당한 노력이 필요할 겁니다. 영국인 중에 잠깐 동안이나마 아랍 사람으로 통할 사람이 있는지나 모르겠습니다."

"아라비아의 로렌스(영국군 정보장교였던 토머스 에드워드 로렌스—옮긴이)라도요?"

"로렌스도 아랍 사람으로 통하진 않았을 겁니다. 내가 아는 사람 중에 현지인과 분간이 안 되었던 사람이 딱 1명 있는데 그 친구는 사실 이 근방에서 태어났지요. 그 친구 아버지는 카슈가르를 비롯해서 여러 미개한 지역의 영사였어요. 그래서 그 친구는 어릴 때부터 온갖 지역의 사투리를 배워서 쓸 수 있었지요."

"그 친구는 지금 뭐하는데요?"

"졸업 후론 연락이 끊겼어요. 그 친구와는 같은 학교에 다녔거든요. 정자세를 하고 가만히 앉아서 일종의 무아지경 상태에 이를 수 있었기 때문에 그 친구를 파키르라고 불렀죠. 지금은 어디서 뭘 하고 있는지 모르겠지만, 대충 알 것도 같습니다."

"졸업 후엔 한 번도 못 만나셨나요?"

"아주 이상한 일이지만 최근에 바스라에서 우연히 마주쳤어요. 수상쩍은 일도 좀 있었고요."

"수상쩍다고요?"

"네. 처음에는 그 친구를 알아보지 못했어요. 케피야와 줄무늬가 있는 로브 그리고 낡은 군복 외투로 아랍인 변장을 하고 있었거든요. 아랍인들이 들고 다니곤 하는 호박 염주도 들고 있었는데 그 사람들이 하는 대로 손가락 사이에서 염주를 굴려서 소리를 내더군요. 그런데 잘 들어 보니 군대 암호였습니다. 사실은 저한테 메시지를 보내고 있었던 거죠!"

"어떤 메시지였는데요?"

"내 이름, 아니 별명, 그리고 그 친구 이름. 그다음에는 문제가 발생할 테니 대기하라는 내용이었어요."

"그래서 문제가 발생했나요?"

"네, 그 친구가 일어서서 문 쪽으로 가려는데 과묵하고 눈에 띄지도 않았던 영업 사원처럼 보이는 자가 리볼버를 꺼내 들었지 뭡니까. 내가 그자를 제압하는 동안 카마이클은 달아났어요."

"카마이클이라고요?"

리처드는 빅토리아의 목소리에 놀랐는지 재빨리 고개를 돌렸다.

"그게 그 친구 본명이었습니다. 그런데 당신이 어떻게 그 친구를 알죠?"

빅토리아가 '그 사람은 제 침대에서 죽었어요.'라고 말한다면 얼마나 이상하게 들릴까? 빅토리아는 천천히 답했다.

"그 사람을 알았었죠."

"알았다니요? 그렇다면 그 친구가……."

빅토리아는 긍정의 뜻으로 고개를 끄덕였다.

"언제 그렇게 되었습니까?"

"바그다드에 있을 때, 티오 호텔에서요."

빅토리아는 재빨리 한마디 덧붙였다.

"비밀에 부쳤기 때문에 아무도 몰라요."

리처드는 천천히 고개를 끄덕였다.

"그랬군요. 내가 생각했던 그런 일이었군요. 그렇다면 당신은……."

리처드가 빅토리아를 바라보며 재빨리 물었다.

"당신은 어떻게 알았죠?"

"저도 휘말렸거든요. 정말 우연히."

리처드는 뭔가 생각하는 듯한 표정으로 빅토리아를 물끄러미 바라보았다.

빅토리아가 별안간 물었다.

"혹시 학교 때 별명이 루시퍼였나요?"

리처드가 놀란 표정을 지었다.

"루시퍼라고요? 아닙니다. 늘 안경을 쓰고 다녔기 때문에 올빼미였죠."

"바스라에 있는 사람 중에 루시퍼란 사람 혹시 아세요?"

리처드가 고개를 가로저었다.

"루시퍼, 아침의 아들, 타락한 천사."

그러고 나서 그는 곧 말을 이어 나갔다.

"옛날 성냥 중에 그런 이름이 있었죠. 제 기억이 맞는다면 그 성냥의 장점은 바람이 불어도 꺼지지 않는다는 거였습니다."

리처드는 말하면서 빅토리아를 뚫어져라 쳐다보았지만, 빅토리아는 얼굴을 잔뜩 찡그렸다. 잠시 후 빅토리아가 리처드에게 말했다.

"말해 주세요. 바스라에서 정확히 어떤 일이 있었는지."

"아까 말한 대로입니다."

"아뇨, 그 일이 일어났을 때 당신은 어디 있었죠?"

"아, 그거요. 사실 그 일이 일어난 건 영사관 대기실에서였어요. 클레이턴 영사를 뵈려고 기다리고 있을 때였죠."

"그 밖의 또 누가 있었죠? 아까 말했던 그 영업 사원하고 카마이클 말고요."

"두어 명 더 있었어요. 마르고 가무잡잡한 프랑스인인지 시리아인 1명하고 노인 1명이 있었는데 노인은 페르시아인이었습니다."

"아까 그 영업 사원이 총을 꺼냈는데 당신이 제지했고, 카마이클은 그 길로 도망갔다고 했죠? 어떻게 도망갔죠?"

"처음에는 영사의 집무실 쪽으로 향하더군요. 정원으로 향하는 통로의 맨 끝 방이었는데……."

빅토리아가 끼어들었다.

"저도 알아요. 저도 거기서 하루이틀 묵었거든요. 당신이 막 떠난 후였어요."

"아, 그랬나요?"

리처드가 이번에도 빅토리아를 면밀히 살피면서 말했지만, 빅토리아는 눈치채지 못했다. 빅토리아는 지금 머릿속으로 영사관의 긴 통로를 떠올리고 있었다. 맞은편에 있는 문은 열려 있었고 푸른 나무가 우거지고 태양이 내리쬐는 바깥쪽으로 통하는 문이었다.

"말했다시피, 카마이클은 처음엔 영사의 집무실 쪽을 향했어요. 그랬다가 방향을 바꿔서 반대쪽 거리로 급히 뛰쳐나갔죠. 그 친구를 본 건 그게 마지막이었어요."

"그 영업 사원은 어떻게 됐죠?"

리처드가 어깨를 으쓱했다.

"전날 밤 어떤 남자한테 강도를 당했는데 그 강도가 바로 영사관에 있던 아랍인이더라는 그럴듯한 얘기를 꾸며 대더군요. 그 후 바로 쿠웨이트로 오는 바람에 나도 그 후의 소식은 듣지 못했습니다."

"그때 영사관에는 어떤 사람들이 머물고 있었죠?"

"정유 회사에 다닌다는 크로스비란 사람밖에 없었습니다. 아 참, 바그다드에서 왔다는 사람이 있다고 듣기는 했는데 만나 보질 못해서 이름도 모르겠네요."

'크로스비라……'

빅토리아는 곧 땅딸막한 체구에 경쾌한 말투의 크로스비를 떠올렸다. 지극히 평범한 외모였다. 술책이라고는 부릴 것 같지 않은 점잖은 사람. 크로스비는 카마이클이 티오 호텔에 도착했던 날 밤에 바그다드로 돌아왔었다. 카마이클이 그렇게 급작스럽게 방향을 바꿔 총영사에게 접근하지도 못하고 거리로 향했던 것은 어쩌면 통로 맞은편에서 햇빛을 등진 크로스비의 실루엣을 보았기 때문은 아니었을까?

빅토리아는 이 문제에 전념하느라 주변을 전혀 인식하지 못하고 있다가 리처드 베이커가 자신을 빤히 쳐다보고 있다는 걸 알게 되었다. 그러자 갑자기 마음이 뜨끔했다.

"그렇게 꼬치꼬치 캐묻는 이유가 뭡니까?"

"그냥 관심이 있어서요."

"더 묻고 싶은 건 없고요?"

그러자 빅토리아가 기다렸다는 듯 물었다.

"혹시 르파르주란 사람 알아요?"

"글쎄, 모르겠는데요. 남잡니까, 여잡니까?"

"저도 몰라요."

빅토리아는 크로스비가 계속 마음에 걸렸다. 크로스비? 루시퍼? 과연 루시퍼는 크로스비였단 말인가?

III

그날 밤, 빅토리아가 폰스풋 존스 박사와 리처드에게 인사를 건

네고 잠자리에 들자, 리처드가 폰스풋 존스 박사에게 말했다.

"에머슨한테 왔다는 편지를 좀 볼 수 있을까요? 이 아가씨에 대해서 정확히 뭐라고 썼는지 확인했으면 싶어서요."

"암, 읽어도 되고말고. 어디 뒀을 텐데. 그 편지 뒷면에 내가 메모도 적어 놓았던 거 같은데 말이야. 에머슨이 베로니카 칭찬을 입이 마르게 해 놓았더군. 내 기억이 맞는다면 말이지만. 이 아가씨가 아주 열심이라고도 했지. 내 눈에는 꽤 매력적인 아가씨 같더군. 자기 짐을 잃어버렸는데도 어쩜 그렇게 태연할 수 있는지. 다른 아가씨들 같았으면 바로 다음 날 새 옷을 사야 한다면서 바그다드까지 태워 달라고 졸랐을 걸세. 정말 씩씩한 아가씨라고나 할까. 그나저나 어쩌다 짐을 잃어버렸다던가?"

"클로로포름 냄새를 맡고 납치를 당했는데 깨어 보니 어느 원주민 집에 감금되어 있었다던데요."

리처드가 아무렇지도 않다는 듯 말했다.

"이런, 이런. 맞아, 자네가 그렇게 말했었지. 이제 기억이 나네. 말도 안 되는 일이라고 생각했지. 그때 뭐 생각난 게 있었는데, 그게 뭐였더라…… 맞아, 엘리자베스 캐닝이었지. 2주 동안이나 사라졌다가 나타나서는 도저히 믿을 수 없는 구실을 갖다 댔던 아가씨 생각 안 나는가? 집시를 만났다면서 아주 흥미로운 싸움의 증거를 들이댔지. 내 기억이 맞는다면 말이지만. 게다가 그 아가씨는 평범하게 생겨서 남자와 관련되었을 것 같지가 않더란 말이지. 그런데 빅토리아인지 베로니카인지 이름은 분간할 수 없지만 아무튼 이 아가씨는 꽤 예쁘더군. 분명 남자와 관련되었을 걸세."

"염색을 안 했으면 지금보다 더 예뻐 보였을 겁니다."

리처드가 무표정하게 말했다.

"염색이라고? 자네는 도대체 그걸 어떻게 알았는가?"

"에머슨이 보낸 편지 말인데요, 박사님."

"알았네, 알았어. 어디다 뒀는지 난 모르겠으니까 자네가 어디든 찾아보게나. 뒷면에 적어 둔 메모랑 철사 고리가 달린 구슬 그림 때문에라도 나 역시 찾고 싶으니까."

20장

다음 날 오후 폰스풋 존스 박사는 희미하게 자동차 소리가 들려오자 볼멘소리를 했다. 이내 폰스풋 존스 박사는 텔 쪽을 향해 사막을 굽이굽이 가로지르는 자동차를 발견하고 못마땅해하며 말했다.

"견학하러 오는 사람들이군. 끔찍이 싫은 순간이 왔군. 북동쪽 모서리에 있는 채색 로제트(건축에 쓰이는 장미꽃 모양의 장식 — 옮긴이)의 복원 작업을 감독하고 싶은데. 빈말만 해 대면서 발굴 현장 구석구석을 구경시켜 달라고 할 게 뻔한 바그다드에서 온 바보들이 분명하겠지."

"지금이야말로 빅토리아가 요긴하겠는데요."

리처드가 말을 이었다.

"들었죠, 빅토리아? 견학자 여행 가이드를 해 줘야겠어요."

"전 틀린 말만 해 댈 게 분명해요. 그쪽에는 정말 경험이 없다는 거 잘 아시잖아요."

"지금까지 꽤 잘해 오고 있는 거 같던데요."

리처드가 유쾌하게 말했다.

"오늘 아침 나한테 평철 벽돌에 관해서 했던 말은 들롱가즈의 책에서 인용한 거였겠죠."

안색이 살짝 변한 빅토리아가 앞으로는 책에서 본 내용을 약간 다르게 말해야겠다고 마음먹었다. 종종 두꺼운 렌즈 너머로 이따금 미심쩍게 바라보는 리처드의 시선 때문에 마음이 편치 않았다.

빅토리아가 풀이 죽어 말했다.

"최선을 다해 볼게요."

"온갖 잡무는 당신한테 맡기게 되는군요."

리처드의 말에 빅토리아는 그저 웃기만 했다.

지난 5일간의 활약에 빅토리아 자신도 적잖이 놀라고 있었다. 그녀는 탈지면으로 물을 걸러 내고 늘 결정적인 순간에 꺼져 버리는 양초가 들어 있는 원시적인 랜턴 빛을 이용하여 감광판을 현상했다. 암실에서 쓰고 있는 테이블은 원래 포장 상자였기 때문에 작업할 때마다 몸을 쪼그리거나 무릎을 꿇어야 했다. 리처드 말마따나 암실 자체가 악명 높았던 중세의 리틀 이즈(런던 타워의 지하 감옥으로 여기에 갇힌 죄수는 앉거나, 일어서거나, 눕지도 못하고 쪼그린 채로만 있어야 했음 — 옮긴이)의 현대판이었다. 폰스풋 존스 박사는 앞으로 다가올 시즌에는 시설이 좀 나아질 거라고 했지만 지금 당장은 작업장 인부들에게 보수를 지급해서 성과를 얻는 데 모든 자금이 들어갈 수밖에 없었다.

처음에는 부서진 토기 조각들이 담긴 바구니를 보고 비웃을 뻔했다. (물론 내색하지 않으려고 조심하기는 했지만.) 산산조각 난 데다 조잡하기까지 한 이 잡동사니가 어디에 쓸모가 있을까 하고 생각했던 것이다.

그러다가 서로 들어맞는 파편을 찾아내 붙이고 모래가 든 상자 안에 버팀목을 대고 세워 놓으면서 점차 관심이 갔다. 빅토리아는 이제 형태와 종류도 구분할 수 있었다. 급기야는 약 3000년경 전 이 그릇들이 어떤 용도로 어떻게 쓰였을지 마음속에서 그려 보기도 했다. 조잡한 원시 가옥이 일부 발굴되었던 소규모 구역에서는 처음에 지어졌을 당시 집의 모습과 여러 가지 가재도구를 갖추고 희망과 공포를 느끼며 그 안에서 살았을 사람들을 그려 보기도 했다. 빅토리아에게는 생생한 상상력이 있었기 때문에 그런 장면이 쉽게 떠올랐다. 예닐곱 개의 황금 귀고리가 들어 있는 작은 점토 항아리가 벽 안에서 발견되던 날, 빅토리아는 기뻐서 어쩔 줄 몰랐다. "아마 딸에게 준 지참금일 것"이라고 리처드가 웃으며 이야기해 주었다.

곡물을 가득 담은 접시들, 지참금으로 주려고 아껴 둔 황금 귀고리, 뼈바늘, 맷돌과 절구, 자그마한 입상과 부적. 거기에는 평범하고 소박한 사람들이 모여 이룬 공동체의 모든 일상사와 두려움과 희망이 담겨 있었다.

빅토리아가 리처드를 보며 말했다.

"바로 그 점이 매혹적이라고 생각해요. 그 전엔 고고학을 그저 왕

족이 묻힌 무덤과 궁전으로만 생각했어요."

빅토리아가 뜻 모를 미소를 살며시 지으며 말을 이었다.

"바빌론의 왕 말이에요. 하지만 지금은 고고학이 저 같은 평범한 보통 사람들에 관한 학문 같아서 정말 좋아요. 내가 물건을 잃어버렸을 때 찾아 주는 성 앤터니 상(像), 행운의 돼지 도자기 인형, 케이크 만들 때 쓰는 안은 파랗고 겉은 하얀 무지하게 좋은 믹싱볼. 깨져서 새로 샀는데 예전 것만 못하더라고요. 이 사람들이 아끼던 사발이나 접시를 역청으로 수리해서 쓰는 이유를 이제는 알 것 같아요. 사람 사는 모습은 그때나 지금이나 정말 똑같아요."

텔의 측면을 오르는 견학자들을 바라보면서 빅토리아는 아까 말한 내용을 생각을 하고 있었다. 리처드가 견학자들을 맞이하러 갔고, 빅토리아가 그 뒤를 따랐다.

견학자들은 2명의 프랑스인으로 고고학에 관심이 있으며 시리아와 이라크를 거쳐 여행 중이라고 했다. 빅토리아는 예의 바르게 인사를 나눈 후 견학자들을 데리고 발굴 현장을 두루 돌아다니며 현장에서 벌어지고 있는 일들을 앵무새처럼 읊어 주었다. 하지만 이런저런 살을 붙여서 들려주고픈 유혹을 떨칠 수 없었다. 그래야 더 재미있는 법이라고 빅토리아는 생각했다.

빅토리아가 가만 보니까 견학자 중 한 사람의 안색이 매우 나빴고 별 관심도 없이 발을 질질 끌며 따라 오고 있었다. 그러더니 이내, "실례가 안 된다면 숙소로 돌아가고 싶습니다. 오늘 아침부터 몸이 안 좋았는데 햇볕을 쐬니 더 안 좋습니다."라고 말하는 것이 아닌가.

그 사람이 발굴단 숙소 쪽으로 가 버리자, 나머지 1명이 적절히 낮춘 목소리로 복통 때문에 그렇다고 설명해 주었다. "바그다드 배탈이라던가, 아무튼 오늘은 외출을 하지 말았어야 했는데."라고 말하는 것이었다.

여행이 끝났는데도 이 프랑스인은 남아서 빅토리아에게 계속 말을 걸었다. 급기야 폰스풋 존스 박사는 파이도까지 불러 내키지 않는 호의를 보이며 이 프랑스인 손님에게 떠나기 전에 차 한잔하고 가라고 권하기까지 했다.

그러나 이 프랑스인은 어두워지기 전에 출발하지 않으면 길을 잃을 거라며 사양했고 리처드 베이커는 그건 정말 맞는 말이라고 그 즉시 맞장구를 쳤다. 그렇게 해서 몸이 불편한 친구를 불러 전속력으로 차를 몰고 떠났다.

"이제 시작에 불과하겠지. 이제 매일 방문객이 넘쳐날 걸세."

볼멘소리로 말한 폰스풋 존스 박사는 커다랗고 넙적한 아랍 빵 하나를 가져다가 살구잼을 듬뿍 발랐다.

리처드는 차를 마시고 자기 방으로 갔다. 답장 쓸 것도 있었고, 다음 날 바그다드로 떠나기 전에 보내야 할 편지도 있었기 때문이다.

자기 방에 돌아온 리처드는 갑자기 얼굴을 잔뜩 찡그렸다. 유난히 깔끔한 성격은 아니었지만 그래도 수년 동안 옷가지와 서류 등을 정리해 오던 나름의 방식은 있었다. 방 안을 둘러보니 서랍이란 서랍은 모조리 뒤진 흔적이 있었다. 하인들의 짓이 아닌 것만은 분명했다. 그렇다면 이렇듯 인정사정없이 소지품을 샅샅이 뒤진 것은 아픈 척하면서 숙소로 돌아왔던 그 프랑스인이 틀림없었다. 살펴보니 사라진 물품은 없는 것이 분명했다. 돈도 그대로였다. 그렇다면 뭘 찾고 있었던 걸까? 이런 생각을 하던 그의 얼굴이 굳어졌다.

그는 즉시 유물실로 가서 봉랍과 봉인을 넣어 두었던 서랍을 살폈다. 그의 얼굴은 더욱 굳어졌다. 손댄 흔적도 없어진 물건도 없었기 때문이었다. 그다음에는 거실로 갔다. 폰스폿 존스 박사는 현장 감독과 안마당에 나가고 없었고 빅토리아만이 몸을 구부리고 책을 읽고 있었다.

인기척도 없이 리처드가 말을 꺼냈다.

"누군가 내 방을 뒤졌습니다."

깜짝 놀란 빅토리아가 그를 올려다보았다.

"하지만 누가 왜요?"

"당신이 뒤진 거 아닌가요?"

"내가요?"

빅토리아가 발끈했다.

"물론 아니죠. 내가 무엇 때문에 당신 물건을 뒤지고 싶겠어요?"

리처드가 잡아먹을 듯 빅토리아를 노려보더니 말했다.

"그렇다면 빌어먹을 그 견학자 짓이 틀림없습니다. 아프다고 거짓말하고 숙소로 내려왔던 자 말입니다."

"뭐 훔쳐 간 것은 없나요?"

"없어요. 가져간 건 아무것도 없어요."

"그런데 도대체 누가······."

리처드가 중간에 끼어들었다.

"당신은 알 거라고 생각했는데요."

"내가요?"

"최근 당신에게 이상한 일들이 일어났다고 하지 않았습니까."

"아, 그거요."

빅토리아가 깜짝 놀란 표정을 짓더니 천천히 말했다.

"도대체 당신 방을 뒤진 이유가 뭔지 모르겠어요. 당신은 이 일과 아무 관련도 없는 사람인데······."

"이 일이라니, 무슨 일 말입니까?"

생각에 잠긴 듯 빅토리아는 한참 동안 대답이 없었다.

"죄송해요. 뭐라고 하셨죠? 딴생각을 하느라 못 들었어요."

리처드가 질문을 바꾸어 물었다.

"지금 읽고 있는 게 뭐죠?"

"여기엔 가볍게 읽을 만한 소설책이 별로 없더라고요.『두 도시 이야기』,『오만과 편견』,『플로스 강변의 물방앗간』. 이 중에서『두 도시 이야기』를 읽고 있었어요."

"전에 읽은 적 없어요?"

"없어요. 디킨스는 항상 따분하다고 생각했거든요."

"너무해요!"

"그렇잖아도 지금 재미를 느껴 가던 중이었어요."

"지금 어느 부분이죠?"

리처드가 어깨 너머로 책을 들여다보더니 소리 내어 읽었다.

"뜨개질을 하고 있던 여자들이 하나 하고 셋다.'"

"그 여자 너무 무서운 거 같아요."

"드파르주 부인요? 맞아요, 그 부인의 인물 묘사가 훌륭하죠. 하지만 난 뜨개질을 하면서 사람 이름을 짜 넣는다는 것이 과연 가능할까 늘 의심스러웠어요. 물론 내가 뜨개질을 할 줄 모르기 때문에 그렇게 생각하는 거겠지만."

"그렇게 하실 수 있을걸요."

빅토리아는 뜨개질을 떠올리며 말을 꺼냈다.

"겉뜨기와 안뜨기, 무늬 부분 코, 군데군데 잘못 뜬 코, 빠뜨린 코. 충분히 가능한 일이죠. 뜨개질에 서툴러서 실수하는 척하면 되니까요……."

갑자기 2가지 생각이 머릿속에 번쩍하고 떠올라서 빅토리아는 벌떡 일어났다. 어떤 이름과 눈에 선한 기억. 너덜너덜한 빨간색 털실 목도리를 손에 꽉 쥐고 있던 남자. 나중에 황급히 바닥에서 주워 서랍장 안으로 던져 넣었던 목도리. 그 이름도 함께 떠올랐다. 르파르주가 아니라 드파르주였던 것이다. 바로 드파르주 부인.

빅토리아는 리처드의 목소리를 듣고 혼자만의 생각에서 현실로 돌아왔다.

"무슨 일 있습니까?"

"아니에요. 갑자기 생각난 게 있어서요."

"그렇군요."

리처드가 이제껏 보아 온 중 가장 거만하게 눈썹을 추켜올렸다.

'내일이면 모두들 바그다드에 도착할 테고, 그럼 나의 휴식도 끝이 나겠지.'

빅토리아는 생각했다. 일주일이 넘는 기간 동안 그녀는 안전하고 평화롭고 여유로운 곳에서 몸을 추스를 수 있었다. 그리고 그동안 정말 즐거운 시간을 보냈다.

'아마 난 겁쟁이인가 봐. 그게 문제라니까.'

늘 모험에 대하여 떠들어 대곤 했지만, 막상 모험의 기회가 찾아왔을 때에는 그것이 전혀 즐겁지가 않았기 때문이다. 클로로포름을 피하려고 발버둥 치던 일이며, 서서히 마비가 되던 순간은 정말 끔찍이도 싫었다. 위층에 있는 방에 갇혀서 누더기를 걸친 아랍 사람이 와서 "부크라."라고 하는 말을 들었을 때에는 정말이지 무서워 죽는 줄 알았다.

이제 모든 것에 당당히 맞서야 할 때가 왔다. 어쨌든 데이킨에게 고용되어 보수를 받았으니 보수가 아깝지 않았다는 것도 보여 주고 용감하게 맞서야 할 것이다! 어쩌면 올리브 가지회로 돌아가야 할지도 모른다. 래스본 박사와 그의 면밀하게 살피던 시선에 생각이 미치자 몸서리가 쳐졌다. 박사가 경고했었는데…….

어쩌면 돌아가지 않아도 될지도 모르고 데이킨도 그러지 않는 편이 좋겠다고 할지도 모른다. 이제 그쪽에서 빅토리아의 정체를 알아 버렸으니까. 그래도 머물던 숙소에 돌아가서 소지품은 챙겨 와야 할 것이다. 왜냐하면 숙소에 두고 온 여행 가방 안에 문제의 그

빨간색 목도리를 되는 대로 쑤셔 넣었기 때문이다······. 바스라로 떠날 때 이것저것 마구 여행 가방 안에 집어넣었었다. 어쩌면 데이킨의 손에 그 목도리를 쥐여 주는 순간 빅토리아는 할 일을 다한 것인지도 모른다. 데이킨은 아마 영화에서처럼 "잘했어요, 빅토리아 양." 이렇게 말할지도 모른다.

그러다 고개를 쳐든 빅토리아는 리처드 베이커가 자신을 지켜보고 있다는 걸 깨달았다.

"그건 그렇고, 내일 여권을 가지고 갈 수 있겠어요?"

"여권이라고요?"

빅토리아는 자신의 처지를 곰곰 따져 보았다. 발굴단에 관해서는 아직 정해 놓은 것이 없다니 너무나 그녀다웠다. 진짜 베로니카(아니면 베네샤)가 곧 영국에서 출발할 것이므로, 안전한 은신처가 필요했다. 그냥 그대로 사라져 버릴 것인가 아니면 적당히 뉘우치는 기색을 보이면서 거짓말을 실토하거나 속셈을 밝힐 것인가의 문제는 아직 해결해야 할 시급한 문제로 떠올리지도 않았었다. 빅토리아는 어떻게든 되겠지 하는 미카버 같은 태도를 취하기 일쑤였기 때문이다.

"글쎄요, 저도 모르겠어요."

빅토리아가 우물쭈물 대답하자, 리처드가 일러 주듯 말했다.

"이 지역 관할 경찰이 여권을 보여 달라고 할 텐데, 그건 당신도 알잖아요. 경찰은 여권 번호랑 이름, 나이, 특이 사항을 비롯해서 온갖 사항을 기록해 놓지요. 여권이 없으면 이름과 인상착의를 보내야 할 겁니다. 그나저나 당신 성이 뭐죠? 늘 '빅토리아'라고만 불러서 정작 성을 몰랐네요."

빅토리아가 당당하게 말했다.

"당신이 알고 있는 대로예요."

"본명이 아니잖습니까?"

잔인한 기색이 살짝 밴 일그러진 미소를 지으며 리처드가 말했다.

"난 당신 성을 정말 알고 있다고요. 자기 성도 모르는 건 당신인 거 같은데."

안경 너머로 리처드의 눈이 빅토리아를 주시했다.

빅토리아가 쌀쌀맞게 말했다.

"내가 왜 내 성을 몰라요?"

"그럼 어디 한번 말해 보시죠, 지금 당장."

그의 목소리는 갑자기 매몰차고 무뚝뚝해져 있었다.

"거짓말해 봤자 소용없어요. 이제 다 끝났으니까. 지금까지 아주 영리하게 잘해 오더군요. 고고학 책도 연구하고, 얼마 안 되지만 인상적인 지식도 슬쩍 흘리고. 그러나 이 일은 그렇게 계속 꾸며 댈 수 있는 일이 아니오. 한번은 내가 덫을 놓았는데 걸려들더군. 정말 말도 안 되는 이름을 갖다 댔는데도 당신은 수긍했습니다."

리처드는 여기서 잠시 멈추더니 곧 다시 말을 이었다.

"당신은 베네샤 새빌이 아닙니다. 도대체 당신은 누구죠?"

"처음 만났을 때 말했잖아요. 난 빅토리아 존스라고."

"폰스풋 존스 박사의 조카?"

"그분 조카는 아니지만 성은 존스가 맞다구요."

"그 밖의 다른 말도 했죠."

"그랬죠. 그리고 그건 전부 사실이었다고요! 당신이 못 믿는다는 건 진작부터 알았어요. 그래서 정말 힘들었죠. 내가 가끔, 아니 꽤 자주 거짓말을 하기는 하지만 그때 말한 건 사실이었어요. 내 말을 좀 더 그럴듯해 보이게 하려고 폰스풋 존스라는 이름을 댔을 뿐이에요. 전에도 몇 번 그런 적이 있는데 그때마다 꽤 잘 먹히더라고요. 당신이 정말 여기로 날 데려올지 내가 어떻게 알 수 있었겠어요?"

"당신한텐 그렇게 큰 충격도 아니었겠죠."

리처드가 험악하게 말했다.

"아주 잘해 내던데요. 그것도 아주 침착하게."

"속으론 안 그랬어요. 벌벌 떨고 있었다고요. 일단 여기 도착하고 나서 해명해야겠다고 생각했어요. 어쨌든 내 목숨부터 살리고 봐야겠다 싶어서요."

"목숨이라고요?"

리처드가 목숨이라는 단어에 주시하며 되물었다.

"이봐요, 빅토리아. 지난번에 클로로포름 냄새를 맡았다는 그 장황한 얘기가 정말 사실이었단 말입니까?"

"사실이고말고요! 모르겠어요? 꾸며 대려고 마음만 먹었으면 그보단 백배 나은 거짓말을 훨씬 그럴듯하게 해 줄 수 있었다고요!"

"이제 보니까 당신은 충분히 그럴 수 있는 사람이란 걸 알겠어요. 하지만 그런 얘기는 누구나 듣자마자 있을 수 없는 일이라고 할 겁니다."

"하지만 지금은 가능한 일이라고 생각하고 있네요. 왜죠?"

리처드가 천천히 입을 열었다.

"왜냐하면 당신이 카마이클의 죽음에 휘말렸다고 했기 때문이죠. 그러니까 사실일 수 있겠단 생각이 들어요."

"그 일을 시작으로 이 모든 일이 벌어진 거였어요."

"나한테 지금 당장 다 말하는 게 나을 겁니다."

빅토리아는 아주 곤란한 표정으로 리처드를 응시했다.

"잘 모르겠어요. 당신을 믿어도 될지."

"누가 할 소리! 난 당신이 나한테서 정보를 빼내려고 가명으로 여기 잠입한 사람이라고 의심했다는 거 잊었어요? 어쩌면 내 생각이 맞을지도 모르는 일이죠."

"그러니까 카마이클에 대해서 그들이 알고 싶어 할 만한 뭔가를 알고 있단 뜻인가요?"

"도대체 그들은 누구를 가리키는 겁니까?"

"다 말해야 할 것 같네요. 어쩔 수 없죠. 당신도 그들과 한패라면 이미 다 알고 있을 테니까. 어차피 상관없어요."

빅토리아는 카마이클이 죽던 날 밤에 데이킨과 면담했던 일, 바스라로의 여행, 올리브 가지회에 위장 취업한 일, 캐서린의 적대감, 래스본 박사와 그가 경고했던 일, 대단원, 이번에 저들이 물 들여 놓은 머리의 수수께끼를 낱낱이 말해 주었다. 발설하지 않은 것은 빨간 목도리와 드파르주 부인뿐이었다.

"래스본 박사요?"

리처드는 그 부분에 특히 주목했다.

"그분이 이 일에 연루되었을 거라고 생각합니까? 그분이 배후라고요? 그럴 리가, 그분은 아주 저명한 인사라고요. 전 세계적으로 모르는 사람이 없을 정도로. 그분이 하는 일에는 전 세계에서 서로 기부금을 못 내서 안달이란 말입니다."

"그분이 꼭 그런 사람일 거란 보장은 없지 않을까요?"

"늘 잘난 척하는 노인네라고 생각하기는 했죠."

리처드가 생각에 잠긴 표정으로 대답했다.

"그것도 아주 훌륭한 위장 수단이죠."

"맞아요, 그런 것 같네요. 그렇다면 당신이 물었던 르파르주란 사람은 누굽니까?"

"지금은 이름밖에 몰라요. 안나 셸레란 이름도 있었는데."

"안나 셸레라고요? 나도 못 들어 본 이름입니다."

"그 여자도 중요한 인물이에요. 얼마나, 왜 중요한지는 모르겠지만. 모든 게 뒤죽박죽이에요."

"다시 말해 봐요. 이 모든 일을 시작하도록 시킨 사람이 대체 누구라고요?"

"에드워, 아니 데이킨 씨를 말하는 거군요. 그분은 정유 회사에 다니는 거 같아요."

"혹시 은퇴했고, 구부정하게 걷고, 멍청해 보이는 사람 아닌가요?"

"맞아요. 실제로는 그렇지 않지만. 멍청하지 않다고요."

"술을 마시지 않던가요?"

"사람들은 그렇다고 하지만 술은 안 마시는 것 같았어요."

리처드가 의자에 깊숙이 몸을 파묻고 앉으며 빅토리아를 바라보았다.

"필립 오펜하임이나 윌리암 르 큐의 소설이 생각나네요. 이 사람들 이후로도 걸출한 아류 첩보 소설가가 몇 있었죠? 그게 다 사실이란 말입니까? 당신도 진짜고요? 당신은 괴롭힘을 당하는 여자 주인공인가요? 아니면 사악한 협잡꾼인가요?"

그 물음에 빅토리아가 현실적인 태도로 대꾸했다.

"중요한 건 폰스풋 존스 박사님께 저에 대해서 뭐라고 말씀드리냐 하는 거죠."

"아무 말도 할 필요 없을 겁니다."

21장

그들은 일찍 바그다드로 향했다. 그러나 이상하게도 빅토리아의 기분은 가라앉아 있었다. 발굴단 숙소를 뒤돌아보다가 목이 메기까지 했다. 그러나 미친 듯 덜컹거리는 화물 자동차로 인한 극심한 불쾌감 때문에 고통스럽다는 생각 외에는 아무 생각도 나지 않아서 감상에 젖지 않을 수 있었다. 당나귀가 지나가고 흙먼지를 날리는 화물차와 마주치는 도로를 달린다는 것이 이상하게만 느껴졌다. 바그다드 교외까지는 3시간 정도 걸렸다. 화물차는 그들을 티오 호텔에 내려놓고는 요리사와 운전사를 태우고 필요한 물건을 사러 갔다. 커다란 우편물 꾸러미가 폰스풋 존스 박사와 리처드를 기다리고 있었다. 거구에 환한 미소를 띤 마커스가 갑자기 나타나 늘 하던 대로 친절하게 빅토리아를 맞아 주었다.

"아니, 이게 얼마 만이에요? 내 호텔엔 안 오신 지가 1주, 2주? 왜 그렇게 안 오셨습니까? 오늘 점심은 여기서 드세요. 원하는 건 뭐든 드릴 테니까. 병아리 요리? 큼직한 스테이크? 특별히 조미료랑 쌀을 채운 칠면조 요리는 못 드립니다. 그건 하루 전에 미리 나한테 알려 줘야 하거든요."

적어도 티오 호텔에서는 빅토리아의 납치 소식이 알려지지 않았음이 분명했다. 에드워드가 데이킨의 충고에 따라 경찰에 신고하지 않았을지도 모른다.

빅토리아가 물었다.

"데이킨 씨가 바그다드에 계신지 아세요, 마커스?"

"데이킨 씨라…… 아, 그 좋은 사람. 물론, 그분은 당신 친구죠. 어제 여기 왔었습니다. 아니, 그저께였군요. 크로스비 대위도, 그분도 아시죠? 데이킨 씨 친구분 말입니다. 크로스비 대위는 오늘 케르만샤에서 도착할 예정이죠."

"데이킨 씨 사무실이 어디 있는지 알아요?"

"물론 알죠. 이라키 이라니안 정유 회사는 모르는 사람이 없으니까요."

"지금 거기 가고 싶어요. 택시로요. 하지만 가는 길을 아는 택시여야 해요."

"내가 직접 알려 드리겠습니다."

마커스는 순순히 그렇게 해 주마고 말했다.

그는 골목이 시작되는 곳까지 빅토리아를 바래다주고는 평상시처럼 사나운 목소리로 고함을 질렀다. 깜짝 놀란 심부름꾼이 한달음에 달려왔다. 마커스는 그에게 택시를 잡아오라고 시켰다. 잠시 후 빅토리아를 하인이 잡아 온 택시로 바래다주고는 마커스가 직접 기사에게 주소를 일러 주었다. 그리고 나서 마커스는 한 발 뒤로 물러서더니 손을 흔들었다.

빅토리아가 물었다.

"방을 하나 쓰고 싶은데, 가능할까요?"

"물론이죠. 아름다운 방도 드리고 오늘 밤에는 푸짐한 스테이크도 주문해 줄게요. 참 아주 특별한 캐비아도 있답니다. 그 전에 한잔 하도록 해요."

"멋지겠네요. 그런데 마커스, 혹시 돈 좀 빌려줄 수 있어요?"

"물론이죠. 여기 있어요. 필요한 만큼 가져가요."

택시는 요란하게 경적을 울리며 출발했고 빅토리아는 동전과 지폐 뭉치를 꼭 쥐고 뒷좌석에 기대앉았다.

5분 뒤 빅토리아는 이라키 이라니안 정유 회사 사무실에 들어가서 데이킨 씨를 만나러 왔다고 했다.

빅토리아가 안내를 받아 들어가자 데이킨이 뭔가를 쓰다가 책상에서 고개를 쳐들었다. 그는 자리에서 일어나 사무적인 태도로 빅토리아에게 악수를 청했다.

"미스, 어, 존스 양, 맞죠? 커피 좀 가져오게, 압둘라."

사무원이 나가면서 방음문을 닫자, 데이킨이 조용히 말했다.

"여기 오면 안 된다는 거 알고 있지 않소."

"이번엔 어쩔 수 없었어요. 직접 말씀 드릴 게 있어서요. 저한테 무슨 일이 또 일어나기 전에."

"무슨 일이 있었소? 무슨 일이 있었던 거요?"

"모르세요? 에드워드가 말 안 했나요?"

"나는 지금까지 당신이 아직 올리브 가지회에서 일하고 있는 줄로만 알았소. 나한테 알려 준 사람도 없었고 말이오."

"역시 캐서린이었어!"

빅토리아가 큰 소리로 외쳤다.

"뭐라고 했소?"

"암고양이 같은 캐서린 짓이에요! 캐서린이 이야기를 꾸며 에드워드를 속였고, 이 인간은 캐서린 말을 곧이곧대로 믿었을 거예요."

"자, 어디 한번 들어 봅시다. 실례가 될지 모르겠지만, 갈색 머리일 때가 더 나았소."

데이킨이 조심스럽게 빅토리아의 금발로 시선을 옮기며 말했다.

"지금부터 해 드릴 얘기에 머리색 바뀐 것도 포함돼요."

잠시 후 문을 두드리는 소리가 나더니 사무원이 향이 좋은 커피 두 잔을 들고 들어왔다. 사무원이 나가자 데이킨이 말했다.

"이제 차근차근 말해 보시오. 여기는 아무도 엿들을 수 없는 곳이니까."

빅토리아는 자신이 그간 겪은 일을 열심히 들려주었다. 언제나처럼 데이킨한테 이야기할 때에는 용케 일관성과 정확성을 유지하였다. 카마이클이 떨어뜨린 빨간색 목도리와 그것을 생각하니 드파르주 부인이 연상되었다는 이야기로 빅토리아는 이야기를 끝마쳤다.

잠시 후 빅토리아가 걱정스러운 표정으로 데이킨을 바라보았다.

사무실에 들어왔을 때 빅토리아의 눈에 데이킨은 그 전보다 더 고개 숙이고 지쳐 보였더랬다. 그러나 지금 그의 눈은 번뜩이고 있었다.

"집에 있는 디킨스 책을 좀 더 자주 읽어야겠군."

"그럼 제 말이 맞다고 생각하시는 건가요? 카마이클이 남긴 말은 드파르주였고 그 목도리에 메시지가 있다고 생각하시는 거죠?"

"내 생각엔 그게 지금까지 우리가 이루어 낸 첫 번째 진전인 것 같소. 그 점에 대해선 당신한테 고마워해야겠군. 그나저나 중요한 건 그 목도리인데, 지금 어디 있소?"

"나머지 제 물건 속에 섞여 있을 거예요. 그날 밤 서랍에 쑤셔 넣었다가 짐 쌀 때 아무렇게나 되는 대로 집어넣었던 게 기억이 나요."

"그 목도리가 카마이클 것이었다고 아무한테도 말하지 않았겠죠? 아무한테도?"

"아무한테도 말하지 않았어요. 그 목도리에 대해서는 까맣게 잊고 있었거든요. 바스라에 갈 때 다른 물건들이랑 같이 여행 가방에 쑤셔 넣고 그 뒤로 여행 가방을 연 적도 없어요."

"그렇다면 목도리는 무사하겠군. 당신 물건을 뒤졌다고 해도 낡고 더러운 울 목도리에 관심을 갖지는 않았을 거요. 귀띔을 받지만 않았다면 말이오. 그러나 지금까지 들어 본 바로는 그랬을 리 없겠군. 이제 우리가 할 일은 당신 물건을 챙겨서 가져오는 거요. 그나저나 묵을 곳은 있소?"

"티오 호텔에 방을 하나 잡아 두었어요."

데이킨이 고개를 끄덕였다.

"잘 생각했소."

"올리브 가지회로 복귀해야 할까요? 제가 그러길 바라시나요?"

데이킨이 예리한 눈빛으로 빅토리아를 쳐다보았다.

"두렵소?"

빅토리아가 턱을 쳐들고 당당한 표정을 지으며 도전적인 말투로 대답했다.

"아뇨. 가라시면 갈게요."

"그럴 필요는 없을 것 같소. 아니, 그러지 않는 편이 더 현명할 것 같군. 어떻게 알았는지는 몰라도, 그쪽에서 당신의 활동을 눈치챘을 거요. 이렇게 된 이상, 당신이 알아낼 수 있는 것은 더 이상 없을 테니 이 일에서 그만 빠지는 게 낫겠소."

데이킨이 웃으며 덧붙였다.

"그러지 않으면 다음번에 당신을 만날 때는 빨간 머리로 만날지도 모르겠군."

"그게 바로 제가 가장 알고 싶은 점이에요! 왜 제 머리를 염색해 놓았을까요? 아무리 생각해 봐도 모르겠어요. 데이킨 씨는 아시겠어요?"

"당신이 죽으면 시체의 신원을 밝히기 어렵게 하려고 그런 걸지도 모르겠다는 약간 불쾌한 추측밖에는 나도 할 수가 없소."

"저를 죽이려고 했다면 어째서 바로 죽이지 않았을까요?"

"매우 흥미로운 질문이오. 그 누구보다 나도 밝히고 싶은 의문점이오."

"전혀 모르시겠어요?"

"실마리도 못 찾겠소."

데이킨이 희미하게 미소 지으며 대답했다.

"실마리 하니까 생각나는데, 그날 아침 티오 호텔에서 루퍼트 크로프턴 리 경이 뭔가 이상해 보였다고 말씀드렸던 거 기억나세요?"

"그렇소."

"그분과 개인적인 친분이 있었던 건 아니죠, 그렇죠?"

"그전까지는 만난 적이 없었소."

"그럴 줄 알았어요. 왜냐하면 그 남자는 루퍼트 크로프턴 리 경이 아니었거든요."

그러고 나서 빅토리아는 루퍼트 경의 목 뒤에 있던 초기 단계의 종기부터 시작해서 다시 한번 생생하게 이야기를 들려주었다.

"그렇게 된 거였군. 어떻게 해서 카마이클이 경계를 풀게 되었고 결국 죽임까지 당했는지 몰랐었지. 크로프턴 리한테는 무사하게 접근했는데, 크로프턴 리가 카마이클을 칼로 찔렀고, 카마이클은 가까스로 도망을 쳐서 당신 방으로 쳐들어가서 쓰러진 거였군. 그래서 말 그대로 목도리를 결사적으로 붙들고서 죽어 간 거였어."

"이 사실을 데이킨 씨한테 말할까 봐 절 납치했던 걸까요? 하지만 에드워드 말고 아는 사람이 없는데."

"당신을 한시라도 빨리 제거해야겠다고 생각한 것 같소. 당신이 올리브 가지회에서 벌어지는 일을 너무 많이 알고 있으니까 말이오."

"래스본 박사가 저한테 경고했었죠. 경고라기보다 협박에 가까웠지만. 그분은 제가 위장하고 있다는 걸 눈치채신 것 같았어요."

"래스본은 바보가 아니니까."

데이킨이 무미건조하게 말했다.

"거기로 돌아가지 않아도 돼서 다행이에요. 용감한 척했지만 사실 무서워서 죽는 줄 알았거든요. 올리브 가지회로 돌아가지 않으면 어떻게 에드워드에게 연락할 수 있을까요?"

데이킨이 미소를 지었다.

"마호메트가 산으로 가지 않을 거라면, 산이 마호메트에게로 오는 수밖에. 그에게 지금 메모를 쓰시오. 티오 호텔에 있으니 옷가지며 짐을 가지고 와 달라고. 오늘 오전에 래스본 박사가 속한 클럽의 작은 모임 중 하나에 관해서 상의하러 갈 참이오. 갔다가 래스본 박사의 비서한테 메모를 슬쩍 찔러 주는 것쯤이야 나한테는 일도 아니오. 그러면 당신의 적인 캐서린이 가로챌 위험도 없을 것이고. 이제 당신은 티오 호텔로 돌아가 있으시오. 그리고 빅토리아……."

"네?"

"곤경에 처하면 스스로 헤쳐 나오도록 하시오. 우리도 최대한 당신을 지켜 주겠지만, 당신의 적은 그리 만만하지 않은 데다 불행하게도 당신은 아는 게 많소. 일단 당신 짐이 티오 호텔에 도착하면 당신이 내게 해 줄 임무는 끝이오. 그렇다고 해도 이해하니까."

"지금 바로 티오 호텔로 가겠어요. 가는 길에 파우더랑 립스틱이랑 콜드크림부터 사야겠어요. 역시…….."
"역시, 화장도 안 하고 애인을 만날 수는 없는 법이니까."
"리처드 베이커와 있을 때는 상관없지만, 그래도 나도 꾸미면 훨씬 나아 보인다는 걸 그 사람이 알아줬으면 하는 마음은 있거든요. 하지만 에드워드는……."

22장

 금발 머리를 정성들여 정돈하고, 얼굴에 파우더를 바른 후 립스틱까지 바른 빅토리아는 다시 한번 로미오를 기다리는 현대판 줄리엣이 되어 티오 호텔의 발코니에 앉아 있었다.
 곧이어 로미오가 도착했다. 그가 이리저리 두리번거리면서 잔디밭에 등장하였다.
 "에드워드."
 빅토리아가 부르자 에드워드가 위를 쳐다보았다.
 "거기 있었네요, 빅토리아!"
 "이리 올라와요."
 "알았어요."
 잠시 후 에드워드가 인적이 드문 발코니에 나타났다.
 "여기가 더 조용해서요. 이따 내려가서 마커스한테 마실 걸 달라고 하기로 해요."

에드워드가 어리둥절한 표정으로 빅토리아를 뚫어져라 바라보았다.

"빅토리아, 머리에 무슨 짓을 한 거예요?"

빅토리아가 깊은 한숨을 내쉬었다.

"누구든 머리 얘기만 꺼내면 방망이로 머리를 쳐 버리고 싶어요."

"난 그전 머리가 더 좋았는데."

"캐서린한테 그렇게 말해 보시죠!"

"캐서린? 캐서린이 대체 무슨 상관이 있길래요?"

"이래저래 상관 많죠. 당신이 캐서린하고 친하게 지내 보라고 해서 그렇게 했죠. 당신의 그 말 한마디 때문에 내가 어떤 곤경에 처하게 될지 당신은 전혀 몰랐겠죠."

"빅토리아, 그동안 대체 어디 있었던 거예요? 많이 걱정했어요."

"그랬어요? 내가 어디 있었을 것 같은데요?"

"캐서린이 나한테 메시지를 전해 줬어요. 당신이 갑자기 모술로 떠나게 되었다고 전해 달랬다면서요. 아주 중요한 일이고 곧 좋은 소식이 있을 것이며, 조만간 소식을 전하겠다고 했다던데요."

"당신은 그 말을 곧이곧대로 믿었던 거예요?"

빅토리아가 딱해 죽겠다는 말투로 물었다.

"뭔가 단서를 잡았나 보다 생각했죠. 당연히, 캐서린한테는 긴말할 수 없었을 테고요……."

"캐서린이 거짓말하고 있다, 내가 머리를 맞고 살해당했을지 모른다는 생각은 안 들었나 보군요."

"뭐라고요?"

에드워드가 멍하니 쳐다봤다.

"약물에, 클로로포름에, 굶주림까지……."

에드워드가 주변을 살피면서 말했다.

"세상에! 꿈에도 몰랐어요. 그런 얘기는 여기 말고 다른 데서 해야 할 것 같아요. 창문도 너무 많고. 당신 방으로 갈까요?"

"좋아요. 내 짐은 챙겨 왔어요?"

"그럼요. 아까 짐꾼한테 맡겨 놓았어요."

"2주 동안 갈아입을 옷이 없었던지라……."

"빅토리아, 도대체 무슨 일이 있었던 거예요? 내가 차를 가지고 왔으니까 데번으로 갑시다. 단둘이 있어 본 지 너무 오래됐잖아요."

"바빌론에 갔던 때 말고 없었죠. 하지만 래스본 박사와 올리브가 지회에서 뭐라고 하지 않을까요?"

"그러든지 말든지. 그 노인네한테 정말 질려 버렸어요."

에드워드와 빅토리아는 계단을 뛰어 내려가 에드워드가 세워 놓은 차까지 갔다. 에드워드는 대로를 따라 바그다드를 통과해서 남쪽으로 차를 몰았다. 그러다가 옆길로 들어서서 야자수 숲과 관개수로 위로 나 있는 다리들을 덜컹거리며 지나갔다. 마침내 뜻밖에도 관개수로가 관통하고 있는 작은 관목 숲이 나왔다. 대개 아몬드 나무와 살구나무로 이루어진 관목 숲에 있는 나무들은 이제 막 꽃을 피우고 있었다. 아주 목가적인 풍경이었다. 관목 숲 너머로 그리

멀지 않은 곳에 티그리스 강이 흐르고 있었다.
에드워드와 빅토리아는 차에서 내려 꽃이 피고 있는 나무들 사이를 함께 거닐었다.
빅토리아가 깊은 한숨을 쉬며 말했다.
"정말 좋아요. 여긴 영국의 봄 같아요."
공기는 부드럽고 따뜻했다. 잠시 후 그들은 머리 위로 분홍색 꽃들이 흐드러지게 피어 있는 쓰러진 나무 그루터기에 앉았다.
"자, 이제 당신한테 무슨 일이 있었는지 나한테 말해 봐요. 그동안 난 정말 끔찍하게 비참한 심정이었답니다."
"정말요?"
빅토리아가 몽롱한 미소를 지었다.
곧이어 그간의 일을 에드워드에게 들려주었다. 여자 미용사, 클로로포름 냄새와 그 냄새를 맡지 않으려던 자신의 사투, 약에 취해 아픈 상태로 깨어난 일, 탈출 과정과 운 좋게도 리처드 베이커를 만났던 일, 발굴단으로 가는 길에 자신이 빅토리아 폰스풋 존스를 사칭했던 일, 영국에서 도착한 고고학 전공 학생 역할을 기적적으로 맡게 된 일 등을 낱낱이 들려주었다.
이 부분에서 에드워드가 크게 웃었다.
"빅토리아, 당신은 정말 대단해요! 그런 거짓말을 할 수 있다니."
"나도 알아요. 대단하신 우리 큰아버지들. 폰스풋 존스 박사님하고 그전의 주교님하고."
이렇게 말하다가 빅토리아는 불현듯 바스라에서 클레이턴 부인이 음료를 준비해 놓았으니 들어오라고 해서 에드워드에게 물어보려다가 물어보지 못했던 질문이 뭐였는지 기억해 냈다.

"전에도 물어보려고 했는데요, 주교 큰아버지에 대해서는 어떻게 알았어요?"

빅토리아는 자신의 손을 잡고 있던 에드워드의 손에 갑자기 힘이 들어가는 것을 느꼈다. 에드워드가 금방, 너무 금방 대답을 했다.

"당신이 말해 주지 않았나요?"

빅토리아가 에드워드를 바라보았다. 그처럼 어리석고 유치한 말실수 하나가 그런 결과를 초래했다니 참 이상하다고 빅토리아는 나중에 생각했다.

에드워드는 기습이라도 당한 것처럼 깜짝 놀랐다. 준비된 대본이 없어서였는지 그의 얼굴은 갑자기 무방비 상태가 되었고 가면이 벗겨지고 말았다.

에드워드를 바라보고 있자니 모든 것이 변하며 마치 만화경처럼 어떤 패턴이 드러났다. 그리고 빅토리아는 이제 진상을 알게 되었다. 어쩌면 갑작스러웠던 게 아닐지도 모른다. 어쩌면 무의식 어디에선가는 '에드워드가 주교 큰아버지 얘길 어떻게 알았을까?'라는 질문이 끈질기게 남아 계속 괴롭히면서 서서히 1가지, 불가피한 답에 이르렀을지 모른다. 에드워드는 랭고 주교 얘기를 빅토리아에게서 들은 것이 아니다. 따라서 그 얘기를 해 줄 수 있었던 단 한 사람은 해밀턴 클립 씨 아니면 그 부인밖에 남지 않는다. 그러나 해밀턴 클립 부부는 빅토리아가 바그다드에 도착한 후 에드워드와 마주칠 일이 없었다. 에드워드가 바스라에 가 있었기 때문이다. 그렇다면 그는 영국을 떠나기도 전부터 그들에게 들어서 이미 알고 있었던 것이 분명하다. 그는 빅토리아가 그들과 함께 오리란 것 또한 벌써 알고 있었던 것이 분명했다. 그 모든 놀라운 우연은 결국 우연이 아니라 계획되고 조종된 일이었던 것이다.

가면이 벗겨진 에드워드의 얼굴을 응시하다가 빅토리아는 불현듯 카마이클이 루시퍼라고 한 말이 무슨 뜻이었는지 이해가 갔다. 그날 카마이클이 영사관 정원으로 통하는 복도에서 무엇을 보았는지 빅토리아는 이제 알게 되었다. 그는 빅토리아가 지금 보고 있는 저 아름다운 젊은 청년의 얼굴을 보았던 것이다. 아름다운 얼굴이기는 하니까.

루시퍼, 아침의 아들이여, 그대는 어찌 하늘에서 떨어졌는가?

래스본 박사가 아니라 에드워드였다니! 하찮은 비서인 줄 알았던 에드워드가 실은 래스본 박사를 명목상의 우두머리로 내걸고 모든 것을 조종하고 계획하고 지시하고 있었던 것이다. 박사는 빅토리아에게 빠져나갈 수 있을 때 빠져나가라고 경고해 주었던 것이다.

아름답지만 사악한 얼굴을 바라보고 있자니 그동안 품어 왔던 사춘기 소녀의 바보 같은 풋사랑의 감정이 사라져 버렸고, 에드워드에게 느꼈던 감정이 사랑이 아니었다는 것을 깨달았다. 그 감정은 그녀가 몇 시간 전에 험프리 보가트에게, 그 이후에는 에딘버러 공작에게 느꼈던 감정과 똑같은 감정이었다. 그 감정은 그저 이성에게 느끼는 매력이었을 뿐이었다. 에드워드도 빅토리아를 사랑한 것이 결코 아니었다. 그는 자신의 외모와 매력을 교묘하게 이용했던 것이다. 그날 그는 자신의 매력을 손쉽게, 아주 자연스럽게 십분 발휘하여 빅토리아에게 접근했고, 빅토리아는 아무런 저항 없이 그런 그에게 빠져 버렸다. 빅토리아는 그야말로 속이기 쉬운 상대였다.

단 몇 초 안에 어떻게 그렇게 많은 일을 떠올릴 수 있었는지 생각해 보면 참 신기했다. 애써 생각하려고 할 필요도 없었다. 그냥 떠올랐다. 그것도 완전하고 즉각적으로. 어쩌면 실은 마음속으로 이미 알고 있었기 때문에 그랬을지도 모른다.

그런 생각과 동시에 일종의 자기 보호 본능이 빅토리아의 그 모든 사고 과정 못지않게 재빠르게 작용하여 아직도 생각 없는 바보 같은 놀라운 표정을 짓게 했다. 본능적으로 빅토리아는 자신이 위험에 처했다는 것을 알았다. 이제 목숨을 구할 방법도, 그녀가 내밀 수 있는 카드도 하나밖에 없었다. 그녀는 서둘러 그 카드를 내밀기로 했다.

"다 알고 있었군요! 내가 여기로 올 거란 것도 알고 있었고요. 당신이 다 계획한 거였군요. 오, 에드워드, 당신은 정말 대단해요!"

이제 부자연스럽고 무표정한 빅토리아의 얼굴에는 단 하나의 감정, 숭배에 가까운 감정만이 드러나 있었다. 이에 대한 에드워드의 반응은 희미한 비웃음, 안도의 표정이었다. 그녀는 에드워드가 이렇게 혼잣말하는 것이 들리는 듯했다. '바보 같으니라고! 무슨 말이든 믿겠구나! 내 마음대로 요리할 수 있겠어.'

"하지만 그 모든 걸 어떻게 계획했어요? 당신 정말 대단한 사람이군요. 겉보기와 전혀 다른 사람임이 틀림없어요. 당신은 얼마 전에 말했던 것처럼 바빌론의 왕 같아요."

빅토리아는 그의 얼굴에 환하게 떠오른 자만을 보았고, 겸손하고 호감 가는 젊은 청년의 허울 뒤에 감춰져 있던 힘과 위력 그리고 아름다움과 잔인함을 보았다.

'난 기독교도 노예일 뿐이고요.'

속으로 이렇게 생각하면서도 빅토리아는 마지막으로 예술적 터치를 가미하기 위해 재빨리 걱정스러운 표정으로 한마디 덧붙였다. (그 대가로 자존심이 상했지만 어차피 아무도 모를 일이었다.)

"정말 날 사랑하죠, 그렇죠?"

이제 그는 대놓고 비웃었다. 이 바보 같으니라고. 여자들은 다 바보라니까! 자기들을 사랑한다고 믿게 만들기가 이렇게 쉽다니. 오로지 신경 쓰는 거라고는 사랑밖에 없다니까! 새로운 세상의 건설이 얼마나 위대한지도 모르고 사랑 타령만 하다니! 여자들은 노예와 같으니까 여자들을 노예로 이용해서 목적을 달성해야지.

"물론 당신을 사랑하지."

"그런데 이게 다 무슨 일이죠? 말해 줘요, 에드워드. 내가 알아들을 수 있도록."

"새로운 세상이 열릴 거야, 빅토리아. 새로운 세상이 옛날이 남긴 쓰레기와 잿더미 속에서 태어나는 거지."

"좀 더 말해 줘요."

듣고 있는 동안 빅토리아 자신도 그 꿈에 휩쓸려 넘어갈 뻔했다.

에드워드에 따르면 낡고 불량한 것들이 서로를 좀먹게 해야 한다는 것이었다. 진보를 방해하면서까지 자신의 이익에 목숨 거는 배부른 기성세대, 마르크스주의가 지배하는 자기들만의 낙원을 세우려는 어리석은 고집불통 공산주의자. 이들 사이에는 완전한 파괴를 초래할 전면전이 벌어져야만 한다. 그렇게 해서 새로운 하늘과 새로운 땅이 생겨나야 한다. 그 주체는 남보다 우수한 존재, 과학자, 농업 전문가, 행정인, 에드워드 같은 젊은이, 신세계의 젊은 지그프리트(독일, 북유럽 전설에 나오는 영웅 — 옮긴이)가 되어야 한다. 초인이 될 운명을 믿는 모든 젊은이들 말이다. 파괴가 제 갈 길을 다 가서 종착역에 도달하면, 그들이 나서서 접수할 것이다.

그것은 광기이되, 참으로 건설적인 광기였다. 그것은 산산이 부서지고 갈래갈래 분열된 세상에서 일어날 수 있는 그런 유의 일이었다.

"하지만 희생당할 그 모든 사람을 먼저 생각해 봐요."

"당신, 내 말을 못 알아들었군. 그런 건 중요하지 않아요."

인명 따위는 상관없다, 이것이 에드워드의 신조였다. 갑자기 아무 이유 없이 역청으로 수선한 3000년 된 조잡한 사기그릇이 빅토리아의 마음속에 떠올랐다. 그런 물건들은 분명 중요한 것들이었다. 일상 속의 사소하고 자잘한 것, 요리해서 먹일 가족, 가족을 외부로부터 보호해 주는 네 면의 벽, 한두 가지 귀중품. 자기가 맡은 일을 하고, 땅을 일구고, 항아리를 만들고, 가족을 부양하고, 울고 웃고, 아침에 일어나고 밤에 잠자리에 들었던 이 땅에 살았던 그 모든 수천, 수만 명의 보통 사람들. 진짜 중요한 사람들은 신세계를 만들고 싶어 하고 그 과정에서 누가 다치든 개의치 않는 사악한 얼굴의 이 가짜 천사들이 아니라 바로 이런 보통 사람들이었다.

그러나 조심스럽게 상황 파악을 해 본 결과, 지금 데번에서 죽을지도 모르기 때문에 빅토리아는 이렇게 말했다.

"에드워드, 당신은 정말 놀라워요. 그런데 난 어쩌죠? 내가 할 수 있는 일이 뭘까요?"

"당신도 돕고 싶나? 그럼 내 말을 믿는다는 건가?"

그러나 빅토리아는 신중함을 잊지 않았다. 갑자기 생각을 바꾸면 탄로가 날 것이기 때문이다.

"난 그저 당신을 믿을 뿐이에요. 당신이 하라는 일은 뭐든 하겠어요, 에드워드."

"좋았어."

"그런데 여긴 왜 오자고 한 거예요? 분명 무슨 이유가 있겠죠?"

"물론 있지. 그날 내가 당신 사진 찍었던 거 기억나?"

"기억해요."

('내가 바보였지. 얼마나 우쭐해했는지. 웃음은 또 얼마나 바보 같았겠어.')

"당신 옆모습을 보고 누군가와 아주 닮았다는 생각이 들었지. 그래서 확인해 보려고 사진을 찍었던 거요."

"내가 누굴 닮았는데요?"

"우리를 꽤 성가시게 해 온 여자, 안나 셸레."

"안나 셸레."

빅토리아는 정말 깜짝 놀라 에드워드를 응시했다. 그전까지 이런 저런 생각을 해 봤지만 이건 정말 아니었기 때문이었다.

"그러니까 그 여자가 나랑 닮았단 말인가요?"

"옆모습은 빼다 박았다고 할 수 있지. 옆모습만 보면 똑같고. 게다가 아주 특이한 점이 하나 있는데, 당신 윗입술 왼쪽에 있는 작은 흉터……."

"나도 알아요. 어렸을 때 장난감 말을 타다가 떨어져서 생긴 흉터예요. 장난감 말의 귀가 날카롭게 튀어나와 있어서 꽤 깊게 베였더랬죠. 지금은 별로 표시도 나지 않고 화장을 하면 보이지도 않아요."

"안나 셸레도 바로 그 위치에 흉터가 하나 있거든. 그게 가장 주요했어. 당신은 안나 셸레와 키도 체격도 비슷하지. 나이는 당신이 네다섯 살 더 어리지만. 유일하게 다른 점이 있다면 머리야. 당신은 갈색 머리고, 그 여자는 금발이지. 헤어스타일도 전혀 다르고. 당신 눈 색깔은 더 짙은 파랑이지만 색안경을 쓰면 그건 문제되지 않을 거야."

"그래서 내가 바그다드로 왔으면 하고 바랐던 건가요? 그 여자랑 비슷하기 때문에?"

"그래. 그 닮은 점이 유용할 때가 있겠다 싶었지."

"그래서 그 모든 걸 계획한 거군요. 클립 부부도 그렇고……. 근데 클립 부부는 어떤 사람들이죠?"

"중요한 사람들은 아니야. 그저 시키는 대로 할 뿐."

에드워드의 목소리에 있는 뭔가가 빅토리아의 등골을 오싹하게 했다. 마치 자신은 인간이 아니기라도 한 것처럼, '그들은 명령에 복종할 뿐'이라고 말했기 때문이었다.

이 광기 번득이는 프로젝트에는 종교적인 면이 있었다. 빅토리아는 '에드워드는 자기가 신인 줄 아는구나. 그게 바로 무서운 점이야.'라고 생각하면서도 말은 다르게 했다.

"안나 셸레가 당신 계획을 조종하는 우두머리, 여왕벌이라고 했죠, 맞아요?"

"당신을 따돌리려면 그렇게 말할 수밖에 없었지. 당신은 이미 너무 많은 걸 알고 있어."

'내가 안나 셸레를 닮지 않았다면 난 벌써 죽었겠구나.'

빅토리아는 이번에도 말은 다르게 했다.

"그 여자의 정체가 뭐죠?"

"세계적인 미국인 은행가 오토 모건덜의 오른팔 격인 비서야. 하지만 그게 다가 아니지. 그 여자는 금융 쪽으로 가장 두뇌가 뛰어나. 그 여자가 우리 쪽 재무 상황을 꽤 깊이 추적해 왔다고 믿을 만한 이유가 있어. 우리한테 위험한 인물이 3명 있었지. 그중 루퍼트 크로프턴 리, 카마이클, 이 두 사람은 제거했고, 이제 안나 셸레만 남았군. 3일 내로 바그다드에 도착하기로 되어 있는데, 도중에 사라졌어."

"사라졌다고요? 어디서요?"

"런던에서. 지구상에서 아주 사라져 버렸지."

"그녀가 어디 있는지 아는 사람이 없나요?"

"데이킨은 알지도 몰라."

그러나 데이킨은 몰랐다. 빅토리아는 그 사실을 알고 있었지만, 에드워드는 모르는 것 같았다. 그렇다면 안나 셸레는 어디 있는 걸까?

"정말 전혀 모르겠어요?"

"우리도 짐작은 하고 있지."

에드워드가 느릿느릿 말했다.

"어떤 짐작이요?"

"안나 셸레는 회의 때문에라도 반드시 바그다드에 와야만 해. 당신도 알다시피 회담은 5일 후에 열리지."

"그렇게나 빨리요? 난 전혀 몰랐는데."

"우리는 이 나라로 들어오는 모든 경로를 샅샅이 파악해 놓았어. 그 여자는 분명 가명으로 입국할 거고 정부 요원 전용기를 타고 오지 않을 게 확실하지. 그 점은 우리에게도 확인 수단이 다 있어. 따라서 우리는 민영 항공기의 예약 좌석을 모조리 조사해 놓았지. 그레테 하덴이란 이름으로 BOAC에 예약이 되어 있더군. 그건 가명이지. 주소도 가짜일 테고. 그레테 하덴이 안나 셸레라는 게 우리 생각이야."

에드워드는 잠시 후 다시 입을 열었다.

"그 비행기는 내일모레 다마스쿠스에 착륙할 거야."

"그러고 나면요?"

에드워드의 눈이 갑자기 빅토리아에게로 향했다.

"그다음은 당신한테 달렸어, 빅토리아."

"나한테요?"

"당신이 그 여자 역할을 맡게 될 테니까."

빅토리아가 천천히 말했다.

"루퍼트 크로프턴 리처럼요?"

그것은 거의 속삭임에 가까웠다. 대역과 교체하는 도중 루퍼트 크로프턴 리는 죽었다. 따라서 빅토리아가 대역을 맡게 되면 안나 셸레, 아니 그레테 하덴도 아마 죽을 것이다.

에드워드가 대답을 기다리고 있었다. 한순간이라도 충성심을 의심받으면, 그녀, 빅토리아는 곧 죽을 것이다. 누구한테 알릴 기회도 가져보지 못한 채.

그렇게 되어서는 안 된다. 빅토리아는 일단 동의한 다음 데이킨한테 보고할 기회를 엿봐야만 한다.

그녀는 심호흡을 한 다음 말했다.

"나, 나는…… 오, 에드워드, 난 못 할 것 같아요. 곧 발각되고 말 거예요. 미국식 억양도 흉내 낼 줄 모르는걸요."

"안나 셸레에게는 사실 억양이 없어. 어차피 후두염이라고 둘러댈 거고. 이 지역에서 손꼽히는 의사 하나가 그렇게 진단해 줄 거야."

'이 사람들은 도처에 사람을 심어 놓았구나.'

"내가 할 일은 뭐죠?"

"다마스쿠스에서 바그다드까지 그레테 하덴 신분으로 비행을 해. 도착해서는 즉시 침대에 드러눕게 될 거야. 그러다가 때가 되면 저명한 우리 쪽 의사의 허락을 받아 회담에 참석하고. 회담에 가면 가져간 문서를 그들 앞에 제시해야 할 거야."

"진짜 문서를요?"

"물론 아니지. 우리가 작성한 서류를 대신 제시할 거야."

"그 문서에는 뭐라고 쓰여 있는데요?"

에드워드가 미소 지었다.

"미국에서 가장 큰 규모의 공산주의 음모가 벌어지고 있다는 그럴듯한 내용이 자세히 적혀 있을 거야."

'주도면밀하구나.'

"에드워드, 당신은 정말 내가 이 일을 무사히 해낼 수 있다고 생각하나요?"

이제 빅토리아도 역할을 하나 맡게 되었으므로, 진심으로 걱정하는 듯한 태도로 묻는 것은 쉬웠다.

"물론 할 수 있어. 일전에 보니까 당신은 다른 사람 역할을 하면서 너무나 즐거워했고, 그런 당신을 믿지 않을 수 없었지."

빅토리아가 생각에 잠긴 듯한 표정으로 말했다.

"해밀턴 클립 부부 일을 떠올리면 아직도 바보 같다는 생각이 들어요."

에드워드가 우쭐해하며 비웃었다.

숭배해 마지않는 표정을 거두지 않은 채 빅토리아는 생각했다.

'하지만 바스라에서 주교 얘기를 무심코 꺼낸 당신도 바보야. 그 실수가 없었다면 당신의 정체를 절대로 알아채지 못했을 테니까.'

빅토리아가 갑자기 생각났다는 듯 말했다.

"래스본 박사는 어떻게 되는 거죠?"

"'어떻게 되느냐'니, 무슨 뜻이지?"

"박사님은 그저 허수아비인가요?"

에드워드의 입술이 야비하게 위로 치켜 올라갔다.

"레스본은 명령을 따를 수밖에 없어. 그 긴 세월 그자가 한 일이 뭔지 알아? 전 세계에서 쏟아지는 기부금 중 4분의 3을 교묘하게 횡령해 왔지. 허레이쇼 보텀리(영국의 유명한 사기꾼 저널리스트, 언론사 소유주, 인민주의 정치가, 국회의원으로 활약하기도 했음 — 옮긴이) 이후 최대의 사기랄까. 레스본은 우리 손아귀 안에 있어. 언제든 우리가 폭로할 수 있다는 걸 그 노인네도 알거든."

빅토리아는 고상한 돔형 이마를 지녔지만 탐욕스러운 그 노인에게 갑자기 고마움을 느꼈다. 래스본 박사는 사기꾼일지는 모르나 인정은 있었다. 빅토리아에게 도망가라고 경고까지 해 주었으니까.

"모든 일이 우리의 새 체제를 지향하고 있지."

'겉보기에는 멀쩡한데 실은 미쳤구나! 신 노릇을 하려 들다니 당신은 미쳤어. 겸손이 기독교의 덕목이라고들 하는데 이제 그 이유를 알 것 같아. 겸손은 우리가 제정신을 유지하고 인간다울 수 있게 지켜 주는 덕목이야……'

에드워드가 자리에서 일어났다.

"이제 움직여야 할 때야. 당신을 다마스쿠스로 보낸 후 모레까지 그쪽에서 우리 계획이 성사되도록 준비해야 하니까."

빅토리아는 민첩하게 일어섰다. 일단 데번에서 벗어나서 사람이 많은 바그다드로, 마커스가 환한 얼굴로 큰 소리로 술 한잔하자고 권하는 티오 호텔로 가기만 하면, 에드워드가 가하는 이 끈덕진 위협을 사라지게 할 수 있을 것이다. 빅토리아는 2가지 역할을 해내야만 한다. 구역질나지만 충성스러운 개처럼 헌신적인 태도로 계속 에드워드를 속이는 동시에 비밀리에 그의 계획에 맞서야 한다.

"데이킨 씨는 안나 셸레가 어디 있는지 알 것 같다고 했죠? 어쩌면 내가 알아낼 수 있을지 모르는데. 그분이 귀띔해 줄지도 모르니까요."

"그럴 일은 없을 거야. 어쨌든 당신은 데이킨을 못 만나게 될 테니까."

"데이킨 씨가 저한테 오늘 저녁에 좀 보자고 하셨어요. 내가 안 나타나면 이상하게 생각할 텐데요."

빅토리아는 살짝 등골이 오싹해지는 것을 느끼며 거짓을 꾸몄다.

"지금 단계에서 그자가 어떻게 생각할지는 중요하지 않아. 우리는 이미 계획을 다 세웠으니까. 당신이 다시 바그다드에 올 일은 없어."

"하지만 에드워드, 내 짐이 몽땅 티오에 있는걸요! 방도 하나 예약해 뒀단 말이에요."

목도리. 문제의 그 목도리.

"당분간은 짐도 필요 없을 거야. 당신이 입을 옷은 다 준비해 뒀으니까. 어서 와."

그들은 다시 차에 올라탔다.

'내가 자기 정체를 알게 되었는데 데이킨 씨와 접촉하게 놔둘 정도로 에드워드가 바보가 아니란 걸 알았어야 했어. 하지만 이 인간은 내가 자기한테 빠져 있다고 믿으니까. 맞아, 그것만은 분명해. 그

렇기는 해도 위험을 무릅쓰려고 하진 않을 거야.'

"내가 안 나타나면 찾지 않을까요?"

"그 점은 우리가 알아서 하지. 이제 공식적으로 당신은 다리에서 나와 헤어진 후 웨스트 뱅크에 있는 친구들을 만나러 출발하는 거야."

"그러고 나서는요?"

"두고 보면 알게 되겠지."

그들이 탄 자동차가 울퉁불퉁한 길 때문에 덜컹거리고 둥근 야자수 정원과 작은 관개수로 다리들을 굽이굽이 돌아가는 동안 빅토리아는 아무 말 없이 앉아 있었다.

"르파르주라. 카마이클이 무슨 뜻으로 그런 말을 했는지 알 수 있으면 좋겠는데."

에드워드가 중얼거렸다.

빅토리아의 심장이 불안감으로 두근거리기 시작했다.

"참, 깜빡했네요. 중요한 건지 모르겠는데, A.M. 르파르주란 사람이 어느 날 텔 아스워드에 있는 발굴 현장에 왔었어요."

"뭐라고?"

에드워드가 흥분한 나머지 차를 박을 뻔했다.

"그게 언제였지?"

"음, 한 일주일 됐어요. 그 사람 말로는 시리아에 있는 어떤 발굴 현장에서 왔다고 했어요. M. 패럿의 발굴단이라던가?"

"당신이 거기 있는 동안 앙드레와 주베라는 남자 둘이 다녀가지 않았나?"

"맞아요. 그중 한 사람이 배가 아프다면서 숙소에 들어가서 쉬겠다고 했었어요."

"그들도 우리가 보낸 사람들이었지."

"그 사람들이 거길 왜 왔었을까요? 날 찾으려고?"

"아니, 당신이 어디 있는지 그땐 몰랐으니까. 그러나 리처드 베이커는 카마이클과 같은 시기에 바스라에 있었지. 우리는 카마이클이 뭔가를 베이커에게 전해 줬다고 생각했어."

"누군가 자기 물건을 뒤졌다고 리처드가 그랬어요. 갔던 사람들은 뭐 좀 찾아냈나요?"

"못 찾았어. 자, 잘 생각해 봐, 빅토리아. 르파르주란 남자가 우리가 보낸 사람들이 다녀가기 전이었어, 후였어?"

빅토리아는 그럴듯하게 곰곰이 생각하는 표정을 지으며 어느 편이 가공의 M. 르파르주다울지 결정했다.

"그러니까, 맞아요. 그 두 사람이 오기 전날이었어요."

"와서 뭘 했지?"

"글쎄요. 발굴 현장에 폰스풋 존스 박사와 함께 갔었어요. 그 후 리처드 베이커가 그를 숙소로 데리고 와서 보여 줄 게 있다면서 앤티카 룸으로 갔어요."

"그가 리처드 베이커와 숙소에 갔다, 둘이 얘기도 했나?"

"그랬겠죠. 뭔가를 보면서 아무 말도 안 하진 않잖아요."

"르파르주라, 르파르주가 누구지? 어째서 그자에 관한 정보는 입수되지 않았던 거지?"

빅토리아는 '왜냐하면 그 사람은 소설 속에 나오는 해리스 부인의 동생이니까.'라고 말하고 싶은 걸 꾹 참았다. M. 르파르주는 자기가 지어낸 이름이지만 참 잘 지었단 생각에 뿌듯했다. 이제 머릿속에 르파르주를 선명하게 떠올릴 수도 있었다. 검은 머리에 가는 콧수염을 길렀으며 폐결핵 환자처럼 보이는 마른 청년. 조금 뒤 에드워드가 물어보자 빅토리아는 세심하고 정확하게 르파르주를 설명해 주었다.

그들이 탄 자동차는 이제 바그다드 교외를 지나가고 있었다. 에드워드는 발코니와 정원이 둘러싸고 있는 가짜 유럽 스타일의 현대식 빌라가 들어선 거리로 방향을 틀었다. 그중 어떤 집 앞에 커다란 관광용 자동차가 한 대 서 있었다. 에드워드는 그 뒤에 차를 세웠고 빅토리아와 함께 내려 정문까지 나 있는 계단을 올라갔다.

가무잡잡하고 마른 여자가 나와 에드워드와 빅토리아를 맞이했다. 에드워드는 그 여자에게 빠르게 불어로 뭐라고 말했다. 빅토리아의 불어 실력은 둘이 주고받는 대화 내용을 알아듣기에는 역부족이었지만, 대충 이 여자가 내가 말했던 여자이고 즉시 옷을 갈아입히라는 내용인 것 같았다.

여자는 빅토리아 쪽을 향하더니 정중하게 불어로 말했다.

"이쪽으로 오세요."

그녀는 빅토리아를 어떤 침실로 안내했는데, 침대 위에는 수녀복이 놓여 있었다. 여자는 빅토리아에게 몸짓으로 신호를 보냈고, 빅토리아는 입고 있던 옷을 벗고 뻣뻣한 울 속옷을 입은 후 중세 분위기가 나는 짙은 색의 풍성한 주름을 뒤집어썼다. 처음에 봤던 프랑스 여자가 머리에 쓴 것을 고쳐 주었다. 빅토리아는 거울에 비친 자신의 모습을 흘끗 보았다. 턱 밑의 흰색 주름 장식과 거대한 두건을 (베일이던가?) 쓴 작고 창백한 얼굴은 이상하리만치 순결하고 속세와 무관해 보였다. 프랑스 여자가 이제 나무 구슬로 만든 묵주를 걸어 주었다. 잠시 후 빅토리아는 지나치게 크고 조잡한 신발을 신고 발을 질질 끌면서 밖으로 끌려 나가 에드워드를 다시 만났다.

에드워드가 회심의 미소를 지으며 말했다.

"그럴듯해 보이는군. 눈은 항상 아래를 향하도록 해. 특히 주변에 남자들이 있을 때에는."

곧이어 비슷하게 차려입은 프랑스 여자가 나타났다. 2명의 수녀는 집을 나와 관광용 자동차에 탔다. 운전석에는 유럽식 옷을 입고 얼굴이 가무잡잡한 남자가 앉아 있었다.

"빅토리아, 이제부터 다 당신한테 달렸어. 반드시 지시한 대로 행동해야 해."

에드워드의 말에서 냉혹한 위협이 느껴졌다.

"당신은 같이 안 가나요, 에드워드?"

빅토리아가 애처로운 표정을 지으며 물었다.

에드워드가 빅토리아를 보고 웃었다.

"3일 뒤면 만나게 될 거야."

에드워드는 이렇게 말하고 나서 설득조로 덧붙였다.

"날 실망시키지 마, 빅토리아. 이 일을 할 수 있는 사람은 당신밖에 없으니까. 사랑해, 빅토리아. 감히 수녀한테 키스해서는 안 되겠지만 하고 싶군."

빅토리아는 진짜 수녀처럼 눈을 아래로 내리깔았지만, 사실은 스쳐 지나가는 분노를 잠깐이나마 감추기 위해서였다.

'무시무시한 유다야.'

빅토리아는 평소처럼 전혀 내색하지 않고 말했다.

"이제 기독교도 노예가 된 거 같아요."

"바로 그거야! 걱정 마. 당신 서류는 완벽하니까 시리아 국경을 아무 문제 없이 넘을 수 있을 거야. 참, 당신은 마리 드 아그네스 수녀야. 동행할 테레사 수녀가 필요한 모든 서류를 가지고 있고 책임자니까 아무쪼록 명령을 따르도록 해. 그렇지 않으면 맹세컨대 대가를 치를 거야."

에드워드는 뒤로 물러서서 유쾌하게 손을 흔들었고 빅토리아가 탄 관광용 자동차는 출발했다.

빅토리아는 좌석에 기대 앉아 가능한 대안들을 곰곰이 떠올려보았다. 바그다드를 지나는 중에 또는 국경에 도착했을 때 소란을 피우거나, 살려 달라고 비명을 지르거나, 자신의 의지와 무관하게 납치당한 것이라고 설명할 수 있을 것이다. 사실 즉석에서 저항할 여러 방법을 이용해 볼 수도 있을 것이다.

그래 봐야 무슨 소용일까? 결국 빅토리아 존스만 끝장날 텐데. 빅토리아는 테레사 수녀가 소매 안에 작지만 성능 좋아 보이는 피스톨을 한 자루 슬쩍 넣는 것을 보았다. 빅토리아에게는 말할 기회조차 없을 것이다.

아니면 다마스쿠스에 도착할 때까지 기다려야 할까? 거기서 소란을 피울까? 아마도 똑같은 운명을 맞이하거나 가까스로 어떤 말을 한다고 해도 운전사나 동료 수녀가 제시하는 증거에 눌려 빅토리아가 하는 말은 묵살당할 것이다. 그들은 빅토리아가 정신병자임을 증명하는 서류를 제시할 수도 있을 것이다.

지금 최선의 대안은 끝까지 가 보는 것, 마지못해 그들의 계획에 수긍하는 것이다. 안나 셸레로 바그다드에 가서 그녀인 척하는 것이다. 결국 최후의 순간이 오면 에드워드가 더 이상 빅토리아의 말과 행동을 통제하지 못하는 순간이 올 것이기 때문이다. 에드워드가 시키는 일이라면 무엇이든 할 것이라는 확신만 끝까지 안겨 줄 수 있다면, 위조 서류를 들고 연단 앞에 설 때 기회가 찾아올 것이다. 에드워드는 그 자리에 없을 것이기 때문이다.

그렇게 되면 "전 안나 셸레가 아니고 이 서류들은 위조된 가짜 서류들입니다."라고 그 누구의 제지도 받지 않고 말할 수 있다.

빅토리아는 에드워드가 혹시 그 점을 우려하고 있지는 않을까 걱정했다. 하지만 허영은 기이하게도 당사자를 눈멀게 하고, 아킬레스건과 같은 것이란 생각이 들었다. 게다가 에드워드와 그의 패거리들이 계획을 성사시키려면 안나 셸레와 닮은 사람이 필요하다는 사실 또한 고려해야 할 것이다. 입가 오른쪽에 난 흉터까지 안나 셸레와 닮은 여자를 찾는다는 것은 극히 어려운 일이다. 빅토리아는 연극 「리옹의 우편물(The Lyons Mail)」에 등장하는 뒤보스크와 레쥐르

케는 둘 다 한쪽 눈썹 위에 흉터가 있고 또 한쪽 새끼손가락이 뒤틀어진 것까지 똑같았는데 다만 1명은 태어날 때부터, 다른 1명은 사고로 생긴 것만 달랐던 것이 떠올랐다. 틀림없이 이런 우연의 일치는 극히 드물 것이다. 아니, 슈퍼맨 에드워드에게는 타이피스트 빅토리아가 필요하다. 다시 말해 그들은 빅토리아 존스의 손아귀 안에 들어와 있는 것이었다. 빅토리아가 그들 손아귀 안에 붙잡힌 것이 아니라.

자동차는 빠른 속도로 다리를 건넜다. 빅토리아는 향수에 젖어 티그리스 강을 바라보았다. 잠시 후 그들이 탄 차는 먼지 날리는 탄탄대로를 따라 달리고 있었다. 빅토리아는 묵주 알을 손가락 사이로 굴렸다. 묵주 알 부딪치는 소리가 위안을 주었다.

'결국 난 기독교인이구나. 기독교인이라면 바빌론의 왕이 되느니 순교자가 되는 편이 백번 낫겠지. 이제 곧 난 순교자가 될 텐데. 아, 그래도 사자밥이 되지는 않겠지. 진작 사자를 미워했어야 했는데!'

23장

I

거대한 항공기가 하늘에서 급강하하여 완벽하게 착지했다. 항공기는 활주로를 따라 부드럽게 달리다가 잠시 후 지정된 장소에서 멈추어 섰다. 승객들은 모두 내렸다. 바스라행 승객과 바그다드까지 환승 항공기를 타려는 승객은 여기서 나뉘어졌다.

바그다드까지 환승 항공기를 타려는 승객은 4명이었다. 성공한 사업가처럼 보이는 이라크인과 젊은 영국인 의사, 그리고 두 여자. 이들은 모두 여러 검사와 심사를 통과했다.

스카프로 아무렇게나 묶은 머리에 얼굴이 검고 피곤해 보이는 여자가 먼저 나왔다.

"폰스풋 존스 부인? 영국. 아, 남편을 만나러 오셨군요. 바그다드에서 머무실 주소를 말씀해 주시겠습니까? 화폐는 어느 나라 걸 가지고 계십니까?"

입국 심사는 계속되었다. 잠시 후 두 번째 여자가 첫 번째 여자의 자리에 섰다.

"그레테 하덴. 예, 국적은? 덴마크. 런던에서 오셨고. 방문 목적은? 병원 마사지사? 바그다드에서 머무는 동안 주소는? 어느 나라 화폐를 가지고 계시죠?"

그레테 하덴은 마르고 금발머리의 젊은 여성으로 선글라스를 끼고 있었으며 단정하지만 다소 낡은 옷을 입고 있었다. 얼굴엔 화장을 하고 있었는데 입술 위의 흉터가 얄간 얼룩져 있었다.

그녀는 불어가 서툴러서 질문을 몇 번이고 반복해야 했다.

네 승객은 바그다드행 비행기가 그날 오후에 이륙하기 때문에 휴식 겸 점심 식사를 위해 차를 타고 아바시드 호텔로 가기로 되어 있었다.

그레테 하덴이 침대에 앉아 있을 때 문을 두드리는 소리가 났다. 문을 열어 보니 BOAC 정복을 입은 얼굴이 검고 키가 큰 젊은 여자가 서 있었다.

"죄송합니다만, 하덴 양. 저와 같이 BOAC 사무실로 가 주시겠습니까? 비행기 표에 약간의 문제가 발생해서요. 이쪽으로 와 주십시오."

그레테 하덴이 직원의 안내에 따라 복도 아래쪽으로 가니 BOAC 사무실이라고 금색 글씨가 쓰여 있는 커다란 표지판이 달린 문이 나왔다.

아까의 그 항공사 승무원이 문을 열고 안으로 들어가라고 손짓을 해 보였다. 그레테 하덴이 들어가자마자 승무원은 밖에서 문을 닫고 잽싸게 표지판을 내렸다.

한편 그레테 하덴이 들어가자마자 문 뒤에 서 있던 두 남자들은 천 쪼가리를 그녀의 머리에 씌웠다. 입에 재갈을 물리고, 둘 중 한 사나이가 소매를 걷어 올리고는 주사기를 찔러 넣었다.

몇 분 뒤 그레테 하덴은 몸에 힘이 빠지더니 축 늘어졌다.

젊은 의사가 쾌활한 목소리로 말했다.

"이 주사면 6시간 동안은 의식이 없을 거요. 이제, 당신 둘은 준비하시오."

그는 방에 있던 다른 두 사람에게 고개를 끄덕여 보였다. 두 사람은 다름 아닌 창가 옆에 꼼짝 않고 앉아 있던 수녀였다. 두 남자가 방에서 나가자 두 수녀 중 나이 많은 쪽이 그레테 하덴에게 다가가 축 늘어진 몸에서 옷을 벗기기 시작했다. 살짝 떨고 있기는 했지만 젊은 수녀도 함께 옷을 벗겼다. 잠시 후 수녀복을 입은 그레테 하덴이 침대 위에 평온하게 누웠다. 젊은 수녀는 이제 그레테 하덴의 옷을 입고 있었다.

나이 많은 수녀는 또 다른 수녀의 아마빛 머리에 눈길을 주었다. 거울로 받쳐 놓은 사진 1장을 살피더니 나이가 더 많은 수녀가 젊은 수녀의 머리를 뒤로 빗어 넘겨 목덜미에서 똘똘 말아 주었다.

그녀는 뒤로 물러서더니 불어로 말했다.

"머리 모양만 바꿔도 이렇게 변하다니 놀랍군. 저 검은색 안경을 써요. 당신 눈은 너무 새파라니까. 좋아요. 그렇게."

잠시 후 가볍게 문을 두드리는 소리가 나더니, 아까 나갔던 두 남자가 다시 들어와 헤죽헤죽 웃었다.

한 사람이 말했다.

"그레테 하덴이 안나 셸레라. 서류는 짐 속에 있소이다. '병원 마사지'라는 덴마크 책장 사이에 고이 모셔 놓았지. 자, 하덴 양."

그는 과장된 몸짓으로 빅토리아를 보고 허리를 굽혀 인사하며 이렇게 말했다.

"함께 점심 먹을 영광을 누리게 해 주겠소?"

빅토리아는 방에서 나와 이 남자를 따라 홀까지 갔다. 아까 봤던 두 여자가 데스크에서 전보를 보내고 있었다.

"아뇨, P-A-U-N-C-E 풋이요. 폰스풋 존스 박사. 오늘 티오 호텔에 도착 예정, 무사히 도착했음. 이렇게 쳐 주세요."

빅토리아는 갑자기 흥미가 당겨 그 여자를 쳐다보았다. 저 여자가 박사님을 만나러 가는 폰스풋 존스 부인일 거야. 예정보다 일주일 빨리 도착한 셈이었지만 빅토리아는 전혀 이상하다고 생각하지 않았다. 왜냐하면 폰스풋 존스 박사가 도착 날짜를 알리는 부인의 편지를 잃어버렸다고 몇 번이나 애석해하는 소리를 들었기 때문이었다. 그러나 박사는 26일이 거의 틀림없다고 확신했었다!

어떻게든 폰스풋 존스 부인을 통해 리처드 베이커에게 메시지를 전달할 수만 있다면……

빅토리아의 마음을 읽기라도 한 듯 동행하고 있던 남자가 그녀의 팔꿈치를 잡아당겨서 데스크에서 멀어지게 했다.

"다른 승객과 대화하는 것은 금물이오, 하덴 양. 아무 관련 없는 저 여자가 당신이 영국에서 알던 사람과 다른 사람이란 사실을 눈치채서는 안 되니까."

그는 빅토리아를 호텔에서 데리고 나가서 점심을 먹으러 식당으로 향했다. 그들이 돌아올 때, 폰스풋 존스 부인이 호텔 계단을 내려오고 있었다. 그녀는 빅토리아를 의심스러운 눈초리로 바라보더니 큰 소리로 물었다.

"관광 중이에요? 지금 막 시장 구경을 나가려던 참이에요."

'부인이 들고 있는 짐 속에 뭐든 슬쩍 집어넣을 수 있다면……'

빅토리아는 이렇게 생각했다.

그러나 감시자는 한시도 그녀를 혼자 내버려 두지 않았다.

바그다드행 비행기가 3시에 출발했다.

폰스풋 존스 부인의 좌석은 맨 앞이었고, 빅토리아의 좌석은 꼬리 부분의 문가였다. 통로 건너편에는 그녀의 감시인인 젊고 잘생긴 청년이 앉아 있었다. 빅토리아는 폰스풋 존스 부인에게 다가갈 기회도, 짐 속에다 메모를 슬쩍 넣을 기회도 갖지 못했다.

비행 시간은 그다지 길지 않았다. 두 번째로 빅토리아는 공중에서 도시가 발아래에서 작아지는 광경을 보게 되었는데, 티그리스 강이 도시를 황금 줄기처럼 분할하고 있었다.

이 광경을 본 지 채 1달도 안 되었는데, 그간 일어난 일은 너무도 많았다.

이틀이면 세계를 장악하고 있는 두 이데올로기의 수장들이 여기서 만나 미래를 논할 터였다.

그리고 그녀, 빅토리아 존스도 여기에 일익을 담당할 것이다.

II

"박사님도 아시다시피 전 그 여자가 걱정돼요."

리처드 베이커가 말문을 열었다.

폰스풋 존스 박사가 모르겠다는 표정으로 물었다.

"어떤 여자 말인가?"

"빅토리아 말입니다."

"빅토리아?"

폰스풋 존스 박사는 이렇게 말하며 주위를 두리번거렸다.

"가만 있자, 이런 나 원 참, 어제 빅토리아 양을 데리고 오질 않았군."

"빅토리아 양이 있는지 없는지도 모르실 줄 알았습니다."

"이렇게 정신이 없어서야. 텔 밤다르에서의 발굴 보고서를 보느라 정신이 팔려서. 전혀 근거 없는 계층 분류였지. 빅토리아 양은 화물차 출발 장소를 몰라서 안 왔나 보지?"

"원래 이곳으로 돌아오지 않을 생각이었습니다. 사실 그녀는 베네샤 새빌이 아니거든요."

"베네샤 새빌이 아니라고? 이런 이상한 일이 다 있나. 하지만 자네 입으로 이름이 빅토리아라고 하지 않았었나?"

"맞습니다. 하지만 인류학자는 아닙니다. 에머슨도 모르고요. 사실 전부가 다…… 오해에서 비롯된 거였습니다."

"그것참, 아주 이상하군."

폰스풋 존스 박사는 잠깐 동안 생각에 잠기더니 뒤이어 말했다.

"정말 이상하군. 날 원망하지는 말아야 할 텐데……. 내가 정신이 없다는 건 나도 알고 있다네. 아마 다른 편지와 바뀐 모양이지?"

"이해가 안 됩니다."

리처드 베이커가 얼굴을 찌푸리며 폰스풋 존스 박사의 짐작에는 아랑곳하지 않고 말했다.

"그녀는 어느 젊은 남자와 차를 타고 나갔는데 돌아오지 않은 것 같습니다. 게다가 짐도 아직 열어 보지도 않은 채 그대로 호텔에 있다고 하고요. 그 점이 마음에 걸립니다. 처해 있는 상황을 생각해 보면 말이죠. 전 당연히 그녀가 한껏 치장할 줄 알았거든요. 점심 약속도 해 놓은 상태였는데…… 도저히 이해가 안 됩니다. 아무 일 없기만 바랄 뿐입니다."

"단 한순간도 그런 생각을 해서는 안 되네."

폰스풋 존스 박사가 느긋하게 말했다.

"난 내일부터 H도랑에 내려가려고 하네. 전체 계획에 견주어 볼 때 그쪽에서 기록 보관소가 나올 확률이 가장 크거든. 그때 그 현판 조각을 봐도 그렇고 말이야."

"그녀는 한 번 납치당한 적이 있습니다. 다시 납치하지 말란 법이 없지 않습니까?"

"설마 그럴 리가, 그럴 리가 없지. 요즘 이 나라 치안이 얼마나 좋은가. 자네가 자네 입으로 그렇게 말했잖나."

"정유 회사에 있다는 그 사람 이름만 기억할 수 있으면 좋겠는데. 디컨이었나? 디컨, 데이킨, 그 비슷한 이름이었는데."

"그런 이름은 들어 본 적이 없는데. 무스타파와 그 밑에 있는 사람들을 북동쪽 모서리로 이동시켜야겠네. 그럼 J도랑을 연장할 수 있을지 모르니……."

"죄송하지만 박사님, 내일 바그다드에 한 번 더 다녀와도 되겠습니까?"

폰스풋 존스 박사가 갑자기 자기 동료를 면밀히 관찰하면서 뚫어져라 쳐다보았다.

"내일? 하지만 어제 다녀왔지 않나?"

"빅토리아가 걱정됩니다. 정말 걱정돼요."

"이런, 리처드. 그런 감정이 싹트고 있는 줄 몰랐네."

"그런 감정이라니요?"

"자네, 그 아가씨를 사랑하게 된 거 아닌가. 여자, 그것도 예쁜 여자가 발굴단에 있으면 정말 최악이란 말이야. 재작년에 있었던 시빌 뮤어필드라는 아가씨는 끔찍이 못생겨서 아무 걱정 없었지. 그런데 어떻게 됐나 보게. 런던에서 클로드 말을 들었어야 했는데. 프랑스 사람들은 늘 바로 맞힌다니까. 클로드가 당시에 그 여자 다리가 이러니저러니 하면서 엄청 관심을 가졌지. 물론 이 아가씨, 빅토리아인지 베네샤는 아주 매력적이고 정말 예쁜 아가씨긴 해. 내가 알기로는 그 아가씨가 자네가 처음으로 관심을 보인 여자라니 좀 우습군."

"그런 게 아닙니다."

얼굴은 붉어지고 평소보다 훨씬 젠체하는 표정을 지으며 리처드가 말했다.

"그러니까, 그냥 걱정이 돼서 그렇습니다. 바그다드에 꼭 가 봐야 할 것 같습니다."

"내일 가면 예비용 곡괭이나 가져오게나. 그 바보 같은 운전사가 깜빡했지 뭐가."

III

리처드는 이른 새벽 바그다드로 출발하여 곧장 티오 호텔로 갔다. 거기서 그는 빅토리아가 돌아오지 않았다는 사실을 확인했다.

마커스가 말했다.

"저랑 스페셜 디너를 하기로 해서 다 준비해 놓았었죠. 아주 좋은 방도 내 드렸고요. 정말 이상해요, 그렇죠?"

"경찰서에는 가 보셨습니까?"

"안 되죠. 그래서 좋을 리가 없을 테니까요. 빅토리아도 안 좋아할 겁니다. 결정적으로 제가 싫고요."

약간의 질문 끝에 리처드는 데이킨까지 추적할 수 있었고 급기야 그의 사무실을 방문하였다.

데이킨에 대한 리처드의 기억력은 정확했다. 리처드는 우유부단한 얼굴에 손을 약간 떠는 구부정한 사람을 마주하고 섰다. 이 사람은 아무 도움이 안 될 게 뻔하다! 그는 공연히 시간을 빼앗는 것은 아닌지 정중하게 사과한 다음 혹시 빅토리아를 봤느냐고 물었다.

"그저께 나를 찾아왔었네."

"현주소를 가르쳐 주시겠습니까?"

"티오 호텔에 있는 걸로 알고 있네만."

"짐은 그대로 있는데 빅토리아가 없습니다."

이 말을 듣고 데이킨이 눈썹을 살짝 치켜올렸다.

리처드가 설명했다.

"빅토리아는 텔 아스와드에서 우리와 함께 발굴 작업을 했습니다."

"아, 그랬군. 유감스럽게도 나는 알려 줄 만한 것이 없네. 바그다드에 친구가 몇 있다고 들은 것 같긴 하지만, 친구들이 누구인지 알려줄 정도로 가까운 사이는 아니라서."

"그럼 지금 올리브 가지회에 있을까요?"

"그건 아닌 것 같네. 직접 물어보지 그러나?"

"이봐요, 난 그녀를 찾기 전까진 바그다드를 떠나지 않을 겁니다."

불끈하며 말한 리처드는 험상궂은 얼굴로 데이킨을 노려보더니 성큼성큼 방을 나가 버렸다.

리처드가 문을 닫고 나가자 데이킨이 고개를 가로저으며 미소를 짓더니 나무라는 투로 이렇게 중얼거렸다.

"이런, 빅토리아."

한편 화가 머리끝까지 난 상태로 티오 호텔에 도착한 리처드는 환하게 웃고 있는 마커스와 마주치자 간절한 말투로 물었다.

"빅토리아가 돌아왔군요?"

"아뇨, 아뇨. 폰스풋 존스 부인이 오늘 비행기로 도착했단 소식을 방금 들었습니다. 폰스풋 존스 박사님께서 저한테는 다음 주에 오신다고 했는데 말이죠."

"그분은 항상 날짜를 헛갈려 하시니까요. 빅토리아 존스는 어떻게 됐습니까?"

마커스의 얼굴이 다시금 심각해졌다.

"그 아가씨에 대한 소식은 아무것도 듣지 못했습니다. 불길해요, 베이커 씨. 안 좋은 징조예요. 그렇게 젊고 아리따운 아가씨가. 명랑하고 매력적이었는데."

"맞아요, 그렇죠."

리처드가 움찔하면서 말을 이었다.

"기다리면서 폰스풋 존스 부인께 인사나 드려야겠습니다."

리처드는 도대체 빅토리아한테 무슨 일이 일어났을까 궁금해서 죽을 지경이었다.

IV

"너!"

빅토리아는 적대감을 대놓고 드러내며 외쳤다.

바빌로니안 팰리스 호텔 방에 끌려와서 제일 처음 마주친 사람은 캐서린이었다.

캐서린 역시 빅토리아 못지 않은 적대감을 드러내며 고개를 끄덕였다.

"그래, 나였어. 이제 조용히 침대로 가시지. 곧 의사가 도착할 거니까."

캐서린은 간호사 복장을 하고 있었으며 자신이 맡은 임무를 진지하게 받아들이고 있는 게 분명했다. 한시도 빅토리아 곁을 떠나지 않기로 작정한 것이 눈에 보였다. 절망에 빠져 침대에 누우면서 빅토리아가 중얼거렸다.

"에드워드만 만날 수 있다면……."

"에드워드, 에드워드."

캐서린이 비웃으며 말했다.

"에드워드는 널 좋아한 적이 없어, 이 바보야. 에드워드가 사랑하는 건 나라고!"

빅토리아는 외골수 광신도 같은 캐서린의 얼굴을 아무 관심 없다는 듯이 쳐다보았다.

캐서린이 말을 이어 나갔다.

"들어와서 다짜고짜 무례하게 래스본 박사님을 만나게 해 달라고 했던 첫날 아침부터 지금까지 네가 쭉 싫었어."

뭔가 상대를 도발할 만한 거리를 찾다가 빅토리아가 말했다.

"어쨌든 난 너보다 훨씬 더 필요한 사람이잖아. 네가 맡은 간호사 역할은 아무나 할 수 있지만 모든 건 내가 맡은 역할에 달려 있다고."

그러자 캐서린이 얄미운 표정으로 잘난 척했다.

"꼭 필요한 사람은 없어. 우린 그렇게 배웠거든."

"난 꼭 필요한 사람이야. 제발 푸짐한 식사나 좀 시켜 주시지. 제대로 먹이지도 않고 어떻게 나더러 미국 은행가의 비서 역할을 제대로 하란 거지?"

"하긴 먹을 수 있을 때 먹어 두는 게 낫겠다."

캐서린의 말은 악의에 가득 차 있었다.

빅토리아는 그 말이 지니고 있는 불길한 의미를 전혀 알아차리지 못했다.

V

크로스비 대위가 말했다.

"하덴 양이 방금 도착했다고 하던데."

바빌로니안 팰리스 호텔 사무실에 있던 종업원이 상냥하게 고개 숙여 인사를 했다.

"네, 선생님. 영국에서 도착했습니다."

"하덴 양은 내 여동생 친구요. 내 명함을 좀 전해 주시겠소?"

크로스비 대위는 명함 위에 연필로 몇 마디 적더니 봉투에 넣어 건네주었다.

잠시 후 명함을 전해 주러 갔던 종업원이 돌아왔다.

"하덴 양께서 몸이 안 좋다고 하십니다. 목감기가 아주 심하시대요. 의사가 곧 올 거랍니다. 지금은 간호사가 돌봐 주고 있고요."

크로스비는 그 길로 돌아서서 티오 호텔로 갔다. 티오 호텔에 도착하니 마커스가 말을 걸어 왔다.

"오셨군요. 한잔하시죠. 오늘 저녁에는 방이 다 나갔답니다. 회담 때문에요. 폰스풋 존스 박사님은 그저께 발굴단으로 돌아가셨는데 부인께서는 여기서 박사님을 만날 것이라고 생각하고 계시니 정말 안타까운 일이죠. 폰스풋 존스 부인께서 화가 많이 나셨어요! 부인께서는 오늘 비행기로 오겠다고 박사님께 말씀드렸다는군요. 하지만 그분이 어떤 분인지 아시죠? 날짜란 날짜, 시간이란 시간을 항상 헷갈려 하는 분이잖아요. 그래도 좋은 분이긴 하죠."

마커스는 언제나처럼 관대함이 넘치는 평가로 말을 끝맺었다.

"어떻게 해서든 폰스풋 존스 부인께 방을 드려야 했지요. 그래서 UNO에서 오셨다는 아주 중요한 분을 돌려보내야 했답니다……."

"바그다드에 열풍이 부는 것 같군요."

"파견된 경찰 수만 봐도 엄청나게 조심하고 있다는 걸 알 수 있죠. 그나저나 소식 들으셨습니까? 대통령을 암살하려는 공산주의자들의 음모가 있대요. 이미 65명의 학생들을 체포했다지 뭡니까! 러시아 경찰을 본 적 있으세요? 러시아 경찰은 누구든지 의심하더군요. 그렇긴 해도 사업에는 아주 이롭답니다. 정말 이롭지요."

VI

전화벨이 울리자 누군가가 즉시 받았다.
"미국 대사관입니다."
"여기는 바빌로니안 팰리스 호텔입니다. 안나 셸레 양이 여기 머물고 계십니다."
안나 셸레? 잠시 후 한 대사관 직원이 전화기를 받아 들었다. 셸레 양과 통화할 수 있을까요?
"셸레 양은 지금 후두염 때문에 아파서 누워 있습니다. 중요한 서류가 있으니 대사관에서 믿을 수 있는 분이 오셔서 가져가 주셨으면 한다고 합니다. 지금 바로 오신다고요? 감사합니다. 그럼 기다리고 있겠습니다."

VII

빅토리아는 거울에서 돌아섰다. 지금은 잘 재단된 맞춤 정장을 입고 있었다. 금발 머리카락 한 올 한 올이 단정하게 자리 잡고 있었다. 긴장되는 동시에 기분이 들뜨기도 했다.

돌아서 보니 캐서린이 의기양양한 표정으로 빅토리아를 쳐다보고 있었다. 갑자기 경계심이 생겨났다. 무엇 때문에 캐서린이 저렇게 의기양양한 거지?

대체 무슨 일이지?

"뭐가 그렇게 좋은 거야?"

"곧 알게 될 거야."

이제 서슴없이 악의를 드러낸 캐서린이 비웃으며 이어 말했다.

"넌 네가 아주 똑똑한 줄 알지? 넌 모든 일이 너한테 달렸다고 생각할 거야. 하하하, 바보 같으니라고."

빅토리아는 단숨에 캐서린을 덮쳤다. 캐서린의 어깨를 손으로 꽉 붙잡았다.

"무슨 뜻인지 말해 봐, 이 못된 년아."

"아, 아파."

"말하라니까."

그때 문을 두드리는 소리가 났다. 두 번 연속 두드리고 멈췄다가 다시 한번 두드렸다.

"곧 알게 될 거랬잖아!"

캐서린이 소리쳤다.

문이 열리고 어떤 남자가 슬그머니 들어왔다. 키가 컸고 국제 경찰복을 입고 있었다. 그는 들어오면서 문을 잠그고는 열쇠를 빼더니 캐서린에게 다가갔다.

"서둘러."

남자는 이렇게 말하면서 주머니에서 가는 끈을 꺼내더니 캐서린의 협조를 받아 빅토리아를 신속하게 의자에 결박했다. 그리고 나서 스카프를 가져다가 빅토리아의 입을 막아 버렸다. 잠시 후 뒤로 물러서더니 만족스러운 듯 고개를 끄덕였다.

"저 정도면 되겠지."

그가 빅토리아 쪽을 향했다. 빅토리아의 눈에 그가 휘두르고 있는 경찰봉이 보였고 그 순간 진짜 계획이 무엇인지를 불현듯 깨달았다. 그들은 애초에 빅토리아에게 회담에서 안나 셸레 연기를 시킬 작정이 아니었다. 뭐 하러 그런 위험을 감수하겠는가? 빅토리아가 바그다드에서 너무 유명해서? 아니다. 그들의 계획은 처음부터 안나 셸레를 마지막 순간에 공격해서 죽이는 것이었다. 얼굴도 알아볼 수 없도록……. 지니고 있는 서류, 그것도 정교하게 위조된 서류만이 남아 있을 것이다.

빅토리아는 창가 쪽을 향해 비명을 질렀다. 그러자 남자가 웃으며 다가왔다.

그 후 몇 가지 일이 순식간에 일어났다. 유리가 깨지는 요란한 소리, 그녀를 바닥으로 곤두박질치게 한 두툼한 손, 그리고 나서 별이 보이더니 눈앞이 캄캄해졌다……. 그 와중에 어떤 목소리가 들려왔다. 듣는 것만으로 안심이 되는 영국인의 목소리.

"괜찮습니까, 아가씨?"

목소리가 물었다.

빅토리아는 뭐라고 알아들을 수 없는 말을 중얼거렸다.

"뭐라는 거지?"

두 번째 목소리가 물었다.

첫 번째 목소리의 남자가 의아한 듯 머리를 긁적이며 대답했다.

"천국에서 노예가 되는 게 지옥에서 왕으로 군림하는 것보다 나았다는데요."

두 번째 목소리의 남자가 말했다.

"그거 유명한 인용문이야. 그런데 잘못 말했군."

"아니에요, 그렇지 않아요."

빅토리아는 이렇게 말하고는 의식을 잃었다.

VIII

전화벨이 울리자 데이킨이 수화기를 집어 들었다.

수화기를 통해 어떤 목소리가 들려왔다.

"작전명 빅토리아가 성공적으로 마무리되었습니다."

"좋았어."

데이킨이 말했다.

"캐서린 세라키스와 의사를 체포했습니다. 또 다른 남자는 발코니로 뛰어내려 치명적 부상을 입었습니다."

"그 아가씨는 다치지 않았고?"

"기절했습니다만, 무사합니다."

"진짜 A.S. 소식은 아직 없나?"

"아무것도 없습니다."

데이킨은 수화기를 내려놓았다.

어쨌든 빅토리아는 무사했다. 데이킨은 안나가 죽었으리라고 생각했다. 안나는 혼자 움직이겠다고 고집하며 19일에 반드시 바그다드에 오겠다고 몇 번이고 말했었다. 오늘이 19일이지만 안나 셸레는 아직까지 나타나지 않고 있다. 아마도 공식 조직을 믿지 말라는 그녀의 말을 들었어야 했는지도 모른다. 그러나 데이킨은 몰랐다. 내부에서 정보 유출이 있었던 것이 분명했다. 즉, 배반이 있었던 것이다. 그녀의 타고난 기지도 결국 아무 소용이 없었던 것이다……

안나 셸레 없이는 증거도 불완전했다.

이때 심부름꾼이 리처드 베이커와 폰스풋 존스 부인이라고 쓰인 종이 1장을 들고 들어왔다.

"지금은 아무도 만날 수 없네. 죄송하지만 선약이 있다고 전하게."

데이킨의 말에 심부름꾼이 물러났다가 잠시 후 돌아오더니 그에게 메모를 건넸다.

헨리 카마이클 일로 뵙고 싶습니다. R.B.

"들여보내게."

곧이어 리처드 베이커와 폰스폿 존스 부인이 들어왔다.

리처드 베이커가 말문을 열었다.

"시간을 빼앗고 싶지는 않습니다만 저는 헨리 카마이클이란 사람과 같은 학교를 다녔습니다. 서로 오랫동안 소식이 끊겼는데 몇 주 전 바스라에 갔을 때 영사관 대기실에서 그 친구와 우연히 마주쳤습니다. 그 친구는 아랍 사람처럼 옷을 입고 저에게 아는 척도 하지 않았지만, 가까스로 저한테 메시지를 보냈습니다. 이 얘기에 관심이 있으십니까?"

"아주 많소."

"저는 카마이클이 신변의 위협을 받고 있다고 생각한다는 결론에 이르게 되었습니다. 제 생각은 곧 입증되었지요. 왜냐하면 그 친구가 리볼버를 든 사내에게 공격을 당했기 때문이었습니다. 제가 그 자의 팔을 쳐서 총을 떨어뜨리긴 했지만요. 카마이클은 그 길로 도망을 쳤는데, 그전에 제 주머니에 뭔가를 슬쩍 넣었더군요. 나중에서야 발견했습니다. 당시에는 사소해 보였지요. 짧은 메모인데 아메드 모하메드란 자의 추천장이더군요. 하지만 카마이클에게는 중요할지 모른다는 제 직감에 따라 행동했습니다. 그 친구가 어떻게 해달라는 말이 없었기 때문에 나중에 다시 달라고 할 때를 대비해서 잘 보관해 두었습니다. 그런데 얼마 전에 빅토리아한테 듣자 하니 그 친구가 죽었다더군요. 그 밖에 빅토리아가 해 준 얘기를 듣고 나서 저는 이 메모를 전달해야 할 사람이 데이킨 씨라는 결론에 이르게 되었습니다."

리처드가 일어서더니 글씨가 적혀 있는 더러운 쪽지 1장을 데이킨의 책상 위에 올려놓았다.

"이 쪽지가 당신에게 의미 있는 쪽지입니까?"

데이킨이 깊은 한숨을 쉬었다.

"그렇소. 당신이 상상하는 것 이상으로."

데이킨이 일어서며 말을 이었다.

"당신께 깊이 감사드려야겠소. 베이커 씨, 대화 도중에 미안합니다만 한순간도 지체하지 않고 처리해야 할 일들이 많아서 이만 실례하겠소."

그러고 나서 데이킨은 폰스풋 존스 부인과 악수를 나누었다.

"발굴 작업 중이신 부군을 만나러 오신 걸로 알고 있습니다. 올해도 좋은 시즌 되시길 바랍니다."

"폰스풋 존스 박사님께서 오늘 아침 저와 함께 바그다드에 오지 않으신 게 다행입니다. 연로하신 존 폰스풋 존스 박사님께서는 주변 상황에 그다지 신경을 안 쓰는 분이지만 그래도 부인과 처제 정도는 구분하셨을 테니까요."

데이킨이 약간 놀란 표정으로 폰스풋 존스 부인을 바라보았다. 그러자 부인이 저음의 유쾌한 목소리로 말했다.

"제 언니 엘시는 아직 영국에 있답니다. 제가 검은 머리로 염색을 하고 언니 여권으로 왔어요. 언니의 미혼 시절 이름이 엘시 셸레였죠. 데이킨 씨, 제가 안나 셸레입니다."

24장

바그다드는 완전히 다른 도시가 되어 있었다. 경찰이 거리 곳곳에 죽 늘어서 있었다. 이 경찰들은 외국에서 동원된 국제경찰이었다. 미국 경찰과 러시아 경찰이 무표정한 얼굴로 나란히 서 있었다.

세간에는 양측의 수장이 모두 오지 않을 것이라는 루머가 내내 떠돌았다. 두 번이나 러시아 비행기가 엄중한 호위를 받으며 도착했지만 그 안에는 젊은 러시아 조종사밖에 없더라는 소문도 돌았다.

그러나 마침내 모든 것이 순조롭게 돌아가고 있다는 소식이 퍼졌다. 미국 대통령도, 러시아 대통령도 이곳 바그다드에 왔으며 둘 다 공관에 있다고 했다.

마침내 역사적인 회담이 시작되었다.

지금 좁은 대기실에서는 역사를 바꿔 놓을지도 모르는 일이 벌어지고 있었다. 대부분의 중대한 사건들이 그렇듯 이번 회담 과정도 전혀 극적이지 않았다.

하웰 원자력 연구소의 앨런 브렉 박사가 작고 또렷한 음성으로 자기 분야의 정보를 제공했다.

고(故) 루퍼트 크로프턴 리 경이 분석하라고 남겨 둔 표본이 있었다. 이 표본들은 루퍼트 경이 중국과 투르키스탄 그리고 쿠르디스탄 지역을 두루 여행하다가 얻은 것이었다. 브렉 박사가 제시하는 증거는 굉장히 전문적이었다. 금속 광물이니, 고농도 우라늄이니……. 루퍼트 경의 메모와 일기가 전쟁 중 적군의 작전 때문에 소실되자 정확한 매장지는 알려지지 않았다.

곧이어 데이킨이 이야기를 이어 나갔다. 부드럽지만 다소 피곤에 지친 목소리로 헨리 카마이클의 활동, 문명의 경계를 넘어선 외딴 골짜기에서 나돌았던 대규모 군사 기지라든가 지하 실험실에 대한 루머나 황당무계하게 들리는 소문에 대한 카마이클의 믿음을 들려주었다. 또한 그의 탐색에 대해, 그것도 성공적이었던 탐색에 대해서도 들려주었다. 위대한 여행가였고 그런 외딴 지역에 대하여 누구보다 잘 알고 있었기 때문에 카마이클을 믿었으며, 그래서 바그다드에 왔던 루퍼트 크로프턴 리 경과 그의 죽음에 대해서도 알렸다. 카마이클이 루퍼트 경을 가장한 자의 손에 어떻게 죽임을 당했는가도 들려주었다.

"루퍼트 경도 돌아가시고 헨리 카마이클도 죽었습니다. 그러나 생존해 있는 제3의 증인이 있으며 지금 이 자리에 나와 있습니다. 저는 안나 셸레 양께 우리에게 증언을 해 달라고 요청하는 바입니다."

모건덜 씨의 사무실에서처럼 침착하고 차분하게 안나 셸레가 여러 개의 이름과 수치를 알려 주었다. 재무 쪽으로 발달한 명석한 두뇌 덕분에 그녀는 시중에 유통되는 화폐를 거둬들인 다음 문명 세계를 대립하는 두 세력으로 갈라 놓는 활동에 자금을 쏟아붓고 있는 거대한 금융망의 윤곽을 설명할 수 있었다. 그녀가 진술한 내용은 절대로 추정이 아니었다. 정확한 자료를 제시하면서 주장을 뒷받침했기 때문이다. 그녀는 터무니없어 보였던 카마이클의 진술에 전혀 동조하지 않았던 이들에게 확신을 안겨 주었다.

데이킨이 다시 바통을 이어받았다.

"헨리 카마이클은 죽었습니다. 그러나 그는 그 위험했던 여정에서 구체적이고 확실한 증거를 가지고 돌아왔습니다. 그는 그 증거를 자신이 소지하는 위험을 무릅쓰지 않았습니다. 적들이 바짝 추격해 온다는 걸 알았기 때문입니다. 그러나 그에게는 친구가 많았기에 그는 그 증거를 두 친구의 손을 통해 또 다른 친구의 수중으로 안전하게 넘겼습니다. 그 친구는 이라크 국민이 존경해 마지않는 사람입니다. 고맙게도 그분께서 오늘 이 자리에 나와 주셨습니다. 케르벨라의 셰이크 후세인 엘 지야라 씨를 소개합니다."

셰이크 후세인 엘 지야라는 데이킨 말대로 이슬람 세계 전역에서 성인(聖人)이자 명망 있는 시인으로 널리 알려진 인물로, 많은 사람에게 성인으로 추앙받고 있었다. 자리에서 일어선 그는 짙은 적갈색 턱수염이 있는 당당한 풍채의 인물이었다. 그는 금색 꼰 실로 가장자리를 두른 회색 상의 위에 얇고 부드러운 옷감의 갈색 망토를 걸치고 있었다. 머리에는 여러 가닥의 실로 묶은 짙은 금색 아갈을 쓰고 있었는데 이 때문에 족장다운 풍모가 느껴졌다. 그가 깊고 낭랑한 목소리로 말했다.

"헨리 카마이클은 내 친구였습니다. 나는 어렸을 때부터 그를 알았고 그와 함께 이 나라의 위대한 시인들이 지은 시를 공부했습니다. 두 남자가 케르벨라에 왔는데, 이들은 영화를 보여 주면서 전국을 돌아다니는 자들이었습니다. 소박하지만 충실한, 예언자 마호메트의 신봉자들이었죠. 그들은 내 영국인 친구 카마이클로부터 나에게 전달해 달라는 부탁을 받았다며 꾸러미를 하나 가져왔습니다. 그 꾸러미를 아무도 모르게 안전하게 보관하고 있다가 카마이클이나 지정된 암호를 외우는 대리인에게만 전해 주라고 했습니다. 자네가 대리인이라면 암호를 말해 보게."

그러자 데이킨이 말했다.

"아라비아의 시인 무타나비, '마호메트의 후계자'는 1000년 전에 이 땅에 살다 간 사람으로 알레포의 왕자인 사이프 다왈라에게 바치는 시를 한 편 썼는데, 시구 중 이런 말이 있습니다. 지드 하시쉬 바시쉬 타파달 아드니 수라 실리(더하라, 웃으라, 누리라, 가까이 오라, 은혜를 베풀라, 기뻐하라, 내주어라)!"

셰이크 후세인 엘 지야라는 미소를 지으며 데이킨에게 꾸러미를 건넸다.

"사이프 다왈라 왕자가 말했듯이 내 말하건대, '그대에게는 그대의 소망이 있을지니…….'"

"여러분, 여기 헨리 카마이클이 자신의 가설을 증명하기 위해 가져온 마이크로필름이 있습니다."

데이킨이 말했다.

증인이 1명 더 있었다. 그는 참담해 보였다. 한때 전 세계의 추앙과 존경을 온몸에 받던 멋진 이마의 노인이 있었다.

래스본 박사가 비장하게 말했다.

"여러분, 저는 이제 곧 치졸한 사기꾼으로 법정에 설 몸입니다. 그러나 저 같은 사람도 허용할 수 없는 것들이 있습니다. 일단의 무리가 있습니다. 주로 젊은이로 구성되어 있는데, 심성과 의도가 너무나 사악하여 실로 믿기지 않을 정도입니다."

그는 고개를 쳐들더니 큰 소리로 외쳤다.

"반(反)그리스도여! 반그리스도는 막아야만 합니다. 우리는 평화를 이루어야 합니다. 상처를 핥아 주고 새로운 세상을 만들 평화 말입니다. 그러기 위해서는 서로를 이해하려고 노력해야만 합니다. 저는 돈을 벌려고 부정한 돈벌이를 시작했습니다만, 하느님께 맹세코 제가 설파하던 내용을 저도 믿게 되고 말았습니다. 그렇다고 제가 사용한 방법까지 옹호하는 것은 아닙니다. 여러분, 제발 다시 힘을 모읍시다……."

순간 주변이 조용해지더니 피도 눈물도 없이 비정한 관료가 낼 법한 가늘고 사무적인 목소리가 말했다.

"위 사실들은 미국 대통령과 소비에트 사회주의 연방 공화국 수상 앞으로 즉시 제출될 것입니다……."

25장

I

빅토리아가 입을 열었다.

"마음에 걸리는 게 있어요. 다마스쿠스에서 하덴으로 오해받아서 살해된 불쌍한 그 덴마크 여자 말이에요."

"아, 그 여자는 무사하오."

데이킨이 쾌활하게 말했다.

"당신이 탄 비행기가 이륙하자마자 우리 쪽에서 그 프랑스 여자를 체포했고 그레테 하덴을 병원으로 데려다 주었소. 그레테 하덴은 의식을 회복했고. 그들은 바그다드 건이 확실히 마무리될 때까지 그녀를 약물로 잠재우려 했었지. 물론 그녀는 우리 요원이었고."

"정말요?"

"그렇소. 안나 쉘레가 사라졌을 때 우린 적에게 뭔가 고민거리를 주는 편이 낫겠다고 생각했소. 그래서 그레테 하덴으로 비행기 표를 예약한 다음 고의로 신원을 불확실하게 해 놓았지. 마침내 그들이 미끼에 걸려든 거요. 그들은 그레테 하덴이 안나 셸레가 틀림없다고 성급하게 결론을 내리더군. 그 점을 확실하게 하기 위해 우리는 요원한테 그럴 듯한 위조 서류를 주었소."

"그동안 진짜 안나 셸레는 폰스풋 존스 부인이 남편을 만나러 여기 올 때까지 사립 병원에서 조용히 근신한 거였군요."

"그렇소. 간단하지만 효과적인 방법이지. 비상시에 믿을 수 있는 사람은 가족밖에 없다는 가정에 따라 행동하기로 한 거요. 안나 셸레는 젊지만 굉장히 똑똑한 사람이지."

"이번엔 정말 끝장난 줄 알았어요. 그런데 정말 저를 계속 감시하고 있었던 건가요?"

"내내 그랬지. 당신도 알겠지만, 에드워드는 그자가 생각하는 것처럼 그렇게 똑똑한 사람이 못 되었소. 사실 우리는 꽤 오래 에드워드 고링이란 젊은이의 활동을 조사해 왔지. 카마이클이 죽던 날 밤, 당신이 들려준 이야기를 들었을 때 솔직히 당신이 많이 걱정되었소. 그때 내가 내린 최선의 결론은 당신을 스파이로 적의 조직에 일부러 침투시켜야겠다는 것이었소. 당신이 나와 연락을 주고받는다는 사실을 에드워드가 알게 되면 당신은 어느 정도 안전할 거라 생각했소. 에드워드도 당신을 통해 우리가 무슨 일을 꾸미고 있는지 알고 싶어 할 테니까 말이오. 즉, 당신은 이용 가치가 있으니까 죽이지 못할 거라고 생각했지. 당신을 통해 우리한테 거짓 정보를 넘길 수도 있었을 테고. 당신이 연결 고리였다고나 할까. 그러다가 당신이 가짜 루퍼트 크로프턴 리의 정체를 밝혀내자 에드워드는 안나 셸레 대역으로 당신이 필요해질 때까지(그런 때가 과연 왔을지 모르겠지만) 가둬 두기로 결정한 거요. 그렇소, 빅토리아. 당신이 지금 이 자리에 앉아 피스타치오를 까먹을 수 있게 된 것은 정말로 굉장히 운이 좋았기 때문이오."

"저도 알아요."

"에드워드를 얼마나 마음에 두고 있던 거요?"

빅토리아는 한동안 데이킨을 바라보더니 말했다.

"전혀요. 전 정말 어리석은 바보였어요. 에드워드에게 홀딱 반해서 휘둘렸으니까요. 사춘기 소녀처럼 그를 좋아했던 것뿐이에요. 제가 줄리엣이라도 된 것처럼 착각하고 온갖 바보 같은 생각만 했거든요."

"너무 자책하지는 말아요. 에드워드는 사실 여자들 마음을 사로잡는 데 천부적인 재능이 있었소."

"맞아요. 그리고 그걸 한껏 이용했죠."

"그 말이 백번 옳소."

"다음번에 사랑에 빠질 때는 외모에 끌리지 않을 거예요. 듣기 좋은 말만 골라 하는 그런 남자 말고 진정한 남자를 만나고 싶어요. 대머리라거나 안경을 써도 좋으니까 재미있는 사람이었으면 좋겠어요."

"나이는 서른다섯, 아니면 쉰다섯?"

빅토리아가 데이킨을 쳐다봤다.

"그야 물론 서른다섯이죠."

"다행이군. 난 또 당신이 나한테 프러포즈하려는 줄만 알았소."

빅토리아가 웃으며 물었다.

"귀찮으시겠지만 여쭤볼 게 있어요. 카마이클의 목도리에 정말 뜨개질로 넣은 메시지가 있었나요?"

"이름이 하나 있었소. 드파르주 부인은 여러 개의 이름을 짜 넣었지만, 목도리와 '메모'를 합치면 단서가 되는 거였소. 하나는 케르벨라의 셰이크 후세인 엘 지야라는 이름이었고, 다른 하나는 요오드 증기를 쐬니까 카마이클이 셰이크에게 맡겨 놓은 꾸러미를 찾을 때 필요한 말이 나왔소. 당신도 알겠지만 케르벨라같이 신성한 도시보다 더 안전한 장소는 없었을 거요."

"그럼 그 꾸러미는 전국을 돌아다니면서 영화를 보여 주는 그 두 남자가 내내 가지고 다녔던 거군요. 실제로 우리가 만났던 그 사람들 말이에요."

"그렇소. 소박하고 친근한 사람들이지. 정치와도 무관한 사람들이고. 그저 카마이클의 친한 친구일 뿐이었소. 카마이클에게는 그런 친구들이 많았지."

"아주 좋은 분이었을 것 같아요. 그런 분이 돌아가시다니 정말 안타까워요."

"우리 모두 언젠가는 죽게 마련이지. 사후 세계라는 것이 있다면, 난 분명 있다고 믿지만, 그의 신념과 용기가 이 딱하고 구닥다리인 세상을 유혈 사태와 참극에서 구하는 데 그 누구보다 크게 기여했다는 사실을 알고 카마이클도 뿌듯해할 거요."

빅토리아가 생각에 잠긴 표정으로 말했다.

"참 이상해요. 리처드가 단서의 반을 가지고 있었고 제가 나머지 반을 가지고 있었다는 것 말이에요. 마치……."

"마치 둘이 함께할 운명인 것처럼 말이오?"

데이킨이 재기 넘치는 눈빛으로 빅토리아가 못다 한 말을 끝맺었다.

"실례가 안 된다면, 이제 뭘 할지 묻고 싶소만."

"일자리를 알아봐야죠. 지금부터 찾아봐야겠어요."

"너무 열심히 찾아보진 마시오. 지금 일자리가 하나 생기려는 것 같으니까."

이렇게 말하더니 데이킨은 리처드 베이커에게 자리를 내주고는 점잖게 느린 걸음으로 걸어갔다.

"저기, 빅토리아. 베네샤 새빌이 결국 못 오게 되었습니다. 볼거리에 걸렸나 봐요. 이번 발굴 작업에서 당신은 꽤 쓸모 있었는데, 다시 돌아와 줄래요? 보수는 그렇게 많지 않을 겁니다. 영국으로 돌아가는 비행기 표는 제공하겠지만. 그건 나중에 얘기하기로 하죠. 폰스풋 존스 박사님께서 다음 주에 직접 오실 예정이니까. 어때요?"

"정말 제가 필요하세요?"

빅토리아가 기쁜 마음에 큰 소리로 말했다.

이유는 알 수 없지만 리처드 베이커의 얼굴이 새빨개졌다. 그는 기침을 하더니 팬스레 코안경을 닦았다.

"내 생각엔…… 당신은 꽤 쓸모 있었어요."

"좋아요."

"그럼 얼른 짐을 꾸려서 지금 발굴 현장으로 돌아갑시다. 바그다드에 더 있고 싶은 건 아니죠?"

"천만에요."

II

"돌아왔군요, 빅토리아 양. 리처드가 당신 걱정을 엄청 했어요. 자, 내 바람은 두 사람 모두 행복했으면 하는 겁니다."

폰스풋 존스 박사가 느릿느릿 멀어지자 빅토리아가 어리둥절한 표정으로 물었다.

"두 사람 모두 행복하라니, 그게 무슨 뜻이죠?"

"아무 뜻 없을 겁니다. 저분이 어떤지 당신도 알잖아요. 뭐랄까, 살짝 앞서 나가고 계신 거예요."

〈끝〉

옮긴이 | 박슬라

연세대학교에서 영문학과 심리학을 전공했으며, 현재 전문 번역가로 활동 중이다. 옮긴 책으로는 『스틱!』, 『부자 아빠의 투자 가이드』, 『페이크』, 『골리앗의 복수』, 『숫자는 거짓말을 한다』, 『초거대 위협』, 『스몰 트라우마』, 『구름 속의 죽음』, 『패딩턴발 4시 50분』, 『사라진 내일』, 『샤르부크 부인의 초상』, 『한니발 라이징』, 『칼리반의 전쟁』, 「몬스트러몰로지스트」 시리즈, 「부서진 대지」 3부작 등이 있다.

애거서 크리스티 전집

그들은 바그다드로 갔다

3판 1쇄 찍음 2023년 11월 17일
3판 1쇄 펴냄 2023년 11월 24일

지은이 | 애거서 크리스티
옮긴이 | 박슬라
발행인 | 박근섭
편집인 | 김준혁
펴낸곳 | 황금가지

출판등록 | 2009. 10. 8 (제2009-000273호)
주소 | 06027 서울 강남구 도산대로 1길 62 강남출판문화센터 5층
전화 | 영업부 515-2000 편집부 3446-8774 팩시밀리 515-2007
홈페이지 | www.goldenbough.co.kr

도서 파본 등의 이유로 반송이 필요할 경우에는 구매처에서 교환하시고
출판사 교환이 필요할 경우에는 아래 주소로 반송 사유를 적어 도서와 함께 보내주세요.
06027 서울 강남구 도산대로 1길 62 강남출판문화센터 6층 민음인 마케팅부

ⓒ ㈜민음인, 2023. Printed in Seoul, Korea
ISBN 978-89-8273-763-3 04840
ISBN 978-89-8273-700-8 04840 (set)

㈜민음인은 민음사 출판 그룹의 자회사입니다.
황금가지는 ㈜민음인의 픽션 전문 출간 브랜드입니다.